Le lien du cœur

La brûlure du secret

PEGGY MORELAND

Le lien du cœur

éditions Harlequin

Titre original : THE TEXAN'S CONVENIENT MARRIAGE

Traduction française de LUCY ALDWYN

HARLEQUIN®
est une marque déposée par le Groupe Harlequin

PASSIONS®
est une marque déposée par Harlequin S.A.

Photos de couverture
Paysage : © ROYALTY FREE / MASTERFILE
Père et fils : © PETER CADE / GETTY IMAGES

83/85 boulevard Vincent-Auriol 75646 PARIS CEDEX 13.
Service Lectrices — Tél. : 01 45 82 47 47

ISBN 978-2-2800-8502-1 — ISSN 1950-2761

- 1 -

Addy reposa le téléphone et resta un instant sous le choc, les yeux dans le vague, debout devant le comptoir de sa cuisine.

Puis elle reprit le combiné et composa le numéro de sa mère.

Quelques minutes plus tard, elle écartait le téléphone de son oreille et portait la main à son front avec lassitude.

Cette conversation s'avérait plus pénible qu'elle ne l'aurait cru. Tendue par l'effort de garder son calme, elle se crispait et sentait se réveiller la douleur sourde qui lui avait martelé le bas du dos toute la journée. Une journée de travail aux urgences de l'hôpital qui lui avait paru particulièrement longue. Elle aurait dû prendre le temps de se reposer avant d'appeler.

Elle s'arma de patience et reprit la parole :

— Ecoute, maman, je sais que tu détestes qu'on parle de lui, mais j'ai l'impression que c'est important. Cette Stéphanie Parker qui vient de m'appeler me dit que mon père était au Viêt-nam avec le sien, qu'ils étaient très bons copains.

— Bon, et alors ? Ils n'étaient pas les seuls ! répliqua sa mère sur un ton ironique. Ils étaient des centaines de milliers là-bas.

Addy ne releva pas l'absurdité de la remarque, déterminée à poursuivre la conversation sans s'énerver.

— Justement, dit-elle. C'est bien pourquoi cet appel m'intrigue. Stéphanie m'a dit avoir découvert récemment que son père avait envoyé à sa mère la moitié d'un document, un papier officiel visiblement déchiré en deux. Elle se demandait si tu avais reçu la même chose.

— La seule chose que j'aie reçue d'Antonio Rocci, ma chère, c'est toi. Et tout à fait par accident.

Addy ne se laissa pas troubler par ce rappel de son illégitimité. Elle se l'était si souvent entendu reprocher qu'elle y était habituée. Depuis sa plus tendre enfance, sa mère ne lui avait rien laissé ignorer des circonstances aléatoires de sa naissance, et cela avait depuis longtemps cessé de l'émouvoir.

— Ce papier pourrait avoir de la valeur, reprit-elle sans se laisser décontenancer. Ne te souviens-tu pas avoir reçu un tel document ?

— Comment veux-tu que je me souvienne ? Il y a près de trente ans ! Tu sais que je n'ai guère de mémoire.

— Un document déchiré, insista Addy. C'est assez étrange pour avoir retenu ton attention, non ?

— Non, répliqua sa mère d'un ton péremptoire. Bon, si c'est tout ce que tu avais à me dire... Tu es en train de me faire manquer mon émission préférée.

Et avant qu'Addy ait pu réagir, elle lui raccrocha au nez.

Addy reposa brutalement le téléphone, furieuse de se sentir blessée par le manque de sollicitude de sa mère.

— Je vais bien et le bébé aussi. Merci de t'en inquiéter, marmonna-t-elle pour elle-même.

Marie Claire Richards-Smith-Carlton-Sullivan était une écorchée vive, à moitié névrosée, qui accumulait les désastres conjugaux. D'aussi loin qu'Addy s'en souvienne, sa mère était rongée par une colère interne qui couvait en permanence. Elle se repliait sur elle-même, indifférente aux autres, y compris à sa propre fille.

Addy repoussa ses cheveux en arrière, désabusée. Une fois de plus, elle survivrait. L'indifférence de sa mère à son égard n'avait rien de nouveau. Pourquoi espérer la voir changer d'attitude ?

Elle se pencha pour défaire ses chaussures, mais s'arrêta net en voyant son reflet dans la porte-fenêtre du patio. Elle se releva lentement et considéra l'image que la vitre lui renvoyait.

C'est à peine si elle se reconnaissait. Son ventre était aussi volumineux que si elle avait dissimulé un ou deux ballons de foot sous son T-shirt. Ses pieds et ses jambes étaient enflés au point d'en être éléphantesques, et ses longs cheveux noirs — d'ordinaire sa fierté — se dressaient au sommet de sa tête en un misérable chignon à moitié défait. Ajoutez à cela une tenue fatiguée et des Reeboks qui avaient fait leur temps... Elle était presque heureuse que Ty ne la voie pas dans cet état.

Elle se pencha de nouveau pour délacer ses chaussures en se traitant de vaniteuse. De toute façon, se dit-elle pour la centième fois, il n'avait pas intérêt à venir. Il ne passerait pas le seuil de sa porte !

A vrai dire, Ty Bodean brillait plutôt par son absence. Ce beau parleur, ce jouisseur que seul l'argent intéressait avait disparu comme par enchantement peu après qu'elle lui avait annoncé qu'elle était enceinte. Comment avait-elle pu se laisser prendre au charme de cet individu superficiel ? Mieux valait pour elle en être débarrassée, même si cela voulait dire qu'elle devrait élever seule son bébé.

Avec un soupir, elle sortit son pied de la chaussure, réfléchissant à ce qui l'attendait.

Pas évident. L'argent allait devenir un souci majeur. Dix-huit mois plus tôt, elle s'était lancée dans l'achat de la maison, ce qui avait englouti l'essentiel de ses économies et nécessité un emprunt dont les remboursements pesaient lourd sur son budget. A cette époque, cela lui avait paru un bon investissement. Elle avait toujours rêvé de posséder sa maison, et l'ancien propriétaire la lui avait cédée à un prix très compétitif. Evidemment, à ce moment-là, elle n'était pas enceinte et ne projetait pas de le devenir dans les prochains mois. Il avait fallu cette aventure aussi courte que désastreuse avec Ty pour que tous ses projets soient bouleversés.

L'autre problème était de savoir qui allait s'occuper du bébé. Elle détestait l'idée de devoir l'abandonner à des mains étrangères, mais malheureusement il était hors de question qu'elle quitte son poste d'infirmière pour s'occuper de lui. Qui les ferait vivre ?

Quant au troisième problème, c'était celui d'élever un enfant sans la présence du père.

Elle n'avait pas le choix, puisque Ty avait fui ses responsabilités dès le jour où elle lui avait appris la nouvelle de sa future paternité. Depuis, elle s'était faite à l'idée que cela n'en valait que mieux pour elle et le bébé. Elle était persuadée qu'elle réussirait sans peine à faire pour son enfant ce que sa mère n'avait pas fait pour elle : l'entourer de son amour, le protéger des aléas dus à sa situation d'enfant sans père. Elle aimait déjà de toutes ses forces ce bébé qu'elle avait choisi de garder malgré le mépris que lui inspirait son ex-amant.

Evoquer sa mère lui rappela l'appel qu'elle avait reçu, et elle repensa à ce père qu'elle n'avait jamais connu. Que pouvait bien être le document mentionné par Stéphanie Parker ? Un cadeau posthume de son père ? Avait-il eu des remords tardifs envers son enfant ? S'était-il préoccupé d'assurer son avenir d'une manière non conventionnelle ? Et si cela pouvait lui changer la vie ?

Se reprenant, elle se moqua d'elle-même. Inutile de faire des châteaux en Espagne à partir d'un bout de papier qu'elle n'avait même pas en sa possession. Elle pourrait toujours fouiller dans les affaires que sa mère avait entreposées dans son garage avant de suivre son quatrième mari à Hawaii. S'il y avait un endroit où elle était susceptible de le trouver, c'était là, dans ce fouillis.

Elle s'occuperait de cela plus tard. Pour le moment, elle se sentait épuisée. Elle n'avait qu'une envie : regarder la télévision, confortablement installée dans un fauteuil, les pieds sur un pouf.

S'appuyant de la main au comptoir, elle se mit en devoir de défaire sa seconde chaussure.

C'est alors qu'une douleur fulgurante la traversa de part en part.

Les yeux écarquillés, elle porta la main à son ventre et se laissa glisser au sol.

Accroupie, la main sur le carrelage, elle se força à respirer lentement et chercha dans sa tête la raison de cette douleur.

Trop tôt pour l'accouchement, qui n'était prévu qu'un bon mois plus tard. Plutôt ce qu'on appelait un « faux travail ». Ce n'était pas la première fois, elle avait déjà eu des alertes. Cela allait sans doute passer, il suffisait d'attendre un peu…

Toutefois, quand elle voulut se relever, la douleur se fit plus intense encore, plus persistante, comme si un étau lui enserrait tout le ventre. Elle se mit à transpirer, incapable de bouger et de respirer, et sentit la peur s'emparer d'elle.

Le téléphone était hors de portée. Qui appeler, de toute façon ? Faire le numéro des urgences lui répugnait. Elle était bien placée pour savoir que beaucoup de femmes enceintes en abusaient, et si ce n'était que de fausses contractions, elle s'en voudrait d'avoir agi comme la première des ignorantes. Par contre sa voisine, Mme Baker, lui serait une aide précieuse. Cela lui donnerait le temps de se rendre compte de ce qui lui arrivait.

Elle tenta de se relever pour atteindre l'appareil, mais une douleur d'une intensité phénoménale la ramena au sol. Gémissant de souffrance, elle se roula en boule pour atténuer la douleur. Elle sentit quelque chose de chaud entre ses jambes et vit avec horreur une flaque s'agrandir sur le carrelage, l'inondant jusqu'aux genoux.

Elle ferma les yeux, terrifiée, ne sachant que trop bien ce que cela voulait dire : elle était en train de perdre les eaux.

« S'il vous plaît, mon Dieu, pria-t-elle, ne permettez pas que je perde mon bébé ! »

Avant de sortir de sa voiture, Mack vérifia qu'il était bien devant la maison dont l'adresse figurait sur le papier. Il remit celui-ci dans sa poche et, un instant, observa l'endroit, surpris par le charme discret, rétro, du pavillon.

Au fil des années, d'autres démarches du même genre l'avaient amené dans des complexes ultramodernes, des gratte-ciel pour célibataires branchés. Cette maison, au contraire, dégageait un air de confort tranquille. La bordure d'impatiences le long de l'allée et les paniers de fougères suspendus aux poutres du toit constituaient le cadre idéal pour une vie de famille.

Se souvenant que s'il était là c'était justement à cause d'un membre de sa famille, il jura tout bas et remonta l'allée vers la porte d'entrée, désireux d'en finir au plus vite avec la mission désagréable qu'il s'était assignée.

Il frappa à la porte peinte d'un beau rouge profond et, se reculant, attendit.

Une longue minute s'écoula sans réponse.

Il frappa de nouveau, plus fort, et entendit une voix de femme sans bien comprendre ce qu'elle disait.

Probablement l'informait-elle qu'elle allait venir lui ouvrir ?

Toutefois, comme rien ne se produisait, il s'étonna et essaya d'ouvrir, mais la porte était fermée à clé. Il alla vers les fenêtres, espérant que malgré les stores baissés il pourrait jeter un œil à l'intérieur. Effectivement, il aperçut ce qui devait être la pièce principale. N'y voyant aucun signe de vie, il se mit de biais et son regard parcourut le hall d'entrée qui menait vers l'arrière de la maison.

Quelque chose qui bougeait sur le sol attira alors son attention.

Il colla son visage à la vitre, protégeant ses yeux de ses mains pour mieux voir, et poussa une sourde exclamation : une main de femme, les doigts crispés, dépassait derrière la cloison et semblait lui faire signe.

Etait-elle ivre ? Ou droguée ? Cela ne l'aurait pas surpris, étant donné les fréquentations de Ty Bodean. Ou alors il y avait eu effraction, viol peut-être, et elle était blessée ?

Ce fut cette éventualité qui le propulsa à l'arrière de la maison.

Il fonça, grimpa les marches du porche et fut soulagé quand la porte s'ouvrit dès qu'il tourna la poignée. Il la repoussa contre le mur et s'avança prudemment à l'intérieur.

— Madame ? appela-t-il. Ça va ?

— Aidez-moi, je vous en prie.

La voix venait de l'autre extrémité de la pièce. Il fit le tour du comptoir qui occupait le centre de la cuisine et découvrit une jeune femme qui lui tournait le dos, allongée sur le sol. D'après sa position, il comprit qu'elle l'avait entendu frapper et s'était traînée vers l'entrée.

Il mit un genou sur le carrelage.

— Vous êtes blessée ?

— Je…

Elle poussa un cri étouffé et se recroquevilla sur elle-même.

— J'ai perdu les eaux, réussit-elle à dire entre deux grimaces de douleur.

Mack sentit un frisson d'appréhension lui courir dans le dos. Il savait que la femme était enceinte, mais il ne s'était pas attendu à ce qu'elle en soit à ce stade.

— Les contractions ? demanda-t-il. Espacées de combien ?

Elle respira à fond, se tourna vers lui et dit :

— En continu.

Elle se passa la langue sur les lèvres et, les yeux embués de larmes, supplia :

— Aidez-moi. Je ne veux pas perdre mon bébé.

La peur se lisait clairement dans ses yeux.

Dans un premier réflexe, Mack faillit fuir lâchement. Après tout, ce n'était pas son problème. Il pouvait très bien repartir, déchirer le chèque de dédommagement qu'il avait en poche et la laisser se débrouiller. Personne n'en saurait rien, et il se sortirait de ce guêpier ni vu ni connu.

Comme si elle avait senti son hésitation, la main de la jeune femme se referma sur son poignet, ses ongles s'enfonçant dans sa peau.

— S'il vous plaît, aidez-moi. Je vous en prie !

Il hésita encore un instant, puis, hochant la tête, se releva.

S'emparant du téléphone, il composa le numéro du service des urgences.

*
* *

Mack faisait les cent pas dans le couloir des urgences, l'estomac contracté et les mains moites.

Ce n'était pas l'inquiétude pour la femme qui le mettait dans cet état, c'était l'hôpital. Il détestait les odeurs d'antiseptiques, le va-et-vient des médecins et des infirmières, les appels que déversait le système électronique et le fameux « code bleu ».

Que faisait-il encore ici ? Il avait fait ce que la femme lui avait demandé. Il avait appelé les secours et attendu avec elle l'arrivée de l'ambulance. Si elle perdait son bébé, il n'y serait pour rien. Ce n'était pas son problème. Il n'avait rien à voir avec cet enfant.

Il rejeta la tête en arrière avec une grimace, effaré de pouvoir envisager cette éventualité. Il ne voulait pas de mal à cette femme et savait d'expérience, hélas, ce que signifiait la perte d'un enfant. Le sentiment d'impuissance, de culpabilité, le vide terrible qui s'instaurait à tout jamais dans le cœur d'un père.

— Monsieur McGruder ?

Il fit volte-face, surpris d'entendre son nom, avant de se souvenir des papiers qu'il avait remplis à l'arrivée. Il vit une infirmière dans l'encadrement de la porte.

— Oui ?

— Elle vous demande.

Elle ouvrit en grand la porte en lui faisant signe d'avancer.

— Si vous voulez bien me suivre, je vais vous montrer le chemin.

Il hésita une seconde, car il ne souhaitait rien d'autre que rentrer chez lui et oublier l'incident. Balayer de son esprit Adriana Rocci et son enfant à naître.

Malgré cela, il suivit l'infirmière le long du couloir.

Elle lui jeta un œil par-dessus son épaule et annonça :

— Vous savez que vous faites figure de héros dans le service ?

Il se renfrogna encore plus.

— Je n'ai rien fait d'héroïque, marmonna-t-il.

— Pour nous, si. Vous avez aidé l'une d'entre nous.

Comme il ne comprenait pas, elle expliqua :

— Addy travaille dans ce service en tant qu'infirmière et nous savons que sans vous elle aurait pu perdre son bébé, et peut-être pire encore !

Avant qu'il ait eu le temps de répondre, elle s'était arrêtée devant une porte qu'elle ouvrit pour le laisser passer.

Le voyant hésiter, elle le rassura :

— Ne vous inquiétez pas, tout va bien maintenant. Elle se repose.

Prenant son courage à deux mains, il entra dans la pièce minuscule.

Addy, c'était le nom qu'avait employé l'infirmière, reposait sur un chariot à moins de cinquante centimètres de lui. Un drap la couvrait entièrement et une perfusion partait du dessus de sa main. Du regard, il remonta de l'aiguille à la bouteille de liquide suspendue à une crémaillère, puis il revint à son visage. Les yeux fermés, les mains posées sur son ventre volumineux, elle avait l'air calme, sereine. La croyant endormie, il se pencha pour constater avec soulagement qu'elle avait repris des couleurs. Elle n'avait plus le teint blafard qui l'avait inquiété avant l'arrivée des secours.

Elle n'était pas d'une beauté spectaculaire, sans toutefois manquer de caractère. Son teint mat, ainsi que ses cheveux noirs, attestaient son ascendance italienne. Elle avait des pommettes hautes et un long cou gracieux.

Au moment où il essayait de se rappeler la couleur de ses yeux, elle souleva les paupières. Bruns, nota-t-il. Elle avait les yeux bruns.

Elle sourit et posa la main sur la sienne.

— Je n'arrive pas à croire que vous êtes là, en vrai. Je me disais que vous étiez un produit de mon imagination.

La voix rauque, basse, presque un murmure, exprimait sa reconnaissance et son émerveillement.

— L'infirmière m'a dit que vous vouliez me voir.

Elle lui pressa la main, disant :

— Oui. Pour vous remercier.

Elle avala sa salive et ferma un instant les yeux. Quand elle les rouvrit, une larme s'en échappa, glissa le long de sa tempe et se perdit dans ses cheveux.

— Je ne sais pas ce qui serait arrivé si vous n'étiez pas intervenu à temps.

Il détourna les yeux, ne sachant que dire. Puis il vit qu'elle l'observait. Dans un instant, elle allait lui demander qui il était et pourquoi il était venu frapper à sa porte au moment opportun.

— Est-ce que nous nous connaissons ? demanda-t-elle.

Il attendit une seconde puis décida qu'elle ne ferait pas le rapprochement et se présenta :

— John McGruder. Mack pour mes amis.

— Mack, répéta-t-elle. C'est très viril. Cela vous va bien.

Avant qu'il ait eu le temps de répliquer, elle s'arc-bouta sur le lit, les yeux clos, les mains cramponnées au matelas.

Pris de panique, il chercha la sonnette.

— Voulez-vous que j'appelle une infirmière ?

Elle respira à fond, se détendit progressivement et finit par sourire.

— Non, ça va aller. Les médicaments qu'on m'a donnés ont arrêté le travail, mais le docteur m'a prévenue que j'aurais encore des douleurs.

Il respira plus librement à son tour, soulagé que l'alerte soit passée.

— Et maintenant ? Ils vous renvoient à la maison ?

— Non. Ils me gardent en observation pour vérifier

que tout va bien pour le bébé et s'assurer que je reste allongée.

— Jusqu'à quand ?

Addy haussa les épaules.

— Jusqu'à la naissance du bébé. En principe, c'est pour le 15 juillet, mais le Dr Wharton ne pense pas que j'irai jusque-là.

Il fit rapidement le calcul et frissonna d'angoisse : plus de quatre semaines ! Jamais il ne supporterait de rester aussi longtemps sur un lit d'hôpital.

— Est-ce que je peux prévenir quelqu'un ? Votre famille ? questionna-t-il.

— Ma seule famille est ma mère et elle vit à Hawaii, dit-elle.

Il sortit son calepin.

— Donnez-moi son numéro. Je vais l'appeler et lui expliquer la situation. J'imagine qu'elle va sauter dans le premier avion.

— Vous êtes très gentil, mais ce n'est pas la peine. Elle n'avait pas prévu de venir pour la naissance, je ne pense pas que le fait que je sois hospitalisée la fasse changer d'avis.

Le stylo en l'air, il insista :

— Si vous la laissiez décider par elle-même ?

Elle poussa un soupir résigné et dit :

— Après tout, il vaut mieux qu'elle sache ce qui se passe. Elle s'appelle Marie Claire Sullivan et son numéro est le…

Mack écrivit le numéro sous sa dictée puis referma

son calepin et le glissa dans sa poche. Mal à l'aise, il parcourut la pièce du regard.

— Il vaut peut-être mieux que je m'en aille avant qu'ils ne me mettent dehors. Y a-t-il quelque chose que je peux vous procurer avant de partir ?

Elle leva les sourcils.

— Quatre semaines de sursis ?

Puis avec un sourire elle balaya sa requête de la main.

— Je plaisante. Tout va bien.

Il se balança d'un pied sur l'autre, gêné, pressé de partir mais ennuyé de la laisser seule.

— Prenez soin de vous, Addy, dit-il. D'accord ?

Elle lui reprit la main et la serra en un geste de gratitude.

— Merci, Mack. Pour tout. Je vous dois beaucoup.

Pendant qu'il rebroussait chemin vers la sortie, Mack prit le téléphone portable accroché à sa ceinture et composa le numéro que lui avait donné Addy. Il voulait s'acquitter de sa promesse, informer tout de suite la mère de la jeune femme avant de reprendre la route.

Une voix de femme répondit.

— Allô ?

— Marie Claire Sullivan ?

— Qui la demande ?

Le ton agressif de la voix lui fit froncer les sourcils.

— John McGruder. J'appelle de la part de votre fille, Addy. Elle a eu des contractions et a été transportée à l'hôpital. Elle devra y rester jusqu'à la naissance du bébé.

— Etes-vous l'individu responsable de sa grossesse ?

La brutalité de la question le fit sursauter et se renfrogner encore plus.

— Non, dit-il. Je ne fais que vous informer de l'état de votre fille, au cas où vous voudriez prendre des dispositions pour venir auprès d'elle.

— Si elle s'imagine que je vais venir de Hawaii à Dallas pour lui tenir la main, elle se met le doigt dans l'œil. Personne ne m'a tenue la main, à moi, pendant que je la mettais au monde. Non, monsieur. Douze heures qu'il m'a fallu. Douze heures interminables, ajouta-t-elle.

Elle marqua une pause et reprit :

— Même si j'avais envie de venir, ce qui n'est pas le cas, j'ai un mari à me consacrer. Je ne peux pas me promener d'un bout à l'autre du monde et le laisser seul sous prétexte que ma fille accouche. Dites-lui que c'est de sa faute si elle s'est mise dans la panade et que c'est à elle de s'en sortir. Sans moi.

Mack resta sans voix. Comment une mère pouvait-elle se montrer aussi indifférente au sort de sa fille ? Aussi froidement égoïste ?

— Si c'est le prix du billet qui vous pose problème, je peux m'en charger, dit-il.

— Ou vous avez quelque chose à vous reprocher, mon cher, ou vous ne savez pas quoi faire de votre argent, fut la réplique inattendue.

Mack serra les dents.

— J'essaie d'être utile et de faire ce que je peux pour votre fille, dit-il. Je pensais que vous voudriez être avec elle dans un moment difficile.

— Elle n'a pas eu besoin de moi pour se faire faire un enfant. Elle se passera de moi pour le mettre au monde, dit la mère.

— Mais c'est de votre fille qu'il s'agit ! cria-t-il presque, révolté par ces paroles. Elle a besoin de vous.

— J'ai fait mon devoir envers elle. Je l'ai élevée, seule. Sans aucune aide de la part de son salopard de père. Maintenant, ça suffit.

Mack aurait pu l'étrangler si elle avait été à proximité. Il n'en croyait pas ses oreilles.

— Désolé de vous avoir dérangée, grommela-t-il avant de couper la communication.

Encore un peu et il se serait énervé. Il aurait dit sans prendre de gants à cette mère dénaturée ce qu'il pensait de son attitude.

Il remit le téléphone dans son étui et se passa la main dans les cheveux. Il jeta un coup d'œil vers la porte de la chambre et s'imagina Addy étendue sur sa civière, se faisant un sang d'encre pour son enfant, sans personne avec qui partager ses angoisses, sans une main amie pour la réconforter.

Il se dirigea vers le parking, se persuadant que

cela ne le concernait pas. Il avait fait ce qu'il fallait pour qu'elle soit en sécurité. Il avait même appelé sa mère, idiot qu'il était ! Ce n'était pas sa faute si cette dernière laissait tomber sa fille.

Bon Dieu !

Sans plus réfléchir, il fit demi-tour et revint aux urgences. Avisant l'infirmière qui l'avait conduit à la chambre d'Addy, il s'approcha.

— Vous partez ? demanda-t-elle.

— Oui. J'ai une longue route devant moi pour rentrer à la maison.

Il sortit une carte de visite de son portefeuille et la lui tendit.

— Je vous serais reconnaissant de m'avertir de tout changement dans l'état de… d'Addy, dit-il. Mon numéro de portable est là, en bas. Vous pouvez appeler à toute heure du jour ou de la nuit. Je répondrai.

Elle dissimula un sourire.

— Et vous prétendez ne pas être un héros !

— Plutôt le technicien de surface de service, marmonna-t-il en se dirigeant vers la porte.

— Le technicien de surface ? s'étonna l'infirmière.

— Oui, celui qui passe derrière les autres pour nettoyer.

- 2 -

Vrillée par une nouvelle contraction, Addy rejeta la tête en arrière sur l'oreiller et serra les dents. Malgré elle, un gémissement lui échappa et elle haleta. Elle tenta de maîtriser sa respiration dans l'espoir de contrôler la douleur.

Marjorie, l'infirmière qui ajustait la perfusion, releva la tête.

— Dur ? dit-elle.

Addy hocha la tête.

— Tu as prévenu le Dr Wharton ?

Marjorie s'assura que le goutte-à-goutte fonctionnait correctement et prit la main d'Addy dans la sienne.

— Il est en route.

— Il ferait bien de se dépêcher, dit Addy entre deux halètements.

D'une main compatissante, Marjorie repoussa ses cheveux humides de sueur.

— Je dois te prévenir, dit-elle. Ne te fais pas d'illusions. Tu n'en es pas encore à accoucher.

Avec un gémissement de protestation, Addy ferma les yeux.

— Comment ça ? Les contractions sont si fortes et la douleur insupportable !

Elle rouvrit les yeux et scruta le visage de son amie.

— Tu me le dirais s'il y avait un problème ?

— Bien sûr, affirma Marjorie.

Incapable de deviner si elle disait vrai ou ne cherchait qu'à la rassurer, Addy détourna les yeux.

— Retourne aux urgences, dit-elle. On peut avoir besoin de toi là-bas.

— Exact, reconnut Marjorie. Il y a eu un accident d'autocar sur l'autoroute. Ils venaient d'appeler juste au moment où je suis venue voir comment tu allais.

— Alors, vas-y, dit Addy en retirant sa main. Ils ont plus besoin de toi que moi.

— Cela m'ennuie de te laisser seule, dit Marjorie, les sourcils froncés.

— Ne t'inquiète pas, tout ira bien.

Soudain, le visage de l'infirmière s'éclaira sous le coup de l'inspiration.

— Je vais appeler ton sauveteur, John McGruder, dit-elle, sortant son portable. Il m'a laissé son numéro en me demandant de le tenir au courant s'il se produisait du nouveau dans ton état.

— Non, je t'en prie, protesta Addy. Non. Il a déjà fait assez pour moi. Je t'interdis de l'embêter avec ça.

Perplexe, son amie la regarda puis céda.

— D'accord, dit-elle, remettant le téléphone dans sa poche. Je reviens voir comment ça se passe dès que je le peux.

— Merci.

Addy attendit que la porte se referme sur Marjorie pour porter les mains à son visage et laisser libre cours aux larmes qu'elle retenait depuis la reprise des contractions. Dieu ne pouvait pas lui faire cela. Elle ne voulait pas perdre ce bébé qu'elle désirait de toutes ses forces. Quels que soient les sacrifices que cet enfant exigerait, elle voulait qu'il vive.

Déjà, elle devait des remerciements au ciel. Grâce à l'arrivée inespérée de ce Mack, le pire avait été évité. Il avait fait ce qu'il fallait pour assurer sa prise en charge et avait attendu l'ambulance à son côté.

Elle écarta les mains de son visage, s'avisant qu'elle ne savait rien de lui. Son nom ne lui disait rien et elle n'avait pas eu la présence d'esprit de lui en demander plus. Pourquoi était-il venu chez elle ?

Il n'avait pas l'air d'un représentant de commerce, de quelqu'un qui faisait du porte-à-porte. S'était-il égaré et avait-il frappé à sa porte pour se renseigner, comme cela arrivait de temps à autre ? Le quartier présentait un réseau compliqué de rues et de ruelles qui défiait toute logique et tenait en échec les plus malins.

Quelle que soit la raison de son arrivée providentielle, elle s'émerveillait de sa bonté envers elle. Comme elle aurait aimé qu'il soit là !

Ridicule de s'attacher à quelqu'un qu'elle connaissait

à peine, se moqua-t-elle. Et pourtant ! Tant qu'il était resté près d'elle, à la maison ou aux urgences, elle s'était sentie en sécurité, réconfortée et apte à mieux se contrôler. Parce qu'elle n'était pas seule.

Elle ouvrit les mains et les regarda, se souvenant des mains de Mack sur les siennes, de sa force, de sa fermeté. Il avait réussi à lui communiquer confiance et calme. Ce parfait inconnu avait suivi l'ambulance jusqu'à l'hôpital, était resté avec elle aussi longtemps que possible et avait même proposé d'appeler sa mère. Qui dit mieux ?

Pourquoi n'était-elle pas tombée amoureuse de quelqu'un comme ce Mack ? Ce n'est pas lui qui lui aurait menti, qui l'aurait volée et exploitée comme Ty l'avait fait. Elle ne le voyait pas non plus prendre ses jambes à son cou à l'annonce de sa grossesse. Il avait l'air de réfléchir avant de prendre ses responsabilités, et cela fait, il les menait jusqu'au bout.

Ravalant ses larmes, elle ferma les yeux et se força à mettre en œuvre les exercices qu'elle avait appris pour se détendre et mieux affronter les prochaines contractions.

Inutile de se lamenter sur le passé, l'heure n'était plus aux regrets.

Une masse compacte de nuages obscurcissait le ciel, empêchant tout clair de lune de filtrer. L'autoroute, d'un noir d'encre, s'étirait devant Mack, toute droite pendant des kilomètres.

En fait, cette obscurité était la bienvenue, cela lui permettait de réfléchir.

Et depuis sa rencontre avec Adriana Rocci, Addy comme l'avait appelée l'infirmière, il avait matière à penser. Combien de temps la jeune femme allait-elle tenir seule, sans craquer ?

Ce n'était pas juste. Personne ne devrait avoir à subir autant d'épreuves sans personne sur qui s'appuyer. En résumé : une grossesse imprévue, un amant irresponsable, une mère dépourvue de tout instinct maternel. A cela s'ajoutait cette alerte sérieuse qui lui faisait craindre pour la vie de son enfant.

Elle devrait pouvoir compter sur un mari, un petit ami compréhensif ou quelqu'un de sa famille. La malheureuse allait être clouée au lit pendant des semaines. Qui allait s'occuper de sa maison ? De son courrier ? Des factures ? Qui allait venir lui tenir compagnie et l'aider à trouver le temps moins long ? La rassurer quand elle s'inquiéterait ? Etre à ses côtés au moment de l'accouchement ?

Son regard se fit plus dur quand il pensa à Ty. S'il l'avait sous la main, il lui ferait passer un mauvais quart d'heure. Ce monstre mériterait d'être castré, et ce serait encore trop peu pour ce genre d'individu. Mettre une femme enceinte et l'abandonner sans aucun remords ! Le comble de la lâcheté. C'était bien de Ty. Tu prends, tu jettes. Tu aimes, tu te lasses, tu laisses tomber.

Son demi-frère immature et irresponsable était une épine dans le pied de Mack depuis… toujours. Hélas, les femmes le trouvaient irrésistible et succombaient toutes à son charme. Il faut dire qu'il était beau garçon, drôle, et savait s'y prendre en matière de flirt. Malheureusement, il n'avait pas la moindre notion de moralité. Comme son père.

Le visage de Mack se ferma à l'évocation de son beau-père.

Jacob Bodean était un soi-disant artiste toujours sur la brèche. Il avait rencontré sa mère à un moment propice pour lui : elle n'était pas remise de la perte de son mari et avait été une proie idéale pour ce beau parleur habile et déterminé. Il avait su jouer le consolateur attentionné et l'avait assaillie de déclarations enflammées. Il lui avait fallu à peine trois mois pour la convaincre de l'épouser, et un an plus tard Ty avait fait son entrée dans le monde. En revanche, elle avait perdu six ans et une bonne partie de sa fortune avant de comprendre que Jacob Bodean n'était intéressé que par son argent, qu'il dépensait sans compter. Encore un peu de sa fortune était passé dans la procédure de divorce. Elle avait enfin réussi à couper les ponts en obtenant la garde de Ty.

Depuis, Mack s'était souvent demandé si sa mère n'aurait pas mieux fait de laisser Ty à son père et de se débarrasser des deux d'un seul coup. Mais, comme elle le lui répétait souvent, Ty faisait partie de la famille, son sang à elle coulait dans ses veines, et Mack était responsable de son frère, qu'il le veuille ou non. Sur son lit de mort, sa mère lui avait fait promettre de s'occuper de Ty. Pour ajouter au lien moral, elle avait pris soin de constituer pour son cadet un capital substantiel qu'elle avait placé sous la responsabilité de Mack, et cela jusqu'au trentième anniversaire de Ty.

Depuis lors, les liens entre les deux frères avaient été soumis à rude épreuve.

Mack avait dû sortir son frère de situations impossibles plus souvent qu'à son tour, et il en arrivait au point de rupture. Il en avait plus qu'assez de passer derrière un homme adulte pour réparer ses bêtises. Grands dieux, il avait plus que rempli sa promesse à leur mère. Ty allait avoir trente-quatre ans, il était temps qu'il assume ses responsabilités, non ?

Mack se força à retrouver son calme.

Qu'il fulmine contre Ty n'améliorerait en rien la situation de cette malheureuse Addy. Cela ne lui était d'aucun secours. Or, si quelqu'un avait besoin d'aide, c'était bien elle.

Machinalement, il porta la main à sa poche intérieure, là où il avait enfoui le chèque qu'il était venu offrir à la jeune femme dans l'espoir d'éviter à son frère un procès en recherche de paternité. Au cas où elle en aurait eu l'intention, ce qui n'aurait pas été la première fois.

Lors de leur rencontre dramatique, il n'avait pas pu se résoudre à aborder le sujet. Ce n'était vraiment pas le moment. Toutefois, il se sentait mal à l'aise, responsable en quelque sorte. Il avait mauvaise conscience de la savoir seule sur ce lit d'hôpital. Elle lui avait paru sympathique, très différente des femmes que Ty fréquentait habituellement et qui se jetaient sur l'argent qu'il leur proposait en échange de leur silence.

Perplexe, il se demandait que faire. Qu'avait-il d'autre à proposer à cette jeune femme ? Il n'était pas en son pouvoir de forcer Ty à l'épouser et à reconnaître l'enfant. Et même s'il l'avait pu, ne serait-ce pas un cadeau empoisonné que de forcer Addy à vivre avec Ty ?

Son téléphone sonna et il le sortit de son support sur la console de bord.

— Jonh McGruder.

— Marjorie Thompson. L'infirmière de service aux urgences de l'hôpital.

Il sentit une certaine tension dans sa voix et se crispa. C'était sûrement à propos d'Addy.

— Il y a du nouveau ? demanda-t-il.

— Les contractions ont repris et le médecin estime qu'il faut laisser le travail se faire. Autrement dit, elle risque d'accoucher cette nuit. J'aimerais bien rester avec elle, mais je n'ai pas fini mon service. Je ne serai libre que dans cinq heures minimum.

Il regarda la pendule de bord, fit un rapide calcul et annonça :

— Je peux être là en moins de deux heures. J'arrive. Comptez sur moi.

— Oh, merci, dit la voix sans cacher son soulagement.

Puis elle ajouta très vite :

— Ne lui dites pas que je vous ai appelé. Elle serait furieuse. Elle ne voulait pas que je vous dérange.

— Ne vous inquiétez pas. Je ne dirai rien.

Il referma le téléphone et, avisant une bretelle de sortie, s'y engagea sans presque ralentir.

Mack se rendit directement au service d'obstétrique et, là, chercha la chambre que la réceptionniste lui avait indiquée.

La pièce était beaucoup plus grande que la minuscule cabine où il l'avait vue précédemment. Elle comportait tout un équipement sophistiqué. Addy était branchée à de nombreuses machines qui surveillaient sa condition et celle de son bébé.

Tout d'abord, il crut qu'elle dormait. Elle reposait tournée vers la fenêtre, et il ne voyait que son dos. Il se fit la remarque que s'il n'avait pas su qu'elle était enceinte, il aurait pu s'y méprendre. Ses épaules et ses hanches dessinées par le creux de la taille paraissaient minces sous le drap. Il l'entendit gémir et vit ses doigts se crisper sur le matelas. Il attendit qu'elle se détende un peu et appela :

— Addy ?

Elle tourna la tête et ses yeux s'agrandirent de surprise.

— Mack !

Péniblement, elle se mit sur le dos et lui tendit la

main. Sa voix n'était qu'un murmure, mais le soulagement qu'elle exprimait lui alla droit au cœur.

Il s'approcha et prit sa main entre les siennes.

— Je croyais que vous étiez sur le chemin du retour, dit-elle.

— Exact, reconnut-il.

Puis, avec un haussement d'épaules, il ajouta :

— Je m'en serais voulu de ne pas être de la fête.

Elle lui lança un regard soupçonneux.

— C'est Marjorie qui vous a appelé ?

Fidèle à sa promesse de ne pas trahir l'infirmière, il éluda la question.

— Comment cela se passe-t-il ? demanda-t-il.

— Bien, je crois. D'après le médecin, il n'y a qu'à attendre.

Ses yeux se remplirent de larmes et elle dit très vite :

— J'ai peur, Mack. Je n'ai jamais eu aussi peur.

Il lui pressa la main.

— Tout va très bien se passer, affirma-t-il.

Du menton, il montra les machines autour d'elle et plaisanta :

— Il y a assez de technologie dans cette pièce pour un aller et retour sur la lune. Réussir à mettre au monde un bébé ne devrait pas poser de problème.

Addy regarda les appareils autour d'elle, un sourire tremblant aux lèvres.

— C'est vrai que c'est impressionnant.

— Est-ce que tous les malades ont droit à ces attentions, ou est-ce un traitement de faveur réservé aux fidèles employés de l'hôpital ?

— Je n'en sais rien, dit-elle avec un petit rire. C'est la première fois que je suis au rang des malades.

Elle voulut continuer mais serra les lèvres et se raidit. Un long gémissement lui échappa, et il l'entendit grincer des dents. Il essaya de se souvenir de ce qu'il avait appris quand il avait accompagné sa femme aux cours d'accouchement.

— Regardez-moi, ordonna-t-il.

Elle ouvrit les yeux et le fixa.

— Respirez lentement, dit-il, à petits coups. Accompagnez la contraction. Ne luttez pas contre elle.

Il ne la quitta pas des yeux tout le temps qu'elle aspira et expira lentement, une fois, deux fois. Inconsciemment, il réglait sa respiration sur la sienne, attendant avec elle que la douleur diminue.

Après ce qui lui parut une éternité, elle desserra sa main et se détendit, exhalant un long soupir.

— Cela va mieux ? demanda-t-il.

Elle se passa la langue sur les lèvres.

— Oui, mais je crois que le rythme des contractions s'accélère, et elles sont de plus en plus fortes.

Il lui pressa de nouveau la main et la rassura :

— Encore quelques-unes comme celle-là et le bébé ne va pas tarder à se montrer.

— Puissiez-vous dire vrai…, commença-t-elle.

Elle ne termina pas. Ses yeux s'écarquillèrent et tout son corps se tendit sur le lit.

Sans réfléchir, Mack posa la main sur elle et sentit la rigidité qui annonçait la contraction.

— Détendez-vous, dit-il, lui massant l'abdomen.

Mais elle se débattait, luttait contre lui, contre sa main qui la retenait, essayant d'échapper à la pression et à la douleur.

Il ne se laissa pas impressionner, ne la lâcha pas et ordonna :

— Regardez-moi, Addy. Concentrez-vous sur la respiration. C'est tout bon. On va y arriver.

Elle tourna la tête d'un côté et de l'autre, folle de douleur.

— Vous peut-être, gronda-t-elle entre ses dents. Pas moi. C'est trop horrible.

— Ça ne va pas durer, Addy. Regardez-moi. Pensez à respirer et détendez-vous entre les contractions.

La jeune femme ouvrit les yeux, lui lança un regard noir et grimaça.

— Je vous déteste. Vous êtes dur, insensible. Ce n'est pas vous qui souffrez. Allez-vous en. Laissez-moi tranquille.

Mack ne se vexa pas de ces propos. Il savait qu'elle parlait sous l'emprise de la douleur. Sa femme en avait dit autant… et plus pendant l'accouchement.

— Détestez-moi autant que vous voudrez, dit-il. Je reste et nous allons en voir la fin. Ensemble. Maintenant, respirez. Lentement.

Elle essaya de se débarrasser de sa main puis se dressa soudain sur le lit, assise, lui broyant les doigts sous l'effet d'une contraction plus violente.

— Le bébé, cria-t-elle. Je crois qu'il arrive. Appelez l'infirmière.

Mack appuya longuement sur la sonnette, et dans la minute une infirmière entra, jeta un œil à Addy et prit place auprès d'elle.

— Quel rythme, les contractions ? demanda-t-elle en prenant le pouls d'Addy.

Mack essuya son front en sueur, trop heureux de laisser l'infirmière prendre la situation en main.

— Moins d'une minute, dit-il.

La porte se rouvrit et un médecin entra, tout sourires.

— Comment se porte ma patiente préférée ? demanda-t-il.

Mack lui décocha un regard peu amène.

— Qu'est-ce que vous croyez ? répondit-il. Elle souffre horriblement et a besoin de quelque chose pour la douleur.

— Non, protesta vivement Addy qui se redressa avant de retomber sur l'oreiller, les mains sur son ventre comme pour protéger son bébé de toute interférence. Pas de drogues. Je veux accoucher naturellement.

Le médecin regarda Mack, l'air de dire : « Vous avez entendu. » Il alla au pied du lit et souleva le drap pour voir les progrès de la dilatation.

— La tête est visible, dit-il.

Il se dirigea vers le lavabo d'un pas plus rapide, prêt à l'action. En se désinfectant les mains, il se tourna vers Mack.

— Si vous êtes le père, allez vous mettre en tenue stérile et respectez la procédure de désinfection. Sinon, la salle d'attente est au bout du couloir.

— S'il vous plaît…

Comme Mack ouvrait la bouche pour lever le malentendu, Addy lui agrippa la manche et il vit la peur qui habitait son regard. Il comprit qu'elle souhaitait qu'il reste ! Serrant les dents, il se résigna à ne pas la laisser seule face à l'épreuve qui l'attendait.

— Où est-ce que je trouve une tenue ? s'enquit-il.

Des heures plus tard, assis dans le fauteuil près de la fenêtre de la chambre où on avait installé Addy après l'accouchement, les jambes étendues devant lui, Mack essayait de se détendre. Il laissa aller sa tête en arrière contre le dossier, le regard au plafond.

Bien qu'épuisé, il ne pouvait pas dormir. Il était encore sous le choc des événements, et le flux d'adrénaline qui l'avait envahi pendant la naissance ne le quittait pas. Tout cela à cause de ce minuscule petit bout d'homme enveloppé de bleu qui reposait dans le berceau de plastique à l'autre bout de la pièce.

Il porta son regard vers le berceau et sentit les battements de son cœur s'accélérer. Il dut avaler plusieurs fois sa salive tant l'émotion l'étreignait.

Un garçon.

Deux kilos cinq seulement, mais en pleine forme, comme l'efficacité de ses poumons et de ses cordes vocales en témoignait. Bien que légèrement prématuré, il avait passé avec succès tous les tests de naissance et n'aurait besoin que de quelques jours d'observation pour que le diagnostic de parfaite santé soit confirmé.

Incapable de résister à la tentation, il se leva et alla se pencher sur le bébé pour l'examiner de près. Emmitouflé dans sa couverture, on ne voyait de lui qu'un minuscule visage, des joues roses et un petit nez pas plus gros qu'un bouton de bottine. Sous le bonnet, un duvet noir lui couvrait le crâne, mais Mack savait d'expérience que cela ne voulait rien dire, qu'il le perdrait et que ses cheveux définitifs pourraient être d'une tout autre couleur.

Comme ceux de son fils : noirs à la naissance et blond cendré à l'âge de deux ans. De quelle couleur seraient-ils maintenant, s'il n'était pas mort prématurément ?

Il étouffa un gémissement de douleur et ferma les yeux. Ce n'était pas le moment de se replonger dans ces souvenirs qui le ravageaient. Il s'était suffisamment torturé toutes ces années. Il releva la tête, serrant les poings, et regarda droit devant lui jusqu'à ce qu'il reprenne le contrôle de lui-même. Puis il se concentra de nouveau sur le bébé.

Avec un sourire attendri, il caressa la joue du

nouveau-né, admirant la douceur veloutée de la peau, les traits à peine formés.

— Tu es né sous une bonne étoile, petit père, murmura-t-il. Tu as une maman de première classe. Même au plus fort du travail, elle n'a pas voulu qu'on la soulage, de peur que ce ne soit pas bon pour toi. Crois-moi, un amour de cette qualité, c'est rare de nos jours.

Une grimace se dessina sur le visage du bébé, comme s'il allait se mettre à pleurer.

— Ooh ! dit Mack à mi-voix. Que se passe-t-il ? Tu ne vas pas réveiller ta maman, bonhomme ?

Il prit délicatement le petit paquet dans ses grandes mains et alla s'asseoir dans le fauteuil.

Le bébé bâilla longuement, tourna la tête de côté et reprit son somme, le poing contre la joue.

Mack ne pouvait détacher son regard de l'enfant. Ce bébé, ne serait-ce pas la réponse à la question qui l'avait tellement préoccupé ces derniers temps ?

Il crut que son cœur s'arrêtait de battre avant de se mettre à tambouriner de façon désordonnée dans sa poitrine.

Etait-il morbide à son âge de penser à sa propre mort ? Etait-ce le signe qu'il vieillissait ?

Quarante-deux ans, ce n'était pas un âge si avancé. Malgré cela, la mort faisait partie de la vie, et avec une propriété de la taille de la sienne assortie d'une fortune considérable, il n'était pas surprenant qu'il pense à ce qu'il en adviendrait à sa disparition. La solution évidente sautait aux yeux : il lui fallait prendre ses dispositions et rédiger un testament. Il suffisait pour cela de faire appel à son notaire.

Le seul problème résidait dans le fait qu'il n'avait pas d'héritier direct, ni femme ni enfant, personne à qui léguer le fruit de son travail, des efforts de toute une vie : douze ans auparavant, ceux qu'il chérissait étaient morts dans un stupide accident.

Pendant des années, il avait tout juste réussi à survivre. Et même si, au fil du temps, la douleur s'était atténuée, il n'avait pas retrouvé sa joie de vivre, n'avait pas cherché à nouer d'autres relations. La brutale disparition de sa femme et de son fils l'avait blessé au plus profond de lui-même. Désormais, il se méfiait, se défendait de tout attachement sentimental. C'est pourquoi, à quarante-deux ans, il était seul dans la vie, mis à part son demi-frère.

La simple évocation de Ty le fit se rembrunir. Pas question de lui laisser tout ce qu'il avait réussi à construire. Il était bien placé pour le savoir, Ty aurait tout gaspillé en moins d'un an. Il n'avait aucun sens des affaires et pas plus de jugeote qu'un enfant de six ans. Tout ce qui l'intéressait, c'était de s'amuser et de satisfaire des envies plus extravagantes les unes que les autres. Sans parler des femmes qui défilaient dans sa vie au gré de ses fantaisies ! Il se croirait riche d'une richesse inépuisable, sans imaginer un instant qu'il fallait beaucoup de travail pour en assurer la continuité.

Non, il ne ferait pas de Ty son héritier. Une autre idée lui venait spontanément. Une idée folle, mais extrêmement tentante.

Il avait cru comprendre que Ty n'avait manifesté aucun intérêt pour l'enfant d'Addy. Ne s'était-il pas empressé de disparaître ? Où était-il, à l'heure actuelle ? Il aurait dû être là, auprès d'Addy. C'est Ty qui aurait dû lui tenir la main et l'assister pendant l'accouchement. Ce n'était pas la place de Mack. Or, c'était bien à lui que le docteur avait tendu les ciseaux pour qu'il coupe le cordon ombilical, effectue le geste définitif qui faisait de l'enfant un être à part entière.

Ce bébé délaissé par son père, n'était-ce pas un cadeau du ciel ? Pourquoi n'adopterait-il pas cet enfant ? Cela lui permettrait de l'élever comme son propre fils en lui inculquant les valeurs d'intégrité et de responsabilité que Ty serait bien incapable de lui donner.

Plus il y pensait, plus il était séduit par cette idée d'adopter le bébé. Cela lui paraissait être la réponse aux problèmes de toutes les personnes concernées. L'enfant aurait un père, Ty serait débarrassé de responsabilités qu'il ne souhaitait pas assumer, et lui aurait un héritier selon son cœur.

Le seul problème était… la mère de l'enfant.

Malgré le lien qui s'était forgé entre eux au cours des dernières heures, il ne l'imaginait pas sautant de joie à l'idée de cette adoption. Elle le traiterait de fou, d'insensé, et penserait qu'il avait perdu la tête.

— Mack ?

Il sursauta en s'entendant appeler.

Addy était réveillée et l'observait, les sourcils froncés.

— Quelque chose ne va pas ? demanda-t-elle d'un air inquiet.

Craignant qu'elle ne lise dans ses pensées, il détourna son regard et remonta la couverture sous le menton du bébé.

— Non, non, tout va bien, dit-il. J'ai cru qu'il allait se mettre à pleurer et je l'ai sorti du berceau pour qu'il ne vous réveille pas.

Avec un sourire émerveillé, elle s'assit avec précaution dans son lit et tendit les bras.

— Donnez-le-moi. Je ne l'ai pas beaucoup vu et il doit avoir faim.

Mack se leva du fauteuil et lui mit le bébé dans les bras.

Instinctivement, le bébé tourna la tête vers le sein tout proche et ouvrit une bouche pas plus grande que celle d'un oisillon.

Addy mit son doigt dans la bouche du bébé et rit quand il se mit à le sucer.

— Vous voyez ? Il a faim et sait déjà comment s'y prendre.

Elle entrouvrit sa chemise de nuit.

Conscient de ce qu'elle allait faire, Mack se leva aussitôt.

— Je sors dans le couloir.

— Non, attendez, dit-elle très vite. Tournez-vous le temps que je l'installe.

Il lui jeta un coup d'œil, surpris de la panique que trahissait le ton de sa voix. Il fit ce qu'elle lui demandait et attendit qu'elle lui dise de se retourner.

Le bébé était en place, caché sous la couverture, et Mack entendit nettement le petit bruit de succion.

Il rapprocha la chaise du lit et s'assit.

— Etonnant cet instinct de téter, dit-il, sincèrement impressionné.

— Oui, n'est-ce pas ? dit-elle avec un regard attendri.

Pendant un temps, le silence régna dans la pièce. Mack et Addy se taisaient, absorbés par l'activité du nouveau-né.

— Mack ?

— Oui ? marmonna-t-il, perdu dans ses pensées.

— Je suis désolée et je vous demande de m'excuser.

Il leva les yeux vers elle, étonné.

— Pourquoi ?

— Pour tout ce que je vous ai dit pendant l'accouchement. Ce n'était pas sympa de ma part.

Il haussa les épaules.

— Ne vous inquiétez pas. Je sais que vous n'en pensiez pas un mot.

— Il n'empêche, reprit-elle. Je suis vraiment confuse. Je ne sais pas ce que j'aurais fait sans vous.

Il eut un rire étouffé.

— J'avais le beau rôle. C'est vous qui faisiez le travail.

Elle rit aussi.

— Cela en valait la peine. Regardez le beau bébé que je me suis offert ! Tous mes vœux sont comblés.

— C'est un beau petit gars, approuva-t-il.

La porte s'ouvrit, et Marjorie entra, traînant derrière elle une gerbe de ballons de couleur. Elle alla droit au pied du lit et y attacha ses ballons. Puis, s'approchant d'Addy, elle exigea :

— Laisse-moi voir la petite merveille.

Addy écarta l'enfant de son sein et replia la couverture pour que son amie puisse admirer le bébé.

— Il n'est pas beau ?

— Superbe, approuva Marjorie.

Regardant Addy, elle demanda :

— Comment s'appelle-t-il ?

— Je ne sais pas encore, avoua Addy. J'avais un nom de fille, mais je n'étais pas fixée sur un nom de garçon.

— Je croyais que tu voulais lui donner le nom de ton père ?

— Oui, en second prénom. Mais je ne trouve rien qui aille avec Antonio.

Marjorie parut réfléchir puis, se tournant vers Mack, elle demanda :

— Quel est votre nom complet ?

Pris au dépourvu, Mack bredouilla son identité.

— Jonathan Michaël McGruder.

— Que dirais-tu de Antonio Michaël Rocci ? suggéra Marjorie.

— Non. Je voudrais mettre Antonio en deuxième prénom.

— Alors, Jonathan Antonio Rocci. Tu pourrais l'appeler Johnny dans la vie courante.

— Jonathan Antonio Rocci, répéta Addy, pensive. Cela fait beaucoup pour une si petite chose. Mais je crois que cela me plaît.

Elle se tourna vers Mack, hésitante.

— Cela vous ennuierait que mon bébé porte votre prénom ?

Si elle savait ! pensa Mack. Lui qui avait en tête de lui donner son nom de famille !

— J'en serais très fier, dit-il d'une voix un peu étranglée.

Le téléphone de Marjorie sonna. Avec un geste d'impatience, elle lut son message, disant :

— Tu crois qu'ils seraient capables de se débrouiller sans moi pendant cinq minutes ? Désolée, il faut que j'y aille. Je reviens à l'heure du déjeuner.

— C'est cela, dit Addy. Essaie de savoir ce qu'ils veulent faire de moi. J'espère qu'ils ne vont pas me garder ici indéfiniment.

Marjorie lui fit les gros yeux et la menaça du doigt.

— Ecoute-moi bien, ma petite dame. Tu viens d'avoir un bébé et tu as besoin de te reposer. Il lui faut aussi quelques jours d'adaptation. Tu ne vas pas rentrer chez toi, toute seule dans une maison vide, avec un nouveau-né encore fragile sur les bras. Tu es beaucoup mieux ici où on s'occupe de toi et de ton enfant… Au moins pendant quelques jours.

Addy redressa la tête et pointa son menton en avant, prête à se rebiffer.

— Je suis parfaitement capable de me débrouiller.

— Le docteur ne sera pas de cet avis…

— Je ne vois pas pourquoi, coupa Addy. Je rentrerai à la maison le plus tôt possible, comme tout le monde.

A bout d'arguments, Marjorie hocha la tête et s'adressa à Mack :

— Essayez, vous, de lui faire entendre raison, puisqu'elle ne veut pas m'écouter.

Mack s'était tu pendant l'échange entre les deux jeunes femmes. Maintenant, il se demandait comment saisir sa chance. Etait-ce le moment de présenter sa proposition ? Il se rendait compte que cela avait tout d'une idée de fou et craignait la réaction d'Addy. Malgré cela, plus il y pensait et plus il se persuadait que c'était *la* solution, aussi bien pour Addy que pour lui-même. Il fallait qu'il réussisse à l'en convaincre.

Il attendit que la porte se soit refermée sur Marjorie avant de dire :

— Elle a raison. Ce ne serait pas prudent de rentrer chez vous tout de suite, alors qu'ici vous avez tout ce qui peut vous être nécessaire.

Elle pinça les lèvres de dépit et réarrangea la couverture du bébé.

— Marjorie se mêle de ce qui ne la regarde pas.

Il vit qu'elle allait se lever pour remettre le bébé dans son berceau et la devança.

— Donnez-le-moi. Je m'en occupe, dit-il.

Il déposa le bébé dans le berceau et poursuivit.

— Votre amie se soucie de votre bien-être et de votre sécurité. Vous avez besoin d'un peu de temps pour vous remettre de l'accouchement.

Addy croisa les bras et prit son air entêté.

— Je vais très bien et suis parfaitement capable de me débrouiller toute seule. C'est ce que font les autres femmes.

Mack lui jeta un regard par-dessus son épaule et risqua le tout pour le tout :

— Comme hier après-midi ?

Elle pâlit et ouvrit la bouche pour répliquer, mais n'en fit rien.

Mack savait très bien que ce qu'il venait de faire n'était pas du meilleur goût, mais il n'avait pas le choix des arguments. Pour la convaincre qu'elle avait besoin d'être aidée, il était prêt à employer les grands moyens.

Il vint s'asseoir au bord du lit.

— Après vos congés, vous reprendrez votre travail, non ? demanda-t-il. Qui s'occupera du bébé ? Et si lui ou vous êtes malades, que se passera-t-il ? Y avez-vous pensé ?

Addy se passa nerveusement la langue sur les lèvres.

— Oui. Je ne sais pas encore. J'aviserai, balbutia-t-elle.

— Que ferez-vous ? insista-t-il. Vous ne pouvez pas compter sur votre mère. Je lui ai parlé au téléphone, et ses dernières paroles, je cite, ont été : « C'est de sa faute si elle s'est mise dans la panade. C'est à elle de s'en sortir. »

La jeune femme baissa les yeux, mais il vit qu'elle était au bord des larmes.

Il posa la main sur son bras en un geste d'apaisement.

— Je ne cherche pas à vous inquiéter, Addy. Je veux seulement vous faire prendre conscience que vous ne pouvez pas vous en sortir seule, sans aide.

Elle renifla et remarqua :

— Comme si j'avais le choix !

C'était l'ouverture que Mack attendait et il s'engouffra dans la brèche.

— Si vous le vouliez, je pourrais vous aider, moi, dit-il doucement.

Elle releva vivement la tête et le fixa :

— Vous ? Pourquoi ? Vous ne me connaissez pas !

Il soutint son regard et avoua :

— J'en sais plus sur vous que vous ne l'imaginez.

Il la vit froncer les sourcils d'étonnement. Le moment était venu de lui en dire plus.

— Je sais, par exemple, que le père de votre enfant

ne vous sera d'aucune aide, qu'il ne se soucie pas d'assumer ses responsabilités envers vous et le bébé.

Elle ouvrit la bouche de surprise puis la referma et, surmontant son étonnement, finit par dire :

— Qu'est-ce qui vous fait dire cela ? Vous n'en savez rien !

— Oh si ! répliqua-t-il avec un soupir. Si j'en juge par sa conduite passée dans le même genre de circonstances, vous n'entendrez plus jamais parler de Ty Bodean.

Addy écarquilla les yeux, sous le choc.

— Vous… vous connaissez Ty ?

— C'est mon demi-frère.

— V… votre…, bégaya-t-elle.

Elle avala plusieurs fois sa salive, le temps de réaliser l'importance de ce qu'il venait de lui révéler.

Au bout d'un moment, elle réussit à articuler :

— Alors, vous étiez au courant pour moi et le bébé avant de…

— Oui. Le courrier de Ty, les lettres que vous lui avez envoyées « poste restante » à Lampasas sont arrivées chez moi.

Ses yeux s'écarquillèrent encore plus, si possible.

— Vous les avez lues ?

— Oui, reconnut-il. Pas au début. Ce n'est qu'à la troisième que j'ai pensé de mon devoir de les ouvrir, au cas où la personne qui les écrivait serait en difficulté par la faute de Ty.

Il eut un petit rire triste.

— Vous n'êtes pas la première à essayer de contacter Ty après qu'il s'est évanoui dans la nature. Immanquablement, c'est chez moi que cela aboutit. J'ai l'habitude. C'est pourquoi je me suis permis d'ouvrir vos lettres.

Addy se couvrit le visage de ses mains, gémissant tout haut.

— Oh, mon Dieu !

Il tenta de la rassurer.

— Je ne vous dis pas cela pour vous mettre dans l'embarras, dit-il.

Elle redressa la tête et se rebiffa, le regardant dans les yeux.

— Pourquoi, alors ? Je ne suis pas complètement idiote. Je sais très bien que Ty ne va pas revenir se traîner à mes pieds, me jurant amour et fidélité, et encore moins me proposer de s'occuper de son fils.

Elle retira la main de Mack de son bras.

— Ce n'était pas la peine de faire tout ce chemin pour m'en informer. Merci, j'avais compris.

Mack soupira. Le tour que prenait cette conversation n'était pas ce qu'il avait espéré.

— Ce n'est pas pour cela que je suis allé chez vous, dit-il d'un ton hésitant. Je voulais vous proposer une aide financière… pour l'enfant.

Il crut qu'elle allait bondir du lit et lui sauter à la tête.

— Dites à Ty Bodean de… garder son sale argent, siffla-t-elle, suffoquante de colère. Je n'en veux pas.

— Ce n'est pas l'argent de Ty, risqua-t-il. C'est moi qui…

— Je ne veux pas de votre argent non plus.

Montrant la porte d'une main vengeresse, elle ordonna :

— Sortez d'ici. Déguerpissez et ne vous avisez pas de revenir. Je ne veux plus vous voir. Jamais.

- 3 -

Mack arpentait le couloir de l'hôpital, maugréant contre lui-même, se désolant d'avoir tout gâché. Il n'avait pas su s'y prendre et ce n'est pas comme cela qu'il réussirait à convaincre Addy de lui permettre d'adopter le bébé.

Toutefois, il ne s'avouait pas vaincu. Mack McGruder n'était pas d'un tempérament à baisser les bras sans se battre jusqu'au bout. Après tout, la bataille n'avait pas commencé, puisqu'il n'avait pas fait la moindre suggestion dans le sens qu'il espérait.

Il sortit dans le parc et repassa calmement dans son esprit leur conversation. Sans se faire de cadeau, il analysa les erreurs qu'il avait commises. Erreurs grossières !

En premier, il lui avait assené brutalement la nouvelle de sa relation avec Ty. Etant donné ce qu'elle devait ressentir pour son demi-frère, il aurait dû se douter qu'elle aurait en horreur toute personne proche de lui.

Pire encore, le fait de lui avoir révélé qu'il était venu

la voir dans l'intention de lui offrir de l'argent. Il ne connaissait Addy que depuis vingt-quatre heures, mais il était évident qu'elle avait sa fierté. Elle revendiquait son indépendance et s'y cramponnait avec un entêtement de… tigresse. Lui proposer de l'argent avait dû lui faire l'effet d'une atteinte impardonnable à sa dignité. Ce n'était pas l'argent qui pouvait l'impressionner. Une femme comme elle réagissait avec ses sentiments. Peu lui importait le montant d'un chèque. Pour ceux qu'elle aimait, pour son bébé, elle était prête à tous les sacrifices.

Comment le savait-il ? Aucune idée. Une intuition. Toutefois, il était prêt à parier sa fortune tout entière qu'il voyait juste.

Il décida qu'il avait besoin d'aide et de temps. Puisqu'il avait mis à mal le climat de confiance qui s'était établi entre Addy et lui, il lui fallait essayer de rétablir le dialogue. Et cela, il était décidé à faire tout ce qui était en son pouvoir pour y parvenir.

Il alla prendre une chambre dans un hôtel proche et passa beaucoup de temps au téléphone.

Avec le Dr Wharton dont il enrôla la bonne volonté pour garder Addy à l'hôpital le temps qu'il estimait nécessaire à la mise en place de son plan. Avec son avocat à qui il expliqua longuement la situation, ses intentions et ce qu'il attendait de lui. Avec son banquier. Avec un pasteur de sa connaissance. Et finalement, avec son meilleur ami, qui se trouvait être le pédiatre le plus réputé de Lampasas, la ville où il habitait.

Tous lui promirent leur concours et l'assurèrent qu'ils seraient là où il leur demandait d'être en temps voulu.

Enfin, il appela Marjorie à qui il fit part de ses projets.

Celle-ci l'écouta attentivement, surprise et impressionnée par sa proposition. Vite convaincue des avantages que cela représentait pour son amie, elle promit d'essayer de persuader Addy de réfléchir avant de rejeter en bloc ce qu'il avait à lui offrir.

Mack reposa le téléphone, satisfait.

Il avait fait le maximum. Dans deux jours, si tout marchait bien, la confrontation aurait lieu. Alors, advienne que pourra.

Epuisé par deux jours sans sommeil et trop d'événements dramatiques, il s'écroula tout habillé sur son lit.

Deux jours plus tard, Addy se préparait à quitter l'hôpital. Le Dr Wharton avait été intraitable. Mettant en avant la santé du bébé, il l'avait gardée plus longtemps que ce qu'elle avait prévu. Mais Marjorie s'était montrée extrêmement serviable, elle s'était rendue chez elle et lui avait apporté des vêtements propres pour elle et pour le bébé, ainsi que le couffin qu'elle avait acheté quelque temps auparavant.

Elle jeta un dernier coup d'œil à la chambre, s'assurant qu'elle n'oubliait rien. Elle avait rassemblé toutes ses affaires : son sac fourre-tout, la gerbe de ballons qu'elle voulait emporter, un bouquet de roses offert par le personnel de l'hôpital et un grand panier rempli de cadeaux pour le bébé que ses collègues des urgences s'étaient cotisés pour lui offrir. Elle n'attendait plus que le Dr Wharton, qui devait lui donner le feu vert pour son départ.

Elle regarda sa montre et s'étonna. Il était en retard. D'habitude, à cette heure, il avait fini ses visites.

S'étant assurée que le bébé dormait dans son couffin, elle alla à la porte voir si elle apercevait le docteur. Avant qu'elle y parvienne, la porte s'ouvrit et il entra.

— Je commençais à m'inquiéter, dit-elle avec un sourire confus. J'avais peur que vous ne m'ayez oubliée.

Le médecin lui passa un bras autour des épaules et l'entraîna vers le couffin.

— Comment pourrais-je oublier ma patiente préférée ? dit-il. Comment se porte notre petit bonhomme, ce matin ?

— Très bien. Il ne m'a réveillée qu'une fois la nuit dernière. Je l'ai nourri et il s'est rendormi aussitôt.

Le médecin parut satisfait.

— Parfait. Cela montre que votre lait lui convient.

— Je le pense.

On frappa, et la porte s'ouvrit de nouveau.

Addy écarquilla les yeux de surprise en voyant Mack McGruder faire son entrée.

— Qu'est-ce que vous venez faire ici ? demanda-t-elle d'un ton sec, lui faisant face.

Sans lui répondre, Mack serra la main du docteur.

— Tom, merci d'avoir bousculé votre emploi du temps pour être des nôtres ce matin et participer à notre petite réunion.

Qu'il appelle le médecin par son prénom fut la première chose qui la frappa, avant qu'elle comprenne ce qu'il venait de dire.

— Quelle réunion ?

— Celle que j'ai organisée, répondit Mack.

La porte s'ouvrit encore, cette fois sur... Marjorie.

— Elle aussi, vous l'avez convoquée ? siffla-t-elle.

— Oui. J'ai pensé qu'il serait utile qu'elle vous fasse part de son point de vue.

— Son point de vue sur quoi ?

— Sur la meilleure façon de résoudre vos difficultés.

— Ma seule difficulté pour le moment, c'est vous, cria presque Addy.

— Addy, s'interposa Marjorie, écoute au moins ce que Mack veut te proposer.

Avant qu'elle puisse remettre son amie à sa place

et lui dire de ne pas se mêler de ce qui ne la regardait pas, ce fut le Dr Wharton qui prit la parole.

— Marjorie a raison, dit-il calmement. Ecoutez la proposition de Mack.

Sidérée de cette connivence entre les trois personnes présentes, dépassée, Addy croisa les bras, fusillant Mack du regard.

— Très bien, dit-elle entre ses dents. Je vous écoute. Vous avez deux minutes pour vous exprimer. Pas plus.

— Je vous propose de m'épouser, Addy, fit-il tout de go.

— Quoi ? s'écria-t-elle, baissant les bras. Vous êtes fou ?

— Non, je suis en pleine possession de mes moyens, au contraire.

Il marqua une légère pause et poursuivit :

— Je suis un homme riche. Très riche et très solitaire. Je souhaite vous procurer, à vous et à votre enfant, le confort et la sécurité dont vous avez besoin, vous faire profiter des avantages que ma fortune me permet de vous offrir.

Elle voulut répliquer qu'elle n'avait que faire de ce qu'il avait à lui offrir, mais il la devança.

— Je vous en prie, dit-il, levant la main pour l'empêcher de parler, écoutez-moi. Je ne vous propose pas de m'épouser dans tous les sens du terme. Je n'exige aucun engagement de votre part, que ce soit du point de vue des relations sexuelles ou sentimentales. Tout ce que je souhaite, c'est assurer votre confort immédiat et donner un nom à votre enfant. Car je voudrais par la suite que vous me permettiez de l'adopter et de l'élever comme mon propre fils. Ma demeure est assez vaste pour que vous y disposiez d'un appartement privé avec toute l'indépendance que vous pouvez désirer. J'ajoute que ma cuisinière et ma femme de charge seront à votre disposition.

Interloquée, Addy était sans voix. Mack en profita pour enchaîner :

— Si un jour vous éprouviez l'envie de reprendre votre liberté, je promets de ne pas y mettre d'obstacle et je continuerai de faire en sorte que votre situation financière soit assurée.

— Mais pourquoi ? demanda-t-elle, perplexe.

Il ne la quittait pas des yeux, conservant un calme olympien malgré la tension entre eux.

— Pour la même raison que celle qui me pousse à vous proposer de m'épouser, dit-il. Pour votre sécurité et celle de l'enfant. Un McGruder prend soin des siens.

Elle ouvrit la bouche pour parler, mais de nouveau Mack leva la main.

— Il va de soi qu'en adoptant votre enfant, je prends sur moi tous les devoirs qui sont ceux d'un père, que ce soit du point de vue légal, financier et surtout moral. C'est pourquoi, si vous désiriez mettre fin à notre mariage, j'exigerais d'avoir les mêmes droits que ceux accordés à un père en cas de divorce. Droit de visite, droit de faire partie intégrante de la vie de l'enfant et droit de regard sur son éducation. Car je souhaite qu'il reçoive une éducation propre à en faire un homme travailleur, responsable et intègre.

Addy l'écoutait et le regardait sans arriver à y croire.

D'un côté, elle était stupéfaite de ce qui paraissait motiver Mack : un désir profond de faire le mieux pour… son enfant à elle ! D'autre part, elle ne pouvait croire qu'il était sérieux. Comment cet homme avait-il pu s'imaginer qu'elle allait consentir à un arrangement aussi extravagant ?

— Vous rendez-vous compte de ce que vous êtes en train de me demander ? dit-elle à voix basse.

Se tournant vers le Dr Wharton puis vers Marjorie, elle répéta sa question sur un ton de défi :

— Et vous ? Etes-vous conscients de ce que ça signifie pour moi ? Je connais à peine cet homme. Pourquoi lui ferais-je confiance ?

Elle s'arrêta, respira à fond, reprit :

— D'accord, il m'a peut-être sauvé la vie, mais avant cela je ne l'avais jamais rencontré. Et vous voudriez que je l'épouse ?

Elle secoua la tête, incrédule.

— Vous êtes fous ou quoi ?

— Mack a fait la preuve qu'il est un homme bien, qu'il a le sens des responsabilités, dit Marjorie posément. Il a suivi l'ambulance jusqu'à l'hôpital, s'est assuré que tu étais prise en charge. Il n'était pas obligé de le faire. Il n'était pas non plus obligé de faire demi-tour et de revenir à Dallas quand je l'ai appelé au milieu de la nuit pour lui dire que tu allais accoucher. Oui, dit-elle, pointant résolument le menton dans sa direction, je l'ai appelé et je ne le regrette pas. Tu peux dire ce que tu veux.

— Il vous a accompagnée pendant l'accouchement, intervint le praticien. Et si je ne me trompe, vous n'en étiez pas mécontente. C'est même vous qui le lui avez demandé.

Addy ouvrit et ferma les mains en signe d'impuissance.

— Je ne savais plus ce que je disais ni ce que je faisais, dit-elle, rougissante. Autrement, comment aurais-je pu souhaiter la présence d'un étranger — qui plus est, d'un homme — auprès de moi pendant que j'accouchais ?

— Je peux comprendre que vous hésitiez à accepter ma proposition, reprit Mack d'un ton égal.

— Hésiter ? s'écria-t-elle, faisant une brusque volte-face vers lui. Mais je m'y oppose de toutes mes forces !

Ignorant délibérément sa remarque, il continua, imperturbable :

— Pour répondre aux questions que vous êtes en droit de vous poser à mon sujet, j'ai pris sur moi de faire en sorte qu'aucun doute ne subsiste dans votre esprit. Ainsi, vous aurez toutes les garanties possibles et serez assurée de ma moralité.

Il alla ouvrir la porte.

— Messieurs, dit-il, si vous voulez bien vous donner la peine…

Muette d'étonnement, Addy regarda quatre hommes d'allure respectable entrer dans la pièce.

Le premier vint vers elle et lui tendit la main.

— Léonard Boyles, avocat, se présenta-t-il. Je suis responsable des affaires de M. McGruder depuis des années. Je peux vous rassurer, il n'a jamais eu affaire à une cour de justice. Son casier judiciaire est vierge et je me porte garant de son honnêteté.

Rien. Elle ne trouva rien à dire.

Dès que l'homme de loi s'écarta, le second, un pasteur à en juger par son col romain, s'avança et lui prit les mains dans les siennes.

— Je suis le pasteur Nolan, mon enfant, dit-il d'une voix qui respirait la bonté. Je suis le conseiller spirituel de Mack depuis toujours. J'ai rarement rencontré homme plus droit et plus généreux que lui. Si telle est votre volonté, je serai heureux de vous unir.

Avant qu'Addy ait eu le temps de retrouver ses esprits, le troisième venait la saluer.

— Jack Phelps, président de la chambre de commerce et d'industrie de Lampasas, dit-il. Mack McGruder, comme son père avant lui, est un de nos actionnaires les plus importants. En tant que président, j'atteste l'excellente situation financière de Mack et je tiens à dire qu'il figure parmi les citoyens les plus respectés de notre communauté.

Déroutée, ahurie, Addy ne put que hocher la tête en signe d'assentiment.

Le dernier personnage avait tout de l'ogre : la taille imposante, la corpulence. Mais son air jovial et paternel démentait les apparences et gommait toute appréhension.

— Ainsi, vous êtes Addy, dit-il, lui enfermant la main entre ses énormes paumes. Pour le public, je suis le Dr William Johnson.

Avec une grimace de complicité, il ajouta :

— En réalité, on m'appelle plus souvent Dr Bill.

Il regarda le couffin.

— Vous me permettez de prendre le bébé ? Je promets de ne pas le réveiller. J'ai une certaine expérience, étant pédiatre, précisa-t-il avec un sourire.

Elle haussa les épaules, incapable de résister.

— Oui. Pourquoi pas ?

Elle le suivit des yeux quand il sortit l'enfant et le nicha contre son épaule.

— Je suis sûr que ta maman pense que tu es le plus adorable bébé au monde, dit-il en souriant.

Puis s'adressant à elle :

— Vous devez en être très fière.

Elle porta sa main à sa bouche pour réprimer l'émotion qui soudain lui étreignait la gorge.

— Oui, murmura-t-elle.

Quand il changea le bébé de position et passa son bras autour de ses épaules, elle dut se retenir pour ne pas se laisser aller à sangloter contre sa vaste poitrine.

— Tout va bien, dit-il, d'un ton apaisant. Laissez-vous aller. Il n'y a pas de honte à être émue. C'est normal pour une jeune mère d'être émotive.

Elle se reprit et réussit à dire entre ses larmes :

— Je sais. Je suis infirmière et j'ai passé quelque temps à la maternité. Je suis au courant en ce qui concerne la dépression postnatale.

Il s'écarta légèrement.

— Vous êtes infirmière ? s'écria-t-il. Alors, je n'ai pas besoin de vous rappeler qu'il est important pour une jeune mère de prendre soin d'elle-même et de se ménager dans les semaines qui suivent l'accouchement, le temps de se remettre et de s'adapter aux besoins du bébé.

Avant qu'elle réponde, il examina l'enfant et sourit :

— Je crois qu'on va bien s'entendre, ce petit bonhomme et moi. Dès que vous serez installée chez Mack, amenez-le-moi pour un examen complet.

— Mais, je… commença-t-elle.

Le médecin accentua sa pression sur ses épaules.

— Vous allez adorer Lampasas, j'en suis sûr.

Addy se dégagea vivement, les poings serrés.

— Quelqu'un pourrait-il m'écouter ? s'écria-t-elle. Est-ce que je vais me faire entendre, à la fin ? Je n'épouse pas Mack McGruder. Vu ? Il n'en est pas question.

Marjorie se rapprocha d'elle et lui mit la main sur le bras.

— Addy ! Pense à ce que Mack te propose. Il te libère de tout souci, tu n'auras plus besoin de travailler. Tu pourras t'occuper de Johnny en toute tranquillité, être la mère que tu rêves d'être. Si Mack adopte ton fils, il aura un nom respectable et n'aura pas à subir les insultes que tu as subies pendant ton enfance. Il aura une famille, un père, comme les autres. Pas de chuchotements dans son dos, pas de rejet de la part des autres enfants ni de leurs parents. Penses-y.

Addy se boucha les oreilles, car Marjorie réveillait de vieux souvenirs pénibles. Elle entendait encore les moqueries de ses camarades dans la cour de récréation et voyait les regards en coin de leurs mères à la sortie de l'école. Voulait-elle que son bébé, cet amour de petit bonhomme, grandisse au milieu des insultes et des questions méchantes des uns et des autres ?

— Réfléchis bien, plaidait Marjorie. Tu n'es pas obligée de rester mariée toute ta vie, puisque Mack te laisse libre de le quitter le jour où tu en as envie. Donc, dans l'immédiat, tu n'as rien à perdre et tout à gagner pour toi et pour ton bébé.

Incapable d'en supporter plus, Addy, les mains sur les oreilles, tourna le dos au groupe.

— Allez-vous-en, supplia-t-elle. Tous. J'ai besoin d'être seule. De… De réfléchir.

Elle sentit une main sur son épaule. Le Dr Bill lui tendait le bébé.

— Mack est un chic type, un très chic type, lui murmura-t-il. Pensez-y.

Il lui pressa une dernière fois l'épaule et quitta la pièce.

Elle entendit des bruits de pas, et la porte se referma.

Repoussant ses larmes, elle serra l'enfant contre elle.

— Johnny, oh, Johnny mon amour, qu'est-ce que je dois faire ?

Tenant toujours son bébé dans ses bras, Addy entrouvrit la porte.

Le groupe qui avait envahi sa chambre quelque temps auparavant se tenait massé dans le couloir. L'avocat, le banquier, le pasteur, le pédiatre, Marjorie et… Mack. Seul le Dr Wharton manquait à l'appel, probablement appelé ailleurs par ses fonctions. Tous ainsi rassemblés, ils lui faisaient l'effet d'une forteresse dressée devant elle.

Elle résolut de ne pas se laisser impressionner.

— Vous pouvez entrer, annonça-t-elle, redressant fièrement la tête.

Puis, sans attendre, elle les précéda dans sa chambre.

Quand la porte se referma derrière Mack, elle se tourna vers l'avocat.

— Si je donne mon assentiment à cet… arrangement, je désire que tout soit consigné par écrit, y compris la promesse que je pourrai reprendre ma liberté quand bon me semblera.

— Bien entendu, opina l'avocat.

— Je veux également votre parole que mes droits et ceux de mon fils seront protégés.

L'homme de loi leva solennellement la main.

— Je vous en donne ma parole, dit-il.

Elle regarda chacun d'entre eux dans les yeux et énonça clairement, prenant son temps :

— Vous avez tous entendu la proposition de Mack. Je vous prends donc tous à témoin et vous tiens responsables de ma sécurité et de celle de mon fils au cas où Mack ne respecterait pas ses engagements. Si vous êtes prêts à prendre cette responsabilité, je suis d'accord pour accepter sa proposition.

Chacune des personnes présentes signifia de la tête son engagement.

Satisfaite, Addy respira à fond et, se tournant vers Mack, s'enquit :

— Vous désirez que ce mariage ait lieu le plus tôt possible, si je ne me trompe ?

— Effectivement, dit-il. Pourquoi pas maintenant ?

— Maintenant ? répéta-t-elle, interloquée. Et la publication des bans ?

— Lenny s'est occupé d'accélérer la procédure, dit Mack. Tout est en règle.

L'avocat s'avança, sortant un document de sa sacoche.

Un vent de panique souffla sur Addy. Elle avait cru avoir un peu de temps pour penser, pour s'organiser, éventuellement pour revenir sur une décision pour le moins précipitée.

— Et les analyses de sang et autres ? objecta-t-elle faiblement. Est-ce qu'on peut s'en passer ?

Ce fut Marjorie qui répondit, rougissant légèrement.

— C'est fait, dit-elle.

— Comment cela ?

— Le Dr Wharton a demandé au labo d'analyser le sang que l'on t'a prélevé la nuit où tu es arrivée.

Ainsi, tout était contre elle ! Elle n'avait plus de prétexte pour reculer l'échéance.

Vaincue, elle baissa les épaules et se tourna vers le pasteur.

— A vous, donc, mon père, dit-elle. Je suis sûre que vous n'avez pas oublié votre Bible. N'est-ce pas ?

De sa poche, le pasteur sortit un petit livre relié en cuir et le lui montra en souriant.

— Je ne m'en sépare jamais, mon enfant.

En dépit de tous ses efforts pour dissimuler sa surprise, Addy eut un hoquet quand elle découvrit la demeure de Mack.

Ils venaient de franchir une grille en fer forgé et remontaient une allée de chênes centenaires dont les branches formaient voûte au-dessus de leurs têtes.

Tout au bout, elle apercevait la maison. Une de ces maisons qu'on voit citées en exemple dans les magazines de décoration : de style toscan, pierre et brique avec deux ailes en retour sur le corps principal. Une pelouse impeccable agrémentée de massifs de fleurs s'étendait devant la maison, et une allée pavée circulaire donnait accès au large perron aux marches arrondies en demi-cercle. Derrière, un arrière-plan de collines couvertes de cactus et de cèdres servait d'écrin à ce joyau.

Mack arrêta la voiture au pied du perron et ouvrit la portière arrière pour en sortir le couffin.

Les jambes en coton, Addy monta les marches derrière lui.

Comme il mettait le pied sur la dernière marche, la grande porte cloutée s'ouvrit, et deux femmes se précipitèrent à leur rencontre avec des exclamations, se bousculant à qui serait la première pour s'emparer du bébé.

Mack leva la main pour les tenir à distance.

— On se calme, mesdames. Vous aurez tout le temps de le chouchouter.

Il prit la main d'Addy dans la sienne, la fit passer devant lui et annonça :

— Addy, je vous présente Zadie, ma cuisinière. Elle vit ici depuis toujours et fait la pluie et le beau temps dans la maison. Si vous empiétez sur son domaine, elle vous en chassera en vous menaçant de sa cuiller de bois.

Secouant la tête avec une grimace, la plus imposante des deux femmes s'avança.

— N'en croyez rien. Il dit cela parce que je l'ai chassé de ma cuisine le jour où il a sérieusement entamé le pâté en croûte que j'avais préparé pour son dîner.

Elle sourit et dit :

— Bienvenue, madame Addy.

— Et voilà Mary, enchaîna Mack, présentant l'autre femme. Elle vient de 8 heures à 18 heures six jours par semaine et prétend faire la guerre à la poussière.

Petite et nerveuse, la femme se planta devant Mack, les poings sur les hanches.

— Osez dire qu'il y a de la poussière quelque part, s'indigna-t-elle.

Elle aussi sourit à Addy.

— Bienvenue à la maison, madame Addy. Si vous ou le bébé avez besoin de quelque chose, de quoi que ce soit, vous me le dites et je m'en charge.

Tout en parlant, elle avait les yeux fixés sur le bébé et se frottait les mains d'anticipation. Il était clair qu'elle ne désirait rien tant que le prendre dans ses bras.

— Non, non, marmonna Zadie, la devançant. Moi, la première. Vous, vous avez des enfants. Pas moi.

Avec un sourire attendri, elle prit le nourrisson dans son couffin et le contempla avec ravissement.

— Un vrai petit bichon ! dit-elle.

Puis, levant les yeux vers son patron, elle ajouta, stupéfaite :

— Monsieur Mack, mais il vous ressemble ! Vous

vous souvenez de ces photos de vous, bébé, que votre maman avait dans sa chambre ? C'est du pareil au même !

— C'est vrai, il a le nez de M. Mack, dit à son tour Mary. Comment s'appelle-t-il ?

Choquée que les deux femmes trouvent une ressemblance entre Mack et son bébé, Addy mit du temps à répondre.

— Jonathan Antonio Roc..., non, McGruder, balbutia-t-elle.

— Un peu beaucoup pour ce bout de chou, remarqua Zadie, qui apparemment avait son franc-parler. Une vraie brochette. Comment on va l'appeler tous les jours ?

— Johnny, dit Addy.

Zadie l'observa un court instant avant de se diriger vers la porte d'entrée.

— Alors, Johnny Mack, rentrons, susurra-t-elle au bébé. Il fait trop chaud ici pour toi.

Addy cligna des yeux de surprise.

— Johnny Mack ?

Comme si elle répondait à son interrogation, Mary courut après Zadie.

— C'est à mon tour de prendre le petit Johnny Mack. Vous l'avez eu assez longtemps.

Incrédule, Addy se tourna vers Mack.

— Vous avez entendu ? Elles l'appellent Johnny Mack.

Il haussa les épaules.

— Beaucoup de gens dans la région portent un double nom.

— D'accord, dit-elle en le suivant vers la voiture, mais pourquoi Mack, et pas Antonio ou Tony ? Je leur ai dit son nom complet. Elles avaient le choix.

Penché sur le coffre de la voiture, Mack en sortit sac et valises.

— Parce qu'elles pensent qu'il me ressemble.

Il se redressa pour la regarder.

— Cela n'a rien de surprenant, puisque Ty et moi avons la même mère. Sans être d'une ressemblance frappante, nous avons hérité tous deux du nez et de la bouche de maman.

Elle en eut le souffle coupé : maintenant que Mack le disait, elle s'apercevait qu'il avait raison.

Il prit les bagages et, montant les marches, se retourna.

— Si vous y tenez, proposa-t-il, je peux leur dire d'oublier le « Mack » et de s'en tenir à Johnny tout court.

— Non, non, dit-elle lentement. Ne dites rien.

Inutile de s'attirer l'hostilité des deux femmes dès son arrivée. Après tout, quelle importance ? Ce ne serait qu'un surnom temporaire.

Addy se sentait comme Dorothy au royaume d'Oz. Transportée dans un autre monde.

L'appartement qui lui avait été attribué était plus vaste

que la plupart des maisons qu'elle connaissait. En plus d'une chambre spacieuse meublée avec un goût raffiné, elle disposait d'un salon et d'une salle de bains. La baignoire avait la taille d'une piscine, et les surfaces de marbre attendaient qu'elle y dispose ses affaires. Une autre chambre avait été convertie en nurserie avec berceau, table à langer et coffre à jouets.

Mary l'avait aidée à s'installer, puis Mack et elle avaient dîné légèrement, et ensuite elle s'était empressée de retourner dans la nurserie s'assurer que Johnny dormait.

Cette dernière pièce communiquait avec l'appartement de Mack juste à côté, remarqua-t-elle. Tenait-il à être à proximité du bébé ? Et comment avait-il fait pour opérer ces transformations aussi rapidement ?

Question absurde : Mack McGruder avait les moyens et les relations nécessaires pour agir selon son gré et réaliser toutes ses fantaisies comme bon lui semblait. Elle était bien placée pour le savoir.

Avec un soupir de résignation, elle franchit la porte-fenêtre qui ouvrait sur le patio.

Maintenant, le soir tombait. La cour intérieure était subtilement éclairée par des lampes qui mettaient en valeur les plantes en pot, fougères et autres. Dans un angle, comme jaillissant du mur, une cascade se déversait dans un bassin au milieu des nénuphars, et des poissons exotiques jouaient à cache-cache sous les larges feuilles.

Le bruit de l'eau, l'arrangement harmonieux des

plantes, tout cela avait un effet apaisant qui l'incita à se laisser tomber sur une des chaises longues. Elle avait besoin d'évacuer la tension qui ne l'avait pas quittée de la journée.

Quelle journée ! Elle se sentait épuisée, physiquement et moralement.

D'abord, il y avait eu cette proposition aussi invraisemblable qu'inattendue de la part de Mack, et la confrontation avec les amis qu'il avait ralliés à sa cause. Puis le mariage, aussi rapide qu'impersonnel, un semblant de cérémonie malgré la gentillesse du pasteur. Enfin, ils étaient passés chez elle où elle avait dû rassembler en toute hâte ce qu'elle voulait emporter.

Mack lui avait bien proposé d'embaucher une entreprise de déménagement pour tout transporter à Lampasas, mais elle s'y était vigoureusement opposée. Au fond d'elle-même, elle n'était pas certaine que cet arrangement impromptu avec lui serait viable, et elle voulait garder l'assurance que sa maison l'attendait, au cas où…

Le long trajet de Dallas à Lampasas s'était effectué presque en silence. Elle était encore sous le choc des événements et n'était pas d'humeur à entretenir la conversation. Elle l'était encore moins depuis qu'elle avait découvert la propriété et réalisé la véracité des dires de Mack, quant aux moyens dont il disposait pour assurer son confort. Elle ne s'était pas attendue à vivre dans ce qui lui apparaissait comme un palais…

Toutefois, le coup de grâce lui avait été assené par Zadie et Mary, quand les deux femmes avaient spontanément appelé son fils Johnny Mack.

Elle était bien forcée de reconnaître que les explications de Mack étaient fondées et s'en voulait de n'avoir rien remarqué : Ty et Mack avaient quelque chose en commun, cela ne faisait maintenant aucun doute.

Le seul nom de Ty la fit se crisper.

Mack lui avait assuré qu'elle n'avait rien à craindre de la part de son demi-frère, mais elle ne pouvait se défendre de se souvenir que Ty Bodean était capable de tout, et en particulier de refaire surface pour venir réclamer ses droits. Ils étaient frères, quoi de plus normal qu'il se manifeste un jour pour rendre visite à Mack ?

Elle en frissonna d'angoisse et de dégoût. Elle ne voulait pas revoir cet individu, jamais. Elle se refusait à admettre qu'elle avait pu se croire amoureuse de ce menteur et pire encore.

— J'espère que votre appartement vous convient ? dit une voix au-dessus d'elle.

Elle sursauta et regarda Mack, tendue.

— Je… Impossible que ça marche, lança-t-elle, se tordant les mains.

— Pourquoi ? s'inquiéta-t-il. Qu'est-ce qui ne va pas ? Votre chambre ? Vous désirez que je…

— Tout est parfait, dit-elle en se levant. Ce n'est pas cela.

Elle lui fit face.

— Avez-vous oublié que le père biologique de mon enfant est votre frère ?

— Demi-frère, rectifia-t-il automatiquement. Et alors ?

— Alors ? Et s'il venait ici ? dit-elle en arpentant nerveusement la terrasse. S'il découvrait notre… arrangement ? Il est capable d'essayer de me prendre mon enfant.

Il la prit par le bras et la ramena vers la chaise longue.

— Ty ne pourra pas reprendre Jonathan, Addy. Lenny est déjà en train de rédiger les formalités d'adoption. Une fois que cela sera fait, votre enfant sera aussi le mien, en toute légalité.

— Ne peut-il pas contester cette adoption ? Prouver qu'il est le père biologique de Johnny ?

Mack soupira.

— Bien sûr qu'il le pourrait. Mais quel intérêt pour lui ? Il savait que vous étiez enceinte quand il a choisi de disparaître. Pourquoi reviendrait-il maintenant que l'enfant est là, alors qu'il n'a pas la moindre envie de se comporter en père et d'assumer ses responsabilités ?

Il posa sa main sur la sienne.

— Vous n'avez pas d'inquiétude à avoir, affirma-t-il. Ty a de bonnes raisons de ne pas se montrer à Lampasas, et encore moins ici, chez moi.

Addy se frotta machinalement la main pour en

chasser la curieuse sensation de chaleur que celle de Mack y avait laissée.

— Pourquoi ? Vous n'avez aucun contact ?

— Si. Au téléphone.

Mack s'assit dans un fauteuil en face d'elle, étendit les jambes et continua.

— Même s'il se présentait à la grille, il ne pourrait pas entrer. Il n'a pas le code, et personne de mon personnel n'oserait lui ouvrir sans m'en avoir d'abord avisé.

La regardant bien en face, il affirma :

— Vous êtes en sécurité ici, Addy, vous et le bébé. Je ne permettrais pas qu'il vous arrive quoi que ce soit, à vous ou à votre enfant.

Elle l'observa longuement, désireuse de le croire, mais encore méfiante et assaillie de questions.

Ty l'avait regardée droit dans les yeux en proférant mensonge sur mensonge. Mack n'était-il pas en train d'en faire autant ? N'était-ce pas un trait de famille ? Pourquoi la protégerait-il contre son frère ? Pourquoi avait-il tant insisté pour l'épouser ? Pour profiter d'elle et de sa naïveté, comme Ty ? Que pouvait-il bien vouloir d'elle ?

Impossible qu'il recherche une relation sexuelle. Pas avec elle, qui venait de donner naissance à un bébé ! D'autant qu'il l'avait vue dans la pire des situations : il avait assisté à l'accouchement, de quoi couper court à toute envie.

Devait-elle croire tout ce qu'elle avait entendu à

l'hôpital de la part de ses amis ? Qu'il était riche et généreux, sincère et honnête ? Mack lui avait assuré qu'il savait ce qu'il faisait, qu'il n'agissait pas sur un coup de tête comme elle l'en avait accusé. Il avait vraiment l'air de s'intéresser au bien-être et à l'éducation de son enfant, reconnut-elle. C'est cela qui l'avait touchée, qui l'avait emporté sur son bon sens.

— Très bien, dit-elle, je vous crois. Mais s'il s'avisait de venir ici, je ne veux pas le voir, je ne veux pas qu'il s'approche de moi ni du bébé. Si cela devait se produire, je partirais immédiatement.

— Entendu, dit Mack, les mains sur ses genoux.

Il se leva avec un soupir.

— Il faut que je vous laisse. J'ai du travail qui m'attend. Vous pouvez vous installer dans le salon devant la télévision.

— Je crois que je vais me mettre au lit. La journée a été longue.

En passant, il posa la main sur son épaule.

— Bonne nuit, Addy, murmura-t-il.

Elle écarquilla les yeux, répondit : « Bonne nuit » et écouta décroître le bruit de ses pas.

Elle attendit d'entendre la porte se refermer pour écarter son chemisier et examiner son décolleté : c'était bien ce qu'elle pensait, elle avait la chair de poule.

Ce n'était pas la première fois. Le moindre contact physique avec Mack McGruder lui faisait cet effet.

- 4 -

Addy geignit dans son sommeil, refusant d'écouter la voix qui menaçait de la réveiller.

— Addy, insistait la voix. Réveillez-vous.

Lentement, elle ouvrit les yeux et faillit hurler de terreur en découvrant un homme torse nu penché sur elle. Grâce à la petite lampe allumée à l'autre extrémité de la pièce, elle reconnut Mack tenant le bébé dans les bras et se détendit.

— J'ai cru mourir de peur, dit-elle.

— Désolé, mais ce bonhomme crie famine.

Aussitôt, elle s'assit dans son lit et tendit les bras.

— Navrée, dit-elle. Je n'ai rien entendu.

Il lui passa l'enfant et expliqua :

— Il n'a pour ainsi dire pas pleuré. Je l'ai entendu remuer quand je me suis levé pour boire un verre d'eau. Je l'ai bercé, espérant qu'il allait se rendormir et que cela vous permettrait de dormir un peu plus longtemps, mais ça n'a pas marché.

Sa pudeur protégée par la pénombre, elle mit le bébé au sein.

— Vous n'auriez pas dû. Je ne suis pas si fatiguée.

— Ce n'était pas désagréable, répliqua Mack.

Elle s'attendait à ce qu'il regagne sa chambre, mais il s'assit au bord du lit et ramena la couverture sur le bébé.

— Cela m'a rappelé des souvenirs, ajouta-t-il.

Elle entendit sa voix s'étrangler d'émotion.

— Vous avez des enfants ? demanda-t-elle, intriguée.

— J'avais un fils. Il est décédé à l'âge de six ans.

— Oh, Mack ! s'exclama-t-elle à voix basse, bouleversée par cette révélation.

Il haussa les épaules tristement.

— Il y a douze ans de cela. Avec le temps, la douleur s'atténue.

— Peut-être, mais…

Elle regarda son enfant, incapable d'imaginer ce qu'elle ressentirait si elle venait à le perdre. Ce fut alors qu'elle s'avisa qu'elle ne savait rien de Mack. Elle s'était contentée des références de moralité produites par ses amis pour se décider à l'épouser. Mais sur sa vie personnelle, rien. Elle n'avait pas eu le loisir de lui poser de questions, et il ne lui avait pas fourni le moindre indice. S'il avait eu un enfant, il avait probablement été marié.

— Vous êtes… divorcé ? risqua-t-elle.

— Veuf, dit-il. Ma femme et mon fils sont morts tous les deux dans le même accident de voiture.

Levant les yeux, elle vit son visage déformé par le chagrin.

— Cela a dû être terrible pour vous, dit-elle, sincèrement émue.

— Plus que vous ne pouvez l'imaginer.

Elle se tut car il n'y avait rien à dire, et ils restèrent ainsi dans le silence que seuls troublaient les bruits du bébé.

— Vous devriez le changer de côté, suggéra Mack. Sinon, il sera rassasié avant d'avoir tété l'autre sein.

— Exact, murmura-t-elle, insérant deux doigts entre la bouche du bébé et son sein.

Elle écarta l'enfant et, sur une impulsion, le tendit à Mack.

— Vous voulez lui faire faire son rot ?

Il se redressa aussitôt.

— Oui, bien sûr.

Il nicha le bébé contre son épaule et se mit à lui tapoter le dos avec une aisance qui n'aurait pas manqué de la surprendre sans les révélations qu'il venait de lui faire.

Il ne portait qu'un jean, probablement enfilé à la hâte car à peine boutonné. Malgré elle, elle remarqua la toison de poils noirs sur son torse, s'attarda sur les muscles de ses bras, ses épaules larges.

Le bébé fit un rot bruyant qui les fit sursauter.

— Bravo, bonhomme, dit Mack avec un petit rire.

Amusée, elle reprit le bébé et, tout naturellement, le mit à son autre sein.

Pourquoi se sentait-elle si peu gênée de la présence de Mack ? Probablement parce qu'il l'avait assistée pendant l'accouchement. Inutile maintenant de jouer les timides.

Elle le regarda.

— Vous ne trouvez pas que c'est étrange ? remarqua-t-elle.

Il fronça les sourcils.

— Quoi ?

— Tout. Cela, dit-elle, montrant le bébé. Le fait que je l'allaite devant vous.

Mack prit appui sur le matelas et fit mine de se lever.

— Si vous désirez que je vous laisse…

— Non, non, dit-elle, posant la main sur son bras. Je m'étonnais seulement de pouvoir faire cela devant un… étranger.

— Je ne suis pas vraiment un étranger, Addy, dit Mack, reprenant place sur le lit. Je suis votre mari.

Cela eut le don de la déstabiliser : elle n'était pas encore persuadée de la réalité de sa condition d'épouse.

— Peut-être, dit-elle, réticente. Il n'empêche que nous ne nous connaissons que depuis… trois jours ?

Il regarda sa montre et sourit.

— Quatre, maintenant.

— D'accord. Quelle différence !

— Il y a des gens que je connais depuis plus longtemps et que je connais moins bien que vous.

Intriguée, elle le regarda.

— Que savez-vous de moi ?

— Que vous êtes têtue comme une mule.

— Pas très flatteur, ironisa-t-elle, vexée. Merci quand même.

Il s'allongea au pied du lit, relevé sur un coude.

— Attendez, ce n'est pas fini.

— Je ne suis pas sûre d'avoir envie d'entendre le reste.

— Vous êtes courageuse, fière et indépendante.

— J'aime mieux cela.

— Et très douée pour dissimuler vos émotions, ajouta-t-il.

Dépitée cette fois, elle protesta :

— Comment pouvez-vous dire cela, après tout le bazar que j'ai fait avant d'accepter de vous épouser ?

— Je parle de vos émotions profondes, celles que vous ne laissez voir à personne.

— Par exemple ? interrogea-t-elle, quelque peu sidérée.

— L'indifférence de votre mère à votre égard. Cela vous blesse, mais vous n'en montrez rien.

Elle fut surprise qu'il ait détecté sa faiblesse et baissa les yeux sans rien dire.

— Elle ne vous mérite pas, continua Mack. Vous êtes une bien meilleure fille qu'elle n'est une mère pour vous.

Elle s'énerva de ce compliment qui la gênait et chercha des excuses à sa mère.

— Vous ne la connaissez pas. Vous ne l'avez jamais rencontrée.

— Je lui ai parlé. Cela m'a suffi.

Elle leva les yeux au ciel.

— Je ne suis pas d'accord, mais allez-y, dites ce que vous croyez savoir de moi.

— Vous êtes déçue de vous-même et furieuse d'avoir laissé un type comme Ty vous faire un enfant.

Elle sentit la moutarde lui monter au nez.

— A vous entendre, on dirait que j'ai fait exprès d'être enceinte. Or, j'ai toujours insisté pour qu'il se protège.

Mack leva la main pour lui faire signe de se calmer.

— Ce n'est pas ce que j'ai voulu dire. Je pense que vous vous en voulez d'avoir eu cette aventure avec Ty. J'en suis également surpris, car, sans vous offenser, vous n'êtes pas son genre.

Evidemment, il avait raison, reconnut-elle. Néanmoins, elle n'était pas prête à l'admettre tout haut, et encore moins devant lui.

— D'après vous, c'est quoi mon genre ?

— Le genre à attendre tout d'une relation avec un homme : l'amour, le mariage et la famille. L'avenir.

Elle se demanda si c'était elle qui laissait transparaître ses aspirations ou si Marjorie et ses bavardages y étaient pour quelque chose.

— D'où tenez-vous ces… subtiles informations ?

— Votre maison. La bordure de fleurs, les paniers de

fougère sous le porche, la mangeoire pour les oiseaux accrochée dans l'arbre...

— Ce qui vous fait penser que je suis la parfaite petite femme d'intérieur prônée par les magazines féminins ?

Elle rejeta la tête en arrière et rit doucement.

— Vous vous trompez complètement.

— Vous croyez ? Alors, pourquoi avoir gardé le bébé ?

— Avais-je le choix ?

— D'autres que vous, dans la même situation, choisissent d'avorter pour ne pas se gâcher la vie avec un enfant.

— Il se trouve que je suis pour la protection de la vie, de toute vie. En tant qu'infirmière, cela n'a rien d'étonnant et vous ne pouvez pas me le reprocher, s'insurgea-t-elle.

— Loin de moi cette idée, protesta-t-il à son tour. Je pensais plutôt que vous n'aviez pas voulu laisser passer la chance d'avoir une famille, même si l'élément principal, le père, faisait défaut.

Agacée qu'il ait presque tout compris, elle appuya le bébé contre son épaule.

— D'accord, docteur Freud. Merci pour votre analyse. Si cela ne vous ennuie pas, on s'en tiendra là pour cette nuit. Je meurs de sommeil.

Il se leva et tendit les bras vers le bébé.

— Donnez-le-moi. Je vais le coucher.

Elle hésita, tentée de lui dire qu'elle était parfaitement capable de mettre son enfant dans son berceau. Mais à quoi bon discuter ? Pour affirmer son indépendance vis-à-vis de lui ? Elle renonça et se résigna à le lui donner, puisqu'il devait traverser la nurserie pour regagner son appartement.

Elle s'enfonça dans son lit et remonta les couvertures jusqu'à son menton.

— N'oubliez pas de le couvrir.

— Ne vous inquiétez pas.

Elle sourit d'aise, se disant qu'il ne serait pas difficile de s'habituer à ces attentions. Il n'était pas désagréable d'avoir quelqu'un qui était aux petits soins pour vous... Même si ce quelqu'un prétendait tout faire et tout savoir mieux que personne.

Addy allaitait Johnny en se balançant doucement dans son rocking-chair, tandis que Mary allait et venait de la chambre à la nurserie, pliant et rangeant les vêtements du bébé.

Elle n'osait trop rien dire. Toutefois, après une semaine chez Mack, elle n'était toujours pas habituée à ce qu'une autre fasse son travail pour elle.

— Mary, dit-elle aussi gentiment que possible, n'y tenant plus. Ne vous donnez pas cette peine. C'est déjà énorme que vous vous chargiez de tout laver pour moi. Posez ces vêtements sur la commode, je les rangerai plus tard.

— Ce n'est vraiment rien, dit Mary sans s'arrêter.

Elle sortit un petit pyjama du panier et le tint devant elle, s'exclamant :

— Si ce n'est pas adorable !

Elle le porta à sa joue pour en apprécier la douceur.

— Cela me rappelle l'époque où mes enfants n'étaient que des bébés.

— Combien d'enfants avez-vous ? demanda Addy.

— Quatre.

— Quatre ? s'étonna Addy.

Comment pouvait-on s'occuper de quatre enfants simultanément ? Déjà, subvenir aux besoins d'un seul lui paraissait un travail à plein temps. Et il y avait Mary qui faisait presque tout !

— Comment avez-vous fait ?

Mary eut un petit rire.

— Comment ? Ne savez-vous pas que toute mère possède plusieurs paires de mains ? Cela permet de faire plusieurs tâches à la fois.

Addy regarda les siennes et protesta :

— Pas moi. Ce n'est pas juste.

— Qu'est-ce qui n'est pas juste ? dit une voix.

Elle leva les yeux et vit Mack dans l'embrasure de la porte.

Mack ? Etait-ce bien lui ? En bottes usagées, jean décoloré et les cheveux ébouriffés, il paraissait beaucoup plus jeune que l'homme d'affaires en costume trois-pièces, au visage sévère, qui avait promis la semaine précédente de l'aimer et de la chérir jusqu'à ce que la mort les sépare.

Elle se força à détourner son regard de celui qu'elle avait toujours du mal à considérer comme son époux légal. Si maintenant il se transformait en séducteur…

— Mary m'assure que les mères de famille ont plusieurs paires de mains, ce qui décuple leurs capacités. Je n'ai pas l'impression que ce soit mon cas.

Il désigna le bébé qui avait terminé sa tétée.

— Avec seulement ce petit bout de bonhomme, vous n'en avez pas besoin. Donnez-le-moi, ajouta-t-il un peu rudement. Je ne l'ai pas vu de toute la matinée.

« Papa est rentré ! »

Ce n'était pas ce qu'il avait dit, mais ce fut ce qui passa par la tête d'Addy quand il tendit les mains vers le nourrisson.

Elle se leva, le lui remit et lui céda la place dans le rocking-chair.

Quand il s'y assit, le bébé se mit à s'agiter.

— Que se passe-t-il ? s'inquiéta Mack. J'ai fait quelque chose qu'il ne fallait pas ?

— Non. C'est le rot qui le travaille, dit-elle, prenant la serviette avec laquelle elle s'était protégée et la posant sur l'épaule de Mack.

Celui-ci remonta le bébé et lui tapota le dos tout en effleurant de ses lèvres la petite tête.

— Vas-y, petit, dit-il, fais un bon gros rot pour le vieux Mack.

Le bébé s'exécuta presque aussitôt, au point qu'Addy se demanda si l'enfant était sensible à la voix autoritaire sous ses airs… paternels.

Mary, elle, éclata de rire.

— Vous n'avez pas perdu la main, on dirait, lança-t-elle en quittant la pièce avec la panière vide de linge.

Addy vit le visage de Mack s'assombrir et comprit que la remarque lui avait rappelé son fils. Elle s'assit dans le fauteuil en face de lui et entreprit de lui changer les idées.

— Mary s'est mis en tête de tout faire pour moi, dit-elle en souriant. Elle va jusqu'à plier le linge et le ranger. Impossible de l'en empêcher. Si je la laissais faire, elle aurait Johnny sur les bras toute la journée.

Mack changea le bébé de position mais ne leva pas les yeux.

— Elle a toujours adoré les enfants, dit-il.

— Cela fait longtemps qu'elle travaille ici ?

— Quatorze ans. Elle avait été engagée par ma mère, et par la suite je l'ai gardée.

— Zadie aussi ?

— Oui, depuis plus longtemps encore, ce qui explique son franc-parler. Quand je me suis marié, elle est partie travailler dans un restaurant en ville. Je pense qu'elle ne voulait pas partager son territoire avec une autre, et ma femme avait aussi envie de se sentir chez elle. Après son décès, j'ai constaté que je ne pouvais pas me passer de cuisinière et je suis allé la débaucher. Elle a bien voulu revenir. Cela fait sept-huit ans maintenant, et je m'en félicite.

Addy opina. La simple évocation des repas préparés par Zadie lui faisait monter l'eau à la bouche.

— Je vous comprends, dit-elle. Mais comment faites-vous pour ne pas devenir obèse, avec tout ce qu'elle cuisine ? Encore un peu et je vais être obligée de remettre mes vêtements de grossesse !

— Cependant, Zadie se plaint de votre appétit d'oiseau, dit-il.

Elle protesta vivement :

— Vous avez vu ce que j'avale ? Et je termine mon assiette avec plaisir !

— Mais vous ne vous resservez jamais, remarqua-t-il.

Avec un souvenir ému, Addy revit le fameux gâteau à la noix de coco de la veille. Zadie avait tout fait pour qu'elle se laisse tenter une seconde fois, et elle avait eu beaucoup de mal à résister.

— Elle mériterait d'être enfermée, dit-elle d'un ton convaincu. Comment vais-je retrouver ma ligne si elle propose à chaque repas des pâtisseries toutes plus appétissantes les unes que les autres ?

— Je lui dirai de supprimer les desserts, dit Mack.

— N'en faites rien ! Je ne voudrais pas qu'elle se sente vexée.

Il lui lança un regard en coin et demanda :

— Qu'est-ce qui vous ennuierait le plus ? De contrarier Zadie ou de vous priver de ses fabuleux desserts ?

Fâchée d'être percée à jour, Addy pinça les lèvres et, prenant la serviette sur l'épaule de Mack, l'agita dans sa direction.

— Méchant !

Riant, il fit semblant de se protéger, lui et le bébé. Puis, à voix basse, il ajouta :

— Merci.

Surprise, elle plissa le front.

— Merci de quoi ?

— De m'avoir arraché à mes souvenirs, dit-il en la regardant dans les yeux.

Elle retint son souffle, frappée par l'intensité de la douleur qui se lisait dans ses yeux. Elle avait envie de faire quelque chose pour soulager la tension qui lui crispait le visage. Lui caresser la joue, lui masser les tempes…

Au lieu de cela, elle se leva brusquement du fauteuil et tendit les mains vers l'enfant.

— Je m'en occupe, dit-elle. Vous devez avoir du travail.

Il lui tourna le dos, l'empêchant de prendre le bébé.

— Rien d'urgent, affirma-t-il. Allez vous reposer. Ou mieux, allez vous promener.

Il baissa les yeux vers le bébé et ajouta :

— Johnny Mack et moi avons besoin d'un petit cœur à cœur entre hommes.

*
* *

Etendue sur une chaise longue dans le patio, les yeux clos, Addy jouissait de la chaleur du soleil sur sa peau.

Posé sur une petite table à proximité, un verre de limonade attendait son bon plaisir. Le magazine qu'elle avait feuilleté reposait à l'envers sur son estomac. Elle se sentait détendue, alanguie, paresseuse même… Et heureuse de l'être. Dire qu'elle se trouvait au paradis n'aurait rien eu d'exagéré, soupira-t-elle. Elle appréciait le confort de la somptueuse demeure de Mack, les repas dignes d'un restaurant quatre étoiles et les trois personnes empressées à satisfaire ses moindres besoins.

Elle n'avait rien à faire. Zadie régnait sur la cuisine, Mary se chargeait de tout le linge du bébé, il ne lui restait qu'à s'occuper de son enfant. Et encore ! Les trois autres semblaient se liguer pour lui prendre Johnny dès qu'ils le pouvaient. Pour Mary, une jeune mère avait besoin de repos. Pour Zadie, les bébés devaient être stimulés, c'est pourquoi elle disparaissait avec lui et l'installait dans un cosy près d'une des portes-fenêtres de sa cuisine. Enfin, il y avait Mack, le pire des trois.

Addy aurait juré qu'il dormait sur le tapis de la nurserie. Quelle que soit l'heure de la nuit et avant même que le bébé se mette à pleurer, il était là, le changeait et le berçait pour s'assurer qu'il avait vraiment faim et n'allait pas se rendormir tranquillement. Alors seulement il le lui apportait. Pendant la tétée, il s'installait au pied du lit et lui tenait compagnie.

Elle devait avouer qu'elle se réjouissait de ces moments passés avec Mack. Pas de gêne entre eux. La conversation se déroulait tout naturellement. Elle découvrait ses idées, ses goûts, et n'hésitait pas à lui faire part des siens. Il arrivait aussi qu'ils se taisent, partageant le calme de la nuit et l'intimité de la pénombre, comme coupés du monde par l'atmosphère confiante qui régnait dans la pièce.

Depuis qu'elle vivait chez lui, des liens d'amitié s'étaient tissés entre eux, des liens qui lui tenaient de plus en plus à cœur. Ils prenaient leurs repas ensemble, bavardaient, regardaient la télévision. Il l'emmenait se promener dans le parc, poussait jusqu'aux écuries pour jeter un œil aux chevaux ou suggérait d'aller chercher le courrier à la loge près de la grille. Elle se rendait compte que c'était une marque d'attention de la part de Mack, un prétexte pour la faire sortir et laisser son enfant, ce qu'elle n'aurait pas fait d'elle-même.

— Regardez ce que j'ai trouvé, dit justement la voix de Mack, la tirant de ses réflexions.

Il s'encadrait dans la porte, Johnny sur les bras.

— Mack McGruder, si vous avez réveillé cet enfant juste pour le plaisir, ça ne va pas aller !

— Il était réveillé, se défendit-il.

Attirant un fauteuil du bout du pied, il s'assit près d'elle, étendit les jambes et logea le bébé au creux de son bras.

Elle le regarda faire, impressionnée de son adresse à manier l'enfant.

— Vous avez dû être un très bon père, remarqua-t-elle sans réfléchir.

Aussitôt elle se mordit la lèvre, se reprochant cette phrase pour le moins déplacée. Elle posa la main sur le bras de Mack pour s'excuser.

— Désolée. C'est votre aisance avec Johnny qui me surprend toujours.

Mack hocha la tête.

— Ne vous excusez pas. Je suis heureux d'avoir eu un fils.

Il la regarda avant d'ajouter :

— Je suis moins sûr d'avoir été un père modèle. Parfois, c'est quand vous perdez quelque chose ou quelqu'un que vous réalisez pleinement combien vous y étiez attaché.

Elle approuva de la tête, s'imaginant aisément les regrets qui le dévoraient, les « si j'avais su » qui devaient le hanter chaque jour depuis l'accident.

— Et votre père à vous, demanda-t-elle impulsivement, comment était-il ?

Surpris de la question, il réfléchit un instant avant de répondre.

— Ma mère affirmait que je savais me tenir sur un cheval avant de savoir marcher, et je crois qu'elle n'avait pas tort. Mon père m'emmenait partout avec lui, que ce soit pour faire le tour des clôtures, vérifier que les chevaux étaient dans le bon enclos, aller à la chasse ou à la pêche. J'étais toujours de la partie.

Elle sourit, un peu envieuse de cette relation privilégiée entre père et fils.

— Vous avez eu de la chance.

— Oui, c'est vrai, dit-il. C'était exceptionnel.

Il marqua une pause.

— Et vous ? Votre père ? questionna-t-il.

— Je ne l'ai jamais connu, dit-elle. Il est mort au Viêt-nam.

— C'est dur pour un enfant.

Elle haussa les épaules.

— Pas vraiment. Quand on ne sait pas ce que l'on perd, on n'en souffre pas.

— Et votre beau-père ? Vous vous entendiez bien avec lui ?

— Lequel ? demanda-t-elle sèchement.

Il la regarda, intrigué.

— Vous en avez eu plusieurs ?

— Quatre, très exactement.

Mack ouvrit de grands yeux.

— Quatre ?

— Eh oui ! Et je n'ai eu aucune véritable relation avec l'un ou l'autre.

Elle vit qu'il était intrigué et expliqua :

— Les trois premiers n'ont pas partagé notre vie assez longtemps pour que je m'y attache. Quand le quatrième est arrivé, c'était trop tard. J'étais adulte et indépendante, et je n'avais plus envie d'essayer.

— Quatre ! reprit Mack, songeur, comme s'il avait du mal à assimiler la notion de changement que cela impliquait dans une vie.

— C'est aussi le nombre des mariages de ma mère, ajouta-t-elle.

Autant mettre les choses au point tout de suite.

Il parut réfléchir, prendre la mesure de ce qu'elle venait de dire et risqua :

— Votre père et votre mère n'étaient pas...

— Mariés ? Non. Quand maman a découvert qu'elle était enceinte, mon père a pris la tangente. Il s'est engagé dans l'armée pour fuir toute responsabilité. Elle en a été marquée à vie et ne le lui a jamais pardonné.

Il siffla doucement, disant :

— Cela explique sa réaction au téléphone, quand je l'ai appelée pour la prévenir que vous étiez à l'hôpital.

— Pas besoin de me la décrire, ironisa-t-elle. Elle n'a jamais pardonné à Tonio Rocci de l'avoir mise enceinte et abandonnée. Quand il a été tué au Viêt-nam, c'est sur moi qu'elle a rejeté le blâme et sa rancœur.

— Ce n'est pas juste, s'indigna-t-il. Vous n'y étiez pour rien.

— Essayez de faire comprendre cela à ma mère !

Il esquissa un frisson d'appréhension.

— Je crois que je ne m'y risquerai pas, dit-il.

Il changea le bébé de bras.

— Vous êtes en contact avec la famille de votre père ?

— Non. Ma mère a toujours refusé d'en entendre parler. Je crois qu'elle les tenait pour responsables de la conduite de leur fils.

— Malgré cela, elle vous a donné son nom, remarqua-t-il.

— Par vengeance. Je peux vous assurer que ce n'est pas par reconnaissance pour Tonio Rocci. Au contraire. Elle a exigé cela de sa famille. Elle a voulu afficher la conduite ignoble de son séducteur à la face du monde. J'étais la preuve vivante que Tonio était un salopard. Du même coup, elle a réussi à se mettre à dos tous les Rocci, qui n'ont jamais pris la peine de s'intéresser à moi.

Elle vit que Mack l'observait intensément et se troubla.

— Quoi ? Qu'y a-t-il ?

— Est-ce que l'histoire n'est pas en train de se répéter ? osa-t-il demander.

Elle pinça les lèvres et détourna les yeux.

— Les circonstances, peut-être, admit-elle à contrecœur.

Aussitôt, elle affirma d'un ton déterminé :

— Mais je ne suis pas comme ma mère. Je hais peut-être votre frère…

— Demi-frère, rappela-t-il.

Elle écarta l'objection de la main.

— Qu'importe. Le seul point commun entre ma mère et moi est que nous avons eu un enfant hors mariage, délaissé par son père. Contrairement à elle, il n'a jamais été question que mon enfant porte le nom de son père, mais le mien. En tout cas, c'est ce que j'aurais fait si... — elle lui lança un coup d'œil —si vous n'aviez proposé de l'adopter. De toute manière, je n'en voudrai jamais à Johnny de ce qui m'est arrivé. Jamais je ne lui reprocherai sa naissance ni l'abandon de son père. C'est ma responsabilité à moi seule, et j'en assume les conséquences.

Elle s'était un peu échauffée en parlant. Elle reprit son souffle et contempla le bébé dans les bras de Mack.

— Je suis heureuse de l'avoir gardé, dit-elle d'un ton plus posé. Très heureuse. Je ne regrette rien. Comment le pourrais-je ?

Elle tendit les bras, et Mack lui passa le bébé. Elle le nicha au creux de son épaule, posa ses lèvres dans le fin duvet de cheveux et se renfonça dans son fauteuil, pensive.

— Le jour où j'ai eu les premières douleurs, il m'est arrivé quelque chose de tout à fait surprenant.

— Laissez-moi deviner. Un inconnu s'est pointé à votre porte ? suggéra Mack avec un sourire.

— Oui, mais autre chose encore, dit-elle, le regard lointain. J'ai reçu un coup de téléphone d'une femme disant que nos pères respectifs avaient combattu ensemble au Viêt-nam et qu'ils étaient de très proches amis. Comment a-t-elle réussi à me retrouver, je n'ai pas pensé à le lui demander. J'étais trop étonnée.

Elle se tut avant d'avouer :

— Cela m'a prise au dépourvu, car je pense rarement à mon père.

— J'imagine que d'entendre quelqu'un mentionner son nom après tout ce temps avait de quoi vous surprendre, opina Mack.

— Oui. D'autant qu'elle appelait pour me parler d'un papier, un document qu'elle avait découvert par hasard en triant les affaires de son père. Une moitié de document, en fait. Elle voulait savoir si par hasard mon père aurait envoyé l'autre moitié à ma mère.

— Et alors ?

— Je n'en sais rien. J'ai aussitôt appelé maman qui prétend ne pas s'en souvenir. S'il l'a envoyé, elle n'y a pas fait attention. Elle rejetait en bloc tout ce qui pouvait venir de lui. Si par miracle elle l'a gardé, ce ne peut être que dans la malle que j'ai récupérée avant qu'elle parte à Hawaii. Dans le bric-à-brac de souvenirs de ses années d'école et de ses précédents mariages qu'elle ne trie jamais et traîne derrière elle… quand elle ne le laisse pas chez moi.

— Et vous avez été voir ?

— Pas eu le temps. J'allais le faire, mais c'est le moment qu'a choisi Johnny pour s'annoncer.

Elle tapota le dos du bébé.

— Vous vous rendez compte ? Si ce papier avait de la valeur ? S'il s'agissait d'un legs de mon père au nom de l'enfant qu'il avait d'abord choisi d'ignorer ? Un remords tardif ? Je pourrais peut-être me débarrasser de ma vieille caisse et m'en offrir une neuve. Ce serait trop beau.

— Votre « caisse » ?

— Ma voiture. Si on peut encore lui donner ce nom. Elle est rafistolée de tous les côtés, bardée de bouts de fil de fer et de chatterton.

Mack rejeta la tête en arrière et éclata de rire.

Elle lui lança un regard vexé, et il se calma.

— Excusez-moi. Du chatterton ! Je croyais qu'il n'y avait que les bricoleurs de choc pour utiliser ce genre de rafistolage.

— Nécessité fait loi, dit-elle d'un air de bravade.

— Je m'en doute, concéda-t-il. Bravo !

D'un geste de la main, elle chassa ses rêves d'opulence.

— Inutile de s'exciter sur un bout de papier qui n'existe peut-être même pas.

— Qu'en savez-vous ? Et s'il était dans cette malle ?

— Cela m'étonnerait beaucoup. Maman n'a pratiquement rien gardé de mon père. Elle maudissait son nom et clamait à qui voulait l'entendre qu'elle n'avait jamais eu de ses nouvelles. Elle s'est employée à faire disparaître tout ce qui pouvait lui rappeler son existence.

Mack ne réagit pas, et elle pensa qu'il en avait assez de cette discussion inintéressante.

— Il vient de sourire, dit-il sans transition.

Elle cligna des yeux, se demandant de qui il parlait.

— Le bébé. Il sourit.

Elle posa le nourrisson sur ses genoux pour mieux le voir et s'écria :

— Vous avez raison. Il sourit !

Toute émue, elle rit et le pressa contre elle, embrassant les petites joues satinées.

— Johnny Mack, tu es le plus beau, le plus adorable bébé de la terre, et ta maman t'aime plus que tout au monde, déclara-t-elle.

— Ah ! Maintenant, c'est officiel, remarqua Mack.

— Quoi ? s'étonna-t-elle. Qu'est-ce qui est officiel ?

— Son nom, dit-il, désignant l'enfant. Vous venez de l'appeler Johnny Mack.

- 5 -

Au bout d'un mois, Addy ne tenait plus en place. C'était peut-être formidable de se laisser chouchouter, d'avoir toujours quelqu'un pour prendre les choses en mains et faire votre travail à votre place, mais trop, c'était trop. Elle avait atteint et même dépassé les limites de l'oisiveté forcée.

Mais que faire ? La cuisine était le domaine réservé de Zadie qui défendait son territoire comme une poule, sa couvée. Pas question de s'y introduire. Addy n'était même pas autorisée à mettre elle-même la bouilloire en route.

Mary se montrait plus subtile, mais refusait tout autant ses offres de l'aider dans ses tâches. Il était clair qu'elle entendait garder la haute main sur l'entretien et l'organisation de la maison, sans parler de Johnny Mack dont elle s'occupait autant qu'elle le pouvait.

Au début, Addy avait apprécié à leur juste mesure la gentillesse et les attentions des deux femmes. C'était nouveau pour elle, et cela lui avait donné le temps de récupérer et de s'adapter à sa nouvelle condition de mère. Maintenant, la routine était bien établie et elle n'en pouvait plus de ne *rien* faire. Encore un peu et elle allait craquer…

Si elle devait vivre ici, il lui fallait trouver sa place, participer à la tenue de la maison, avoir une activité dont elle serait responsable. Tout d'abord, en parler avec Mack avant de faire un faux pas. Après tout, estima-t-elle, c'était sa maison et son personnel.

Elle se mit à sa recherche et, ne le trouvant pas dans ses appartements ni dans son bureau, se dirigea vers la cuisine.

Debout devant le comptoir central, Zadie pétrissait de la pâte. Quelque chose mijotait dans un faitout sur l'énorme cuisinière, et des vapeurs odorantes s'en échappaient.

— Qu'est-ce que c'est ? demanda Addy, s'avançant vers le fourneau.

— Un ragoût, dit Zadie, faisant prestement le tour du comptoir. C'est M. Mack qui me l'a demandé. Il aime bien mes ragoûts.

Addy souleva le couvercle et respira longuement l'odeur appétissante.

— Je le comprends, dit-elle. Ça sent très, très bon.

Machinalement, elle tendit la main vers la cuiller de bois posée à côté du fourneau pour remuer le contenu du récipient.

Rapide comme l'éclair, Zadie s'en empara.

— C'est moi qui fais la cuisine ici, proclama-t-elle, brandissant la cuiller au nez d'Addy. Pas vous. Vu ?

Ce fut la goutte d'eau qui fit craquer Addy. Elle prit la cuiller des mains de Zadie, disant un peu trop fort :

— C'est moi qui suis censée être la maîtresse de maison ici, et je remue le ragoût si j'en ai envie.

Zadie recula d'un pas, les yeux ronds d'étonnement. Elle pinça les lèvres et marmonna :

— Très bien. Remuez tant que vous voudrez.

Lui tournant le dos, elle retourna à sa pâte, non sans ajouter en guise d'avertissement :

— Allez-y doucement. M. Mack aime que la viande reste en morceaux. N'en faites pas de la charpie.

Addy respira longuement, s'efforçant de retrouver son calme. Elle était aussi surprise que Zadie de son subit accès de colère.

Elle mélangea lentement le ragoût, respectant la consigne de la maîtresse des lieux.

Ce faisant, elle se souvint de la raison de son incursion dans la cuisine et demanda :

— Vous avez vu Mack ? Vous savez où je pourrais le trouver ?

— Non, je ne sais pas, dit Zadie sèchement. Il est parti il y a environ une heure. Il était là à bavarder et a reçu un coup de téléphone. A peine avait-il reposé l'appareil qu'il a filé comme s'il avait le diable à ses trousses.

Addy s'inquiéta.

— Il s'est passé quelque chose ?

Zadie continua de pétrir la pâte avec vigueur.

— Aucune idée. Il a raccroché et décampé de ma cuisine comme s'il y avait le feu.

Addy sentit son estomac se nouer d'anxiété.

— Qui l'appelait ? Vous le savez ?

Zadie se renfrogna encore plus.

— J'm'occupe pas des affaires de M. Mack. Cela ne me regarde pas.

Addy posa la cuiller sur le comptoir. Son sixième sens lui disait qui était le mystérieux correspondant. Ou, en tout cas, il devait s'agir de lui.

— Ty Bodean ? C'était à propos de Ty, n'est-ce pas ?

— Oui, dit Zadie, aplatissant la pâte d'un retentissant coup de rouleau à pâtisserie. Ce bon à rien n'a pas intérêt à se montrer dans les parages. Toujours à demander de l'argent, grogna-t-elle. Comme son père ! Malheureusement, M. Mack avait promis à sa mère de s'occuper de lui, et pendant des années il a cédé à ses demandes, tout en sachant que l'autre aurait tout dépensé en un rien de temps. Finalement, M. Mack en a eu assez et lui a montré la porte, disant que c'était terminé, qu'il n'avait qu'à se débrouiller avec ses revenus. Cela n'a pas été du goût de Ty, vous pensez bien. Il a fait une scène de tous les diables à son frère et il est parti en hurlant qu'il lui revaudrait ça !

— C'était quand ?

Zadie leva les yeux, hésitant :

— Qu'il a été mis à la porte ?

— Oui, dit Addy, la voix tremblante.

La cuisinière parut réfléchir.

— Il y a environ deux ans, finit-elle par dire. Après cela, il a disparu et on n'a plus entendu parler de lui. Jusqu'au jour où le facteur a apporté les lettres que vous lui écriviez. M. Mack a beaucoup hésité, puis il a décidé qu'il devait savoir de quoi il retournait, au cas où Ty serait encore impliqué dans un procès en recherche de paternité. Un de plus !

Elle s'arrêta brusquement de pétrir et regarda Addy d'un air gêné.

— Je dis pas cela pour vous, madame Addy. Ty ne peut pas s'empêcher de… Vous voyez ce que je veux dire. Sans vous offenser.

— Aucune importance, dit Addy qui n'en pensait pas moins.

Soulagée, Zadie retourna à sa pâtisserie et enchaîna :

— Sûr que quand M. Mack est parti pour Dallas, il n'avait pas prévu de vous épouser et de vous ramener ici avec le bébé. Il avait l'intention de vous dédommager comme il l'avait fait pour les autres.

Elle rit toute seule et s'essuya les mains à son tablier.

— Faut croire que le bon Dieu avait d'autres idées en tête. Il a bien manœuvré, on dirait.

— Qu'est-ce que vous voulez dire ? demanda Addy sur ses gardes.

— Eh bien, qu'il a fait en sorte que M. Mack prenne la bonne décision, celle de vous épouser et de vous amener ici avec Johnny Mack. Voilà !

Elle prit l'emporte-pièce et se mit à découper la pâte pour en faire des biscuits. Les sourcils froncés, elle marmonnait comme si elle pensait tout haut.

— P'être bien que j'me mêle de ce qui ne me regarde pas. Mais à mon avis il serait temps que vous partagiez le lit de M. Mack. Je sais que votre accouchement a été difficile, c'est lui qui me l'a dit. Même qu'il était impressionné par votre courage. Mais cela fait un mois maintenant. Vous devriez penser à remplir votre devoir vis-à-vis de celui qui est votre mari. C'est pas normal que vous dormiez toute seule dans votre chambre.

Addy resta stupéfaite de ce qu'elle venait d'entendre. De quoi se mêlait Zadie ?

Elle rougit violemment, tourna les talons et s'enfuit de la cuisine comme une voleuse.

— Où allez-vous comme ça ? cria Zadie, jouant les étonnées. J'croyais que vous vouliez remuer mon ragoût !

Pressé de montrer à Addy la surprise qu'il lui réservait, Mack lança son chapeau sur le comptoir de la cuisine.

— Zadie ! Vous savez où se trouve Addy ?

Le visage fermé, Zadie fit claquer la porte du four.

— Et comment j'le saurais ? répliqua-t-elle, levant les yeux au ciel. On m'dit jamais rien, à moi. On se contente d'entrer et de sortir de ma cuisine comme si c'était un moulin !

Mack leva un sourcil, étonné de la voir de si méchante humeur.

— Si c'est mon départ précipité de tout à l'heure qui vous a vexée, j'en suis désolé, dit-il. Il y avait urgence. Il fallait que j'aille en ville sans tarder.

Elle fit une brusque volte-face et, les poings sur les hanches, déclara :

— J'vous ai pas demandé de comptes ni de m'dire où vous allez.

Avant qu'il réagisse, elle alla au réfrigérateur, le nez en l'air, et ouvrit la porte en marmonnant.

— Tout le monde vient me demander où est tout le monde. Comme si j'étais la secrétaire au lieu de la cuisinière !

Elle avait trouvé ce qu'elle cherchait et referma la porte. Quand elle se retourna, elle fit mine de le pousser dehors.

— J'croyais que vous étiez parti à la recherche de Mme Addy, dit-elle d'un air renfrogné. Laissez-moi travailler, j'ai le dîner à préparer.

Il estima préférable de ne pas insister et quitta la pièce.

Il trouva Addy dans sa chambre, debout devant la porte-fenêtre.

— Addy ?

La jeune femme sursauta mais ne se retourna pas.

— Oui ? dit-elle d'une voix embarrassée.

Il nota sa gêne et vit qu'elle se frottait nerveusement les mains.

— Il s'est passé quelque chose entre Zadie et vous ? demanda-t-il prudemment.

Addy se raidit.

— Elle s'est plainte de moi ?

Il réprima un geste d'agacement. Est-ce que les femmes de sa maisonnée avaient profité de sa brève absence pour se crêper le chignon et lui rendre la vie impossible ?

— Non, dit-il. Mais quand je lui ai demandé si elle savait où vous étiez, elle est montée sur ses grands chevaux.

— Qu'est-ce qu'elle vous a dit ?

— Rien. Elle s'est contentée de me mettre dehors.

Addy se retourna enfin, et il vit que ses yeux débordaient de larmes.

— Que se passe-t-il ? demanda-t-il, inquiet.

— C'est de ma faute si elle est en colère, dit-elle.

Elle renifla et continua :

— J'ai voulu remuer le ragoût qui cuisait sur le fourneau, et elle m'a pris la cuiller des mains. Alors, j'ai…

Elle leva les mains et les laissa retomber, se mordit la lèvre en s'efforçant de retenir ses larmes.

— J'ai craqué, je lui ai… crié après. Je m'ennuie tellement, avoua-t-elle d'un air lamentable. Que ce soit Zadie ou Mary, elles ne me laissent rien faire. Elles me traitent comme si j'étais malade ou débile, ou les deux.

— C'est pour vous épargner tout surmenage, suggéra-t-il.

— Surmenage ? répéta-t-elle, reprenant ses esprits. Encore un peu de ce régime et je vais me dessécher sur pied. Je n'ai pas l'habitude de rester sans rien faire. Huit heures par jour aux urgences, la maison à tenir, les courses, le jardin, c'était cela ma vie, et ça ne m'a pas préparée à passer mon temps sur une chaise longue. Je me sens devenir folle.

— Vous voulez en discuter avec elles ?

— Oui… Non.

Elle se prit la tête entre les mains.

— Je ne sais pas. Je sais qu'il faut que je fasse quelque chose, n'importe quoi, que je me sente utile. Et cela, elles ne veulent pas le comprendre.

Il se retint de rire.

— Je vais leur en dire un mot. Leur expliquer que vous souhaitez les aider dans leur travail.

Elle releva la tête, le visage marqué par l'inquiétude.

— Promettez-moi de ne pas leur dire que je vous en ai parlé.

Elle se tordait de nouveau les mains.

— Elles sont tellement gentilles avec moi ! Je ne veux pas qu'elles me croient ingrate.

— Vous avez ma parole, affirma-t-il. Elles n'en sauront rien.

Addy se détendit un peu.

— Merci, dit-elle.

Il lui passa le bras autour des épaules.

— Sortons, proposa-t-il. J'ai quelque chose à vous montrer.

Elle jeta un coup d'œil vers la nurserie, déjà inquiète.

— Si Johnny Mack se réveille ?

— Zadie ou Mary l'entendront, remarqua-t-il avec un sourire. Cela fait partie des avantages dont vous devez profiter.

Quand ils arrivèrent en bas du perron, il lui montra le véhicule garé dans l'allée.

— Qu'en pensez-vous ?

— Une nouvelle voiture ? Vous avez déjà une Mercedes et un pick-up tout neuf. Qu'allez-vous en faire ?

Avant qu'il ait eu le temps de lui dire que cette voiture était pour elle, Addy s'élança. Quand il la rejoignit, elle était assise à la place du conducteur, la tête appuyée sur le repose-tête, les yeux clos.

Les narines dilatées, elle respirait à fond, un air de pur plaisir sur le visage. Consciente de sa présence, elle dit :

— Vous sentez cette odeur de voiture neuve ? Incomparable. Je ne connais rien de plus exaltant.

Riant tout bas, il fit le tour du capot et s'assit à la place du passager.

Elle ouvrit les yeux et passa en revue le tableau de bord.

— Oh ! s'écria-t-elle, radioguidage par satellite. On ne se refuse rien !

— Alors ? Elle vous plaît ?

— A votre avis ?

Elle se laissa aller en arrière avec un énorme soupir.

— C'est la tentation incarnée !

Il sortit les clés de sa poche et les lui tendit.

— Vous voulez l'essayer ?

Addy secoua la tête et, comme pour mieux résister à la tentation, cacha ses mains sous ses cuisses.

— Sûrement pas. Si je l'abîmais ?

— Je suis assuré, dit-il en lui posant les clés sur la cuisse. Allez-y.

Elle regarda les clés à la manière d'un drogué devant sa dose.

— D'accord, dit-elle en finissant par les prendre. Vous l'aurez voulu. S'il arrive quelque chose, ce sera votre faute.

Elle tourna la clé et le moteur ronronna.

Addy s'affala contre le dossier, disant d'une petite voix :

— C'est trop beau !

— Qu'est-ce qui est trop beau ?

— Elle a démarré du premier coup !

Mack éclata de rire tout en mettant sa ceinture de sécurité.

— Dois-je comprendre que ce n'est pas toujours le cas de votre « caisse » ?

Addy le regarda en biais.

— Je suis trop heureuse quand elle consent à démarrer après plusieurs essais, avoua-t-elle.

— C'est du passé, dit-il. Plus besoin de vous faire de souci.

— C'est vous qui le dites ! rétorqua-t-elle. Il faudra pourtant qu'elle tienne encore quelques années.

Il posa la main sur son bras.

— Non. Cette voiture est à vous, Addy.

Elle le regarda, incrédule.

— A moi ?

— Oui.

Elle coupa le moteur et le regarda dans les yeux.

— Impensable.

— Pourquoi ? Il vous faut une voiture pour vous déplacer, sortir.

— J'ai la mienne.

— A Dallas, lui rappela-t-il.

De la main, elle montra l'intérieur luxueux du véhicule.

— Je n'ai pas les moyens de m'offrir ce genre de voiture.

— Bien sûr que si. Je vous ai dit que j'étais un homme fortuné.

— Vous, peut-être. Pas moi.

— Vous êtes ma femme, Addy, dit-il fermement. Ce qui est à moi est aussi à vous.

Elle le regarda avec des yeux agrandis et déglutit plusieurs fois.

— Vous… vous m'en faites cadeau ? demanda-t-elle.

— Vous avez tout compris, dit-il en souriant.

Il tourna la clé, remit le moteur en route.

— Et maintenant, vous nous emmenez faire un tour ?

Cette nuit-là, du fond de son lit, Addy écoutait les bruits qui lui parvenaient de la nurserie. Le geignement du bébé, le léger craquement du rocking-chair, le murmure apaisant de la voix de Mack. Dans un instant, celui-ci lui amènerait Johnny Mack pour la tétée de la nuit.

Elle aurait pu se lever et lui épargner le déplacement, mais elle répugnait à le priver de ce moment privilégié qu'il paraissait tant apprécier. C'est pourquoi elle attendit qu'il termine son monologue et laissa son esprit revenir sur les événements de la journée.

Que Mack lui ait acheté une voiture avait été la surprise du jour. Elle n'en revenait pas et ne put réprimer un frisson d'excitation. Une Lexus SUV ! Comment avait-il deviné que c'était la voiture de ses rêves, celle qui correspondait à tous ses désirs ? Spacieuse, confortable, se prêtant au transport d'un enfant aussi bien que d'une masse de bagages, et capable de recevoir sans problème le contenu d'un chariot de courses destiné à nourrir une famille.

Une *famille.* C'est bien de cela qu'il s'agissait, reconnut-elle. Elle pensait de plus en plus à eux trois comme à une famille.

Elle avait tort, bien sûr, car cela ne figurait pas dans le contrat qu'elle avait signé, le jour fatidique où elle avait cédé à la pression bien orchestrée de Mack. Il lui avait proposé un mariage de convenance : un nom pour son enfant et la sécurité matérielle, sans aucun lien sentimental ni sexuel. Il n'avait jamais été question d'autre chose. Alors, qu'est-ce qui lui faisait penser qu'ils formaient une famille ? Ni Mack ni elle ne le souhaitaient, pour autant qu'elle sache.

Elle glissa un regard en direction de la nurserie et, bien qu'elle ne puisse pas voir ce qui s'y passait, n'eut aucun mal à imaginer la scène : Mack assis dans la pénombre, s'adressant au bébé, à son bébé à elle.

Pour lui, formaient-ils une famille ou non ? se demanda-t-elle.

Il était clair que Mack adorait l'enfant et lui consacrait le maximum de temps. Il paraissait l'apprécier, elle aussi. Il se montrait chaleureux, attentionné, généreux. Comme le serait le mari idéal, en fait, et elle en était touchée. Mais qu'en était-il de son point de vue à lui ?

La voyait-il comme une sœur, comme une amie ou comme son épouse… potentielle ?

« Vous devriez remplir votre devoir envers votre mari et ne pas dormir toute seule dans votre chambre », avait proclamé Zadie avec la franchise qui la caractérisait.

Addy se sentit rougir en se remémorant ces mots.

Qu'est-ce qui avait bien pu passer par la tête de la cuisinière ? Zadie n'ignorait pas que leur mariage n'était que d'apparence, qu'ils avaient été étrangers l'un à l'autre avant que Mack surgisse à Dallas. Qui plus est, ils s'étaient mariés quelques jours après leur première rencontre. Aucune relation d'amour entre eux, bien évidemment.

Or, jamais elle ne partagerait le lit d'un homme qu'elle n'aimait pas. Il fallait au minimum qu'elle se croit amoureuse. Quant à parler de « devoir » ! Non, jamais elle ne ferait l'amour avec un homme « par devoir » ! Elle avait besoin de se sentir concernée, d'éprouver des sentiments envers cet homme, de croire qu'un lien affectif les unissait.

Le craquement du rocking-chair s'arrêta, et elle repoussa mentalement ses réflexions dans un coin de son esprit, se préparant à l'arrivée de Mack et de son enfant.

Elle s'assit dans son lit et tendit les bras vers le bébé.

— Il a faim ? demanda-t-elle, se forçant à sourire.

— Il ne va pas tarder à vous le faire savoir, répondit Mack.

Elle écarta sa chemise de nuit pour mettre l'enfant au sein.

— Il devient gras comme un petit lapin, remarqua-t-elle.

Mack bâilla et s'étendit au pied du lit.

— Il a pris du poids, c'est certain.

Elle tâta la cuisse du bébé sous la grenouillère.

— Il dépasse les trois kilos, je dirais.

— Bill nous le dira. Nous avons rendez-vous à son cabinet demain.

— Vous avez pris rendez-vous pour Johnny Mack ? demanda-t-elle, prête à s'indigner.

— J'ai rencontré Bill en ville, et il m'a fait remarquer qu'il était temps de faire le point, expliqua Mack sur un ton d'excuse. Il a proposé qu'on vienne à son cabinet vers midi. Si vous en êtes d'accord, bien sûr.

Elle contempla son enfant et s'inquiéta. Bill avait raison, mais cela signifiait que son bébé adoré subirait ses premiers vaccins.

— Je ne veux pas qu'on lui fasse mal ! proclama-t-elle.

Mack sourit de sa véhémence et la rassura.

— Bill est un praticien confirmé. Il sait s'y prendre avec les enfants.

Elle lui lança un regard de petite fille coupable.

— Vous devez penser que je suis folle, que je m'inquiète pour rien, dit-elle.

— Comme toutes les mères qui aiment leur enfant.

Elle voulut répondre, mais une crampe terrible lui noua le mollet.

— Oh ! Aïe ! cria-t-elle, repliant sa jambe pour la masser.

— Que se passe-t-il ? demanda Mack.

— Une crampe. Dans le mollet.

Encombrée par le bébé, elle ne pouvait pas se pencher. Sortant sa jambe des couvertures, elle essaya de remuer les orteils et de fléchir sa cheville.

— Laissez-moi faire, dit Mack.

Il prit son pied entre ses mains et lui en massa la plante, remontant vers le mollet durci. Après quelques minutes, les muscles se détendirent et la crampe disparut.

— Cela va mieux ? s'enquit-il tout en continuant de la masser.

— Oui, dit-elle, soulagée. Merci.

Si Mack n'avait pas l'air affecté par ce qu'il était en train de faire, il en allait tout autrement pour elle. La chaleur de ses doigts sur sa jambe, la pression de sa main sur son pied, c'était inattendu, troublant, fascinant. Un nœud se forma au creux de son estomac. Elle aurait dû se libérer de ce contact devenu inutile, mais quelque chose en elle s'était éveillé. La gorge sèche, les mains tremblantes, elle comprit qu'elle était excitée par ce contact physique, cette soudaine intimité. Serait-elle attirée sexuellement par Mack ?

Il ne faisait que lui rendre service, se reprocha-t-elle. Ce n'était qu'un massage… thérapeutique.

— On pourra déjeuner en ville après notre rendez-vous avec Bill, dit Mack, reprenant leur conversation, et passer quelque temps dans le centre. Ce sera l'occasion pour vous de voir Lampasas et d'en apprécier les possibilités.

Elle leva les yeux vers lui, heureuse de la pénombre qui régnait dans la chambre et la mettait à l'abri de son regard.

Que penserait-il s'il voyait clairement inscrite sur son visage l'envie folle qu'il lui fasse l'amour ? Une envie soudaine, irrépressible, qui la possédait tout entière et accélérait les battements de son cœur. Fou ! C'était fou, délirant, aberrant ! Et pourtant, c'était exactement ce qui la traversait sans qu'elle puisse s'en défendre.

Elle l'observa, incapable de s'intéresser à leur emploi du temps du lendemain. Des images défilaient dans sa tête, lui tordant l'estomac : elle se voyait en train de le déshabiller, de le toucher… Ne sentait-il pas ce qui l'agitait si totalement ? N'avait-il pas les mêmes envies ? Comment pouvait-il ignorer l'état de transe dans lequel elle se trouvait ? C'était tout juste si elle réussissait à respirer…

La réponse lui éclata brutalement au visage et lui fit l'effet d'une douche froide : Mack n'était pas attiré par elle.

Ce qui était parfaitement compréhensible, reconnut-elle.

Elle sortait d'un accouchement difficile, il lui restait bien huit kilos à perdre, et ses seins ressemblaient à des melons. Quant à son parfum, si elle en avait un, c'était « Eau de Bébé ». En quoi pouvait-elle prétendre attirer l'attention d'un homme ? D'autre part, la relation qui s'était établie entre eux était une relation de confiance amicale, sans plus. Il était clair que Mack respectait ses engagements envers elle et n'avait pas dévié d'un pouce de la ligne de conduite qu'il s'était tracée. Alors, inutile de se monter la tête et de se faire des illusions.

Avec une grimace désabusée, elle libéra son pied et porta le bébé à son épaule pour qu'il fasse son rot.

— Je ne sais pas, répliqua-t-elle. On verra comment Johnny Mack réagira aux vaccins.

Ils n'attendirent pas longtemps que Bill vienne les chercher dans le salon d'attente.

Mack se leva, le bébé dans les bras, et suivit son ami, laissant Addy rassembler leurs affaires.

Quand elle entra dans le cabinet du praticien, Bill déshabillait le bébé tout en lui parlant.

Il leva les yeux vers elle.

— Bonjour, Addy. Comment allez-vous ?

Son sourire chaleureux la mit tout de suite à l'aise.

— Très bien, merci.

— Ce petit bonhomme a l'air en pleine forme. Et

vous ? Avez-vous fait un examen postnatal ? demanda-t-il.

— Non. Je pense aller à Dallas un peu plus tard voir mon médecin.

— Pourquoi attendre ? dit Bill, décrochant le téléphone.

— Oh, non ! s'écria-t-elle, paniquée à l'idée d'être examinée par un médecin qu'elle ne connaissait pas.

Bill leva la main et dit au téléphone :

— Sally, Mack et Addy McGruder sont dans mon cabinet avec leur bébé. Est-ce que Kathy pourrait examiner Addy par la même occasion ?

Il attendit quelques instants et hocha la tête.

— Parfait. Je vous l'envoie.

Il reposa l'appareil et se tourna vers Addy :

— Kathy, mon épouse, est une gynéco de premier ordre. Une de ses patientes s'est décommandée et elle peut vous prendre, là, maintenant. Autant en profiter, non ?

Le bébé au creux de son bras, il ouvrit la porte et lui indiqua une autre porte au bout du couloir.

— C'est là. Dites à la réceptionniste qui vous êtes, elle s'occupera de vous.

— Mais, protesta-t-elle, et Johnny Mack ?

Mack s'avança, lui mit la main sur la taille, la poussant doucement vers la porte.

— Je suis là, dit-il, ne vous inquiétez pas.

— Enfin…

— Dépêchez-vous d'y aller, la pressa Bill. Kathy a un carnet de rendez-vous très rempli, et elle déteste prendre du retard. Cela la met d'une humeur de chien !

Addy n'eut pas le loisir de discuter plus, car il referma la porte derrière elle.

Après l'examen clinique, Addy resta seule quelques instants pendant que Kathy attendait du laboratoire attaché au cabinet les résultats des analyses qu'elle avait pratiquées.

Elle devait reconnaître que se confier à une femme gynécologue n'était pas une mauvaise idée. En fait, l'épouse de Bill s'était montrée à la fois très professionnelle et très amicale, de sorte qu'elle s'était sentie presque plus à l'aise qu'avec son propre médecin.

Kathy entra, des papiers à la main, et reprit place en face d'elle, à son bureau.

— Tout va bien, dit-elle. L'épisiotomie est complètement cicatrisée et les points de suture, résorbés.

Elle s'intéressa aux documents du laboratoire et continua :

— L'analyse de sang est parfaite et toutes les composantes, satisfaisantes.

Elle referma le dossier et sourit.

— Vous voulez mon diagnostic ? Vous êtes fin prête pour le grand soir.

Addy crut avoir mal entendu.

— Pardon ?

Kathy rit.

— Je veux dire que vous pouvez reprendre une vie sexuelle normale.

Addy se sentit rougir et crut bon de se défendre.

— Oh ! Vous savez, Mack et moi, nous… Enfin, je…

Kathy réprima difficilement le sourire qui lui montait aux lèvres.

— Je n'ai pas dit que vous deviez vous y mettre dès ce soir, précisa-t-elle. Je ne fais que vous assurer qu'il n'y a aucun inconvénient à ce que vous ayez une relation sexuelle si l'occasion se présente.

Addy rougit encore plus.

— Oui. Bien… Merci.

Kathy sourit franchement et lui tendit la main.

— J'ai été heureuse de vous rencontrer, dit-elle. Vous correspondez tout à fait à la description que Mack avait faite de vous.

— Mack vous a parlé de moi ? demanda Addy, ébahie.

Kathy se leva et fit le tour du bureau pour la reconduire.

— Pas directement, dit-elle. Mais Mack et Bill sont comme des frères siamois depuis leur plus jeune âge. Quand il se produit quelque chose dans la vie de l'un, l'autre en est affecté comme si c'était lui.

Elle s'arrêta devant la porte et ajouta :

— Or, Bill n'a pas de secret pour moi. Le pauvre

serait incapable de me cacher quoi que ce soit, même si sa vie en dépendait.

Elle regarda une nouvelle fois Addy et conclut :

— Je suis d'accord. Vous avez tout ce qu'il faut.

Addy était occupée à plier et à ranger le linge du bébé après avoir, en douceur, mis quelques petites choses au point avec Mary.

Elle entendait encore résonner dans sa tête le dernier commentaire de Kathy et se demandait ce qu'elle devait en penser. Tandis que ses mains travaillaient, son esprit revenait sur les derniers mots de la jeune femme.

« Je suis d'accord », avait dit celle-ci.

D'accord avec quoi ? Avec ce que Bill lui avait raconté ? Que pouvait-il bien lui avoir dit ?

— Comment va-t-il ?

Elle sursauta en entendant la voix de Mack et, se retournant, le vit dans l'encadrement de la porte.

« Vous êtes fin prête pour le grand soir », fut l'autre commentaire de Kathy qui lui vint alors à l'esprit.

Honteuse d'entretenir des pensées aussi indécentes, elle espéra qu'elle n'avait pas rougi.

— Bien, dit-elle. Il n'a plus de fièvre et n'est même pas grognon.

Mack traversa la chambre pour aller jeter un coup d'œil au berceau dans la nurserie.

Le cœur battant, Addy le suivit du coin de l'œil.

Pourquoi, ces derniers jours, était-elle de plus en plus portée à penser au sexe quand il était à proximité ?

Six mois plus tôt, elle ne lui aurait pas accordé un regard. Les hommes nettement plus âgés qu'elle ne l'intéressaient pas. Or, c'était le cas de Mack. Douze ans au moins les séparaient. Du point de vue physique, également, elle préféraient les hommes plus grands, plus minces surtout. Mack n'était pas petit, un bon mètre quatre-vingts probablement, mais on ne pouvait pas le qualifier de mince. Il n'avait rien d'un échalas. Solidement charpenté, il faisait plutôt penser à un rempart incontournable et en avait les caractéristiques. Depuis le début de leur rencontre, il avait agi en chef, prenant les décisions et lui imposant ses choix, ce qui, à ses yeux, était rédhibitoire. Pour elle, aucune relation amoureuse n'était possible avec quelqu'un qui prétendait lui dicter sa conduite et… qui y parvenait. Cela la faisait se hérisser et mobiliser toutes ses défenses. Elle se demandait encore comment, deux jours après avoir rencontré Mack, elle avait pu se laisser convaincre de se plier à ses volontés. Il avait fallu qu'elle soit particulièrement vulnérable à ce moment-là. Et lui, en homme habitué à voir se réaliser le moindre de ses désirs, il en avait habilement profité.

Intolérable. Inacceptable.

Malgré cela…

Mack revint dans la chambre, et elle s'activa fébrilement à ranger le linge, évitant son regard.

— En effet, il n'a pas l'air d'avoir trop souffert des vaccins, dit-il, venant vers elle.

Il prit un des bavoirs dans sa main et, du pouce, caressa les contours du nounours qui le décorait.

— Avez-vous aimé votre après-midi en ville, hier ? demanda-t-il.

La question la surprit, car elle se souvenait lui avoir déjà dit qu'elle avait apprécié cette sortie et l'avait remercié pour le déjeuner.

— Oui. Je croyais vous l'avoir dit, dit-elle, levant les yeux.

Il reposa le bavoir, prit un petit chausson, y glissa deux doigts et demanda :

— Que pensez-vous de Lampasas ?

C'était bizarre, remarqua-t-elle. Il lui parlait sans la regarder, ce qui n'était pas dans ses habitudes. Il paraissait entièrement absorbé par les mouvements de ses doigts dans le chausson, qu'il agitait comme une marionnette.

— C'est une ville agréable, répondit-elle, s'efforçant de satisfaire sa curiosité. Cela m'a paru vivant, bien achalandé, et la verdure n'y manque pas. Cela n'a rien à voir avec Dallas, évidemment, mais les petites villes ont aussi leur charme.

Intriguée, elle ne put se retenir de demander :

— Pourquoi toutes ces questions ?

Mack haussa les épaules et remit le chausson dans le panier.

— Pour rien. Juste pour savoir.

Cette réponse ambiguë n'éclaira pas Addy, qui continua de s'étonner. Pourquoi Mack fuyait-il son regard ?

Après avoir passé une bonne partie de la nuit à essayer de comprendre ce qu'il lui arrivait, Addy en avait conclu que ses hormones lui jouaient des tours, ce ne pouvait être que cela. Des modifications hormonales se produisaient avant, pendant et après une naissance. C'était la seule explication à sa soudaine attirance pour Mack McGruder.

Assise à la table du petit déjeuner, elle jeta un œil à celui-ci et constata qu'il gardait les yeux fixés sur le journal posé à côté de son assiette et ne paraissait pas disposé à lui faire le moindre brin de conversation.

D'ailleurs, à peine l'avait-il saluée quand elle était entrée dans la pièce, ce qui l'inquiétait. Avait-elle fait quelque chose pour lui déplaire ? Avait-il senti le danger qui le menaçait et prenait-il ses distances ?

Elle piqua mélancoliquement sa fourchette dans un morceau de crêpe inondé de sirop d'érable et la porta à sa bouche.

Ce n'était pas juste, s'indigna-t-elle intérieurement. Pourquoi était-elle prise d'une crise de désir sexuel pour un homme qui semblait se désintéresser d'elle de jour en jour ?

Non que Mack ait jamais paru réellement intéressé, mais il s'était montré si attentionné avec elle, lui tenant compagnie la nuit lors des tétées, toujours prêt à bavarder ou à regarder la télévision avec elle après le dîner ! C'est lui qui insistait pour qu'elle l'accompagne dans ses visites aux écuries, qui l'encourageait à prendre de l'exercice et à laisser Johnny Mack aux soins de Mary et Zadie, lui qui venait la chercher avec le pick-up quand il allait voir le bétail dans les pâturages. C'était lors de ces tête-à-tête informels qu'ils avaient réellement fait connaissance, échangé leurs points de vue sur différents sujets. Et elle, naïvement, elle avait cru qu'ils étaient en phase !

Elle leva les yeux de son assiette pour regarder l'homme qui lui faisait face et ressentit cette bouffée de chaleur qui lui était maintenant familière.

Tout lui paraissait sexy chez lui : ses cheveux grisonnant aux tempes, les rides aux coins des yeux et le pli entre ses sourcils quand il se concentrait comme maintenant. Tout cela ajoutait du caractère à ce qui aurait pu n'être qu'un beau visage. Quant à ses épaules, à son torse… Elle se couvrit la bouche de sa serviette pour réprimer le gémissement de pur désir qui lui montait aux lèvres à la pensée de le toucher, de le sentir pressé contre elle.

— Monsieur Mack ?

En entendant la voix de Zadie, Addy ôta sa serviette de ses lèvres et en fit une boule qu'elle pétrit nerveusement entre ses doigts.

— Oui ? dit Mack sans lever les yeux de son journal.

— J'suis obligée de m'absenter pendant quelques jours, dit la cuisinière.

Il leva la tête et, le front plissé, lui lança un regard interrogateur.

— Que se passe-t-il ?

Mal à l'aise, Zadie tordait un coin de son tablier entre ses mains.

— C'est Mabel, ma sœur, dit-elle. Son garçon Willie m'a appelée hier soir. Elle est tombée et s'est cassée la jambe. On l'a emmenée à l'hôpital.

Mack posa son journal, toute son attention désormais concentrée sur Zadie.

— Je suis désolé pour elle, dit-il. J'espère qu'elle va s'en remettre rapidement.

La cuisinière déglutit plusieurs fois, visiblement bouleversée par l'événement.

— Ils devaient l'opérer ce matin, lui mettre une broche pour réparer l'os. J'crois qu'ils vont pas la garder à l'hôpital, mais elle pourra pas bouger pendant un bout de temps. Faut que j'y aille pour être avec elle et faire son travail.

Mack approuva de la tête.

— Prenez tout votre temps, dit-il. Voulez-vous que je vous y conduise ?

— C'est bien aimable à vous, dit Zadie, mais, non, j'irai avec ma voiture.

Elle se tordait les mains, gênée.

— J'suis désolée de partir comme ça. J'ai fait ce que

j'ai pu pour prévoir les repas, vous trouverez des choses toutes prêtes au réfrigérateur. J'espère que ça ira.

Pour la première fois depuis son arrivée à la salle à manger, Mack regarda Addy et lui lança un regard de complicité.

— Merci, Zadie. C'est très gentil. Je pense qu'Addy sera d'accord pour faire un peu de cuisine si nécessaire. Ne vous inquiétez pas.

Le visage d'Addy s'éclaira aussitôt.

— Comptez sur moi, dit-elle. J'aime faire la cuisine.

— Dans ce cas, je pourrais vous laisser quelques recettes faciles à suivre, dit Zadie d'un ton pincé.

Mack se leva et mit une main réconfortante sur l'épaule de la fidèle servante.

— Partez tranquille, Zadie. Occupez-vous de votre sœur et ne vous en faites pas pour nous. On s'en sortira.

Debout devant le grand miroir de sa chambre, nue comme Eve au jardin d'Eden, Addy s'examinait. C'était la première fois depuis la naissance de Johnny Mack qu'elle osait se livrer à ce genre d'exercice. Depuis quelques jours, elle se sentait mieux dans sa peau, plus dynamique aussi, et se demandait si c'était un effet de son imagination.

Son visage était plus mince, sa taille plus marquée, son estomac presque aussi plat qu'avant sa grossesse.

Elle prit ses seins dans ses mains et se mit de profil pour mieux les apprécier. Ils étaient évidemment plus volumineux qu'avant, mais ils avaient perdu cette allure de melons qui la désolait. Ils étaient redevenus presque normaux, en fait.

Soulagée de constater que son corps retrouvait des formes satisfaisantes, elle s'approcha du miroir pour scruter son visage. De la main, elle explora ses joues, son front, à la recherche de ces vilaines taches — le « masque de grossesse », lui avait appris le Dr Wharton — qui l'avaient défigurée les derniers mois avant la naissance. Elles n'étaient plus franchement visibles, estima-t-elle, et il suffirait d'un léger maquillage pour les dissimuler complètement.

Reculant d'un pas, elle examina son ventre et y constata quelques vergetures. L'une en particulier s'étendait juste au-dessus de la ligne… d'un Bikini.

Elle rit toute seule car, enceinte ou pas, le Bikini ne faisait pas partie de sa garde-robe.

Elle poussa un petit soupir. Après tout, quelques traces sur sa peau étaient peu à payer, en regard du merveilleux cadeau qu'était l'amour de sa vie, le bébé qui dormait juste à côté dans son berceau.

Elle alla à la salle de bains et se plongea dans l'eau parfumée de la baignoire où elle s'allongea de tout son long, essayant de se détendre.

Elle avait rassemblé tout le nécessaire pour une complète remise en forme et se faire une beauté, ou tout au moins pour se rendre présentable. Crème à raser, huiles essentielles, lait de toilette…

L'idée de passer à l'action au lieu de réfréner sans succès ses désirs inassouvis lui était venue après le départ de Mary, à 17 heures. Avec Zadie à Austin auprès de sa sœur et Mary de retour chez elle, c'était la toute première fois, ce soir, que Mack et elle auraient la maison pour eux seuls et se retrouveraient en tête à tête. Avec Johnny Mack, bien sûr, mais le nourrisson prenait de bonnes habitudes et faisait ses nuits depuis peu. Avec un peu de chance, il ne se réveillerait pas avant le lendemain matin.

L'idée lui était venue subitement, comme un coup de folie. Toutefois, elle n'avait pas immédiatement été suivie d'effet. Elle avait tergiversé avec elle-même, redoutant de ne pas être à la hauteur, de se couvrir de honte et de ridicule si Mack n'était pas attiré par elle et repoussait ses avances. N'était-ce pas le message qu'il lui faisait parvenir ces derniers jours ?

Après beaucoup d'hésitations, elle avait décidé de tenter sa chance : soigner sa tenue, son maquillage, s'en remettre à la lumière des bougies et… oublier le reste. Ou il l'accepterait telle qu'elle était ou il l'ignorerait. A elle d'assumer la situation.

Plus facile à dire qu'à faire, se dit-elle, crispée malgré elle. La mise en œuvre d'une soirée de séduction demandait beaucoup d'énergie. C'était une épreuve pour les nerfs, un test d'endurance. Et si elle échouait dans son entreprise ?

S'efforçant de maîtriser le tremblement de ses mains, elle appliqua un masque de beauté sur son visage. Elle le laissa en place pendant qu'elle s'épilait les jambes et se frottait le corps au gant de crin. Puis ce fut un shampooing spécial et un rinçage abondant de ses cheveux, suivi d'un après-shampooing. Elle sortit alors de la baignoire et se débarrassa de son masque facial, satisfaite de la nouvelle luminosité de son teint. Enfin, elle se passa un lait de toilette parfumé sur le corps.

Il n'y avait rien qu'elle puisse faire de plus pour le moment, elle n'avait plus qu'à s'habiller. Attrapant une serviette qu'elle tint contre elle, elle ouvrit la porte.

A peine avait-elle fait quelques pas en direction du lit où elle avait disposé ses vêtements qu'elle entendit un bruit derrière elle. Du coin de l'œil, elle vit Mack sortir de la nurserie, et son cœur fit un bond dans sa poitrine. Elle évalua rapidement la distance entre le lit et la salle de bains : avait-elle le temps d'attraper ses vêtements et de se réfugier derrière la porte ?

Inutile. Elle était vue !

Mal protégée par sa serviette, les cheveux en bataille, le visage sans maquillage, elle vit aussitôt tous ses rêves de séduction partir en fumée.

Mack se retourna, disant :

— Vous êtes là ! Désolé…

Puis il s'arrêta et son sourire se figea tandis que son regard s'attardait sur elle.

— V… Vous n'avez qu'une serviette, constata-t-il, levant les yeux.

Bien décidée à ne pas se laisser intimider, elle refusa de montrer sa gêne.

— Quelle bêtise, répliqua-t-elle d'un ton décontracté. J'ai oublié de prendre mes vêtements avec moi.

Mack baissa de nouveau les yeux et la parcourut du regard.

Elle vit sa pomme d'Adam monter et descendre, et quand il la regarda une nouvelle fois, elle lut dans son regard la chaleur du désir, une chaleur telle qu'elle en eut le frisson. Toutefois, elle avait encore un doute. Etait-elle sûre de ne pas se méprendre ?

Espérant de toutes ses forces qu'elle ne se trompait pas, elle respira à fond et laissa tomber la serviette.

- 6 -

La serviette n'avait pas encore atterri sur le parquet qu'Addy se souvint avoir misé sur la complicité des lumières flatteuses des bougies et sur un maquillage avantageux pour dissimuler les défauts qui l'affligeaient.

Trop tard.

Heureusement pour elle, le plafonnier n'était pas allumé. Toutefois la lampe de chevet éclairait suffisamment la pièce pour que l'homme qu'elle convoitait se rende compte de toutes les imperfections de son corps… s'il y regardait d'assez près.

Ce dont il ne se privait pas, constata-t-elle. Son regard était rivé sur ses seins.

Elle eut envie de se couvrir de la serviette et de prendre ses jambes à son cou, mais au lieu de cela, elle rejeta les épaules en arrière et le défia du regard. Quitte ou double, pensa-t-elle.

Elle crut entendre Mack gronder, et un frisson d'excitation lui courut le long de l'échine. Elle allait savoir si elle prenait ses désirs pour des réalités ou si elle avait bien interprété son regard.

— Addy ! marmonna-t-il, la fixant dans les yeux.

Qu'essayait-il de lui dire ? La prévenait-il de s'en tenir là et de ne pas insister, ou la suppliait-il de continuer ?

Priant le ciel que la réponse aille dans le sens qu'elle souhaitait, elle s'avança jusqu'à poser la main sur le torse de Mack. Elle le sentit sursauter au contact de sa paume et crut entendre les battements de son cœur s'accélérer. Il ne détourna pas les yeux, mais elle vit son regard se voiler, devenir d'un bleu de nuit plus profond, plus… orageux.

Plus prometteur ?

— Vous savez ce que vous êtes en train de faire ? demanda-t-il d'une voix rauque.

Cette fois, elle perçut clairement l'avertissement contenu dans la phrase. Une mise en garde à double sens qui n'était pas pour lui déplaire.

Elle respira à fond, prête à relever le défi.

— Oui, dit-elle gravement, hochant la tête.

Il parut aspirer l'air comme un noyé sorti de l'eau, et elle sentit son torse se dilater sous sa main. Reprenant son souffle, il la prévint :

— Vous avez exactement deux secondes pour changer d'avis. Pas une de plus.

Elle leva un sourcil malicieux.

— Sinon ?

— Une… Deux…

Avant qu'elle comprenne ce qui lui arrivait, la bouche de Mack était sur la sienne, exigeante, violente presque, et ses bras se refermaient sur elle comme un étau.

Sous ses lèvres, sous ses mains, elle sentit le désir qui l'animait et s'émerveilla de provoquer une telle réaction chez un homme comme Mack.

Ses mains lui brûlaient le dos, la plaquant contre lui, la mettant en contact avec son érection. Des vagues de sensations vertigineuses la parcoururent, et elle se demanda pourquoi elle avait tant douté d'elle-même, tant hésité à le séduire. Apparemment, elle n'avait rien compris.

Il embrassait de manière incomparable, pensa-t-elle, surprise d'avoir encore la force de formuler une pensée. Ses lèvres prenaient possession de sa bouche, s'y complaisaient, tandis que ses mains la pressaient encore plus contre lui.

Peu à peu, Mack relâcha la pression, son impatience faisant place au plaisir de la découverte. Il se mit à caresser sa peau nue avec une délicatesse, une lenteur qui n'en étaient que plus troublantes.

Elle aussi, elle voulait concrétiser son rêve, le toucher, sentir le contact de sa peau sous ses mains, le caresser comme il le faisait pour elle.

— Vos vêtements, dit-elle, retrouvant son souffle et s'employant à déboutonner sa chemise.

Il s'écarta légèrement pour la laisser faire sans enlever ses mains de sa taille, la maintenant pressée contre lui. Elle en était au dernier bouton quand elle sentit son regard sur elle. Relevant la tête, elle plongea ses yeux dans les siens et ne sut que penser. Rien ne transparaissait de ses émotions. Etait-il simplement curieux ? Perplexe ? Avait-elle réussi à le troubler ?

Gênée, craignant d'avoir commis une erreur, elle s'arrêta.

— Qu'y a-t-il ?

— Rien, affirma-t-il aussitôt, penchant la tête pour lui embrasser l'épaule.

Ce ne fut pas cette réponse énigmatique qui apaisa ses frayeurs, mais le jeu enfiévré de ses lèvres sur son cou, sa mâchoire, son menton.

Elle en avait tout juste fini avec les boutons de la chemise quand Mack reprit sa bouche pour un baiser passionné qui finit de la rassurer. Elle s'appuya des deux mains sur son torse, autant pour garder l'équilibre que pour satisfaire son besoin de le toucher. Force virile, chaleur incandescente, ce fut ce qu'elle sentit sous ses mains en lui dégageant les épaules et les bras du vêtement qui s'affala sur le tapis.

Mack lui plaqua ses mains sur les fesses, la collant à lui, et dit entre ses lèvres :

— Lit…

D'un mot, il balayait les derniers fragments d'incertitude qui lui avaient traversé l'esprit.

Elle sut qu'il voulait la même chose qu'elle, mais n'eut pas le temps de le lui dire : il l'avait déjà enlevée dans ses bras et la portait vers le lit.

Elle faillit sourire de ce comportement d'homme

des cavernes, mais c'est avec une précaution étonnante qu'il repoussa drap et couverture avant de la poser au milieu du lit. Puis il se redressa et se débarrassa de ses vêtements tandis qu'elle jouait les voyeuses.

Quand il en eut fini avec jean et caleçon et se tint debout près du lit, elle ne détourna pas son regard du membre fièrement dressé au centre de son corps. Non ! Elle n'allait pas se mettre à faire des comparaisons, se dit-elle avec un petit sourire intérieur. C'était bon pour les gamines du lycée qui partageaient leurs expériences avec leurs copines. Toutefois, elle ne pouvait s'empêcher de constater qu'il était bien mieux équipé que Ty.

Un peu rougissante malgré tout, elle leva les yeux vers son visage.

Sans la quitter des yeux, Mack mit un genou sur le matelas et s'allongea sur elle de tout son long jusqu'à ce que sa bouche soit sur la sienne. Il le fit avec tant de douceur, son baiser fut si tendre qu'elle eut l'impression d'être à l'abri sous une couverture chaude et réconfortante. Une sensation nouvelle, bouleversante.

Il leva la tête pour la regarder bien en face, enfouit ses mains dans ses cheveux et demanda d'une voix un peu hésitante :

— Il n'y a pas de problème ? On peut… ?

Elle comprit et hocha la tête.

— D'après Kathy, je suis « fin prête pour le grand soir ».

Mack leva les sourcils, puis éclata de rire et roula sur le côté.

— C'est ce qu'elle vous a dit ? Cela ne m'étonne pas d'elle.

Un instant, elle craignit d'avoir gâché l'ambiance en lui répétant le commentaire de Kathy. Elle fut rassurée quand le regard de Mack se posa sur ses seins et que son sourire fit place à une expression de désir. Il en prit un dans sa main.

— Quand je vous regardais donner la tétée à Johnny Mack, dit-il, je me demandais comment étaient vos seins, quel goût ils auraient.

Du pouce, il lui taquina le bout du sein et y passa la langue. Des pointes de feu la traversèrent, faisant vibrer des cordes secrètes au plus profond d'elle-même. Elle serra les genoux pour s'empêcher d'exploser, là, tout de suite.

Il leva vers elle des yeux assombris par le désir et, la maintenant immobile par la seule force de son regard, il se mit sur un coude et prit sa bouche. Elle frissonna de la tête aux pieds quand il la prit par la taille et la fit passer au-dessus de lui, tenant son visage entre ses mains. Il accentua son baiser tout en lui caressant amoureusement les reins.

Une intense chaleur inonda Addy. Elle avait les mains moites, un voile de sueur sur le front. L'attente, l'anticipation, la rendaient folle. Impatiente, elle se mit à remuer les hanches.

Mack répondit en plaquant ses mains sur ses fesses

et en la maintenant fermement contre lui. Sa langue se fit plus impérieuse, se frayant presque brutalement un chemin entre ses lèvres, comme s'il lui faisait l'amour à sa manière.

Addy se sentit transportée, un peu effrayée aussi, car jamais elle n'avait éprouvé de telles sensations, n'avait ressenti un tel besoin urgent pour un amant.

— Oui, Mack, maintenant, murmura-t-elle quand il s'écarta pour reprendre son souffle.

Il la regarda, encore hésitant.

— Je ne veux pas vous faire mal…

— Aucun risque, dit-elle, glissant une main entre eux pour le guider vers sa féminité.

L'extrémité de son membre glissa à l'entrée, et elle crut mourir de frustration.

— Mack ! dit-elle, se collant à lui.

Il resserra sa pression sur ses fesses pour la calmer.

— Doucement, dit-il. Prenons notre temps.

Elle secoua la tête, folle d'impatience.

— Non, s'il vous plaît. Maintenant.

Malgré cela, il prit tout son temps pour entrer en elle, progressant lentement. Au tremblement de ses mains sur elle, elle comprit combien cela lui coûtait de garder le contrôle de ses mouvements. Emue de ses attentions, elle n'en désirait pas moins qu'il accélère, qu'il soit tout en elle.

— Vous ne risquez pas de me faire mal, assura-t-elle.

Et, d'un mouvement de hanches, elle acheva de le faire pénétrer et rejeta la tête en arrière sous l'effet du plaisir.

Enfin, elle le sentait en elle, la comblant de sa plénitude ! Elle se mit à aller et venir et il ne fut pas en reste.

Elle sentit le changement dans son corps, le durcissement des muscles, les frissons qui le parcoururent et ses doigts qui s'enfonçaient dans ses fesses. Elle voulut partager avec lui le plaisir qu'elle sentait proche et, dans un dernier effort, projeta ses hanches en avant de toutes ses forces. Elle maintint la position, la tête en arrière, le souffle court, recevant comme un cadeau l'explosion finale de leur mutuelle passion.

C'était la première fois qu'elle comprenait véritablement le sens du mot « plaisir », qu'elle en faisait totalement l'expérience.

Pour la première fois, elle savait que c'était affolant, libérateur, époustouflant…

Elle aspira l'air que ses poumons avaient refusé de longues secondes et ouvrit les yeux pour voir Mack, le regard rivé sur elle. Ses yeux étaient d'un bleu transparent, des gouttes de sueur perlaient sur son front, et une ombre de barbe assombrissait son visage.

Sans la quitter des yeux, il tendit la main pour lui caresser le ventre, et un petit sourire se joua sur ses lèvres.

Elle se crispa, se souvenant des marques sur sa peau. Elle souhaita disparaître sous les couvertures ou au minimum éteindre la lampe. Comme elle tentait de dissimuler la vilaine cicatrice avec sa main, il l'en empêcha.

— Pourquoi la cacher ? Il n'y a pas de honte à avoir.

Pour preuve, il se releva sur un coude et embrassa délicatement la marque. Puis, relevant la tête, il y passa le pouce et remarqua :

— C'est une décoration d'un genre très spécial, la médaille d'honneur de la maternité. Tu devrais en être fière.

Touchée au plus profond d'elle-même par son tutoiement, elle crut que son cœur s'arrêtait de battre. Que lui arrivait-il ? Etait-elle en train de tomber amoureuse de Mack McGruder ?

Quoi d'étonnant, quand cet homme pouvait dire des choses aussi absurdement gentilles et, qui plus est, paraissait sincèrement les penser ?

Avant qu'elle puisse réfléchir plus avant, Mack l'attira de nouveau sur sa poitrine. Leurs visages à quelques centimètres l'un de l'autre, il plongea son regard dans le sien.

— Addy…

Il prit son visage entre ses mains et leurs lèvres se joignirent pour un baiser d'une douceur extrême, d'une tendresse si émouvante qu'elle en eut les larmes aux yeux.

D'un doigt, il essuya ses larmes.

— Pourquoi pleures-tu ?

Elle hoqueta, secoua la tête et avoua :

— Je… je ne sais pas.

— T'ai-je fait mal ? s'inquiéta-t-il.

Elle secoua de nouveau la tête puis se nicha contre son épaule.

— Non, non. Tout va bien.

La main sur sa nuque, il enfouit ses lèvres dans ses cheveux.

— Des regrets, alors ?

Elle étouffa un rire mouillé et dit :

— Comment pourrais-je regretter ce que j'avais… planifié ?

Il se redressa pour scruter son visage.

— Planifié ? Tu as planifié tout ceci ?

Réalisant qu'en l'occurrence elle n'avait rien d'une séductrice, elle releva la tête et, avec un sourire de coquetterie, ébouriffa ses cheveux.

— Pas de cette manière, mais j'avais tout prévu pour vous… te séduire, oui. Pour savoir si j'avais une chance de t'intéresser. Dîner aux chandelles, musique douce, bonne bouteille. Et moi, parée, maquillée, absolument irrésistible.

Elle fit la grimace.

— Tu m'as surprise avant que j'aie eu le temps d'effectuer la métamorphose. Tant pis pour toi.

— Je ne le regrette pas, affirma-t-il, repoussant les cheveux de son visage, les yeux dans les siens. Tout ce que je sais, c'est qu'effectivement je n'ai pas résisté, métamorphose ou pas.

Il posa ses lèvres sur les siennes et ajouta d'une voix étouffée par l'émotion :

— Je crois bien que j'ai complètement perdu la tête en te voyant. Oubliées, mes résolutions de ne pas exiger de toi ce que je mourais d'envie que tu me donnes de ton plein gré. Addy, cela fait des jours et des jours que je me retiens de…

Mack s'interrompit et se mit à lui couvrir le cou de petits baisers, remontant vers l'oreille et respirant son odeur.

— C'est quoi, ce parfum ?

Encore sous le choc de ce qu'il venait de dire, elle aurait aimé prendre le temps de savourer ses paroles, de réfléchir à ce que cela signifiait pour elle, pour eux. Qu'était-il en train de lui dire ? Que devait-elle comprendre ?

Repoussant à plus tard la suite de ses réflexions, elle rejeta le cou en arrière pour lui permettre de continuer son exploration.

— Qu'est-ce que tu crois ? dit-elle. Séduction, bien sûr. Quoi d'autre ?

Si Zadie voyait sa cuisine, elle en aurait une attaque, pensa Addy.

Des coquilles d'œufs jonchaient le comptoir, les tranches de bacon attendaient dans leur papier d'aller rejoindre les œufs dans la poêle, et de la farine parsemait copieusement les alentours de la planche à pâtisserie, où une fournée de petits pains étaient alignés sur plusieurs rangs comme de bons petits soldats en ordre de bataille.

Tant pis pour le désordre. Zadie n'en saurait jamais rien, et ce qu'elle ne voyait pas ne pouvait pas la blesser.

Addy, elle, n'avait jamais été aussi heureuse. Elle chantonnait et aurait dansé sur place si elle en avait eu le loisir.

Elle n'en revenait pas. Elle avait passé la nuit à faire l'amour avec Mack !

Une fois franchi le premier stade qui les avait tous les deux surpris, ils avaient découvert leur mutuelle attraction, avaient échangé caresses et baisers sans vergogne, et s'étaient endormis dans les bras l'un de l'autre pour se réveiller et recommencer avec une ardeur renouvelée jusqu'à... épuisement des protagonistes !

Ce matin, elle avait pris possession de la cuisine et préparait le petit déjeuner pendant que Mack s'attardait sous la douche.

A vrai dire, elle se sentait un peu nerveuse à l'idée de se retrouver face à lui, au grand jour. Se livrer sans retenue à ses fantasmes au cœur de la nuit, surtout quand votre partenaire se montrait des plus obligeants, était une chose. S'asseoir à table le lendemain et partager le petit déjeuner comme si de rien n'était, en était une autre. A quoi devait-elle s'attendre ? se demandait-elle, anxieuse malgré tout.

— Hum, ça sent bon.

Elle sursauta et faillit se brûler, puis, rassurée par le ton chaleureux de la voix de Mack, se laissa aller contre lui quand il passa ses bras autour de sa taille et lui embrassa le cou.

— Moi ou ce qui est dans la poêle ? le taquina-t-elle avec un petit rire.

Il rit aussi, posa un dernier baiser dans ses cheveux et vint se placer à côté d'elle près du fourneau.

— Les deux, dit-il. Qu'est-ce que tu nous prépares ?

— Des œufs au bacon et des petits pains. Tu as faim ?

— Je suis affamé !

Mack lui donna une tape affectueuse sur les fesses et s'écarta.

— Johnny Mack dort encore, dit-il en ouvrant le réfrigérateur.

Il en sortit le jus d'orange, en emplit deux verres et lui apporta le sien. Il colla sa hanche à la sienne et but son jus de fruit pendant qu'elle surveillait la cuisson du bacon.

Pour elle, cette scène, leur attitude à l'un et à l'autre, lui faisait penser à ce que devait être la vie de famille. Il ne s'en faudrait pas de beaucoup pour qu'elle y croit et se laisse submerger de bonheur.

— Qu'avais-tu prévu de faire, aujourd'hui ? demanda Mack.

Elle haussa les épaules.

— Rien de spécial. Il faut que je fasse tourner une machine et que j'aide Mary à faire le ménage. Et toi ?

— Je dois me rendre en ville pour affaires, dit-il. Je pensais qu'on pourrait y aller ensemble. Tu pourrais passer quelque temps dans les boutiques, et, une fois mes affaires expédiées, on pourrait faire quelque chose à deux, juste toi et moi. Je suis sûr que Mary serait enchantée d'avoir Johnny Mack tout à elle pendant une journée entière.

Elle le regarda, surprise, n'osant comprendre.

— Tu veux dire, tous les deux, comme si on… sortait ensemble, qu'on avait un rendez-vous ?

Mack eut un sourire malicieux et, de sa main libre, lui caressa la nuque.

— Quelque chose dans ce genre, dit-il. D'abord on se marie, puis on tombe amoureux. J'ai comme l'impression qu'on a raté une étape ou deux, toi et moi. Il serait grand temps de nous rattraper.

Addy mit des heures à décider ce qu'elle devait mettre pour son « rendez-vous » avec Mack. Rien de ce qu'elle sortait de son placard ne la satisfaisait. Elle essaya de se rassurer en se disant qu'elle n'en était pas à vouloir l'impressionner par son élégance. Il la connaissait sous toutes les coutures et l'avait vue accoucher. Qui dit mieux ? Ou pire. Souvenir embarrassant qu'elle aurait préféré oublier.

Pourquoi, alors, attachait-elle tant d'importance à sa tenue ?

Parce que c'était son premier rendez-vous amoureux avec Mack McGruder, tiens ! Celui qui, de mari accidentel, était devenu son séducteur !

Elle était aussi excitée qu'une ado invitée par le capitaine de l'équipe de base-ball et qui n'en croyait pas sa chance d'avoir attiré son attention. En conséquence, elle se devait de tout faire pour qu'il ne regrette pas de l'avoir invitée et, au contraire, se félicite de son choix !

Elle sortit des vêtements du placard et, les tenant devant elle, se tourna vers le bébé installé dans son cosy sur le lit.

— Qu'est-ce que tu en penses ? Trop sexy ? Et cela, comment le trouves-tu ? Trop… ordinaire, non ? Que dirais-tu de cette robe ?

Johnny Mack agita ses petites jambes potelées et poussa de petits cris, conscient, semblait-il, qu'elle s'adressait à lui.

— Cela ira ? J'aurai l'air assez chic ? Pas trop ? C'est ce que tu veux dire ?

Le bébé réitéra ses cris, et elle se pencha pour lui embrasser la joue.

— Tu dis ça pour me faire plaisir, parce que je suis ta maman.

Elle alla se regarder dans le miroir, le regard dubitatif, tenant la robe devant elle. Finalement, elle se décida.

— D'accord, je te fais confiance. Je mets la robe.

Se tournant vers son fils, elle prit un ton sévère pour le prévenir :

— Si Mack ne tombe pas raide d'admiration quand il me voit, ce sera ta faute.

Pour toute réponse, Johnny Mack fit des bulles avec sa bouche, et elle éclata de rire.

— Tu es trop chou, dit-elle, le couvrant de baisers.

Mack conduisait.

Assise à la place du passager, Addy croisait et décroisait nerveusement les jambes.

— Est-ce que j'ai dit à Mary que les biberons de lait sont au réfrigérateur ?

— Deux fois de suite, dit Mack sans perdre patience, en lui couvrant la main de la sienne. Ne t'inquiète pas. Tout se passera bien. Souviens-toi que Mary a quatre enfants, ce n'est pas une novice.

Elle se mordilla la lèvre.

— Ses enfants sont grands, fit-elle remarquer. Elle a peut-être oublié comment s'occuper d'un bébé si petit ?

Renonçant à la convaincre, Mack sortit le téléphone de son support et le lui tendit.

— Appelle-la. Cela te permettra peut-être de te rassurer et de te détendre.

Pendant quelques secondes, elle regarda fixement le téléphone puis le repoussa.

— Non, dit-elle d'une voix plus calme. Tu as raison, j'ai tort de m'inquiéter. Je suis sûre qu'elle saura s'en occuper, et je ne veux pas la vexer.

Mack sourit et remit le téléphone en place.

— J'ai déjà entendu cela quelque part.

Elle lui fit une énorme grimace et se tourna vers la fenêtre pour regarder défiler le paysage.

— Où m'emmènes-tu ? demanda-t-elle. A Lampasas ?

— Non. Austin. Notre capitale. J'aimerais te montrer les endroits les plus intéressants. As-tu déjà vu le Capitole, le palais de l'assemblée de l'Etat ?

Elle secoua la tête.

— Non. Je n'ai pour ainsi dire jamais mis les pieds à Austin. J'y suis passée plusieurs fois en voiture, mais sans m'y arrêter.

— On fera la visite complète une autre fois. Aujourd'hui, on se contentera des endroits qui font le charme et la célébrité de la ville. Plus quelques autres que je connais, ajouta Mack avec un sourire.

Les affaires de Mack durent attendre un autre jour, car il ne la quitta pas un seul instant.

Ils commencèrent par descendre la 6e rue qui, d'après lui, était l'équivalent de Bourbon Street à La Nouvelle-Orléans. De là, ils se rendirent au Capitole. Il lui raconta comment les Texans avaient voulu affirmer leur orgueil d'appartenir à cet Etat démesuré et avaient décidé de construire un bâtiment plus haut que le Capitole de Washington. Pour n'enfreindre aucune loi, ils l'avaient érigé sur une colline qui, à l'époque, dominait la ville. Ils poursuivirent par une promenade champêtre dans le jardin anglais de Lady Bird Johnson, et Mack insista pour lui offrir un sac de graines des bleuets vivaces qu'elle avait admirés dans les parterres. Pour terminer leur après-midi en beauté, il loua un canoë et, ramant comme un vrai professionnel de l'aviron, lui fit faire le tour du lac Town qui apportait charme et fraîcheur au cœur de la ville.

Le soleil lançait ses derniers feux et l'horizon se teintait de rouge flamboyant quand Mack sortit les rames de l'eau et les rangea dans le canoë, laissant l'embarcation dériver au fil du courant.

— A quoi penses-tu ? demanda-t-il.

Plus détendue qu'elle l'avait été ces derniers temps, elle sourit, laissant sa main traîner dans l'eau.

— A rien.

Brusquement, il lui prit l'autre main et la tira vers lui jusqu'à ce qu'elle soit assise sur ses genoux.

Surprise, elle s'accrocha à son cou, car le canoë tanguait dangereusement.

— Qu'est-ce que tu fais ? s'écria-t-elle. Tu vas nous faire chavirer.

— Pas de danger, dit Mack, lui entourant la taille de ses bras et lui embrassant la nuque. Tu étais trop loin de moi. J'avais besoin de te sentir plus près.

Elle se sentit fondre de bonheur et sourit.

— Qu'aurais-tu fait si j'étais tombée à l'eau ? s'enquit-elle, se retournant pour le défier du regard.

Sans répondre, il la fit se lever et l'assit à califourchon sur ses cuisses.

Spontanément, elle se pencha pour passer la main dans ses cheveux ébouriffés par la brise.

Le visage à hauteur de ses seins, Mack en mordilla le bout à travers le tissu de sa robe.

— J'aurais plongé et t'aurais sauvé la vie, dit-il, le nez dans son décolleté.

Elle respirait à petits coups et lui lança un avertissement peu convaincu :

— Pas de ça, charmeur. Ce n'est ni l'endroit ni le moment.

Elle tenta de le repousser, disant d'un ton faussement indigné :

— Si on se faisait prendre ? Il y a des lois qui punissent sévèrement les atteintes à la pudeur.

— Je n'enfreins aucune loi, protesta Mack. Pas pour le moment.

Les yeux dans les siens, il passa la main sous sa robe et remonta le long de sa cuisse.

— Maintenant, oui, admit-il. On pourrait peut-être qualifier cela d'atteinte à la pudeur.

Il referma sa main sur son pubis et, dans le même temps, prit sa bouche pour un baiser à couper le souffle.

Aussitôt, Addy fut envahie d'une onde de chaleur

qui balaya tous ses scrupules. Malgré cela, elle tenta faiblement de résister.

— Mack, plaida-t-elle, ses lèvres tout contre sa bouche, arrête. Quelqu'un pourrait nous voir.

— Il n'y a personne. Nous sommes seuls, assura-t-il.

Elle jeta un regard inquiet autour d'elle et constata qu'il avait raison.

Il les avait conduits dans un bras isolé du lac, sous les frondaisons luxuriantes d'arbres pleureurs qui les mettaient à l'abri des regards. Au loin brillaient les lumières de la ville, mais là où ils étaient, à l'écart, protégés par la lumière diffuse du crépuscule, ils avaient découvert l'endroit idéal pour des amoureux en quête d'intimité. Etait-ce à cet endroit que Mack pensait, ce matin ?

Mack ! pensa-t-elle. Son amoureux !

Un vrai rendez-vous, comme il le lui avait promis.

Il fit tomber les bretelles de sa robe et couvrit de baisers la naissance de ses seins et le creux du sillon qu'il affectionnait particulièrement.

— Tu as déjà fait l'amour dans un canoë ? chuchota-t-il, titillant ses seins du bout de sa langue.

Elle rejeta la tête en arrière, les yeux fermés, déjà sous l'emprise du plaisir.

— Non, je ne crois pas.

Mack la rapprocha, colla ses hanches contre lui.

— Moi non plus, dit-il à voix basse. Ce sera une première pour nous deux.

Cette nuit-là, les amants épuisés s'endormirent l'un contre l'autre, Mack plaqué contre le dos d'Addy, un bras sur sa taille.

La tête lovée dans son autre bras, pressée contre lui, elle soupira d'aise.

Ils se complétaient à la perfection. Une grande paix l'inonda tant elle se sentait heureuse, proche du bonheur parfait.

Devrait-elle remercier Ty pour avoir été l'artisan de sa rencontre avec Mack ?

Plutôt mourir.

Néanmoins, sans lui, rien ne se serait passé. C'est parce que Mack s'était senti responsable des actes de son frère qu'il était entré dans sa vie. Grâce à cela, son existence en avait été bouleversée. Pour le meilleur. Sans Mack, que deviendrait-elle ? Elle avait pris sans effort l'habitude de compter sur lui, sur sa présence réconfortante. Il faisait partie de sa vie, et chaque instant passé loin de lui était un supplice.

Ainsi, c'était cela l'amour, ce besoin permanent de l'autre ?

Amoureuse, elle était amoureuse de Mack, son mari par accident !

Elle regarda par-dessus son épaule l'homme qui dormait à son côté et mêla ses doigts aux siens pour s'assurer de la réalité de sa présence. Il avait l'air d'un gamin, pensa-t-elle, attendrie, avec ces cheveux en bataille et ce visage parfaitement détendu, si paisible.

Qu'éprouvait Mack pour elle ? s'inquiéta-t-elle. L'aimait-il d'amour ?

Il ne l'avait pas dit. Le mot « amour » n'avait pas franchi ses lèvres. Une fois, ce matin, quand il l'avait invitée à Austin, il avait parlé d'être tombé amoureux. Mais comme en plaisantant, sans s'y attarder.

Elle non plus, d'ailleurs, ne lui avait pas fait l'aveu de ses sentiments. C'était trop récent. Et même au cœur de la nuit, elle s'était abstenue de toute déclaration enflammée. Devrait-elle le faire, lui forcer la main en quelque sorte ?

Elle serra les dents et se reprocha de vouloir aller trop vite.

Comme Mack l'avait dit, rien ne s'était déroulé normalement dans leur cas. Pratiquement étrangers l'un à l'autre, ils s'étaient mariés pour des raisons… économiques, sans se connaître. Voilà maintenant qu'ils étaient amants et heureux de l'être, mais cela ne voulait rien dire.

Elle savait, elle, ce qu'elle ressentait, elle avait compris que l'attirance sexuelle qui l'avait poussée à le séduire était dépassée. Elle réalisait après coup que ce n'était que la conséquence de ses sentiments pour lui.

Mais lui, Mack ? Que ressentait-il ?

Patience, s'adjura-t-elle. Il avait besoin de temps

pour apprendre à mieux la connaître, à évaluer leurs affinités, à apprécier ses sentiments pour elle et à y donner suite si… Qui sait où cela les mènerait ?

Elle adressa au ciel une prière muette pour que Mack découvre que lui aussi tenait à elle, qu'il était amoureux d'elle comme elle l'était de lui.

Johnny Mack se manifesta par un petit cri, et elle rejeta les couvertures pour se lever et répondre à l'appel de son fils. Mais avant qu'elle puisse mettre ses intentions à exécution, le bras de Mack se referma sur sa taille, la retenant contre lui.

Il se redressa sur un coude et déposa un baiser sur sa nuque avant de dire d'une voix ensommeillée :

— Reste là. J'y vais.

Bien qu'elle se sente plus éveillée que lui, elle obéit et se rallongea, la tête sur l'oreiller.

Elle vit l'ombre de Mack disparaître par la porte de la nurserie et, aussitôt, l'entendit s'adresser à Johnny Mack de sa belle voix de basse.

— Qu'est-ce qui t'arrive, bonhomme ? Qu'est-ce qui t'a réveillé ? Ce n'est pas encore l'heure.

D'après les bruits qui lui parvenaient de la pièce d'à côté, elle suivait les gestes de Mack comme si elle y était : le léger grincement du côté mobile du lit qu'on abaisse, le crissement du rocking-chair sous le poids de Mack, le murmure de sa voix chantonnant une litanie apaisante pour le bébé… et pour elle.

Addy se sentit glisser dans une douce somnolence, bercée par les bruits familiers qui faisaient désormais partie de sa vie, rassurée par la sécurité dont Mack les enveloppait, elle et son fils. Heureuse.

Elle qui n'avait pas eu de père pour sécher ses larmes d'enfant et d'adolescente, elle se réjouit d'avoir trouvé celui qu'elle attendait et donné à Johnny Mack le père qu'elle n'avait pas eu. Il pourrait se confier à Mack et compter sur lui quand il en aurait besoin.

- 7 -

Assis en face de son ami Lenny dans son spacieux bureau, Mack écoutait attentivement l'avocat lui détailler les formalités nécessaires à une adoption.

Quand Lenny eut terminé, Mack resta un moment silencieux, réfléchissant à ce qui venait de lui être exposé.

— Voyons si j'ai bien tout compris, dit-il après quelques instants. Tu prépares les documents par lesquels Ty renonce à tous ses droits sur Johnny Mack et, quand il les a signés, tu déposes la demande d'adoption définitive par laquelle l'enfant devient légalement mon fils.

— On peut considérer que ce n'est plus qu'une formalité puisque nous avons entamé une procédure d'adoption provisoire concomitante avec ton mariage, dit Lenny. Le fait qu'Addy a refusé de mentionner le nom du père de l'enfant sur le certificat de déclaration de naissance simplifie la procédure, puisqu'au regard de la loi, Ty n'existe pas. Mais il se trouve que nous savons toi et moi qu'il est le père biologique du bébé d'Addy. Et, connaissant l'individu, il est de la plus élémentaire prudence de mettre toutes les garanties de ton côté. A savoir, de le faire officiellement renoncer à ses droits sur l'enfant au cas où il lui viendrait l'idée de remettre l'adoption en question.

— Très bien. Allons-y, dit Mack fermement. Faisons les choses comme il faut. Je ne veux pas que Ty se croie le moindre droit sur mon fils.

Lenny approuva.

— Entendu, dit-il. Je fais le nécessaire, mais je dois te prévenir : cela va te coûter cher, et je ne parle pas de mes honoraires. Attends-toi à ce que Ty en profite pour t'extorquer un maximum d'argent.

Mack haussa les épaules et se leva, mettant fin à l'entretien.

— Il sera toujours temps de s'en préoccuper, dit-il. Pour le moment, l'important est de mettre la main sur lui. Utilise les services d'un détective privé si tu le juges nécessaire.

— J'y penserai, dit Lenny, se levant à son tour pour le reconduire à la porte.

Sur le ton de la conversation, il s'enquit :

— Addy et toi, comment cela se passe-t-il ?

Mack se détourna légèrement pour cacher le sourire qui lui montait aux lèvres.

— Bien, dit-il. Très bien, même.

Son ami l'examina de plus près et s'exclama à voix basse :

— Ne me dis pas… Du diable si j'aurais pensé… !

Puis Lenny rit bruyamment et lui envoya une grande claque dans le dos.

— Qui aurait imaginé qu'un vieux dur à cuire comme toi pouvait encore tomber amoureux ? Je ne le crois pas !

Cela faisait très exactement quatre jours, neuf heures et vingt minutes que Zadie avait déserté son domaine. Addy en avait tenu le compte, car elle avait profité au maximum de cette absence et s'était amusée comme une folle à se croire l'unique maîtresse de la cuisine.

Malheureusement, cette merveilleuse liberté touchait à sa fin car Zadie avait annoncé son retour pour cet après-midi.

Mary lui jeta un regard de commisération.

— Si vous continuez à récurer cet évier avec autant d'énergie, remarqua-t-elle, vous allez finir par y faire un trou.

Avec un soupir, Addy posa l'éponge sur la paillasse et examina la cuisine d'un œil critique.

— Tout est en place ? On ne dirait pas que j'y ai mis les pieds, non ?

— Arrêtez de vous torturer, la réprimanda Mary. C'est votre cuisine, pas celle de Zadie. Vous êtes libre d'y faire ce que vous voulez, y compris de peindre les murs en violet si cela vous chante ! Vous n'avez pas à lui en demander la permission.

— Et comment donc ! répliqua Addy, ironique. Je me ferais tuer si j'osais déplacer le moindre objet sans l'avoir consultée.

Mary hocha la tête, disant :

— Je ne comprends pas que vous vous laissiez impressionner par Zadie. Ce n'est pas elle la patronne, c'est vous, et vous feriez bien de le lui rappeler. Je parie qu'elle adopterait un autre ton.

— Vous croyez ? demanda Addy, dubitative.

— J'en suis sûre. Parole d'évangile !

— C'est que je l'aime bien, et je ne voudrais pas lui faire de peine ni qu'elle se monte la tête contre moi.

Elle fronça les sourcils et ajouta :

— Elle considère la cuisine comme son domaine privé, et ce n'est pas facile d'empiéter.

— Vous devez vous affirmer et lui tenir tête, insista Mary. Cela fait trop longtemps qu'elle mène M. Mack par le bout du nez.

Addy réfléchit un instant puis redressa les épaules.

— D'accord, dit-elle. Mais vous me promettez une chose.

— Oui. Quoi donc ?

— Si je ne devais pas en réchapper, promettez-moi après ma mort de repeindre la cuisine en violet.

Mary cligna de l'œil puis éclata de rire.

— Entendu. J'en fais mon affaire.

Malgré ses nouvelles résolutions, Addy passa une dernière fois en revue les placards, s'assurant qu'elle avait bien remis chaque chose à sa place. Puis elle se rendit à l'office et inspecta les provisions rangées sur les étagères.

C'est alors qu'elle entendit la porte de la cuisine s'ouvrir et devina que c'était Zadie, de retour… chez elle.

Elle fut tentée de s'enfermer dans l'office, de repousser à plus tard la confrontation. Un peu émue, elle s'avança vers la porte et, par l'entrebâillement, vit Zadie poser son sac, marmonnant :

— Quelqu'un a laissé l'éponge trempée sur la paillasse. C'est pas comme ça qu'elle va sécher !

Addy se mordit la lèvre, se souvenant, trop tard, qu'elle n'avait pas posé l'éponge sur l'égouttoir comme Zadie avait l'habitude de le faire.

— Bonjour, Zadie, dit la voix de Mary. Comment va Mabel ?

— Aussi bien que possible, répondit sèchement la cuisinière.

— Je suis étonnée que vous ne soyez pas restée avec elle un peu plus longtemps.

— Elle arrive à se déplacer sur ses béquilles, et sa fille est venue pour le week-end. A mon grand soulagement. J'ai passé mon temps à faire le ménage de la maison, de la cave au grenier. Une vraie porcherie. J'ai dû nettoyer la cuisine de fond en comble avant d'oser me mettre aux fourneaux, c'est dire ! Et j'crois pas qu'elle s'est rendu compte du mal que je me suis donnée !

Mary passa devant l'office et s'apprêtait à en refermer la porte quand elle vit Addy en retrait, hésitant à se montrer. Elle étouffa un petit rire et poursuivit son chemin comme si elle n'avait rien vu.

— J'ai aussi pensé que M. Mack serait heureux de me savoir de retour, poursuivait Zadie. Le pauvre doit mourir de faim à l'heure qu'il est.

Addy pinça les lèvres, furieuse d'entendre ses compétences remises en question.

— Détrompez-vous, dit Mary, volant au secours d'Addy. Il va très bien. Addy lui a cuisiné trois repas par jour, tous les jours.

« Merci, Mary ! » pensa Addy, retrouvant le moral.

Mais en entendant le « Humph » sceptique de Zadie, elle décida qu'il était temps pour elle de se montrer.

— Bonjour, Zadie, dit-elle, sortant de l'office. Alors, votre sœur va bien ?

Zadie, les yeux écarquillés comme des soucoupes, lui lança un regard un peu paniqué.

— Oui… Très bien. Merci, balbutia-t-elle.

Avec un sourire, Addy s'appuya au comptoir.

— Vous m'en voyez ravie. Surtout si elle arrive à se débrouiller toute seule. Au bout d'un certain temps, cela devient un peu agaçant d'avoir quelqu'un qui fait tout à votre place, non ?

— P't-être bien, dit la femme, d'un air perplexe, se demandant ce qu'elle devait penser de cette remarque.

Addy regarda ostensiblement autour d'elle et dit, d'un air pensif :

— Vous ne trouvez pas que ces murs auraient besoin d'un bon coup de peinture ?

Aussitôt, Zadie se dressa sur ses ergots et gonfla la poitrine sous l'effet de l'indignation.

— Qu'est-ce qu'ils ont ces murs ? Ils sont très bien.

— Les murs, oui. Mais cette couleur ! dit Addy avec une grimace de dégoût.

— Quoi, la couleur ? Elle est très bien, la couleur, suffoqua Zadie.

— Un peu… triste, vous ne trouvez pas ?

Elle regardait Mary qui avait du mal à ne pas s'étouffer de rire.

— Qu'en pensez-vous, Mary ?

— Je suis d'accord. Un peu de couleur serait la bienvenue. Ce serait plus gai.

Zadie parut sur le point d'exploser.

— C'est très bien comme ça. Pas besoin de couleur dans ma cuisine.

— De quelle couleur aimeriez-vous la peindre ? demanda Mary, jouant le jeu.

Addy fit semblant de réfléchir.

— Je ne sais pas. Quelque chose de vif. Violet ? Rouge sang ?

— Rouge… sang ! cria Zadie qui en bégayait d'indignation. Pas question. Je ne vous laisserai pas transformer ma cuisine en… en bordel !

La porte s'ouvrit et Mack entra.

— Tiens, bonjour, Zadie. Je ne savais pas que vous étiez de retour. Bienvenue à la maison.

— Merci, monsieur Mack, dit-elle, jetant un regard en coin à Addy. J'crois que j'suis arrivée au bon moment. Juste à temps, on dirait.

Il lança son chapeau sur le comptoir et, intrigué, demanda :

— A temps pour quoi ?

Zadie leva les mains en un geste dramatique.

— Pour sauver ma cuisine, pardi !

Elle pointa un menton accusateur en direction d'Addy et dit, comme si les mots lui écorchaient la bouche :

— Elle veut la peindre en rouge !

Mack leva un sourcil et regarda Addy, interrogateur.

— En rouge ?

Elle sourit, gênée.

— Peut-être pas rouge, dit-elle. Mais je pensais que les murs avaient besoin d'être… rafraîchis. Qu'un peu de couleur ne leur ferait pas de mal.

Mack prit le temps de regarder autour de lui et approuva.

— Tu as raison. Ce n'est pas une mauvaise idée. Fais ton choix et dis-moi quand tu veux qu'on le fasse. Je connais un entrepreneur qui sera prêt à venir exécuter tes ordres.

Il regarda sa montre et s'excusa :

— J'ai des coups de téléphone à donner. Mesdames, je vous salue !

En passant, il embrassa Addy sur la bouche.

— Si tu as besoin de moi, dit-il, je serai dans mon bureau.

Zadie, bouche bée au milieu de la pièce, n'en croyait visiblement pas ses yeux ni ses oreilles. D'abord le tutoiement, c'était nouveau. Et surtout, ce baiser sans équivoque donné en public…

Ce fut Addy qui prit les devants.

— Quelque chose vous dérange ? demanda-t-elle.

Zadie pinça les lèvres et marmonna :

— Pas la peine de me faire un dessin, j'ai compris. Moi qui pensais qu'j'allais être obligée d'vous enfermer à double tour pour que vous compreniez ce qu'un homme et une femme peuvent faire ensemble ! Vous avez pas besoin de mes services, on dirait.

Tard dans la nuit, au cours d'une… accalmie, Addy raconta à Mack la fin de son entretien avec Zadie.

— Elle m'a regardée comme si elle était peinée, dit-elle, déçue qu'on ne l'ait pas attendue. Elle m'a dit qu'elle avait pensé à nous « enfermer à double tour » dans une chambre pour qu'on découvre « ce qu'un homme et une femme peuvent faire ensemble ». Je cite ! Tu t'imagines ?

Mack rit tout bas, la main sur sa taille.

— Je l'en crois capable, affirma-t-il.

Addy se blottit contre lui.

— Cela me paraît bizarre, pour ne pas dire… gênant.

Mack releva la tête pour la regarder.

— Qu'est-ce qui est gênant ?

— Que quelqu'un, là dans la maison, à deux pas de nous, sache à tout instant ce que nous faisons et où nous en sommes de nos relations. Qui dort avec qui. Toi et moi.

Mack rit de nouveau.

— Et alors ? Nous ne faisons rien d'illicite ou d'immoral. Ne sommes-nous pas mari et femme ?

Elle lui lança un regard de reproche avant de reposer sa tête sur son épaule.

— Tu sais très bien ce que je veux dire.

Elle réprima un frisson et reprit :

— Cela me met mal à l'aise. J'ai l'impression d'être en permanence sous l'œil des caméras.

De ses doigts, Mack lui caressa la hanche.

— Son appartement est à l'autre bout de la maison, observa-t-il, elle ne met jamais les pieds de ce côté.

— Je sais, mais…

Toujours riant, il roula sur le côté et l'entoura de ses bras.

— Tu te sentirais mieux si je lui faisais construire un pavillon indépendant quelque part dans le parc ?

Elle sourit en elle-même. Tout de suite les grands moyens ! N'empêche qu'elle se réjouissait de voir qu'il était prêt à tout pour lui faire plaisir.

— Non, ce n'est pas à ce point, dit-elle, émue malgré elle. Toutefois, tu pourrais lui faire cadeau de boules Quies, ajouta-t-elle avec le plus grand sérieux.

Il leva les sourcils et s'étonna :

— Pourquoi ? Serais-tu du genre à ameuter les populations ? demanda-t-il.

De sa main, elle dessinait des cercles sur son torse et prit son temps pour répondre.

— Pas impossible, dit-elle, malicieuse. Dans certaines circonstances.

— Etant donné que cela ne s'est pas encore produit, remarqua-t-il, plissant le front, que dois-je en conclure ? Est-ce un reproche ? Une critique de ma virilité ?

Elle lui décocha un regard aguichant.

— Disons… un défi ?

Il se détendit et éclata de rire. Il la fit passer au-dessus de lui, refermant les mains sur ses fesses.

— C'est le genre de défi qui ne me fait pas peur, ma petite dame, dit-il, la collant contre lui. Tu ne vas pas être déçue.

Elle eut un sourire satisfait et remonta lentement jusqu'à ce que sa bouche soit à hauteur de la sienne.

Tout contre ses lèvres, elle chuchota :

— Cela tombe bien. Je me sens justement d'humeur à ameuter les populations !

Quelques jours plus tard, Mack était de nouveau assis en face de Lenny.

— J'ai fini par mettre la main sur notre homme, annonça l'avocat en lui tendant un dossier.

— On l'a retrouvé à Houston, poursuivit-il. Il vit chez une femme, propriétaire d'un appartement dans un immeuble assez huppé, près du centre commercial. D'après mes renseignements, il serait avec elle depuis un peu plus de cinq mois.

Mack étudia attentivement la photo de la belle blonde pendue au bras de Ty.

— C'est tout à fait son genre, dit-il en reposant le cliché, visiblement pris en caméra cachée sur le trottoir d'une rue de Houston. Es-tu entré en contact avec lui ?

— Oui. Ce matin.

Lenny hocha la tête, désabusé.

— 10 heures du matin, et c'est mon coup de fil qui l'a réveillé !

— Sans emploi, évidemment ? interrogea Mack.

— J'en ai l'impression. Apparemment, il est entièrement pris par sa nouvelle conquête. Mon détective dit que la femme ne le quitte pas d'une semelle. Elle l'accompagne partout où il va.

— Des moyens financiers ?

— Une rente viagère qui lui vient de son grand-père. Assez importante pour qu'elle n'ait jamais besoin de travailler si elle se contente des revenus et ne touche pas au capital.

Mack haussa les épaules.

— Je lui donne un an, deux au maximum, et Ty l'aura saignée à blanc.

Lenny approuva.

— Si l'on se fie à ses antécédents, je crains que tu n'aies raison, dit-il.

— Quel est ton plan d'action ?

Lenny sortit un autre dossier.

— Tout est prêt. Il ne lui reste qu'à signer. Je lui ai fixé rendez-vous à l'aéroport de Houston après-demain, à 15 heures. J'ai pensé que cela te permettrait de prendre tes dispositions. J'imagine que tu t'y rendras en avion et que tu ne voudras pas t'attarder ? C'est donc le meilleur endroit pour rencontrer Ty. Je me suis arrangé pour qu'un employé du service de l'état civil soit présent et enregistre la signature en bonne et due forme.

— Et Ty a été d'accord ? Il n'a pas fait d'objection ?

— Qu'est-ce que tu crois ? se moqua Lenny. A la seule mention de sa « responsabilité en paternité », je le voyais déjà en train de déboucher son stylo.

Mack hocha la tête.

— Il ne changera jamais.

Addy essayait de maîtriser son inquiétude tout en regardant Mack préparer sa valise. Depuis que Mack était revenu de son entrevue avec Lenny et lui avait annoncé son départ pour Houston, elle ne pouvait se défendre d'un sombre pressentiment.

— Lenny a tout préparé, expliqua-t-il en ouvrant le placard pour y prendre une chemise. J'ai les papiers par lesquels Ty renonce à ses droits sur l'enfant né de lui. Il les signera en présence de l'officier d'état civil, qui y apposera son cachet, et le tour sera joué.

Il sortit le portemanteau de la chemise et elle la lui prit des mains pour la plier.

— Tu es sûr que ce sera suffisant, qu'il n'y a rien d'autre ? questionna-t-elle. Cela ne lui laisse aucune possibilité de tout remettre en cause un jour ou l'autre ?

— Aucune. Une fois qu'il aura renoncé à ses droits sur Johnny Mack, il n'aura plus aucun recours. Lenny gardera précieusement ce papier dans ses archives et activera la procédure d'adoption définitive. Johnny Mack sera notre fils dans les jours ou les semaines qui viennent.

Elle porta la main à sa poitrine, émue d'entendre Mack parler de « leur » fils et non plus de son fils à elle.

Repoussant les larmes qui lui montaient aux yeux, elle lui prit la main.

— Tu feras attention ? insista-t-elle. On ne sait jamais ce qui peut lui passer par la tête.

Les yeux dans les siens, Mack porta leurs mains emmêlées à ses lèvres et lui baisa les doigts.

— Ne t'inquiète pas, dit-il. Ty a beaucoup de défauts,

mais ce n'est pas un violent. C'est un faible qui ne s'attaquera pas à moi.

Il avait raison, pensa-t-elle. Pendant leur aventure, elle n'avait jamais détecté le moindre signe de violence chez Ty. Malgré cela, elle réprima un frisson d'appréhension.

— Fais quand même attention, répéta-t-elle, se forçant à sourire. Je ne voudrais pas qu'il t'arrive quelque chose à cause de moi.

— Tout ira bien, ne t'en fais pas, assura Mack.

Il ferma la petite valise et la prit à la main.

Sans savoir pourquoi, Addy dut se retenir de se jeter à son cou pour le supplier de ne pas partir.

— Tu es sûr que tu dois partir ce soir ? plaida-t-elle.

— Je ne veux pas prendre de risque, dit-il. Qu'il y ait des embouteillages ou que j'aie un problème avec la voiture. On ne sait jamais. Or, je veux être à l'aéroport à l'heure fixée par Lenny. Et comme je n'ai pas pu trouver de place dans un avion, je n'ai pas le choix.

— Si tu partais tôt demain matin, tu arriverais largement avant l'heure, insista-t-elle.

Mack lui passa le bras autour de la taille et la serra contre lui.

— Je préfère prendre mon temps et être sur place demain matin, c'est tout. Arrête de te faire du souci, tout se passera bien.

Elle se laissa aller contre lui et mit la tête sur son épaule.

D'un commun accord, ils se dirigèrent vers la nurserie.

Mack posa la valise près du berceau et Addy, émue, le regarda caresser la joue du bébé.

— Sois sage pendant mon absence, petit homme, murmura-t-il à l'enfant endormi. Prends bien soin de ta maman.

Il se pencha et lui déposa un baiser sur le front puis se redressa et resta à le regarder, comme si lui non plus n'avait pas envie de s'éloigner. Il finit par reprendre sa valise et entoura les épaules d'Addy de son bras.

— S'il se réveille cette nuit, chuchota-t-il comme ils quittaient la pièce, chante-lui une ou deux vieilles chansons country. D'habitude, il se rendort aussitôt.

Puis il s'arrêta au seuil de la chambre — de *leur* chambre maintenant.

— Disons-nous au revoir ici, loin des regards de Zadie ! suggéra-t-il avec un sourire.

Elle rit à travers ses larmes et, lui nouant les bras autour du cou, le serra contre elle.

— Fais attention à toi, chuchota-t-elle.

— Oui. Toi aussi.

Mack l'embrassa passionnément et elle crut sentir leurs cœurs battre à l'unisson. Finalement, il se détacha d'elle. Un dernier petit baiser, et il se dirigea vers la porte.

Elle le suivit dans le hall. Quand il ouvrit la porte d'entrée, la panique s'empara d'elle.

— Mack ! Attends, cria-t-elle, les bras tendus vers lui.

Il s'arrêta, la main sur la poignée.

— Oui ? Quoi ?

Les larmes aux yeux, elle porta la main à sa bouche pour y refouler les trois mots essentiels qu'elle avait été sur le point de hurler et qui lui brûlaient les lèvres. Allait-elle lui faire l'aveu de son amour ?

Non. Le moment était mal choisi, estima-t-elle, abattue. Elle avait trop attendu, et maintenant il lui faudrait attendre un peu plus. Qu'il revienne de son entrevue. Que leur avenir se dessine clairement.

— N'oublie pas de mettre ta ceinture, se contenta-t-elle de dire, laissant retomber ses bras en un geste d'impuissance.

Mack sourit. Un sourire si doux, si tendre, qu'elle sentit ses jambes se dérober sous elle et faillit se trouver mal.

— Oui. Je n'oublierai pas. Bonne nuit, Addy.

Il ouvrit et referma la porte. Elle entendit la portière claquer et la voiture démarra.

— Bonne nuit, Mack, murmura-t-elle.

- 8 -

Le lendemain, après un voyage et une nuit d'hôtel sans histoire, Mack était à l'aéroport à l'heure dite. Il repéra aisément l'officier d'état civil grâce à la description de Lenny et s'avança vers la table qu'il occupait dans un coin tranquille du bar.

— John McGruder.

L'autre se leva.

— Glen Powell, dit-il à son tour.

Ils se serrèrent la main et Mack prit place en face de lui.

Il montra la serviette contenant les documents.

— Tout est là. Mon frère ne s'est pas encore montré ?

— Non. Pas à ma connaissance, dit Powell.

Il regarda sa montre et observa :

— Il n'est pas encore tout à fait 15 heures. Laissons-lui le temps.

Mack posa la serviette sur la chaise à côté de lui et s'incita à la patience. A la serveuse qui fit son apparition à leur table, il commanda une bière pour passer le temps et se calmer les nerfs.

Il n'avait que très peu dormi, inquiet malgré tout de l'issue de cette entrevue avec Ty et irrité d'avoir dû faire tout ce chemin par la route. Ce n'était pas dans ses habitudes, et c'est pourquoi il avait tenu à rejoindre Houston la veille du rendez-vous. Par ailleurs, ce n'était pas plus mal. S'il était resté à la maison, il n'aurait pas pu cacher à Addy sa nervosité, et il ne voulait pas la perturber. Elle était déjà suffisamment inquiète comme cela.

Il n'y avait rien à craindre, se redit-il pour la dixième fois. Pourquoi Ty refuserait-il de signer les papiers ? Il n'avait fait aucune difficulté les autres fois et avait renoncé à ses droits de paternité sans sourciller. Il n'y avait aucune raison pour que cela ne se passe pas comme précédemment.

La serveuse posa la bière devant lui et il but à grands traits avant de reposer le verre.

15 h 5 à sa montre.

Il parcourut du regard le hall où les passagers se pressaient de rejoindre les guichets d'embarquement.

Pas trace de Ty.

La mâchoire contractée, il s'efforça de minimiser le retard de son frère.

Impossible qu'il ne vienne pas ! Lenny avait été formel : Ty avait accepté le rendez-vous sans faire d'objection. Ce manque de respect de l'heure n'était qu'une preuve de plus des inconséquences de cet ado attardé, pour qui le temps et l'exactitude n'avaient aucun sens. Normal, pour quelqu'un qui n'avait aucune obligation et ne savait que faire de ses journées. Nul doute qu'il allait arriver le sourire aux lèvres, décontracté, sans un mot d'excuse pour ceux qui l'attendaient…

Zadie allait partir faire les courses.

Addy courut vers la voiture, le bébé dans les bras, en lui faisant des signes désespérés.

— Zadie ! Attendez.

La cuisinière baissa sa vitre, les lèvres pincées.

— Qu'est-ce que vous avez encore oublié ? demanda-t-elle sèchement.

— Le champagne. Il nous faut une bouteille de champagne. Mack revient ce soir, ce sera l'occasion de faire la fête.

Zadie leva les yeux au ciel et remonta la vitre. Sans autre commentaire, elle appuya sur l'accélérateur et disparut sous la voûte des arbres.

— Vilaine sorcière ! marmonna Addy en nichant son nez dans le cou de Johnny Mack.

Comme une arrière-pensée, elle ajouta avec un sourire :

— Elle nous adore, mon cœur, mais elle s'en voudrait de le montrer. C'est contraire à sa dignité.

Le bébé agita bras et jambes, ce qui la fit rire.

— Tu es un vrai petit diable, dit-elle, remontant vers la maison. Que dirais-tu d'aller prendre un bain ? Tu serais tout beau, tout propre pour le retour de… papa. Je mettrai plein de gel douche dans l'eau, et tu pourras faire toutes les bulles que tu voudras.

L'enfant réagit à sa voix et s'agita de plus belle dans ses bras.

— Tu es beaucoup trop malin pour ton âge, s'extasia-t-elle.

Elle s'amusa de constater qu'elle lui parlait comme s'il pouvait comprendre. Toutes les mères en faisaient-elles autant, ou était-ce Mack qui déteignait sur elle ?

Une fois dans la chambre, elle sortit tout ce dont elle aurait besoin puis posa le bébé sur la table à langer pour le déshabiller.

— Mack revient ce soir, chantonna-t-elle en le chatouillant pour le faire sourire. Je suis sûre que tu lui manques. Et toi, est-ce qu'il te manque ?

L'enfant la regarda de ses yeux ronds et parut réfléchir à la question.

Johnny Mack sur les bras, elle se rendit à la salle de bains, ouvrit le robinet de la baignoire et régla la température.

— Tu sais que tu as de la chance d'avoir un papa qui t'aime autant ?

Elle mit le bébé dans l'eau à sa grande joie, le soutenant d'une main. De l'autre elle versa le savon liquide sur le gant de toilette et le savonna.

— Je n'ai pas connu mon père, moi, dit-elle. Il est mort avant ma naissance.

Elle plissa le nez et le frotta contre la joue du bébé.

— C'est triste, non ?

Elle continua de le savonner tout en poursuivant son monologue.

— Toi, tu as Mack. Il fera un très bon père pour toi, dit-elle d'un ton assuré. Tu sais, il n'y a pas beaucoup de pères qui se lèveraient la nuit comme il le fait pour toi.

Le bébé remua bras et jambes avec jubilation dans l'eau chaude, accompagnant cette manifestation d'un festival de bulles.

— Allons-y pour le dos, ajouta-t-elle en riant en le retournant.

Quelques instants plus tard, elle le sortit de l'eau, l'enveloppa dans la sortie de bain et se dirigea vers la nurserie.

Sans cesser de lui parler, elle lui mit sa couche et ses vêtements avec une promptitude acquise au fil des jours.

— Et voilà ! s'exclama-t-elle en embrassant la petite joue satinée. Un vrai petit amour. Si on allait s'asseoir sur la terrasse pour la tétée ? Qu'en dis-tu ?

Apparemment, le bébé n'y voyait pas d'objection.

Elle se rendit donc sur la terrasse et s'installa dans le rocking-chair avant d'ouvrir son chemisier et de le mettre au sein.

Un sourire aux lèvres, elle le regarda se mettre à

téter avidement. Du pied, elle actionna le rocking-chair et se laissa aller à fredonner une berceuse.

Maintenant que son attention n'était plus mobilisée, les inquiétudes qui l'avaient assaillie depuis le départ de Mack revenaient en force et lui nouaient l'estomac. Sans qu'elle sache pourquoi, cette entrevue entre Mack et Ty la remplissait d'angoisse.

Fermant les yeux, elle appuya sa tête au dossier et pria le ciel que tout se passe bien, que Mack revienne avec les papiers dûment signés par Ty.

Des images de Mack se mirent à défiler dans son esprit, lui faisant revivre les moments clés de leur étrange relation : Mack à ses côtés lors de l'accouchement, le front plissé, les yeux fixés sur elle, la main refermée sur la sienne, lui communiquant sa force. Mack debout près d'elle, la main sur sa taille, pendant que le père Nolan accomplissait les rites du mariage et les déclarait mari et femme pour le meilleur et pour le pire. Mack assis dans ce même rocking-chair, un sourire ému sur les lèvres, contemplant d'un air attendri Johnny Mack blotti au creux de son bras. Mack encore, endormi à son côté, leurs jambes emmêlées après l'amour, ses bras autour d'elle et son souffle sur son cou.

— Eh bien, eh bien ! Si c'est pas un joli spectacle, ça !

Elle sursauta violemment et, instinctivement, resserra ses bras autour de son enfant.

Ouvrant les yeux, elle vit Ty debout dans l'encadrement de la porte de sa chambre.

— Qu… Qu'est-ce que tu fais là ? balbutia-t-elle.

— Tu ne devines pas ? dit-il avec un grand sourire, s'avançant sur la terrasse, les bras tendus. Je suis venu voir ma petite famille.

Espérant qu'il était rassasié et n'allait pas protester, Addy détacha Johnny Mack de son sein et le prit contre son épaule pour le dérober à la vue de l'intrus.

— Mack est absent, dit-elle.

— Addy, Addy, dit-il sur un ton de reproche. Voyons, ma belle. Ce n'est pas Mack que je suis venu voir. Je suis venu te voir, toi… et mon enfant.

Elle se contracta tout entière, comme si elle pouvait s'enrouler autour de son fils pour le protéger.

— Ce n'est pas « ton » enfant, dit-elle.

Ty s'avança encore d'un pas, sourcils froncés.

— Tu voudrais me faire croire que cet enfant est de Mack ? A d'autres, ma chère.

Il pointa une main vers l'enfant et remarqua :

— Il a quoi ? Un peu plus d'un mois ? Voyons voir. La dernière fois qu'on s'est vus, c'était en décembre. Il y a donc cinq ou six mois. A cette époque, tu m'as déclaré être enceinte de deux mois. Comme nous étions ensemble depuis environ quatre ou cinq mois, cela ne fait aucun doute, cet enfant est de moi.

Il se livrait à ces calculs posément, sûr de lui, avec un sourire inquiétant.

— Il n'est pas à toi, s'écria-t-elle. Mack va l'adopter.

— Ah oui ? Tu veux bien m'expliquer pourquoi Mack

voudrait adopter un enfant ? A son âge ? Pourquoi s'embarrasserait-il de l'enfant d'un autre ?

Elle se contenta de le fusiller du regard et il se rapprocha encore, se penchant au-dessus d'elle.

— Tu n'es pas idiote, Addy. Ne me raconte pas d'histoires. Toi aussi tu dois te demander les raisons qui poussent Mack à vouloir adopter ton enfant.

Sans répondre, elle se redressa et fit passer ses jambes sur le côté, lui tournant le dos.

— Quarante-deux ans, poursuivit-il. Veuf depuis que sa femme et son fils sont morts dans cet accident de voiture. Pourquoi voudrait-il adopter l'enfant de son demi-frère, à ton avis ?

— Je ne t'écoute pas, clama-t-elle.

— Oh que si ! répliqua-t-il.

Il posa la main sur son bras et elle se dégagea vivement, criant :

— Ne me touche pas. Je ne veux plus que tu me touches. Jamais.

Ty recula un peu, haussant les épaules.

— Comme tu voudras. Cela ne me manquera pas, ajouta-t-il méchamment. Tu n'as jamais été si fabuleuse au lit que j'en redemande.

Ecœurée de sa grossièreté, elle détourna les yeux. Elle n'avait qu'une envie : qu'il s'en aille.

— Va-t'en, ordonna-t-elle. Disparais de cette maison ou j'appelle la police.

— Si j'étais toi, je m'en garderais bien, dit-il, ironique. Tu imagines les ragots dans cette petite ville ? Tout le monde serait au courant que je suis le vrai père de cet enfant, et non pas le très respecté Mack McGruder. Quel scandale !

Elle lui lança un regard glacial.

— Si c'est de l'argent que tu cherches à me soutirer, tu tombes mal. Je n'ai rien à te donner.

Un sourire de convoitise s'étira lentement sur les lèvres de Ty.

— Toi, non. Mais Mack en a à ne pas savoir qu'en faire. Je suis sûr qu'il serait prêt à payer le prix fort pour… mon fils. Il a cru l'avoir pour rien, l'imbécile. Il a cru que je signerais tous les papiers qu'ils me présenteraient, lui et son fichu avocat. Eh bien, mon cher frère s'est mis le doigt dans l'œil !

Il s'accroupit au pied du rocking-chair, les mains sur les genoux pour être à son niveau.

— D'ailleurs, c'est pour cela qu'il est à Houston en ce moment, et tu le sais. Il m'attend, documents en main, pour me faire renoncer à mes droits. Mais c'était compter sans mon flair. Je n'ai pas mis longtemps à comprendre où il voulait en venir : s'approprier mon fils. Et là, j'ai été plus malin que lui. Le détective qui m'a retrouvé n'avait rien d'un pro, j'ai décelé sa filature dès le premier jour. De là à penser que Mack était dans le coup, il n'y avait qu'un pas. Restait à savoir pourquoi. Quand Lenny m'a appelé pour me demander de signer les papiers en renoncement de paternité, mes antennes se sont dressées, tu penses bien.

Ty se releva et commença à marcher de long en large dans le patio, en proie à une excitation grandissante.

— J'ai eu l'impression qu'il se tramait quelque chose dans mon dos, continua-t-il. J'ai appelé de vieux amis à Lampasas, et quelle ne fut pas ma surprise d'apprendre que Mack s'était récemment marié, ce dont il n'avait pas cru bon de m'informer. De plus, il avait convolé avec une femme qui venait de donner naissance à un moutard. Une femme originaire de Dallas. Comme j'avais laissé une femme enceinte dans cette bonne ville de Dallas, cela m'a fait me poser des questions. Toutefois, je ne comprenais pas comment vous vous étiez rencontrés et ce qui vous avait rapprochés. A force de réfléchir — oui, ma chère, j'en suis capable —, je me suis souvenu que Mack avait pour malsaine habitude de passer derrière moi pour réparer les prétendus dégâts causés à l'honneur de la famille. Il m'a alors suffi de raccorder les morceaux, et tout s'est éclairé : d'une manière ou d'une autre, Mack avait eu vent de ton existence et de ta grossesse. Il s'était rendu à Dallas pour t'offrir de l'argent, et au lieu de cela il avait décidé de tirer parti de la situation pour son compte personnel.

Il l'interrogea du regard.

— C'est bien comme cela que ça s'est passé, non ?

Elle déglutit, le fixa d'un regard qui aurait dû le faire rentrer sous terre et garda le silence.

Ty se redressa et la toisa avec un sourire arrogant.

— Pas besoin de me répondre, dit-il. J'ai tout compris, rien qu'à ton expression. Tu n'as jamais été capable de dissimuler tes sentiments.

Il mit sa main de côté contre sa bouche comme pour lui faire partager un secret.

— De toi à moi, dit-il, je me contrefiche du bébé. Mais si Mack le veut, il va falloir qu'il y mette le prix. Je ne brade pas ce qui m'appartient, même s'il s'agit d'un moutard dont je n'ai que faire.

La colère s'empara d'Addy.

— Tu n'as pas le droit, siffla-t-elle entre ses dents serrées. Tu as abandonné cet enfant. Dès que je t'en ai parlé, tu as pris tes jambes à ton cou pour ne pas avoir à en assumer la responsabilité.

Il haussa les épaules, insensible à ses reproches.

— Tu me vois avec un gosse sur les bras ? ricana-t-il. Ce que tu devrais te demander, c'est pourquoi Mack le veut, lui. Qu'est-ce que tu crois ? Que c'est par charité, par bonté d'âme ? Qu'il s'est senti bouleversé par la pauvre femme abandonnée obligée d'élever toute seule l'enfant de son amant ? Laisse-moi rire !

Il se rapprocha encore, son visage à quelques centimètres du sien.

— Ce ne serait pas plutôt par pur égoïsme, par hasard ? Par intérêt personnel ? Réfléchis à ton tour. Mack a besoin d'un héritier. Du fait de la mort de son fils, il n'a personne à qui laisser sa fortune et ses propriétés. Voilà la vérité.

— C’est faux, cria-t-elle, choquée. Mack n’a rien d’un égoïste. C’est un homme bon et généreux.

Ty se redressa.

— Bon et généreux ? Tiens donc ! Pas pour tout le monde. Tu l’as déjà entendu parler de moi ? Tu as une idée de son opinion sur moi ?

Elle déglutit plusieurs fois et se souvint des rares fois où Mack lui avait parlé de sa relation avec son demi-frère.

— Il m’a seulement dit que vos relations étaient… tendues, dit-elle.

— Tendues !

Ty rejeta la tête en arrière et éclata d’un rire narquois.

— On peut voir cela comme ça ! C’est peu dire, ma chère, affirma-t-il sur un ton on ne peut plus alarmant. Mack me hait. Il me hait depuis le jour de ma naissance, parce que j’ai toujours été le préféré de notre mère.

Elle ne croyait pas un mot de ce qu’il affirmait si haut et si fort, mais elle se retint de le contredire. Elle le sentait remonté à fond et craignit de provoquer sa colère. Malgré ce que Mack lui avait affirmé du caractère de Ty, elle redoutait qu’il ne se livre à un acte de violence.

— C’est la seule raison qu’il avait de t’épouser, poursuivait Ty. Pas par générosité, mais parce qu’il est prêt à tout pour que je n’hérite pas un sou de sa précieuse fortune. C’est ce qui explique qu’il t’ait épousée, toi, une femme qui lui est totalement étrangère. Pour adopter ton enfant. Pour avoir un fils.

Il fronça les sourcils et ajouta :

— Qui plus est, un fils qui a du sang de sa mère dans les veines. Qui dit mieux ?

Addy pâlit sous la suggestion et sentit une sueur froide lui courir le long du dos. Puis elle se rappela que c'était Ty qui parlait et se rebiffa.

— Cela n'a rien à voir avec le fait que Mack veuille adopter mon enfant, protesta-t-elle. Il aime Johnny Mack comme si c'était son fils.

Ty se recula un peu et émit un petit rire moqueur.

— Regarde les choses en face, Addy. Mack McGruder n'aime qu'une seule personne, lui et encore lui.

— Tu mens, cria-t-elle. Il nous aime, moi et mon fils.

— « Nous » ? répéta Ty avec un regard faussement apitoyé. Ne me dis pas que tu crois que Mack t'aime d'amour parce que vous avez couché ensemble ? C'est un homme comme les autres, point. Une femme ou une autre, qu'importe.

Elle sentit les larmes lui monter aux yeux et s'efforça de se contrôler.

De son côté, Ty hochait la tête, visiblement admiratif de la conduite de son frère.

— Bien joué, Mack ! marmonna-t-il. D'une pierre, deux coups. Un héritier et du sexe à portée de la main. Brillantissime !

Il ouvrit les mains comme quelqu'un qui jette l'éponge.

— Oh, et puis, quelle importance ? Quelles que soient les raisons qui ont poussé Mack à t'épouser et à vouloir adopter le gamin, c'est toi la grande gagnante, d'accord ? Bravo, ma chère ! Madame a bien choisi !

Il se retourna et embrassa du regard la maison et le jardin.

— Pas mal. Cela doit te changer de ton minuscule taudis de Dallas ! Sans parler de l'argent que mon cher frère représente. Des tonnes de fric, bien à l'abri en lieu sûr.

Il s'accroupit de nouveau devant elle et, s'appuyant d'une main sur le rocking-chair, la regarda dans les yeux.

— Voilà ce que je te propose, dit-il froidement. Je veux ma part de cet argent. Disons une grosse part. Et tu vas m'aider à l'obtenir. Si tu te montres coopérative, si tu fais comprendre à Mack qu'il a intérêt à négocier le gros paquet, tu gardes ton gosse pour toi toute seule et tu vis la grande vie en tant qu'épouse de Mack McGruder.

Il pointa un doigt lourd de menaces et continua :

— Mais si tu ne plaides pas ma cause, si tu essaies de me mettre des bâtons dans les roues, prends garde. Je fais valoir mes droits sur le marmot. Je bloque le processus d'adoption et je réclame la garde partagée sinon plus, étant donné ce que tu te préparais à faire :

échanger mon fils contre ta sécurité et ton confort. Je te parie que Mack te laissera tomber et que tu te retrouveras à Dallas loin de tout ce luxe, sans autre ressource que de retourner vider les pots de chambre des vieux gâteux.

— Mettez les mains en l'air et fichez le camp d'ici, dit soudain une voix qui ne plaisantait pas.

Addy releva brusquement la tête et vit Zadie dans l'embrasure de la porte, le fusil de Mack à l'épaule, le canon braqué sur le dos de Ty.

Ty se redressa comme un ressort et lui fit face.

— Zadie, lui reprocha-t-il d'une voix doucereuse, usant de tout son charme. A quoi rime ce cirque ? Lâche cette arme. Tu ne vas pas tirer sur moi, toi qui m'as en partie élevé ?

D'une main sûre, la cuisinière déverrouilla le cran de sûreté sans écarter d'un pouce le fusil pointé en direction de la poitrine de Ty.

— J'aurais mieux fait d'vous noyer, grommela-t-elle. Ç'aurait évité bien des ennuis à la famille. De la honte, aussi.

— Zadie ! redit-il, s'avançant vers elle.

On entendit le déclic du fusil qu'elle armait, et Ty s'arrêta, médusé.

— Faites c'que j'vous ai dit, répéta Zadie.

Cette fois, il ne discuta pas et mit les mains sur la tête.

— Vous feriez mieux d'me croire, Ty Bodean. Si vous m'y forcez, je tire, le prévint-elle. Maintenant, fichez le camp de cette maison et n'y revenez pas. Jamais. Si je vous y reprends à menacer Mme Addy, j'vous donnerai pas une seconde chance. Vous serez troué comme une passoire avant d'avoir compris c'qui vous arrivait.

Apparemment, Ty prit la menace au sérieux. Gardant les mains sur la tête, il contourna largement Zadie avant de regagner la porte et de disparaître par où il était venu. Zadie le suivit, fusil en main, visiblement déterminée à ne pas le lâcher avant de s'être assurée qu'il était parti.

Addy se laissa aller contre le dossier du rocking-chair, serrant convulsivement le bébé contre elle et tremblant de tous ses membres.

C'est dans cet état que Zadie la trouva quelques minutes plus tard quand elle revint sur la terrasse, tenant toujours le fusil, le canon tourné vers le sol.

— Madame Addy, ça va aller ? demanda-t-elle.

A plusieurs reprises, Addy aspira l'air goulûment. Elle avait l'impression d'avoir cessé de respirer depuis que Ty avait surgi devant elle.

— Oui. Ça va, dit-elle. Il ne s'est rien passé de grave.

— J'vous jure que ça s'reproduira pas, dit Zadie. Il est bien parti, et j'ai fermé les portes à clé derrière moi.

Encore sous le choc, Addy murmura :

— Merci, Zadie.

Le visage renfrogné, Zadie posa le fusil contre le mur.

— Aussi, demanda-t-elle, pourquoi qu'vous avez ouvert à ce bon à rien ? Vous auriez dû vous douter qu'il pouvait pas vous vouloir du bien !

Addy retrouva assez de force pour rejeter l'accusation.

— Je ne lui ai pas ouvert, affirma-t-elle. Il est apparu tout d'un coup, sans prévenir.

Zadie se renfrogna encore plus.

— Alors, c'est qu'il s'est faufilé en cachette quand j'ai ouvert la grille pour sortir faire les courses. C'est qu'il est malin, le salopard ! marmonna-t-elle. J'ai rien vu.

Elle vint vers Addy et commanda :

— Donnez-moi cet enfant, madame Addy. Vous tremblez comme une feuille.

Addy resserra son étreinte sur son fils.

— Non.

Zadie se planta devant elle, les poings sur les hanches, et remarqua :

— Vous allez pas rester assise dans ce fauteuil toute la sainte journée avec le bébé dans les bras. Donnez-le-moi.

Comme elle refusait une nouvelle fois de se séparer de l'enfant, Zadie s'avoua vaincue.

— D'accord, soupira-t-elle. Restez là tant que vous

voudrez. J'pense que vos nerfs en ont pris un sérieux coup. Les miens aussi, j'dois dire.

Elle sourit lentement, comme si ses zygomatiques étaient rouillés, et déclara :

— Je sais c'qui nous faut : une bonne tasse de thé bien fort. Avec une petite rasade de whisky d'dans, juste pour nous requinquer. Ordre du médecin !

Elle se dirigea vers la porte et ajouta :

— Restez tranquille dans vot'fauteuil et attendez-moi. J'vous apporte le thé dès qu'il est prêt.

Après le départ de Zadie, Addy n'eut aucun mal à obéir aux ordres de la cuisinière : elle aurait été incapable de se lever du rocking-chair.

Elle se sentait comme paralysée, mais la tête en ébullition, et les paroles de Ty lui revenaient à l'esprit, se bousculant dans le désordre, terriblement claires et convaincantes.

Ty mentait, se dit-elle. Il était jaloux de son frère. Mack n'était pas l'être égoïste qu'il prétendait ! Toutefois, l'assurance de son ex-amant et son froid mépris pour ses illusions réussissaient à insinuer le doute dans son esprit.

Non, se répéta-t-elle, en essayant de se convaincre du bien-fondé de son raisonnement, ce n'est pas par besoin d'un héritier que Mack voulait adopter Johnny Mack. Pas uniquement, en tout cas. Dès le début, il avait affirmé vouloir lui donner toutes les chances dans la vie. Par la suite, il s'était attaché à l'enfant. C'était clair, et rien de ce que Ty pouvait raconter ne lui ferait croire le contraire.

D'accord, Mack aimait Johnny Mack. Mais elle ? L'aimait-il comme elle l'avait imprudemment proclamé ? Ou n'était-il que trop heureux de satisfaire ses besoins sexuels avec elle, comme Ty l'avait affirmé ?

Elle devait reconnaître qu'elle n'avait pas la réponse à cette question. Mack ne lui avait jamais parlé explicitement d'amour. Il s'était toujours montré attentionné, généreux, et elle avait découvert qu'il était un amant exceptionnel. Leur entente au lit ne faisait aucun doute.

Mais cela ne signifiait pas qu'il l'aimait d'amour comme elle l'aimait.

« Mon Dieu, pria-t-elle, faites qu'il m'aime. » Ses yeux se remplirent de larmes.

Pour la première fois de sa vie, elle avait trouvé quelqu'un avec qui construire une famille, faire des projets d'avenir à deux. Jouir de la stabilité et du bonheur qu'elle n'avait jamais eu la chance de connaître. Mack serait le pilier de cette nouvelle vie…

S'il l'aimait.

Car elle avait besoin de cet amour, elle voulait occuper la place essentielle dans le cœur de Mack, comme c'était le cas pour lui dans son cœur à elle. Désormais, rien ne comptait plus pour elle que Mack. Son désir de famille et de stabilité passait en second. Elle ne se satisferait pas du semblant d'accord passé entre eux dans des circonstances très particulières. Cela, c'était du passé, les choses avaient bien changé depuis. Pour elle, en tout cas.

Ils avaient besoin de temps.

Ils commençaient seulement à se connaître, après tout, se rassura-t-elle. Elle était certaine que Mack l'appréciait. Il ne cachait pas qu'il était heureux de sa présence, et cela en dehors de leurs relations sexuelles. C'était un bon début. Avec le temps, il en viendrait peut-être à l'aimer, à partager l'amour qu'elle ressentait pour lui.

Et si le temps leur manquait ? Si Ty mettait sa menace à exécution ?

Une main de fer lui enserra le cœur.

Si Ty n'obtenait pas ce qu'il voulait, s'il estimait qu'elle n'avait pas rempli le rôle qu'il lui avait dévolu, il ferait tout pour que son bébé lui soit enlevé, au moins partiellement. Et Mack pouvait dire adieu à ses projets d'adopter l'enfant.

Etre séparée de son enfant au profit de Ty ! Jamais. Elle en frissonna d'horreur. Tout comme elle ne supportait pas l'idée qu'il puisse ravir l'enfant à Mack.

Elle avait mis le doigt sur la grande peur qui la hantait depuis les menaces de Ty : que celui-ci réussisse à se faire attribuer le bébé, à le détourner à son profit par jalousie, pour se venger de Mack.

Elle ne pouvait pas le laisser faire sans rien tenter, décida-t-elle, retrouvant son énergie. Il fallait qu'elle agisse. Pas question pour elle de participer au chantage que Ty entendait exercer sur Mack.

Oui, mais que faire ? Si elle n'obéissait pas à ses ordres, il les traînerait en justice et ne lâcherait prise que le jour où il aurait obtenu la garde d'un enfant dont il se « contrefichait ».

Elle avala péniblement sa salive, la gorge serrée d'angoisse. Sans l'aval de Ty, sans sa signature sur les documents préparés par Lenny, l'horrible individu avait légalement tous les droits du père biologique. Celui de réclamer la garde de l'enfant, de s'opposer à l'adoption proposée par Mack.

Soudain, elle bondit du rocking-chair, frappée d'une idée aussi simple qu'évidente.

Elle n'avait pas le choix, sa ligne de conduite était toute tracée : il lui fallait quitter la maison, couper les ponts avec Mack et rentrer à Dallas avec son enfant.

Ainsi, elle enlevait à Ty tout moyen de pression sur son frère. Elle reprendrait sa liberté comme prévu dans le contrat de mariage et serait donc seule à assumer la responsabilité de Johnny Mack. Ty ne pourrait rien contre elle, la mère biologique. Réclamer la garde du bébé ne lui servirait à rien, puisqu'elle serait indépendante de Mack, donc sans pouvoir sur lui et sans argent.

C'était cela la solution ! Elle seule pouvait battre Ty Bodean à son petit jeu. Il avait cru qu'elle était du même acabit que lui, il avait misé sur son désir de vivre la grande vie que la fortune de Mack lui offrait.

Il l'avait crue prête à tout pour continuer de profiter des avantages que Mack mettait à sa disposition. L'imbécile ! Lui qui prétendait lire sur son visage l'expression de ses sentiments, il n'avait pas compris que Mack passait avant tout, qu'il lui était plus cher que tout au monde. Lui et Johnny Mack.

Elle était prête à tout, oui. Même à sacrifier son bonheur personnel pour assurer la tranquillité de ceux qu'elle aimait. Elle quitterait Mack, renoncerait au rêve qu'elle avait cru en passe de se réaliser. Celui de former une famille avec l'homme de sa vie, de donner un père digne de ce nom à son enfant…

Elle ne saurait jamais, hélas, si Mack aurait pu l'aimer comme elle l'aimait.

La mort dans l'âme, mais satisfaite d'avoir mis sur pied un plan d'action qui réduisait à néant les menaces de Ty Bodean, elle regarda autour d'elle avec un petit sourire triste.

Adieu, son beau rêve.

Mais l'heure n'était pas aux regrets. Inutile de tergiverser, c'était maintenant qu'il lui fallait agir pour le bien de Mack et la sécurité de son enfant.

Soudain animée d'un sentiment d'urgence, elle se rua dans la chambre et se mit à préparer son départ.

Quand Zadie revint avec le plateau du thé, Johnny Mack était installé dans son siège de voiture sur le lit d'Addy, qui faisait ses valises.

— Qu'est-ce que vous faites ? s'écria la cuisinière, clouée de surprise sur le seuil. Qu'est-ce qui se passe ?

Addy n'interrompit pas ses préparatifs pour lui répondre. Elle sortit des vêtements de la penderie, les posa sur le lit et les plia avant de les mettre dans la valise.

— Je pars, dit-elle.

Zadie ouvrit des yeux ronds.

— Vous… vous partez ? bégaya-t-elle.

Addy alla à la commode et prit tout ce qui se trouvait dans les tiroirs, disant :

— Oui. Je rentre chez moi, à Dallas.

Zadie entra dans la chambre, posa le plateau sur le dessus de la commode et se campa devant elle, les poings sur les hanches. Elle avait retrouvé au moins une partie de son aplomb naturel.

— C'est pas chez vous, à Dallas, affirma-t-elle d'un ton désapprobateur. C'est ici, avec votre mari, dans sa maison. M. Mack s'attend à vous trouver ici, avec Johnny Mack. Vous pouvez pas vous en aller sans lui en parler d'abord.

Elle marqua une pause et ajouta :

— Qu'est-ce qu'il va penser quand il va rentrer et qu'il s'apercevra que vous êtes partie ?

Devant le silence que lui opposait Addy, elle reprit, à court d'arguments :

— Et qu'est-ce que je vais lui dire, moi ?

D'une main ferme, Addy ferma la valise et la posa à côté du lit.

Se retournant vers Zadie avec un calme qui la surprit elle-même, elle déclara d'une voix ferme :

— Vous lui direz de faire les démarches pour la procédure de divorce, comme il me l'a promis.

- 9 -

Mack bouillait encore de colère quand il arrêta sa voiture devant la maison dans un brutal crissement de pneus.

« Que de temps perdu ! » fulmina-t-il, passant au point mort. C'était bien de Ty. Donner son accord pour un rendez-vous et ne pas y venir. C'est tout ce qu'il savait faire, gaspiller le temps et l'énergie de tous ceux qui l'approchaient. Pourquoi ne s'en était-il pas douté ? C'était naïf de sa part. Connaissant son demi-frère, il aurait dû s'y attendre.

Avec un soupir de découragement, il appuya son front sur le volant. Le pire restait à venir : annoncer à Addy qu'il avait échoué dans sa démarche et revenait bredouille.

Il avait tellement espéré mettre un terme à leurs incertitudes et régler le problème une bonne fois pour toutes. Il s'était vu revenir, les papiers en main, annoncer à Addy qu'elle pouvait oublier ses angoisses, elle qui craignait tant que Ty ne se ravise et leur cause des ennuis. En fait, elle avait fait preuve de plus d'intuition que lui.

Avec un nouveau soupir, il ouvrit la portière d'un coup d'épaule et sortit de la voiture.

Il prit le temps de s'étirer pour retrouver l'usage de ses muscles. Il payait l'effort prolongé du trajet en voiture et son dos se rappelait à son souvenir.

Laissant retomber ses bras le long du corps, il monta les marches du perron et ouvrit la porte.

Il la referma du pied et, s'avançant dans le hall, appela d'une voix forte :

— Il y a quelqu'un ? Addy ?

Il entendit Zadie accourir du fond de sa cuisine et la vit apparaître dans le hall, se tordant nerveusement les mains et froissant son tablier.

— Oh, monsieur Mack ! dit-elle, les larmes aux yeux et le visage défait. Ils sont partis. Mme Addy et Johnny Mack. Elle a fait ses bagages et elle est partie.

Mack sentit un nœud se former au creux de son estomac.

— Addy ? Partie ?

— Oui, monsieur. Juste après le départ de ce brigand de Ty. Elle a pas traîné. Elle a pris ses affaires et elle est partie.

Mack crut que son cœur s'arrêtait de battre.

— Ty est venu ici ?

— Oui, monsieur, avoua la cuisinière, tête baissée, la voix chargée de remords.

Très vite, pressée d'en finir avec l'aveu pénible qui lui pesait sur le cœur, elle expliqua :

— C'est c'matin. Quand j'suis allée faire les courses. Il a dû profiter de la grille ouverte pour s'introduire dans le jardin derrière moi. Je jure que j'l'ai pas vu. Heureusement, j'suis revenue parce que j'avais oublié la liste sur le comptoir de la cuisine. J'ai entendu sa voix. Il était là, dans la maison, et il parlait à Mme Addy. J'l'ai mis dehors… avec votre fusil, mais j'crois bien que le mal était fait.

Elle enfouit son visage dans son tablier et gémit.

— C'est d'ma faute. J'aurais jamais dû la laisser toute seule. J'aurais dû m'douter que ce satané voyou allait encore faire des siennes.

Mack la prit rudement par le bras et demanda d'une voix étranglée par l'émotion :

— Que s'est-il passé ? Il l'a… brutalisée ? Elle est blessée ?

Zadie s'essuya les yeux avec un coin de son tablier.

— Non, le rassura-t-elle, elle avait pas l'air blessée, seulement bouleversée. D'après ce qu'elle m'a dit, il a dû la menacer, dire quéqu'chose qui lui a fait peur pour qu'elle décampe aussi vite.

— Où est-elle allée ? Elle vous l'a dit ?

— A Dallas. Elle a dit qu'elle rentrait chez elle. J'ai essayé de la persuader d'attendre que vous reveniez, mais elle a rien voulu entendre. Têtue comme une mule. Elle a tout embarqué, pressée de partir. Elle m'a seulement dit d'vous dire de préparer les papiers pour… pour le divorce, comme vous lui aviez promis.

Mack sentit son sang se retirer de ses membres. Il laissa retomber le bras, désespéré.

— Oh, non ! Pas ça ! murmura-t-il.

Il tourna sur lui-même, dérobant son visage au regard de Zadie.

— S'il vous plaît, mon Dieu. Pas cela, pria-t-il tout bas.

Perdre Addy et Johnny Mack ? Jamais.

Mack ne laisserait pas son gredin de frère se mettre entre eux. En homme d'action, il avait vite retrouvé son énergie et fait ses plans pour mettre toutes les chances de son côté.

Bientôt, très bientôt, il irait les chercher à Dallas et les ramenerait chez lui, dans sa maison, dans leur foyer. Là où était leur place qui les attendait.

Si Addy le voulait bien.

Si Addy l'aimait.

Mais avant cela, il lui fallait régler ses comptes avec Ty.

Il ignorait ce que son demi-frère avait pu dire à Addy, les menaces qu'il avait pu proférer. Seul comptait le fait qu'il soit responsable du départ précipité d'Addy. Ce voyou saurait ce qu'il lui en coûterait : il était décidé à utiliser tous les moyens en sa possession pour le neutraliser définitivement. Il ferait en sorte que Ty ne soit plus jamais en mesure d'exercer la moindre pression, d'interférer en quoi que ce soit sur le cours de sa vie. De *leur* vie. Il n'avait que trop tardé, se réservant d'employer ces moyens en tout dernier recours. Le moment était venu.

Etant donné l'expérience du rendez-vous manqué, il ne voulait pas courir le même risque et changea de tactique.

A 9 heures très exactement, deux jours après le départ d'Addy, il était de retour à Houston. Il se gara sur le parking de l'immeuble dont Lenny lui avait communiqué l'adresse. Il prit sous son bras l'épais dossier que l'avocat lui avait remis et sortit de sa voiture. Il jeta un œil à la voiture garée près de la sienne et se dirigea vers l'entrée de l'immeuble.

Confiant dans les habitudes de Ty, il appuya à fond sur la sonnette et maintint la pression. Il sourit en entendant la mélodie lancinante se répercuter à travers la porte. Quel que soit son état, Ty ne pouvait pas ne pas l'entendre.

Quelques minutes plus tard, un pas lourd résonna de l'autre côté du vantail, et Mack entendit la voix de son frère débiter un chapelet de jurons de la plus belle eau.

Il s'écarta vivement de la porte pour que Ty ne l'aperçoive pas par le judas optique et attendit.

La porte s'ouvrit brutalement, et Ty parut sur le seuil, vêtu d'un pantalon de pyjama en soie, un masque de fureur lui déformant le visage.

C'est seulement alors que Mack enleva son doigt de la sonnette.

— Bonjour, Ty.

— Va te faire…, gronda Ty en refermant la porte.

Mais Mack avait déjà coincé son pied dans l'ouverture. Il repoussa le battant et entra.

Il regarda autour de lui sans se gêner.

— Pas mal ! observa-t-il.

Ty lui fit face, rouge de colère.

— Qu'est-ce que tu veux ? dit-il, ponctuant sa question d'une de ces grossièretés dont il était coutumier.

Très calmement, Mack montra les dossiers qu'il tenait.

— Puisque tu n'as pas cru bon de venir à notre dernier rendez-vous, j'ai préféré faire moi-même le déplacement sans t'en avertir, au cas où tu refuserais de me recevoir. J'ai apporté les papiers.

— Si tu es venu me faire signer le document en renoncement de paternité, tu perds ton temps, ricana l'autre. Il n'est pas question que je signe.

— Il se pourrait que tu sois amené à reconsidérer cette décision, dit Mack, toujours aussi maître de lui.

Ty croisa les bras sur sa poitrine nue et le défia.

— Tu te prends pour qui ? Si tu crois que tu peux faire irruption chez moi pour me forcer à renoncer à mes droits sur le môme, tu te goures, mon cher frère. Figure-toi que j'ai une longueur d'avance sur toi : je suis au courant de tes petites manigances, de tes projets d'adoption. Rien que ça ! Monsieur ne se refuse rien ! Manque de chance, ce gosse est de moi. Il est à moi, et si tu veux te l'approprier il va falloir que tu y mettes le prix.

Mack avait écouté ce discours sans perdre une once de son calme.

Il ouvrit le dossier préparé par Lenny.

— A propos d'argent, dit-il, j'ai ici des relevés de banque qui pourraient t'intéresser.

Ty lui lança un regard ahuri.

— Quels relevés de banque ?

Mack ne répondit pas tout de suite. Il regarda autour de lui et demanda :

— Il n'y a pas un endroit où on pourrait se poser pour discuter de tout cela plus à l'aise ?

Ty hésita un instant, puis il décroisa les bras avec un soupir d'agacement et, le précédant, entra dans un grand salon qui ouvrait sur l'entrée.

Il indiqua de la main un fauteuil et s'affala en face, dans le canapé.

— Dépêche-toi, dit-il en bâillant. Mon lit m'attend.

Mack s'assit au bord du fauteuil et posa le dossier sur la table basse entre eux. Il sortit du classeur une épaisse liasse de documents et les fit glisser vers Ty en travers de la table.

— Lis, dit-il. Ce sont tous les relevés concernant l'assurance-vie que maman avait souscrite à ton nom avant sa mort.

Ty ne fit pas un geste en direction des documents.

— Et alors ? demanda-t-il du fond du canapé. Que veux-tu que cela me fasse ? Le comptable m'envoie un relevé de compte tous les trimestres.

— Et il t'arrive d'en prendre connaissance ? demanda Mack, légèrement sarcastique.

Ty se troubla, changea de position et se redressa sur son siège.

— A quoi bon ? C'est toujours la même chose, se disculpa-t-il. Des chiffres et encore des chiffres.

Mack se pencha et prit en main le dossier que Ty n'avait pas consenti à regarder.

— Si tu avais pris la peine de t'y intéresser, dit-il en tournant les pages et en s'arrêtant sur le dernier feuillet, tu te serais aperçu que le solde de ton assurance-vie se monte à très exactement zéro. Je dis bien *zéro*. Et cela, depuis presque deux ans maintenant.

Il eut la satisfaction de voir Ty blêmir.

— Impossible, se récria son frère. Tu dis n'importe quoi pour m'impressionner.

Il parut réfléchir quelques instants.

— La preuve, ajouta-t-il, comme soulagé d'avoir mis la main sur un argument imparable, les mêmes sommes sont déposées sur mon compte tous les mois. Comme depuis toujours.

Mack se recula dans le fauteuil.

— Exact, dit-il. Sauf que ces sommes ne viennent pas de ton assurance-vie. Comme je viens de te le dire, le capital de cette assurance est parvenu à épuisement il y a environ deux ans.

Cette fois, Ty bondit sur ses pieds.

— La bonne blague ! s'exclama-t-il. Les fonds déposés en mon nom se montaient à un million et demi de dollars, et tu voudrais me faire croire…

Mack hocha la tête.

— Qu'ils se sont volatilisés, oui. Tu as tout dépensé en un peu plus de douze ans.

Ty se passa la main dans les cheveux, ce qui les fit se dresser sur sa tête. Il se mit à arpenter le tapis d'un pas saccadé et Mack l'entendit réfléchir tout haut.

— Ce n'est pas possible. Je n'ai pas pu dépenser tout cet argent.

— Oh, si ! intervint-il. Et plus encore.

Ty se retourna vers lui brusquement, une lueur d'espoir dans le regard.

— Comment expliques-tu alors que mon compte soit alimenté tous les mois ? Une partie des fonds a dû être investie dans d'autres valeurs qui rapportent des dividendes.

Mack secoua la tête.

— Tu n'as plus aucune valeur à ton nom, d'aucune sorte. Souviens-toi que tu as exigé du comptable qu'il te verse en argent liquide la presque totalité du capital dont tu disposais encore le jour de tes trente ans, jour où tu étais censé prendre tes affaires en main. Souviens-toi aussi que je m'y suis opposé. Tu disais avoir besoin de cet argent pour acheter un petit yacht. Pourquoi en argent liquide ? Mystère. Toujours est-il que tu devais organiser des minicroisières et rentabiliser très rapidement cet investissement hasardeux. Qu'en est-il ? Est-ce que tu t'en es sorti ?

Voyant son frère transpirer au fur et à mesure que les souvenirs lui revenaient, Mack sentit qu'il l'avait amené là où il pouvait manœuvrer à son tour. Il avait l'avantage.

Sans réponse de Ty, il balaya de la main le sujet du bateau.

— C'est de l'histoire ancienne, j'imagine ? dit-il.

De la même voix égale, il poursuivit :

— Par respect pour la promesse faite à maman, j'ai continué d'alimenter ton compte sur mes fonds personnels. Autrement dit, depuis deux ans, c'est moi qui t'ai permis de subsister. A mes frais et de mon plein gré.

Il fit une pause pour permettre à Ty d'assimiler les informations qu'il venait de lui donner, avant de lui asséner le coup fatal.

Il remit soigneusement les feuillets dans le classeur et se renfonça dans le fauteuil. Puis il regarda Ty droit dans les yeux et déclara :

— J'ai décidé de mettre fin à ces versements.

Le sang parut se retirer du visage de Ty.

— Mais… mais comment je vais vivre ? Payer mes factures ?

Mack haussa les épaules.

— Tu peux toujours vendre ton bateau. Cela te permettra de vivre jusqu'à ce que tu aies trouvé un emploi.

Le visage de Ty se décomposa. Il s'écroula sur le canapé avec un gémissement de bête blessée et se prit la tête à deux mains.

Mack réussit à prendre un air inquiet.

— Que se passe-t-il ? Où est le problème ?

— Plus de bateau, marmonna Ty entre ses mains.

— Tu n'as plus le bateau ? s'écria Mack, jouant la surprise.

Il savait que son frère s'était vu confisquer le yacht après un contrôle de la brigade anti-drogue, un peu plus d'un an auparavant. Cela faisait partie des informations recueillies par le détective que Lenny avait mis sur la piste de Ty.

Ce dernier baissa les mains et se lança dans une explication confuse.

— Non, fini, dit-il. Je l'ai prêté à un copain et… il a eu des ennuis. En revenant de Mexico, il s'est fait chopper par… les flics, qui ont confisqué le bateau.

Mack hocha la tête en signe de sympathie.

— Dommage, Ty. Vraiment dommage.

Il regarda autour de lui, évaluant le mobilier luxueux, les tapis, les bibelots et suggéra :

— Ta compagne sera peut-être d'accord pour t'entretenir, le temps que tu trouves un emploi ? Elle a l'air d'en avoir les moyens.

Ty rejeta la tête en arrière et ferma les yeux.

— Non, dit-il. C'est pas le genre. Déjà, elle me tanne pour que je participe plus aux frais communs et elle me surveille de près.

— Eh bien, dit Mack, l'air de compatir, mon pauvre Ty ! On dirait que tu t'es mis dans de beaux draps.

Ty ouvrit les yeux et lui lança un regard mauvais.

— Tu étais au courant depuis le début, hein ? Tout ce baratin sur mes finances, ce n'était qu'un piège pour que je te cède le môme ?

Mack prit le dossier préparé par Lenny.

— Disons que nous mettons cartes sur table, toi et moi.

Il sortit les documents du dossier et les posa sur la table devant Ty.

— Ce sont les papiers que tu t'étais engagé à signer lors de notre rendez-vous à l'aéroport. Je t'épargnerai le charabia technique. Sache qu'il s'agit d'un document officiel par lequel tu renonces à tous droits de paternité concernant le bébé d'Addy.

Il ne retint pas le sourire qui lui montait aux lèvres.

— Je n'ai pas besoin de t'expliquer en quoi cela consiste. Tu en as signé d'autres ces dernières années, ce me semble.

Le visage sombre, Ty rapprocha les papiers et les feuilleta.

— Et qu'est-ce que j'y gagne ? demanda-t-il. Normal que je retire quelque bénéfice de cette affaire, non ? Après tout, c'est mon enfant.

— Un enfant que tu as abandonné, lui rappela Mack.

Ty releva la tête et grimaça.

— Cela t'a bien rendu service, non ? Allez, Mack, assez tourné autour du pot. A combien tu évalues le môme ? Combien es-tu prêt à débourser pour l'avoir ?

« Tout ce que je possède. Jusqu'à ma dernière chemise ! » pensa aussitôt Mack.

Toutefois, Ty ne le saurait jamais. Il ne pouvait pas se douter de l'attachement insensé que Mack ressentait pour Johnny Mack… et pour sa mère. Et c'était tant mieux.

— Une vie humaine n'a pas de prix, dit-il sèchement.

Il sortit les deux derniers feuillets du classeur, les envoya rejoindre ceux que Ty avait en main, puis il s'appuya au dossier du fauteuil, les doigts croisés en pointe sur sa poitrine.

— Pendant quatorze ans, j'ai respecté la promesse faite à notre mère. J'estime avoir largement fait mon devoir. Maintenant, c'est terminé. Je ne verserai plus aucun argent sur ton compte et je ne me mettrai plus en quatre pour te sortir de situations périlleuses. A toi de vivre ta vie comme tu l'entends et d'en assumer les conséquences.

Il indiqua du menton les papiers sur la table.

— Deux signatures : par la première, tu attestes avoir compris et accepté ce que je viens de dire. La seconde concerne le renoncement à tes droits parentaux : cela te libère de toute obligation légale, morale et financière envers l'enfant, maintenant et dans l'avenir.

Ty consulta le papier en question.

— Et si je refuse de signer ? demanda-t-il.

— Pour ce qui est de ma responsabilité financière envers toi, aucune importance. Tu ne relèves plus de moi depuis quatre ans. Que tu aies gaspillé ton argent te regarde, et tu n'as aucun droit sur ma fortune. Ce que je possède m'appartient en propre et j'en fais ce que je veux.

Il continua :

— Le document en renoncement de paternité est une autre histoire. Si tu tiens à préserver tes droits sur l'enfant, cela signifie que tu lui dois aide et assistance. Que tu es tenu de lui verser une pension alimentaire dont le montant sera fixé par un juge.

— Difficile de traire une vache qui n'a pas de lait, rétorqua cyniquement Ty.

Mack pointa un doigt vers le papier.

— Lis le paragraphe 3. Tu verras que tu n'es pas complètement sans ressources. Ce n'est pas énorme si on considère les sommes que tu as gaspillées, mais cela soulage ma conscience et te donnera le temps de te retourner.

Ty parcourut le document et s'arrêta au paragraphe indiqué.

— Cent mille dollars ! s'exclama-t-il, ébahi, regardant son frère d'un air incrédule. Tu me donnes cent mille dollars ?

— Continue ta lecture, intima Mack. Cette... gracieuseté est soumise à certaines conditions.

Pendant quelques instants, seul le silence régna dans la pièce. Enfin, Ty releva la tête et dit, sarcastique :

— J'y suis ! Pigé ! Encore un piège ! Si je refuse de renoncer à mes droits en paternité, cet argent, en tout cas la majeure partie des cent mille dollars, sera saisi et bloqué en faveur du gosse.

Mack sortit un stylo de sa poche intérieure et le posa en évidence sur la table.

— Aux yeux de la loi, dit-il, un père se doit de pourvoir aux besoins de son enfant. A toi de décider.

Vaincu, Ty eut une grimace de dégoût et s'empara du stylo. Il s'apprêtait à signer quand Mack se leva, disant :

— Un instant.

Il se dirigea vers le balcon dont il fit glisser la baie vitrée.

— Où vas-tu ? s'énerva Ty. Finissons-en.

— C'est bien mon intention, dit Mack.

Il s'avança sur le balcon et fit signe aux occupants de la voiture garée près de la sienne.

Une minute plus tard, il ouvrait lui-même la porte de l'appartement.

Bouche bée, Ty vit entrer Lenny, l'avocat, puis le pasteur, le banquier et enfin Bill Johnson, l'ami de toujours, qui vinrent se placer autour de la table.

— Je tiens à ce que tout soit fait dans les règles, dit Mack, reprenant place en face de Ty. Maintenant, tu peux signer.

*
* *

Addy installa Johnny Mack dans son cosy et l'emmena avec elle dans le garage où elle le posa sur le sol. Ceci fait, elle alla à la malle et la tira et la poussa pour la décoller du mur, afin de pouvoir ouvrir le couvercle en grand.

Comme à son habitude, elle partagea ses réflexions avec le bébé.

— Ce n'est pas que nous soyons à la mendicité, dit-elle, mais si, grâce à ton grand-père, on avait un petit quelque chose pour faire face aux imprévus, ce ne serait pas plus mal.

Elle s'approcha de la malle et en rabattit le couvercle.

— Croise les doigts, dit-elle au bébé.

Elle se mit à genoux et commença à sortir des objets hétéroclites, s'étonnant que sa mère ait gardé autant de choses inutiles. Dix minutes plus tard, elle n'avait rien trouvé qui ressemblât de loin ou de près au document qu'elle cherchait. Elle allait renoncer, découragée, quand elle aperçut une enveloppe avec une étiquette « Air mail » décolorée par l'âge, coincée dans un angle, tout au fond.

Avec précaution, elle la dégagea.

— Bingo ! Cela vient du Viêt-nam, dit-elle à son fils en examinant l'enveloppe, qui n'avait visiblement pas été ouverte.

Elle prit son courage à deux mains et se promit

de ne pas être déçue par ce qu'elle allait découvrir. D'une main tremblante, elle ouvrit l'enveloppe et en sortit une lettre.

Un feuillet plus petit s'en échappa et tomba sur le sol.

— Johnny Mack, murmura-t-elle comme si elle craignait que le son de sa voix ne fasse disparaître le papier, je crois que je l'ai.

Le cœur battant, elle ramassa le papier et le déplia, puis essaya de déchiffrer les mots écrits à la main.

Difficile, d'autant qu'il manquait une moitié du papier. Toutefois, elle reconnut le cachet d'un notaire et, juste en dessous, un nom et une signature. Apparemment, celle d'Antonio Rocci.

Elle passa un doigt tremblant sur la signature tracée de la main de ce père qu'elle n'avait pas connu.

— C'est comme si je le touchais, dit-elle à son fils. Mon père. Ton grand-père !

Elle en avait les larmes aux yeux.

Le bébé s'agita dans son cosy comme s'il partageait son émotion.

Elle reprit la lettre et s'assit par terre à côté de lui pour la lire.

« Chère Marie Claire,

» Vous ne me connaissez pas. Je m'appelle Larry Blair et j'étais un ami de Tony. J'étais avec lui au Viêt-nam, le jour où il est mort. »

Elle leva les yeux vers Johnny Mack, le cœur battant.

— Ce n'est pas lui qui écrit, l'informa-t-elle. C'est un ami.

Puis elle reprit sa lecture.

« Ce que je vais vous dire n'allégera pas votre souffrance, mais je tiens à vous faire part du souvenir que Tony a laissé à ses camarades.

» Son physique d'Italien l'avait fait surnommer Roméo, mais sous cette apparence de beau gosse il cachait un cœur d'or. Sa bonne humeur, sa personnalité chaleureuse ont beaucoup compté parmi nous. Il avait toujours le rire aux lèvres et une plaisanterie toute prête pour nous remonter le moral quand on était au fond du trou. Il faisait plus encore. Par exemple, il s'était pris d'amitié pour un garçon sensible que la guerre révoltait, et il le protégeait des moqueries des autres.

» Comme je vous l'ai dit, j'étais avec lui le jour de sa mort. Je n'entrerai pas dans les détails, mais je tiens à témoigner de la conduite exemplaire de Tony : il s'est battu courageusement aux côtés de ceux qui étaient engagés avec lui dans la même opération.

» La nuit précédant sa mort, il m'a parlé de vous et de l'enfant que vous attendiez. Il avait des remords et se reprochait de vous avoir laissée seule avec le bébé à venir. Il était décidé à faire ce qu'il fallait pour assumer ses responsabilités : vous envoyer une partie de son salaire dans un premier temps et, au retour, prendre un emploi qui lui permettrait de subvenir aux besoins de vous deux. Cette nuit-là, à sa demande, je lui ai promis de vous faire parvenir le papier que je joins à cette lettre s'il lui arrivait quelque chose.

» Voilà de quoi il s'agit : la veille de notre départ pour le Viêt-nam, nous étions dans un bar à Austin et nous avons rencontré un homme désespéré. Il venait d'apprendre la mort de son fils et n'avait plus personne à qui léguer son ranch. Il a décidé que nous lui plaisions et a voulu faire de nous les héritiers de sa propriété, Tony et moi. Il s'est arrangé pour rédiger le document et a trouvé un employé municipal pour légaliser le testament. C'est la moitié de ce document que Tony m'a demandé de vous envoyer. J'aurais voulu ne jamais avoir à le faire, mais hélas les circonstances sont là.

» J'entrerai en contact avec vous dès que possible pour décider des démarches à effectuer. Je ne vous promets rien, car cette histoire est des plus étranges, mais on ne sait jamais. Cela pourrait être le cadeau posthume de Tony à son enfant, et je me devais de respecter sa volonté.

» Tous mes vœux pour l'enfant que vous attendez.

» Sincèrement vôtre,

sergent Larry Blair. »

Addy pleurait à chaudes larmes, la main sur son cœur pour en maîtriser les battements.

— Oh, Johnny Mack, tu crois que cela veut dire que mon père m'aimait ? Il a dit à ce Larry qu'il regrettait de s'être enfui. Il a pris la peine de lui en parler et lui a demandé d'envoyer ce papier. Parce que c'était tout ce qu'il avait à me donner comme preuve… d'amour.

A ce moment, Johnny Mack se mit aussi à pleurer, et elle le prit dans ses bras.

— Toi, tu n'as aucune raison de pleurer, dit-elle. Tu as Mack qui t'aime et t'aimera toujours, quoi qu'il arrive. Je ferai en sorte que vous appreniez à vous connaître, et je suis sûre que tu pourras compter sur lui.

Mack gara sa voiture devant la maison d'Addy et resta quelques minutes immobile au volant, indécis. Il était tard, et les fenêtres sur la rue n'étaient pas éclairées. Toutefois, de la lumière se reflétait dans la vitre de la porte d'entrée : une lampe était allumée à l'arrière de la maison, dans la cuisine probablement.

Il regarda sa montre : 0 h 12.

Ce n'était pas une heure à faire des visites, se reprocha-t-il. Néanmoins, il n'avait pas fait tout ce chemin pour renoncer au dernier moment.

Il respira à fond et sortit de la voiture.

En avançant vers la porte, il se passa la main dans les cheveux, se disant qu'il devait avoir l'air d'un fou, les traits tirés, épuisé par le voyage, d'abord à Houston, puis de là tout droit vers Dallas. Il n'avait pas voulu repasser chez lui pour prendre une douche et se changer, trop pressé de voir Addy et de lui parler.

Il frappa deux fois à la porte, et la réponse cette

fois ne se fit pas attendre. La lumière du porche jaillit, l'aveuglant à moitié, et la voix d'Addy se fit entendre, un peu tendue.

— Qui est-ce ?

— Mack. Il faut que je te parle.

S'ensuivit un long silence qui lui fit craindre le pire. Allait-elle refuser de le recevoir ?

Enfin la porte s'entrouvrit, et il aperçut le visage d'Addy.

— Mack ? Qu'est-ce que tu fais ici ? A cette heure ?

— Je sais qu'il est tard, s'excusa-t-il, mais il faut qu'on parle.

La jeune femme eut l'air décontenancée.

— Parler ? De quoi ?

Blessé par la froideur de cet accueil, il n'en laissa rien paraître.

— Je peux entrer ? se contenta-t-il de demander.

Il sentit Addy hésiter, mais elle consentit à ouvrir la porte.

Soulagé, il entra et la referma derrière lui. Se retournant, il constata qu'elle était pieds nus et en peignoir.

Evidemment ! Il était minuit passé.

— Désolé de t'avoir réveillée, marmonna-t-il.

— Je ne dormais pas, dit-elle, reculant d'un pas comme pour garder ses distances.

Plus frustré que jamais par son attitude, il regarda autour de lui.

— Est-ce qu'on peut s'asseoir quelque part ? La journée a été longue.

Addy lui indiqua le salon sur la droite et le précéda, allumant une lampe au passage avant de s'asseoir dans un fauteuil.

Une autre façon de le tenir éloigné ?

Rempli d'appréhension, il prit place sur le canapé en face d'elle.

— Zadie t'a fait part de mon message ? demanda-t-elle aussitôt, confirmant ses pires craintes.

Il fronça les sourcils.

— A propos du divorce ? Oui. Elle m'en a parlé.

— Tu as contacté Lenny ?

— Non. Pas encore.

Elle blêmit.

— Mais... tu m'as promis... C'était dans le contrat...

Il ne réagit pas tout de suite. Il prit son temps et demanda, pesant ses mots :

— Addy, je croyais que tu étais... satisfaite de notre union. Que tu étais heureuse avec moi. Est-ce que je me trompe ?

Il la vit rougir.

Lui, il gardait des souvenirs brûlants de leur relation, des souvenirs qui lui étaient infiniment chers. Il n'était pas près d'oublier le jour où elle lui avait joué la grande scène de la séduction. La douceur de sa peau, l'intense satisfaction de la sentir contre lui, tout entière offerte à sa passion. Addy endormie au creux de ses bras… Tout ce dont il rêvait et qu'il n'aurait peut-être jamais osé demander. Il était là pour que ce rêve ne s'envole pas, pour conquérir Addy.

— Pourquoi es-tu partie ? demanda-t-il doucement.

Elle leva les yeux puis les baissa et se mit à tordre nerveusement les pans de sa ceinture.

— J'ai pensé que cela valait mieux, dit-elle.

— Pour qui ? Pour toi ? Pour le bébé ? Pas pour moi, en tout cas !

Elle se mordilla la lèvre, balbutiant :

— Pour… tout le monde.

— Addy, lui reprocha-t-il, je mérite mieux que cela. J'ai le droit que tu m'expliques, non ?

Elle releva la tête, les yeux étincelant de colère rentrée.

— Qu'est-ce que tu veux, à la fin ? s'écria-t-elle. Qu'es-tu venu me demander ? Un héritier, c'est cela ? C'est bien pour ça que tu m'as convaincue de t'épouser ? Seulement cela ?

Il ne prit pas la peine de mentir.

— Exact, dit-il très calmement. Au début, alors que je ne te connaissais pas. Mais depuis, les choses ont changé. *J'ai* changé.

Il se leva et alla s'agenouiller devant elle.

— Mack, non ! S'il te plaît, pria-t-elle.

En même temps, ses yeux s'embuaient de larmes, et il comprit que c'était sa façon à elle de lui dire qu'elle l'aimait.

— Addy, regarde-moi, supplia-t-il, la voyant tourner

la tête et fermer les yeux pour éviter de le regarder. Addy !

Il posa la main sur sa joue et la força en douceur à lui faire face.

— Ose me dire que tu n'étais pas heureuse avec moi.

Elle ouvrit les yeux et les larmes coulèrent sur ses joues.

— Oui, j'étais heureuse, s'écria-t-elle. Oui, je suis tombée amoureuse de toi, follement amoureuse. C'est pour cela que je suis partie. Pour que Ty n'ait pas de moyen de pression sur toi. Pour qu'il ne puisse pas te nuire.

— Ty ? Il ne peut rien contre moi.

Elle secoua la tête et passa la main sur ses yeux pour en chasser les larmes.

— Si j'étais restée, il se serait servi de Johnny Mack pour t'extorquer un maximum d'argent.

— En quoi ton départ l'en empêche-t-il ?

Agacée de son incompréhension, elle dit :

— Si je reste ta femme, il empêche l'adoption et te fait chanter. Ou tu cèdes à ses conditions, ou il nous traîne devant les tribunaux en nous accusant de détournement d'enfant. En partant et en demandant le divorce, je coupe court à ses menaces. Tu n'as plus rien à voir avec Johnny Mack et Ty n'a rien à gagner à s'en prendre à moi. Il ne veut surtout pas se retrouver avec un bébé sur les bras. De toute façon, j'ai réfléchi, il n'obtiendrait pas la garde du bébé. Pas un instable comme lui. C'est moi qui en aurais la garde. Et… sache que je n'ai jamais eu l'intention de te priver de le voir.

Il ne comprenait pas parfaitement la logique qui dictait le raisonnement d'Addy, mais c'était sans importance. Il ne retenait qu'une chose : le fait qu'elle était amoureuse de lui et avait cherché à le protéger. Il se sentit ému et rassuré.

— Ty ne peut rien contre nous, dit-il, lui prenant le visage entre ses mains. Je m'en suis occupé, il est neutralisé. Pieds et poings liés à tout jamais.

— Comment cela ?

— Il a signé.

Addy secoua la tête, incrédule.

— Pas possible. Il n'était pas au rendez-vous à Houston, puisqu'il était avec moi, à la maison.

— Je sais. Quand je suis revenu, furieux, et que j'ai compris ce qui s'était passé, crois-moi, je n'avais qu'une envie, venir ici et vous ramener à la maison, toi et le bébé. Mais avant cela, il fallait que je me débarrasse de Ty une fois pour toutes. C'est chose faite, ma chérie. Je me suis rendu à Houston ce matin, et il a signé.

Les yeux écarquillés, elle émit encore un doute :

— Cela suffit ? Le fait qu'il ait signé ? Il ne peut pas contester ?

— Pas avec la présence des témoins que j'avais pris soin de convoquer. Ne t'inquiète pas. Tout est en règle, et l'avenir est à nous, se risqua-t-il à ajouter.

Addy déglutit, respira à fond et, encore déconcertée, balbutia :

— Je ne sais pas… quoi dire, quoi faire…

— Moi, je sais, dit-il aussitôt.

Le moment était venu pour lui de jouer le tout pour le tout.

Il marqua une légère pause et, les yeux dans ceux de la jeune femme, s'assura qu'il avait toute son attention.

— Tout à l'heure, dit-il lentement, tu m'as demandé ce que je voulais. C'est toi que je veux, Addy. Toi tout entière, avec moi. Pour la vie. Je t'aime, Addy. Je ne peux plus, je ne veux plus vivre sans toi.

Remuée jusqu'au fond d'elle-même, osant à peine y croire, Addy posa les mains sur celles de Mack et se sentit défaillir de bonheur.

Elle était devenue aussi molle qu'une poupée de chiffon. Il venait de dire ce qu'elle espérait, ce qu'elle avait tant attendu. Son rêve se réalisait, après tout.

— Oh ! Mack, dit-elle d'une voix à peine audible. Je ne savais pas. Tu ne me l'avais jamais dit.

Mack la regarda, perplexe.

— Quoi ? Que je t'aime ? J'aurais pourtant juré…

Elle hocha la tête.

— Je m'en souviendrais, dit-elle, souriant au milieu de ses larmes.

Il rit, soudain détendu, et l'embrassa légèrement sur les lèvres.

— Oui, je pense que c'est quelque chose qu'on n'oublie pas.

Puis il plissa le front, soudain pensif.

— Je ne sais pas exactement quand j'ai réalisé que j'étais en train de tomber amoureux de toi. Je sais que c'était avant ta grande scène de séduction. Je me suis aperçu que j'aimais être avec toi, que j'appréciais tout de toi et que je voulais que tu fasses partie de ma vie. Cela m'est tombé dessus de façon tout à fait inattendue, comme le reste. Le mariage, le bébé… On a vraiment tout fait à l'envers, nous deux.

Il se tut, releva la tête d'un air résolu et la regarda dans les yeux.

— Si tu le veux bien, je voudrais te renouveler ma demande en mariage. La première s'adressait à une étrangère, pour un mariage de pure convenance. Ce n'est plus le cas.

D'un ton solennel, il articula lentement :

— Addy, je t'aime. De toute mon âme. Je te demande de m'épouser pour le meilleur et pour le pire, pour vivre ensemble et construire une vraie famille, enracinée dans notre amour. Le veux-tu, Addy ?

— Oui, Mack, murmura-t-elle, bouleversée, les larmes aux yeux.

Comme ce « oui » était différent du précédent ! pensa-t-elle malgré elle. Entretemps, l'amour, le vrai, était entré dans leur vie, aussi imprévisible que cela ait pu paraître sur le moment. Comme l'avait remarqué Zadie, « le bon Dieu avait bien manœuvré ».

Mack se releva et tendit la main à Addy pour l'aider à se mettre debout. Puis il sortit de sa poche de poitrine la bague qu'il avait retirée du coffre-fort de son bureau avant de partir pour Houston.

— C'est la bague de fiançailles de ma mère, expliqua-t-il en la lui passant au doigt. Celle que mon père lui a offerte, pas Jacob Bodean, bien sûr. Elle est restée dans mon coffre depuis le décès de maman. Il y a quelque temps je m'en suis souvenu, et je me suis aperçu que l'idée ne m'était pas venue d'en faire cadeau à ma femme. Un pressentiment, peut-être. Cette bague était pour toi, Addy.

Il frissonna un peu avant d'ajouter :

— Quand je vois cette bague, je ressens tout l'amour que mes parents avaient l'un pour l'autre. D'ailleurs, étant enfant, j'étais un peu jaloux de leur relation. Puis, adulte, j'ai rêvé de connaître ce bonheur parfait. Maintenant, elle sera le gage de l'amour que je ressens pour toi. Tu veux bien la porter comme le témoignage de l'amour qui nous lie ?

— Oh, Mack ! J'en serai très fière, dit Addy rayonnante.

D'une voix qui avait retrouvé toute sa clarté, elle ajouta :

— Je la porterai en souvenir de tes parents, pour toi, pour nous.

Les yeux rivés aux siens, Mack y lisait en effet le même amour indéfectible que celui qui avait uni ses parents. Un amour pour la vie. En même temps, il sentit monter en lui un grand apaisement, une plénitude sereine qu'il interpréta comme un message de sa femme et de son fils disparus, un signe qu'ils approuvaient son bonheur.

La boucle était bouclée. Il était de nouveau capable d'amour. Une nouvelle vie s'amorçait avec Addy, la femme qu'il aimait, et son fils. Leur fils, l'héritier qu'il s'était choisi.

Il porta la main d'Addy à ses lèvres et la baisa avec ferveur, scellant leur engagement.

— Je t'aime, Addy.

— Je t'aime, Mack.

Leurs lèvres se joignirent pour un baiser passionné où s'exprimaient la profondeur de leur amour, leur entente parfaite et la promesse d'un avenir à deux. Leur histoire invraisemblable pouvait vraiment commencer.

Quand il s'écarta, Mack posa ses mains sur les épaules d'Addy.

— Mon cœur, je rêve d'une nombreuse famille, de frères et de sœurs pour Johnny Mack. Tu veux bien ?

Elle lui jeta les bras autour du cou, se collant contre lui.

— Oh ! Mack, c'est mon plus cher désir.

Il avait cru percevoir un froissement de papier entre eux.

— Qu'est-ce que c'est que ce bruit ? interrogea-t-il en l'éloignant un peu.

Addy regarda la poche de son peignoir et, avec une exclamation étouffée, y plongea la main.

— Oh ! J'avais oublié, dit-elle, sortant l'enveloppe contenant la lettre en provenance du Viêt-nam.

Elle la tendit à Mack pour qu'il en prenne connaissance.

— J'ai trouvé ça dans la malle. Le papier et la lettre qu'avant de mourir mon père a voulu envoyer à ma mère.

Intrigué, Mack regarda la signature et l'adresse au dos de l'enveloppe.

— Cela vient de ton père ?

— Non. D'un ami qui était dans le même régiment que lui et à qui il avait demandé, s'il mourait, de prendre contact avec ma mère. C'était le père de cette femme, Stéphanie Parker, celle qui m'a appelée il y deux mois et m'a révélé l'existence de ce document.

— Alors ? interrogea Mack.

Elle le regarda sans comprendre le sens de sa question.

— Alors quoi ?

— Ce document a-t-il de la valeur ?

Elle reprit l'enveloppe à Mack et la remit dans sa poche. Puis, avec un sourire épanoui, elle lui entoura de nouveau le cou de ses bras.

— Probablement pas dans le sens où tu l'entends. Mais, pour moi, il a une valeur… inestimable !

Pour elle aussi, la boucle était bouclée.

TRACY KELLEHER

La brûlure du secret

éditions Harlequin

Titre original : IT'S ALL ABOUT EVE...

Traduction française de YVES CRAPEZ

83/85 boulevard Vincent-Auriol 75646 PARIS CEDEX 13.
Service Lectrices — Tél. : 01 45 82 47 47

- 1 -

Si cette culotte rouge n'avait pas disparu de la vitrine de son magasin, jamais Eve Cantoro n'aurait reconnu qu'elle pouvait, comme tout un chacun, avoir elle aussi des problèmes.

Et ma foi, des problèmes et des dessous, il y en avait de toutes sortes. Eve était bien placée pour en parler, puisqu'elle vendait culottes, slips, soutiens-gorge et *tutti quanti*.

Restait le problème des hommes. Ou plutôt la question de savoir quel type de relation une femme comme elle pouvait avoir avec eux. Que lui inspirait donc, par exemple, le grand gaillard musclé qui se dressait devant elle ?

— Donc, vous affirmez que le sous-vêtement qu'on vous a volé était exposé sur ce mannequin, en vitrine ? déclara l'inspecteur Carter Moran en désignant, dans la vitrine, le mannequin dépouillé de sa culotte.

— Exactement, répliqua Eve.

Elle avait remarqué que les hommes réagissaient de bien des manières à la vue d'un dessous féminin.

Il y avait les coureurs de jupons ricaneurs, persuadés que la plupart des femmes ne demandaient qu'à être séduites et comblées sur-le-champ, et puis les timides qui détournaient les yeux en rougissant. Dans quelle catégorie fallait-il donc classer l'inspecteur Moran, dont l'allure virile et décidée ne manquait pas de lui faire de l'effet ?

Tout en regardant le mannequin, Carter Moran se frotta la mâchoire, qu'il avait carrée. Il semblait plutôt embarrassé et Eve se demanda s'il appartenait à la catégorie des hommes ricaneurs, ou à celle des timides.

— Je ne voudrais pas vous donner l'impression d'être un de ces obsédés qui tiennent des propos sexistes ou désobligeants envers les femmes. Mais n'oubliez pas que je dois enquêter sur la disparition de cette culotte, et que, ma foi, j'ai besoin de recouvrer tout mon sang-froid !

Incroyable ! Alors, cet inspecteur serait vraiment différent des autres hommes ? Eve avait appris à se méfier des imprévus sentimentaux, et son dernier amoureux — un mécanicien très entreprenant — lui avait causé bien du souci.

Pourtant, comment ne pas être sensible au charme de ce policier ? Depuis trente ans qu'elle était née, jamais représentant de la loi ne lui avait fait pareille impression. Avec son mètre quatre-vingts, ses épaules larges et musclées moulées par un veston gris de belle coupe, l'inspecteur Moran ressemblait à un acteur.

Pour un peu, elle aurait juré que son costume provenait de chez un tailleur renommé, ce qui, bien sûr, était incompatible avec le salaire modeste d'un inspecteur. Et son pantalon ! Contrairement aux styles classiques qu'elle jugeait trop amples, il soulignait avec élégance ses jambes musclées.

Elle croisa les bras.

— Je me doute que ce genre de vol ne doit pas être monnaie courante, par ici.

Dans cette ville qui comptait quelques magasins d'habillement, une agence de courtage en bourse, plusieurs librairies et des salons de thé, elle était la seule à proposer de la lingerie sexy. Et son magasin ne s'appelait pas Fanfreluches pour rien.

L'inspecteur glissa une main dans sa poche.

— Grantham est une ville tranquille et les vols sont peu nombreux : quelques VTT, quelques sacs à main, parfois une Rolex exposée dans la devanture d'un bijoutier, et c'est à peu près tout, conclut-il après avoir jeté un coup d'œil à la montre qu'Eve portait à son poignet.

Elle lui lança un regard amusé.

— J'aime les montres jetables : elles sont élégantes et nettement moins chères !

— Pour ce qui est de l'élégance, vous en remonteriez à bien des femmes, approuva l'inspecteur après avoir coulé un regard dans sa direction.

Comme s'il avait besoin de se donner une contenance après une telle sortie, Carter Moran passa sa main dans ses cheveux.

Elle remarqua qu'il était impeccablement coiffé et, dans une petite ville pimpante comme Grantham, ce genre de détail comptait. Cette enclave intellectuelle et bourgeoise du New Jersey rural rappelait le quartier chic de Soho, à New York, avec en prime la commodité d'un supermarché à proximité. Dans un tel paradis, les prix des maisons de style colonial atteignaient des sommets, et le taux de réussite scolaire était supérieur à la moyenne nationale.

En ce début du mois de juin, il faisait déjà chaud et humide. Eve s'éventa d'une main tout en observant les cheveux cuivrés de l'inspecteur. Elle avait toujours eu un faible pour cette nuance. Elle nota que Moran se coiffait en arrière, et que son front était large et respirait l'intelligence. Et ses yeux… D'un vert intense, ils faisaient battre son cœur.

Carter Moran s'éclaircit la gorge.

— Ce type de culotte qui se trouvait sur le mannequin, et qu'on vous a volée, comment l'appelez-vous, déjà ?

Eve suivit du regard le doigt de l'inspecteur qui pointait vers les hanches du mannequin.

— Une culotte à volants en dentelle, répondit-elle en notant, au passage, que son interlocuteur ne portait pas d'alliance.

L'inspecteur plongea ses yeux vert émeraude dans ceux de la jeune femme.

— Euh, très bien… Donc, pour récapituler, vous avez remarqué la disparition de cette culotte à volants, il y a environ dix minutes.

— Pas moi, mais mon assistante, Mélodie. Elle m'a prévenue alors que j'étais en train de servir une cliente.

— Vraiment ?

— Oui, une jeune mariée venue acheter un string avant de partir pour sa lune de miel.

L'inspecteur fronça les sourcils.

— Un string ?

— Une sorte de slip minimaliste, comme ceux que vous apercevez sur le présentoir, là-bas.

Carter Moran cligna des yeux.

— Oh !

— Un string est pratique, renchérit Eve, car il se voit à peine sous une jupe transparente.

— J'aime ce qui est pratique, répondit le policier.

— Vraiment ?

— Je vous assure !

Ils se regardèrent en silence.

— Peut-être seriez-vous intéressé de connaître la couleur de ce string ? D'un point de vue purement pratique, bien sûr…

— J'en serais ravi !

— Il était bleu nuit.

Carter Moran chercha sa respiration.

— Bleu nuit ?

— Presque noir, si vous préférez : une nuance très recherchée par les jeunes mariées.

— Ah ?

— Et par leurs maris, aussi..., répondit Eve en s'efforçant de toiser l'inspecteur, ce qui ne fut pas facile, compte tenu de sa haute stature.

Elle observa ses joues piquées d'une barbe naissante, en se disant que, sur des seins nus et délicats, ces poils drus feraient l'effet d'un papier de verre.

— Ceci dit d'un point de vue purement pratique, insista-t-elle.

Carter Moran prit le temps de dévisager Eve Cantoro et d'énumérer mentalement ce qui lui plaisait chez elle : des traits intéressants, un nez aquilin, des cheveux de jais tombant en cascade sur ses épaules, une peau de pêche et des lèvres rouge framboise...

Eve sentit sa gorge se serrer. Pourquoi se souciait-elle brusquement de savoir si son rouge à lèvres était bien appliqué ? Elle secoua ses cheveux.

— Dans votre profession, vous devez voir des choses autrement troublantes que de banals dessous en dentelle ?

— Oui, il en faudrait bien plus pour me choquer. Donc, pour en revenir à notre affaire, on vous a volé ce... ce sous-vêtement.

— Une culotte à volants, en dentelle, inspecteur Moran.

Il sourit, et ses joues se creusèrent de deux fossettes.

— Appelez-moi Carter. Vous savez, Grantham est une petite ville et chacun, ici, s'appelle par son prénom.

Elle lui tendit la main.

— Entendu, Carter. Vous comprenez, nous avons déjà eu des vols, dans la boutique, mais c'est la troisième culotte à volants qui disparaît en quelques jours.

L'inspecteur hocha la tête.

— J'imagine qu'il s'agit d'une culotte plutôt sexy ?

Eve sourit.

— Le plus simple serait que je vous en montre une. Suivez-moi.

Elle traversa la pièce principale du magasin, où étaient exposés les différents modèles de chemises de nuit et de peignoirs, et elle entra dans la salle du fond où une multitude de culottes étaient exposées sur trois tables en aluminium brossé. Soutiens-gorge et bustiers étaient suspendus à une barre métallique fixée à l'un des murs, l'autre mur étant garni de tiroirs métalliques. Les surfaces non utilisées étaient peintes d'un discret rose nacre et le plancher teint dans une nuance blonde. L'ensemble était féminin sans pour autant être mièvre.

Après avoir contourné l'une des tables sur laquelle étaient exposés des porte-jarretelles très sexy, Eve tourna le dos à l'inspecteur, se pencha et fouilla pendant quelques instants dans un tiroir.

— Voici une culotte identique à celle qui était exposée en vitrine, dit-elle en montrant le dessous à Carter.

Ce dernier eut du mal à chasser de son esprit l'image de la ravissante chute de reins qu'il venait d'entrevoir. Eve, un peu embarrassée par son silence, lui tendit la culotte.

— Gardez-la comme pièce à conviction, ajouta-t-elle.

Carter passa le doigt avec précaution sur le tissu fin. Puis il examina le prix, sur l'étiquette.

— La marge bénéficiaire semble confortable sur ce genre d'article !

— Je n'ai pas à me plaindre, répondit Eve.

Tout en détaillant la silhouette de la jeune femme, Carter étira la culotte entre ses doigts.

— Une taille 38 ? Je parie qu'elle vous irait comme un gant !

Eve fronça les sourcils.

— Et si vous vous concentriez sur l'enquête ?

Carter Moran eut un geste d'impuissance.

— J'ai bien peur d'avoir un peu perdu le fil de mes investigations ! Et, à dire vrai, je ne suis plus sûr de rien…

Eve s'attendrit. Pour un peu, elle aurait tapoté la main de l'inspecteur, ou lui aurait offert un cappuccino. Ou son épaule. Et pourquoi pas un week-end en amoureux dans une petite pension de famille, à la campagne ? Ils occuperaient une chambre coquette, aux murs recouverts de papier peint. Il y aurait des coussins à pompons sur le lit, et des fleurs séchées sur la commode.

Mais elle rêvait ! Ce n'était sûrement pas le rôle d'une femme de faire ce genre de propositions à un homme qu'elle connaissait à peine.

Elle toussota.

— Eh bien, s'il faut vous rafraîchir la mémoire, vous enquêtez sur le vol d'une culotte en dentelle de taille 38, ladite taille correspondant au tour de hanches du mannequin que vous apercevez là-bas, en vitrine.

Carter se dirigea d'un pas lent vers la devanture et regarda avec avidité les deux mannequins, l'un drapé dans un négligé vaporeux et l'autre, habillé d'un bustier rouge et sans sa culotte en dentelle de couleur assortie.

Il regarda Eve.

— Diriez-vous que quelque chose a été déplacé dans la vitrine, ou endommagé ? L'un des mannequins, peut-être ?

Rêveuse, elle se rendit compte qu'elle était encore sous le charme de la démarche nonchalante de Carter. Jamais auparavant elle n'aurait pensé qu'un homme puisse marcher de façon aussi séduisante.

— Pardon ?

— Le mannequin qui portait la culotte volée a-t-il été déplacé ? Ou peut-être renversé ?

— Quand j'ai découvert le vol, tout était en ordre dans la vitrine et les mannequins étaient à leur place.

— Bien. J'enverrai un de mes hommes relever d'éventuelles empreintes, mais ne vous faites pas trop d'illusions.

A quelques mètres de là, deux étudiantes de l'université de Grantham semblaient intéressées par un minishort noir en satin.

— S'agit-il d'un modèle pour femme ou pour homme ? demanda Carter en désignant discrètement le short à Eve.

— Les deux. Peut-être voudriez-vous le voir de plus près ? Dans le cadre de votre enquête, bien sûr !

Carter haussa les épaules.

— Non, j'en suis resté aux bons vieux slips en coton.

Ils s'observèrent en silence. Un peu plus loin, derrière la caisse et le comptoir, Mélodie, l'assistante d'Eve, enregistrait les achats d'une cliente en pantalon gris à fines rayures.

— Donc, reprit l'inspecteur, ce n'est pas le premier vol de… culotte à volants en dentelle, qui s'est produit dans votre magasin…

— Non, on m'en a déjà volé trois ! Et je n'ai ouvert mon magasin que depuis trois mois ! Ces vols ont tous été commis dans les quinze derniers jours.

— Curieux ! Vous n'avez rien remarqué de particulier ? Présentoirs renversés, déplacés ? Disparition d'autres objets ?

— Non, rien. Les vols ont toujours eu lieu à l'heure du déjeuner, au moment où Mélodie et moi sommes débordées.

Une voix stridente les fit sursauter.

— Carter ! Quelle bonne surprise de te rencontrer ici !

Eve identifia la grande cliente blonde, celle qui venait de régler ses achats à la caisse. La femme s'approcha de l'inspecteur, qui se pencha pour l'embrasser sur les coins de la bouche.

— Le monde est petit ! déclara Carter à la femme blonde. Au fait, c'est toujours entendu pour ce soir ?

Eve sentit sa gorge se nouer.

— Et comment ! répondit la femme blonde en adressant une œillade à l'inspecteur.

Elle portait des boucles d'oreille saphir, de la même nuance que le bleu de ses yeux.

— A propos de ce soir, reprit la blonde, il faut que je te dise que j'étais venue ici pour m'acheter un soutien-gorge en jersey, confortable, pour jouer au tennis. Et regarde avec quoi je repars !

Elle entrouvrit le col de sa veste et exhiba le haut de sa poitrine.

— Désolé, mais je ne vois pas bien ce que tu portes, répondit l'inspecteur.

La blonde lui prit le bras.

— Viens avec moi, que je te montre cette merveille dans la cabine d'essayage.

— Je ne sais pas si…

— Voyons, Carter, arrête de faire des manières ! Nous n'avons plus de secrets l'un pour l'autre, n'est-ce pas ?

Et sans attendre, elle l'entraîna vers la cabine située au fond du magasin.

Eve dut convenir que cette cliente était du genre décidé. Et que Carter n'avait pas opposé grande résistance à ses avances.

- 2 -

Pendant que Carter s'isolait avec la cliente dans la cabine d'essayage, Eve prit son assistante Mélodie à témoin.

— Je me demande s'il ne serait pas prudent de condamner l'arrière du magasin, histoire de donner à nos tourtereaux un peu plus de liberté…

Mélodie, une jolie fille d'une vingtaine d'années coiffée comme l'une des protagonistes de la série *Friends*, haussa les épaules.

— Enfin, Eve, cessez de vous mettre dans tous vos états ! Cette cliente a acheté un caraco en satin noir, pas un soutien-gorge ajouré. Et le minipull que je porte est sûrement plus indécent.

Eve examina le pull jaune canari qui moulait le buste de son assistante. Elle se revit adolescente et rebelle, nue sous une salopette brodée de fleurs.

— Vous avez peut-être raison. Mais il me semblait bien que cet inspecteur était en train de m'interroger au sujet des vols commis dans mon magasin ! fulmina-t-elle d'une voix stridente qui devait s'entendre à un kilomètre à la ronde.

Il y eut un remue-ménage du côté de la cabine d'essayage, puis la cliente aux cheveux blonds mi-courts s'avança vers Eve.

— Je vous présente mes excuses les plus sincères ! J'aurais dû comprendre que Carter était ici en service commandé. Dommage, car j'aurais préféré le savoir ici pour d'autres motifs…

Après un léger silence, la femme blonde tendit sa main à Eve.

— Je suis Simone Fahrer, ajouta-t-elle.

Mélodie toussota.

— Bon, autant que j'aille persuader ces étudiantes, là-bas, d'acheter une demi-douzaine de nos minishorts noirs.

Avec un haussement des sourcils, elle se dirigea d'une démarche légère vers les clientes. Alors, à contrecœur, Eve serra la main de Simone au moment précis où l'inspecteur venait les rejoindre.

— Simone Fahrer est avocate à Grantham, expliqua Carter Moran.

— Que cela ne vous effraie pas, déclara Simone en riant. Quand on me connaît, je suis très gentille.

— Faux ! répliqua Carter, d'un ton mi-figue, mi-raisin.

Simone se rembrunit.

— Le moment est mal choisi pour me faire une scène ! Si j'étais toi, je poursuivrais l'enquête afin de régler au plus vite le préjudice subi par cette charmante personne.

Carter soupira.

— Je ne demanderais pas mieux, pour autant que des clientes abusives ne se mettent pas en tête de me traîner dans la cabine d'essayage.

Eve regarda Carter avec curiosité.

— C'était donc si désagréable que ça ?

Simone se tourna vers Eve.

— A première vue, votre question semble lui ouvrir des horizons nouveaux. Et, en ce qui me concerne, je dois dire qu'il s'agit d'une expérience fascinante.

Eve sourit de toutes ses dents à Simone Fahrer.

— J'espère que vous avez donné votre adresse à Mélodie, pour que nous puissions vous faire parvenir des offres promotionnelles.

— Oui, j'ai laissé ma carte. C'est la première fois que je viens dans votre magasin, et vous pouvez être sûre que ce n'est pas la dernière. Enfin ! Un endroit à Grantham où une femme peut acheter de quoi se rendre belle et sexy…

Eve se tourna vers Carter.

— N'oubliez pas de prendre des notes, inspecteur Moran. Pour votre enquête, bien sûr…

Carter écarta les mains, en signe d'impuissance.

— Que voulez-vous, je suis encore sous le choc après ce que Simone m'a permis d'entrevoir, dans la cabine.

L'intéressée haussa les épaules.

— Incroyable ! Si jamais je m'étais doutée qu'il en fallait si peu ? D'un autre côté, pourquoi serais-je surprise ? Les hommes sont tellement prévisibles !

— Dans ce cas, pourquoi te donner tout ce mal ? rétorqua Carter.

Eve ne put s'empêcher d'intervenir.

— Parce que vous n'êtes pas le seul concerné, Carter Moran !

— Précisément, renchérit Simone.

Elle toisa l'inspecteur.

— D'ailleurs, ajouta-t-elle, tu devrais en prendre de la graine, si tu vois ce que je veux dire.

— Pas vraiment.

— Cela ne te ressemble pourtant pas de jouer les imbéciles, insista-t-elle en tapotant le bras de l'inspecteur. Bon, à ce soir !

Après un dernier salut de la main, elle sortit d'un pas vif, les rayures de son pantalon épousant les ondulations de son derrière.

Eve la regarda partir à regret.

— Quelle femme !

— Vous pouvez le dire ! renchérit Carter. Même s'il m'arrive parfois de paniquer quand je suis en sa compagnie.

— Et vous n'aimez pas ça ?

Carter se frotta le menton.

— Disons que c'est un peu comme avaler une cuillerée d'huile de foie de morue. Excellent pour la santé mais pas agréable au goût.

Sa plaisanterie en était-elle vraiment une ? Dans le fond, il se rendait compte que la relation qui le liait à Simone était aussi tortueuse que complexe.

— Bon ! Revenons à notre affaire, déclara Carter. Je suppose que vous êtes commerçante indépendante ?

— Vous voulez savoir si je suis franchisée ? Jamais de la vie !

Carter se retint de sourire.

— Pensez-vous que votre réussite ait fait des jaloux, des envieux ? Avez-vous reçu des réclamations ?

— Non. Jusqu'à présent, les autres commerçants ont toujours été aimables avec moi. Grantham est une ville où la solidarité est bien réelle, et c'est d'ailleurs pourquoi j'ai décidé de m'y installer.

Elle marqua une pause.

— Maintenant que vous m'y faites penser, reprit-elle, il s'est produit un incident, la semaine passée. Une dame âgée est venue ici avec son petit-fils. Quand le bambin a posé des questions à propos du bustier qui se trouvait en vitrine, cette dame a paru très contrariée.

— Continuez.

— Elle m'a dit que ma vitrine était indécente. Ou quelque chose de ce genre.

— Essayez de vous souvenir.

Eve plissa son front.

— Ah, oui ! D'après elle, ma vitrine était une injure aux bonnes mœurs en usage à Grantham.

Carter hocha la tête.

— Tout ça à cause d'un bustier... Et alors, qu'avez-vous répondu ?

— Tout simplement qu'elle avait tort de s'effaroucher à ce point, et que son petit-fils — un charmant garçonnet de huit ans, à peu près — devait sûrement s'intéresser davantage à ses champions favoris de base-ball qu'à de la dentelle. Elle n'a pas paru convaincue, mais au moins n'a-t-elle pas insisté.

— Connaissez-vous le nom de cette dame ? demanda Carter en prenant un petit carnet dans sa poche.

Eve fit signe que non et Carter regarda autour de lui.

— Existe-t-il d'autres issues, dans ce magasin, à part l'entrée principale ?

— Derrière la cabine d'essayage, une porte donne sur le parking, à l'arrière de l'immeuble. Les livreurs passent par là, sinon cette porte est fermée en permanence. Une porte extérieure ouvre sur l'escalier qui mène à l'appartement du dessus. Cette porte est aussi toujours fermée.

Carter écrivit quelques mots dans son carnet.

— J'occupe cet appartement, précisa Eve. Comme la boutique, je le loue à Bernard Polk.

Polk appartenait aux plus vieilles fortunes de la ville de Grantham. Sa mère militait dans des organisations patriotiques, et lui perpétuait les traditions locales en jouant au polo et en faisant danser des jeunes filles de bonne famille dans les bals huppés de la région.

Plus Polk vieillissait, plus il devenait sourd, mais par coquetterie il refusait de porter un appareil auditif.

Carter nota tout ce que venait de lui apprendre Eve, puis il se tourna vers elle.

— Et vous vivez seule ?

Aussitôt, il esquissa un geste d'excuse.

— Ne vous méprenez pas ! Je cherche simplement à savoir qui, à part vous, pourrait avoir accès à ce magasin.

Eve croisa les bras.

— Je vis seule, et je n'ai ni colocataire, ni chien, ni chat.

— Cela vous plaît ? insista Carter.

Elle réfléchit.

— Pour tout vous avouer, vivre seule est une chose merveilleuse.

Elle était sincère. Dire qu'elle pouvait enfin savourer un bon bain chaud ou se détendre sous la douche en prenant tout son temps, sans qu'une voix grincheuse ne la rappelle à l'ordre. Elle imagina Carter en train de prendre sa douche pendant que Simone Fahrer trépignerait devant la porte… Le pauvre ! Elle était prête à parier que cette maîtresse femme avait déjà mis Carter au pas.

L'inspecteur ouvrit son carnet.

— Nous n'avons pas encore parlé de votre assistante. Son nom est bien Mélodie ?

— Mélodie Benjamin. C'est ma seule employée, et

elle travaille à mi-temps, après ses cours à l'université. Ses références sont excellentes.

— Je suis sûr que vous n'auriez pas engagé quelqu'un à la légère, déclara Carter. Maintenant, parlez-moi un peu de votre clientèle.

— Que voulez-vous savoir ?

— S'agit-il de femmes, en général ?

— Oui, pour la plupart, mais il m'arrive aussi de servir des travestis. Parfois, ce sont des hommes qui viennent acheter un cadeau pour leur femme, ou pour leur petite amie.

Eve s'interrompit.

— Mais j'y pense ! Peut-être auriez-vous envie d'acheter quelque chose, dans mon magasin ? Vous savez, les femmes ne portent pas uniquement des caracos !

— Vous m'ouvrez de nouveaux horizons, répondit Carter en rangeant son carnet dans sa poche revolver. Au fait, j'aimerais m'entretenir avec Mlle Benjamin, si cela ne vous dérange pas, bien sûr.

Eve eut la sensation désagréable d'être délaissée, mais elle surmonta vite sa déception.

— Pas de problème ! Et elle pourra aussi vous faire visiter les lieux, et vous montrer les deux portes que j'ai mentionnées.

Carter se mit à sourire.

— O.K. ! Mais je doute qu'elle soit capable de me parler des dessous féminins aussi bien que vous.

Eve décida de ne pas saisir cette perche qu'il lui

tendait. Elle alla trouver Mélodie, à qui elle adressa quelques mots tout en désignant Carter du menton. Tandis que son assistante se rengorgeait d'un air heureux, elle revint vers l'inspecteur.

— C'est arrangé. Mélodie va vous répondre.

Tout en s'efforçant de ne pas couler de regards trop appuyés vers Carter et Mélodie, Eve se chargea de renseigner les deux étudiantes. Elle s'agaça de voir que Mélodie bombait les fesses sous le nez de l'inspecteur.

Il ne fallut pas plus d'une minute à Eve pour conclure la vente et pour emballer le minishort décoré de pétunias que les deux clientes avaient finalement choisi. A peine eut-elle fini que Mélodie vint la rejoindre derrière le comptoir, suivie de près par Carter.

— Inutile de faire un paquet-cadeau, déclara Carter en sortant son portefeuille de sa poche.

Ainsi l'inspecteur avait déniché un article à son goût, dans les rayons ! Eve vit Mélodie empaqueter un combiné-culotte champagne muni d'un nœud papillon à la hauteur du col. Ce sous-vêtement correspondait exactement à celui qu'elle aurait choisi de porter ! Quitte à se dévisser le cou, elle tenta d'apercevoir l'étiquette qui indiquait la taille de l'article.

— Que pensez-vous de ma trouvaille ? demanda Carter.

Eve s'empressa de reprendre une posture normale.

— J'approuve tout achat effectué dans mon magasin,

mais vous n'étiez pas obligé de vous ruiner, vous savez.

— Vous avez attisé ma curiosité, répondit Carter en adressant un clin d'œil à Eve.

Après avoir donné sa carte de crédit à Mélodie, Carter remit une carte de visite à Eve.

— Un de mes hommes viendra relever d'éventuelles empreintes sur les mannequins de vitrine. Si quelque chose vous revient à propos de ces vols, ou si vous avez le moindre problème, n'hésitez pas à m'appeler.

— Merci, répondit Eve en prenant la carte encore tiède d'avoir séjourné dans le portefeuille de l'inspecteur.

Elle ne put s'empêcher de caresser ce rectangle de bristol, et son geste n'échappa pas au regard de Carter.

— Voici votre reçu de carte bancaire ! déclara Mélodie en tendant le ticket et un stylo à l'inspecteur.

Carter signa le reçu. Quand il voulut rendre le stylo, Eve intervint.

— Gardez-le. Le numéro de téléphone du magasin est imprimé sur le côté.

— Merci, déclara Carter en glissant le stylo dans sa poche de pantalon, découvrant involontairement l'étui de son revolver qu'il portait à la ceinture.

Eve ouvrit de grands yeux en apercevant l'arme de l'inspecteur, et Carter esquissa un sourire.

— Eh bien, je crois que je vais prendre congé.

Eve le regarda dans les yeux.

— Merci en tout cas d'être venu si vite et d'avoir bien voulu m'écouter et m'aider.

— Oh, je n'ai encore rien fait ! répondit Carter en tendant la main à Eve.

Avant que l'inspecteur ne relâche la pression de ses doigts, elle sentit qu'il effleurait sa paume. Un hasard ? Non, sûrement pas !

Elle se sentit électrisée. En état de pure excitation, pour tout dire. Comment expliquer qu'une simple poignée de main puisse lui faire autant d'effet ? D'autant qu'ils n'étaient pas en tête à tête, mais en public, dans son magasin ! Carter serait-il en train, sans le savoir, de faire naître en elle des pulsions sexuelles dont elle ne soupçonnait pas l'existence ? Dans ce cas, elle aurait tout intérêt à faire machine arrière.

L'œil brillant, Mélodie tendit à Carter un sac rose imprimé au nom du magasin, Fanfreluches, dans lequel elle avait glissé l'article qu'il venait d'acheter.

— J'espère que nous vous reverrons bientôt, dit-elle, la mine radieuse.

Carter ne put s'empêcher de sursauter.

— Euh… Certainement, répondit-il après s'être éclairci la voix.

Tenant le sac dans sa main droite, il se dirigea lentement vers la sortie tandis que Mélodie le suivait des yeux.

— Quel homme ! murmura-t-elle.

Eve haussa les épaules.

— Si on aime ce genre de type…

Mélodie leva les yeux au plafond.

— Voyons, Eve, n'importe quelle femme irait jusqu'au bout du monde pour rencontrer un homme pareil !

Eve pesta tout bas, car, bien sûr, Mélodie avait raison. Pourtant, elle ne voulait pas se compliquer la vie avec les hommes. Elle jugeait plus gratifiant de repartir à neuf dans la vie, à la tête d'un magasin, que de s'engager dans une histoire d'amour, ou dans une relation sexuelle torride.

D'ailleurs, l'homme qui aurait pu éventuellement l'intéresser n'était-il pas déjà l'ami de la blonde flamboyante de tout à l'heure ?

Après avoir cherché Mélodie des yeux, Eve l'aperçut enfin, le nez collé à la porte vitrée du magasin, celle par laquelle Carter Moran venait de sortir.

— Dites-moi, Mélodie, avez-vous pensé à appeler la banque de ce client, pour vérifier que son compte est approvisionné ?

— Eve, voyons, il s'agit d'un policier ! répliqua l'assistante d'un ton blasé.

— On n'est jamais assez prudent, rétorqua Eve en lissant du doigt une paire de mules en satin en exposition sur le comptoir. A propos, qui a choisi ce combiné-culotte que l'inspecteur Moran a acheté ? Vous ou lui ?

— Lui, répondit Mélodie.

Eve fut surprise par ce choix sobre, car la plupart des hommes auraient opté pour un négligé rouge vif avec décolleté vertigineux.

— Vous auriez dû lui montrer notre pyjama pou jeunes mariés, déclara Eve.

Le pantalon moulant était pour l'homme, et le haut transparent pour la femme.

— Pourquoi ? Vous pensez que ce pyjama aurait été davantage son style ? demanda Mélodie.

— Comment le saurais-je ? Mais une chose est sûre, c'est que cet article coûte bien plus cher que le combiné-culotte !

- 3 -

Avec un grand sourire, Simone offrit un verre de gin tonic à Carter.

— Eh bien ? Ton opinion sur cette femme qui tient le magasin de lingerie ? demanda-t-elle.

L'inspecteur se creusa la tête. Que pensait-il d'Eve Cantoro ? En tout cas, il n'était pas prêt d'admettre qu'elle le fascinait…

D'un air détaché, il appuya sa raquette de tennis contre le bord de la table de jardin et s'allongea sur une chaise longue en teck. Son vieux T-shirt aux couleurs de l'université de Grantham était mouillé de transpiration.

— C'est plutôt cette affaire de culotte volée qui m'obsède. Quoique, au chapitre des tentations, j'hésiterais encore entre déguster ce gin tonic et oublier la façon dont ton mari m'a pilonné avec ses balles de service, sur le court.

Ted Daniger, le mari de Simone et l'un des plus vieux amis de Carter, s'étira dans sa chaise longue et jeta un coup d'œil satisfait sur le parc de sa propriété.

Le manoir en brique rouge de la famille Daniger et ses ornements en pierre sculptée possédaient la patine des demeures bourgeoises de la Nouvelle-Angleterre, avec terre-plein fleuri devant le perron de l'entrée, dépendances pour les domestiques et pelouse réservée au jeu de croquet.

Buster, descendant d'une longue lignée de labradors ayant vu le jour dans cette propriété, haletait en tirant la langue aux pieds de Ted, sans perdre de vue la balle de tennis avec laquelle il venait de jouer.

— Tu te fais vieux, Moran, émit Ted d'un ton sentencieux. Jamais je ne t'aurais battu aussi facilement, il y a quelques années.

— Vieux ? Mais tu sais bien qu'on a le même âge, toi et moi, observa Carter.

— Trente-quatre ans…

— Exact. Seulement, tu n'as pas eu à veiller une partie de la nuit pour prendre en charge un cas de violence conjugale. Et puis, n'oublie pas que je fais des heures supplémentaires au commissariat parce qu'un de mes collègues est absent.

Carter jeta un coup d'œil à Simone qui venait de se lever pour aller porter un plateau de boissons à son mari. Il éprouva un pincement au cœur.

— En plus, tu as la chance d'avoir une femme exceptionnelle, ajouta-t-il. Alors, rien d'étonnant si tu débordes d'énergie.

Ted sourit d'un air béat à Simone, qui s'était juchée sur l'appui-bras de la chaise longue de son mari.

— Crois-tu que je ne sais pas à quel point je suis un petit verni ?

Et il posa un long baiser sur les lèvres de son épouse.

— On s'aime vraiment, tous les deux ! murmura Simone.

Cynique et désabusé comme il l'était, Carter aurait dû rire devant ce déballage sentimental. Il n'en fut rien, car ce lien sincère qui unissait Simone à Ted — deux êtres qu'il aimait et estimait — forçait son respect.

Autrefois, Ted et lui avaient partagé la même chambre d'étudiant à l'université de Grantham. Tout aurait dû les opposer : Ted, jeune bourgeois décontracté descendant d'une vieille famille de Grantham alliant traditions et argent bien placé, était le type même du petit génie, doublé qui plus est d'un champion de polo.

Carter, lui, venait d'un milieu modeste. Son père avait fait mille métiers, sans grand succès d'ailleurs, et sa mère était femme au foyer. Il avait grandi à Dayton, une ville ouvrière.

Carter avait refusé de se résigner comme le faisaient ses parents. Il avait travaillé d'arrache-pied pour obtenir de bonnes notes au lycée, afin d'être accepté dans une université de prestige et de bénéficier d'une bourse. Ses bons résultats scolaires lui avaient ouvert les portes de l'université de Grantham, fréquentée par l'élite de la Nouvelle-Angleterre à des années-lumière du milieu populaire dont il était issu.

Il avait décroché une maîtrise en sciences économiques avec la mention « Très bien », et s'était acquis la réputation de meilleur éditorialiste du journal des étudiants. Et s'il n'avait pas vraiment envisagé de faire carrière dans la presse, il savait aussi que son expérience dans le journalisme ne manquerait pas de lui être utile, un jour ou l'autre.

Une fois son diplôme en poche, il avait su nouer des contacts utiles et avait gravi les échelons de la finance new-yorkaise, où il était devenu l'un des meilleurs investisseurs en fonds de pension au sein d'un grand groupe bancaire. Et même lors de l'éclatement de la bulle technologique, Carter avait eu assez de savoir-faire pour assurer à ses actionnaires des gains confortables.

Baptisé le « Prodige de la finance » par le magazine *Fortune*, Carter n'était pas seulement un investisseur hors pair, mais aussi un homme scrupuleusement honnête, dénonçant publiquement les dirigeants de certaines sociétés, aux poches cousues d'or. Le *Financial Times* avait salué en lui « un homme d'affaires doté d'une conscience ».

Son portefeuille d'actions s'était épaissi et il s'était trouvé à la tête de coquets avoirs financiers, tant dans le domaine de la bourse et des obligations, que dans celui de l'immobilier. Le garage surdimensionné qui abritait sa Porsche coûtait presque autant que son duplex avec vue sur Central Park. Carter possédait aussi une maison dans les Hamptons, la campagne chic des New-Yorkais fortunés. Et puis, il avait épousé une femme ravissante, longue liane filiforme et hautaine, diplômée en histoire de l'art et très douée pour croquer son argent à une vitesse fulgurante. Carter et ses millions avaient été une proie facile pour cette jolie blonde membre de sociétés à buts humanitaires et artistiques, et qui avait besoin d'un mari à la hauteur de ses ambitions.

L'ex-enfant pauvre de Dayton avait toutes les raisons de se montrer fier de sa carrière. Mais il travaillait tant qu'il n'avait jamais l'occasion de profiter de son duplex, de sa maison de campagne et même — il devait en convenir — de son épouse. Un jour, cette dernière obtint le divorce, récupérant à son profit le duplex et la maison de campagne, sans compter un Lhassa Apso frétillant dont Carter ignorait l'existence. Ce jour-là, Carter prit conscience de tout ce qu'il venait de perdre, mais il était trop tard.

C'était à cette époque qu'il avait retrouvé par hasard Ted, alors que tous deux voyageaient dans le même wagon du métro new-yorkais. Ted dirigeait un cabinet d'avocats à Grantham et lui avait suggéré de venir lui rendre visite dans la propriété de ses parents, des retraités partis se dorer sous le soleil de l'Arizona.

Carter avait accepté l'invitation et, de fil en aiguille, il avait eu envie de s'installer définitivement à Grantham. Après avoir démissionné de ses fonctions d'investisseur pour fonds de pension, il avait emménagé dans l'appartement construit au-dessus du garage, dans la propriété Daniger. Autrefois, ce logement était celui du chauffeur, mais cela ne gênait pas Carter qui trouvait l'appartement à son goût. Pendant quelques mois, il avait paressé dans le parc, bu des bières, nagé dans la piscine et disputé des sets de tennis avec Ted.

Pour un battant comme lui, cette vie de farniente s'avéra vite ennuyeuse. Après avoir envisagé d'intégrer une société locale d'investissement en bourse, Carter se rendit compte que gagner beaucoup d'argent ne l'intéressait plus, d'autant qu'il lui restait une partie de sa fortune passée.

Au lieu de chercher à gonfler à tout prix son compte en banque, il s'était fait engager comme moniteur par une salle de sports locale, puis il s'était inscrit à des cours d'italien, avant de se décider à lire toute l'œuvre de Charles Dickens. Mais ses nombreuses activités ne lui apportaient pas ce qu'il recherchait. Après toutes ces années passées à ne s'intéresser qu'à lui, il avait ressenti le besoin d'aider les autres.

Avec une partie de ses économies, Carter avait créé une fondation, bénéficiant de la logistique du cabinet juridique que dirigeaient Ted Daniger et sa femme Simone Fahrer. Puis, par le biais de sa fondation, il était venu en aide, anonymement, à des gens en mauvaise posture financière ou sociale.

Carter avait alors étudié le droit et passé avec succès le concours d'entrée dans la police locale. Etre policier le comblait, au point qu'il ne rechignait pas de dactylographier les rapports hebdomadaires. Il appréciait de pouvoir s'intégrer à une communauté et de ne plus avoir à rendre des comptes à quelqu'un en particulier. C'était ainsi qu'il participait activement — mais indirectement — à la vie sociale de Grantham.

Tout en sirotant une nouvelle gorgée de son gin tonic, Carter se félicita d'avoir conquis son indépendance. Dire que c'était grâce à Ted qu'il avait effectué un virage à cent quatre-vingts degrés et changé d'existence !

Soudain, il se souvint d'une question qu'il désirait poser à Simone.

— A propos, es-tu satisfaite de ce que tu as acheté dans le magasin d'Eve Cantoro ? demanda-t-il à l'intéressée.

Ted dressa l'oreille.

— De quoi parles-tu, Carter ?

Simone fit une grimace.

— Flûte ! Carter a gâché la surprise que je voulais te faire ce soir, après le dîner chez Tonino's.

A la fois pizzeria et bar, Tonino's était *le* restaurant incontournable de Grantham où aimaient se rendre aussi bien les joueurs de base-ball que de respectables parents et leur ribambelle d'enfants. L'établissement était décoré dans le style des années 1950, avec des colonnades carrelées et des tables en Formica rose. Vêtues de minuscules tabliers blancs, les serveuses blondes ne renversaient jamais les bières sur le pantalon des clients et offraient du ketchup à volonté avec les frites.

Ted brandit son gin tonic en direction de sa femme.

— Je meurs de curiosité de savoir ce que tu as acheté, Simone !

— Tu le sauras bientôt, répondit-elle en souriant à son mari.

Puis elle se tourna vers Carter.

— A propos, je t'ai trouvé un peu nerveux, tout à l'heure, quand tu parlais à Eve Cantoro.

Carter soupira.

— J'étais impressionné de me retrouver entouré de dessous féminins plus sexy les uns que les autres, plaisanta-t-il.

Simone caressa le bras de son mari, qui venait de jeter la balle de tennis au loin, afin que Buster aille la chercher.

— Tu sais, Ted, il s'agit de ce nouveau magasin de lingerie, en ville : Fanfreluches. La responsable du magasin s'appelle Eve Cantoro et, d'après ce que j'ai pu constater, cette jolie brune a la tête sur les épaules.

Carter se retint d'émettre un commentaire flatteur sur la silhouette de ladite jolie brune.

Après avoir récupéré la balle que Buster venait de lui rapporter, Ted envoya cette dernière un peu plus loin.

— Allez, demanda-t-il à Carter, raconte-nous plutôt ce qui a bien pu te pousser à aller traîner tes guêtres dans ce royaume de la dentelle et du fantasme.

— J'étais là-bas en service commandé.

— Un règlement de comptes entre les jarretelles et les nuisettes ?

— Très drôle ! répliqua l'inspecteur.

Mais il n'avait nullement envie de rire. Et la pensée que Eve Cantoro cohabitait avec des milliers de dessous plus sexy les uns que les autres enflammait ses sens et son imagination. Il se souvint des paroles d'Eve à propos des strings et, si sa mémoire était bonne, il n'avait vu aucune marque apparente de vêtement sous le pantalon noir qu'elle portait.

— Eh bien ? insista Ted, pourquoi te trouvais-tu chez Eve Cantoro en service commandé ?

— A la suite d'un vol.

— Comment ça ? demanda Simone.

— Trois culottes à volants, en dentelle rouge, ont disparu.

Ted fronça les sourcils.

— Tu plaisantes ?

— Non, ce sont les faits. Et, chaque fois, ces culottes étaient exposées en vitrine.

Ted siffla.

— Alors, il s'agit d'un voleur en série ? Et je parie que le prochain article de lingerie qui disparaîtra sera un soutien-gorge pigeonnant. A moins que ce ne soit une gaine ?

Il se tourna vers Simone.

— Dis-moi, chérie, les femmes portent-elles encore des gaines ?

Cette dernière fronça les sourcils.

— Parce qu'il s'agit de lingerie féminine, tu te crois autorisé à te moquer ! Si Carter enquêtait sur un vol de téléphone mobile ou de portefeuille, tu trouverais ça légitime.

Elle fit une pause et tapota son menton de l'index.

— Une culotte en dentelle rouge ? Curieux ! Moi, je trouve ce vol très intéressant.

— Est-ce l'avocate spécialiste du pénal qui parle ? demanda Carter.

— Simplement une femme pour qui les culottes en dentelle ne sont pas du tout son style.

— Pas le mien non plus, avoua Carter.

Simone s'anima et fixa Carter droit dans les yeux.

— A propos de dessous féminins, n'aurais-tu pas succombé à la tentation d'en acheter un, pendant que tu te trouvais dans le magasin de cette Eve Cantoro ?

— Mais enfin, s'étonna Ted, pourquoi aurait-il acheté quelque chose dans une boutique de lingerie féminine ?

Carter se pencha et flatta l'échine de Buster.

— J'en étais sûre ! s'exclama Simone. Je mettrais ma main au feu que tu as acheté un article de lingerie dans ce magasin. Allons, confesse-toi et vite !

Carter soupira tandis que Buster lui adressait un regard compatissant.

— J'ai acheté un « teddy », un combiné-culotte plutôt sobre, déclara-t-il.

Il n'ajouta pas que le prix, lui, était loin d'être sobre.

Simone haussa les sourcils.

— Je vois de quel modèle tu parles : rien de bien

sensationnel sur un cintre, mais une fois porté, ce teddy a le don de transformer une femme au foyer en vamp sulfureuse.

Carter visualisa très précisément une certaine femme sur laquelle ce teddy ferait sensation.

— En tout cas, reprit Simone, tu as du goût.

L'inspecteur passa une main nerveuse dans son épaisse chevelure.

— Je… J'ai acheté ce dessous pour l'offrir à ma mère.

Simone lança un regard pensif à Carter.

— En tant qu'avocate spécialiste des cours d'assises, je trouve ton comportement plutôt curieux. En tant que femme, je verrais bien ce teddy porté par une jolie brune svelte et tonique.

— Oui, il y aurait beaucoup à dire sur les femmes sveltes et toniques ! renchérit Ted avant de murmurer quelques mots à l'oreille de Simone.

Les yeux brillants, cette dernière se leva, comme mue par un ressort.

— Désolé, déclara Ted à Carter, mais tu vas devoir te débrouiller tout seul chez Tonino's. Je meurs d'envie de voir la surprise que m'a faite Simone, et je n'ai pas envie d'attendre la fin du dîner !

Après s'être douché, Carter prit sa voiture et se rendit chez Tonino's où la climatisation rendait l'air aussi glacial qu'au pôle Nord. Après s'être juché sur un tabouret recouvert de cuir rouge, il plongea ses doigts dans une soucoupe de cacahouètes. L'écran géant de la télévision retransmettait un match de base-ball, et il se réjouit d'avoir l'occasion de regarder la partie tout en buvant quelques bières.

— Salut, Carter, dit le barman en souriant. Ce sera comme d'habitude ?

— Oui, Dave, merci. Et je prendrai aussi une pizza au pepperoni.

Tout en avalant des cacahouètes, il ne put s'empêcher de repenser à Eve Cantoro, et aux quelques mots qu'ils avaient échangés, tout à l'heure, dans son magasin. Soudain, il crut la reconnaître installée au bar, à quelques tabourets du sien.

Il ne se trompait pas. C'était bien elle, ses longs cheveux noirs et humides coiffés en arrière. Elle portait une paire de lunettes rondes en acier et pas le moindre maquillage. Dans sa robe en coton toute simple qui moulait ses formes avantageuses, elle paraissait à la fois jeune et saine.

A cet instant, Eve surprit son regard. Il remarqua que sa poitrine tendait sa robe et que deux petites aréoles humides marquaient l'emplacement des seins. En voyant une bretelle orange dépasser de l'encolure, il comprit qu'elle portait un maillot de bain par-dessous et son imagination s'emballa.

Fasciné par ce qu'il découvrait, Carter faillit s'étrangler en avalant une gorgée de bière et Eve vint lui asséner de grandes tapes dans le dos.

— Merci ! J'ai dû avaler de travers, expliqua l'inspecteur.

Elle lui sourit.

— Je viens juste de faire quelques longueurs dans la piscine municipale qui se trouve de l'autre côté de la rue.

Carter s'essuya les lèvres.

— Une bonne idée.

Eve approuva de la tête.

— J'aime me détendre dans l'eau après une journée de travail, surtout quand il fait si chaud, Et, en plus, cela me permet de tester ma marchandise.

Carter se redressa.

— Comment ça ?

— Je vends aussi des maillots, dans mon magasin. Celui que je porte aujourd'hui est un deux-pièces style Bikini : le genre qui dénude le haut des cuisses et couvre à peine la poitrine.

Elle se pencha pour grappiller une poignée de cacahouètes et Carter eut une vue plongeante dans son décolleté.

Il s'éclaircit la gorge.

— Vous êtes bien placée pour faire la promotion de vos maillots…

— Je l'espère. Et vous, Carter, vous aimez le sport ?

— Je joue au tennis.

Elle jeta un regard surpris sur son T-shirt défraîchi et son vieux bermuda.

— A vous voir, on ne le dirait pas.

— Je ne suis pas habillé assez chic pour le Country Club, sans doute ?

— Vous êtes surtout trop indépendant pour que je vous imagine en compagnie de ceux qui fréquentent ce genre d'endroits.

Carter examina sa bière d'un air pensif.

— J'aime ce que vous venez de dire, sans exactement savoir pourquoi.

— Eh bien, vous y réfléchirez, répondit Eve en souriant.

Quand elle vit les yeux verts de Carter s'animer, elle éprouva soudain une sensation de chaleur au creux des cuisses. Et il lui était difficile de croire que le tissu du maillot était trop ajusté, puisque aussi bien elle ne vendait que de la toute première qualité.

La vérité, c'était qu'elle éprouvait une attirance pour Carter. Et elle sentait que, de son côté, l'inspecteur était lui aussi attiré par elle. Mais ce n'était pas pour cela qu'elle envisageait d'aller plus loin !

Elle se détourna à regret des beaux yeux verts de Carter et examina le nez, bosselé mais séduisant, de l'inspecteur.

— Qu'est-il arrivé à votre nez ? demanda-t-elle. C'est à la suite d'un pugilat ?

— Hum ?

— On dirait que votre nez est cassé ! insista-t-elle.

— C'est arrivé quand j'étais encore au lycée. Je me

croyais taillé pour jouer au rugby. Un joueur de l'équipe adverse m'a vite démontré le contraire…

Carter sourit en voyant une grimace se peindre sur le visage d'Eve.

— Je voulais épater les filles de ma classe en devenant le meilleur pilier avant de l'équipe, reprit-il. Et puis je me suis rendu compte que les filles préféraient les victimes, ceux qui attrapent des plaies et des bosses et qu'elles peuvent consoler.

— Je comprends ça, dit Eve en sentant une onde de chaleur se répandre entre ses cuisses.

— Le vôtre aussi a une petite bosse, dit Carter en effleurant le nez de la jeune femme, puis en caressant sa lèvre où perlaient quelques gouttes de bière.

Pendant une fraction de seconde qui lui parut durer une éternité, Eve eut la certitude que Carter allait l'embrasser. Mais il ne le fit pas.

— Il y a quelques années de ça, j'ai essayé d'arrêter une bagarre entre mes frères.

— Vos frères ?

— Oui, j'en ai quatre, tous plus jeunes que moi. Ce jour-là, les jumeaux se chamaillaient à propos de quelque chose de stupide, comme de savoir lequel des deux devait descendre les poubelles. Soudain, il se sont mis à échanger des gifles et moi, je n'ai pas pu le supporter. Comme une idiote, j'ai essayé de les séparer et j'ai reçu un coup sur le nez. J'ai eu un bleu énorme et des cernes autour des yeux pendant au moins une semaine !

Dave, le barman, posa une pizza devant Carter.

— Vous en voudriez une, peut-être ? demanda l'inspecteur à Eve. Ou si vous préférez, nous pouvons partager la mienne, il y en a largement pour deux.

Eve parut hésiter.

— Ne me dites pas que vous avez peur de grossir ! déclara Carter.

— Il ne s'agit pas de ça, mais de mon maillot. Je l'ai choisi un peu serré, surtout du haut, et il aurait du mal à contenir ne serait-ce que quelques grammes supplémentaires, si vous voyez ce que je veux dire…

Carter se mit à respirer plus vite.

— Allons, pour me faire plaisir ! dit-il en poussant la pizza vers Eve.

Le pepperoni grésillant dégageait une appétissante odeur d'épices, et Eve finit par céder devant le sourire plein d'invite de l'inspecteur.

Quel dommage qu'un homme aussi irrésistible ne fût pas libre.

— Simone a-t-elle aimé le teddy que vous lui avez offert ? demanda-t-elle.

Carter sourit.

— Je n'oserais pas vous répéter ses propos. Alors, pizza ou pas pizza ?

Eve ôta ses lunettes qu'elle accrocha, par l'une des branches, dans l'échancrure de sa robe. Puis elle s'empara d'une part de pizza qu'elle tint au-dessus de sa bouche ouverte. Elle titilla du bout de la langue un long filament de mozzarella fondue, le suça lentement puis se mit en demeure de l'avaler, centimètre par centimètre, tandis que ses yeux se voilaient de plaisir. Avec une satisfaction visible, elle engloutit le fromage et croqua dans la pâte chaude et odorante.

Carter en resta bouche bée.

— Est-ce que vous mangez toujours votre pizza de cette façon ?

Eve essuya les commissures de sa bouche.

— Voyons, inspecteur Moran, n'allez pas chercher midi à quatorze heures ! Malgré les apparences, déguster une bonne pizza relève parfois du plaisir du ventre, et de rien d'autre !

- 4 -

Tout en dégustant sa pizza, Eve regardait Carter d'un œil rêveur. Non seulement ce beau garçon au sourire ravageur était irrésistible, mais en plus elle venait de découvrir qu'il connaissait par cœur toutes les chansons de *La Mélodie du bonheur* !

— Est-ce que vous vous plaisez à Grantham ? demanda l'inspecteur.

Elle hocha la tête.

— L'endroit est magnifique. Au début, j'ai été surprise de constater que même des diplômés de la prestigieuse université de Grantham, dont certains ont eu le prix Nobel, récoltaient des contraventions sur les parkings de la ville.

Carter sourit.

— La loi est la même pour tous. Vous, en tout cas, vous n'avez pas encore été confrontée à ce genre d'épreuve.

Elle prit un air surpris.

— Comment le savez-vous ?

— Après votre plainte, j'ai vérifié dans nos fichiers.

— Qu'avez-vous découvert d'autre, mis à part mes habitudes de conduite ?

— Que vous venez d'une petite ville nommée Poughkeepsie, et que vous êtes bien célibataire.

A la fois déconcertée et ennuyée, Eve se redressa sur son tabouret.

— Vous vous figuriez sans doute que j'avais grandi dans une résidence huppée du très chic New Jersey ?

— Ne prenez pas la mouche. Je suis de Dayton, dans l'Ohio, et ma mère nous servait les hamburgers dans des assiettes en carton ! Tous les résidents de Grantham ne vivent pas dans un manoir et ne sont pas servis par des maîtres d'hôtel stylés.

Eve rougit.

— Désolée d'avoir tiré des conclusions hâtives.

— Il n'y a pas de mal.

Très nerveuse, elle ne savait plus quelle contenance adopter. Et, surtout, elle se sentait follement attirée par cet inspecteur qui avait pris la peine de s'assurer qu'elle était célibataire.

Avec l'ongle, Carter gratta l'étiquette de sa bouteille de bière.

— Si nous étions amenés à mieux nous connaître, je suis sûr que nous aurions bien plus en commun, vous et moi, que des origines modestes.

Elle haussa les sourcils.

— Vous croyez ?

Il avala une gorgée de bière. Eve ne put s'empêcher de remarquer que ses lèvres, humides de mousse, étaient sensuelles.

— Oui, j'en suis convaincu, répondit-il. Et je pense qu'apprendre à se connaître mutuellement nous réserverait beaucoup de bonnes surprises.

— Qu'en savez-vous ? Votre intuition, peut-être ?

Il haussa les épaules.

— Disons mon instinct de policier. Et comme vous semblez sceptique, je vous propose un jeu amical qui nous permettra d'en apprendre davantage l'un sur l'autre.

— Un jeu ?

— Posons-nous des questions, à tour de rôle, avec obligation d'y répondre. Disons six questions chacun, pour avoir un nombre rond. Si nos réponses sont identiques, alors j'aurai gagné. Qu'en pensez-vous ?

Eve sentit sa méfiance s'éveiller.

— Et qu'aurez-vous gagné ?

— Un baiser.

— Un baiser ? Vous voulez dire… sur la bouche ?

Carter feignit de réfléchir.

— Oui, sur la bouche.

Eve plissa les yeux.

— Et… Qu'en pensera Simone ?

— Quoi, Simone ?

— Vous ne croyez pas que cela la dérangerait ?

Carter secoua la tête.

— Vous vous méprenez sur la nature de nos relations.

Se sentait-elle soulagée, ou pas ? En tout cas, un long frisson la parcourut.

— D'accord pour le pari ? insista Carter.

Elle hocha la tête.

— Entendu, mais alors un baiser tout simple. Sans caresses.

— Comme c'est dommage !

Elle ne put s'empêcher de frissonner de nouveau en imaginant les mains de Carter sur sa peau.

— Peut-être, mais c'est ainsi. A prendre ou à laisser, déclara-t-elle avec un visage de marbre.

Carter soutint son regard sans ciller.

— O.K., dit-il en repoussant sa bouteille de bière sur le côté. Mais alors, c'est moi qui commence.

Elle eut la certitude qu'il serait un adversaire redoutable, et qu'il ferait tout pour gagner. Et comme elle n'avait aucune intention de lui faciliter la tâche, elle se redressa et s'assit bien droite sur sa chaise.

— Je suis prête, dit-elle enfin avec un sourire candide.

Carter s'éclaircit la gorge.

— Commençons avec une question facile : prenez-vous votre café noir, ou bien avec de la crème et du sucre ?

— Avec du lait et sans sucre.

— Comme moi !

Elle se détendit.

— Facile, effectivement. A mon tour…

Elle réfléchit.

— Lequel des trois Marx Brothers auriez-vous aimé être ? Harpo, Chico ou Groucho ?

— Harpo, répondit-il.

Eve fronça les sourcils.

— J'aurais parié sur Groucho.

Elle n'en revenait pas, car Harpo occupait une place privilégiée dans son panthéon personnel.

Carter la regarda.

— J'en déduis que, vous aussi, vous aimez Harpo ?

Elle hocha la tête.

— Bon, reprit Carter, c'est à mon tour : gel ou pâte ?

Le front d'Eve se plissa.

— Je parle de dentifrice, précisa Carter.

— Oh ! Alors, du gel… Et vous ?

Il lui adressa un sourire éblouissant.

— Je vois que j'ai trouvé l'âme sœur, du moins en ce domaine !

Elle se pencha vers lui.

— Venons-en aux choses sérieuses : fenêtre ouverte ou fermée ?

— Pendant la nuit ?

Elle approuva de la tête.

— Cela dépend de la saison. Et vous ?

— Moi aussi, dit-elle avec une moue prudente.

— Je préfère quand vous souriez, murmura Carter.

Elle toussota.

— C'est à votre tour, excepté si vous préférez abandonner notre petit jeu.

Les coudes posés sur le bar, Carter se pencha vers elle.

— Dormez-vous sur le côté gauche ou sur le côté droit du lit ?

Elle soutint son regard sans ciller, mais son cœur battit plus vite.

— Plutôt le côté droit. Et vous ?

— Je suis un habitué du côté gauche.

— Ah, ah... Alors, nous sommes différents, remarqua-t-elle, triomphante.

— Complémentaires, plutôt ! Et puis vous n'avez pas précisé s'il s'agit du côté droit quand on regarde le lit par devant ou par-derrière, ce qui fait que la réponse ne compte pas.

Il l'examina entre ses yeux mi-clos.

— A présent, dites-moi si vous dormez nue ou habillée ?

— Attendez un peu, c'est à mon tour de poser une question !

— La mienne comportait deux volets ! Alors, nue ou habillée ?

Elle réfléchit.

— Dans ce cas, la question comptera double et vous aurez atteint votre quota !

— Nue ou habillée ? insista-t-il.

— Vous savez que je vends de la lingerie fine, alors tirez-en vos conclusions.

Comme elle regrettait de ne pas avoir commandé une autre bière ! Tenir quelque chose de solide entre ses doigts l'aurait rassurée. Aussitôt, elle s'en voulut de tenter le diable, au moment où ses pensées vagabondes se focalisaient avec insistance sur un endroit bien précis de l'anatomie de Carter…

— Bon, reprit-elle, si vous répondez en premier à cette question, je vous promets de jouer le jeu.

Il eut un sourire assuré.

— O.K. Alors, d'après vous, je dors nu ou habillé ?

Quand elle vit briller ses yeux vert émeraude, elle eut la sensation de s'aventurer sur des sables mouvants.

— Vous dormez nu, j'en mettrais ma main au feu.

— C'est vrai, répondit-il d'une voix douce. Et maintenant, à vous de répondre.

Alors qu'elle jetait déjà des regards affolés autour d'elle, Dave, le patron de la pizzeria, s'approcha de leur table en souriant.

— Vous désirez commander autre chose ? demanda Eve à Carter. Si c'est le cas, alors je ferais bien d'aller ôter mon maillot…

Carter haussa les sourcils.

— Je n'ai pas dit mon dernier mot, et vous non plus.

Puis il s'adressa autant à Dave qu'à Eve.

— Pour ma part, j'ai assez mangé. Et vous ?

Eve caressa son ventre.

— Si j'avalais une bouchée supplémentaire, je crois bien que j'exploserais !

Carter sourit.

— Allons ! Un petit effort ?

Il la vit hésiter, l'œil gourmand.

— Emportez ce qui reste de cette pizza, Dave, dit-elle au patron avec une pointe de regret dans la voix.

Dave débarrassa la table, sans oublier les bouteilles de bière vides.

— J'emballe les restes pour le chien, et je reviens avec l'addition, déclara le patron du restaurant à Carter.

Eve parut étonnée.

— Vous avez un chien, Carter ?

— Pas moi. Un ami.

— Oh !

Elle eut la nette impression que l'ami en question était la dénommée Simone. Un bel homme viril, un chien, des restes de pizza pour le chien… Et un caraco ! Autant d'indices indiquant que Carter entretenait une relation intime avec cette blonde explosive.

Quand Dave revint avec le paquet contenant les restes de pizza, Eve s'empara d'autorité de l'addition.

— C'est moi qui régale, dit-elle.

Une façon d'apaiser ses remords à la pensée qu'elle braconnait sur les terres d'une autre.

— Ne soyez pas ridicule ! protesta Carter.

— J'insiste ! Le temps de retrouver mon portefeuille.

Elle posa son sac sur le comptoir et en extirpa divers objets, dont une serviette, une casquette en toile, des lunettes de natation, un étui à lunettes ordinaires, de la crème solaire.

Carter ne put s'empêcher de sourire.

— On peut dire que vous n'aimez pas vous encombrer !

Et, d'un geste preste, il subtilisa l'addition au moment précis où la jeune femme brandissait son portefeuille, qu'elle venait enfin de retrouver.

— C'est moi qui vous invite, déclara l'inspecteur.

Eve hésita. Après tout, à quoi bon se bagarrer pour vingt malheureux dollars… Sa fierté valait tout de même plus que le prix d'une pizza !

— Si vous le prenez comme ça, alors merci, dit-elle à contrecœur.

Pendant que Carter tendait quelques billets à Dave, Eve rangea ses menus objets dans son sac, et ses lunettes dans leur étui. Ainsi se terminait sa soirée en tête à tête avec l'inspecteur Moran !

— Merci pour tout.

Elle se leva et se dirigea vers la sortie.

— Ah, Eve !

— Oui ? répondit-elle en se retournant.

— Il fait presque nuit, et je préfère vous accompagner jusqu'au parking, déclara Carter en s'emparant du sac en papier contenant les restes de pizza.

— Inutile, répondit Eve. Je suis venue à pied.

— Alors je vous raccompagne chez vous en auto, puisque je suis garé tout à côté, dit-il en indiquant d'un geste le parking privé situé à l'arrière du restaurant.

Pourquoi un homme aussi séduisant et sexy que l'était Carter prenait-il la peine de la reconduire, alors qu'il aurait pu rejoindre cette blonde explosive qui avait acheté, aujourd'hui même, un ravissant caraco transparent ?

Dans tous les cas, Carter aurait des comptes à rendre à Simone Fahrer, et Eve n'aurait pas voulu se trouver à la place de l'inspecteur.

— Vous êtes sûr que cela ne vous détourne pas de votre route ? demanda-t-elle.

Le soleil se couchait. Elle savait qu'elle aurait au moins deux kilomètres de marche pour rentrer chez elle.

— Non, car je vis en ville, moi aussi, tout comme vous.

Elle lui emboîta le pas.

— D'abord vous m'offrez le dîner, et maintenant vous me raccompagnez. Je suis confuse…

— Attendez de voir mon véhicule avant de me remercier, dit Carter en ouvrant pour elle la porte du restaurant.

A peine furent-ils dehors qu'elle sentit la différence de température entre la salle climatisée où régnait un froid polaire et la nuit brûlante comme un four. Elle essuya la transpiration qui perlait sur son front.

— Du moment que votre véhicule a quatre roues et la climatisation, cela me va très bien.

— Je me porte garant pour les quatre roues, déclara Carter en s'arrêtant devant un vieux pick-up Toyota.

Eve plissa les yeux devant un véhicule rouillé dont le pare-chocs semblait tenir à grand renfort de ruban adhésif.

Carter s'installa derrière le volant.

— Pour ouvrir côté passager, il faut appuyer à fond sur la poignée de la portière, précisa-t-il.

En insistant de toutes ses forces, Eve put enfin ouvrir, mais la poignée lui resta dans la main. Elle grimpa craintivement sur le marchepied.

— Hum… Avec toute la pizza que j'ai mangée, je crains de passer au travers du plancher !

— Croisons les doigts ! répondit Carter en débarrassant le siège passager d'un exemplaire du *New York Times* et d'un téléphone mobile qu'il jeta en vrac sur la plage arrière de la camionnette.

D'un air suspicieux, Eve regarda le siège usé jusqu'à la trame. Rassurée par la présence de la ceinture de sécurité, elle grimpa enfin à bord.

Carter fronça les sourcils.

— Dire que j'avais presque oublié !

— Oublié quoi ? demanda Eve.

Il lui adressa un sourire étincelant.

— Mais que j'ai gagné notre pari. Il est donc juste que je récolte ma récompense !

- 5 -

Eve garda le silence durant quelques instants.

— Si ma mémoire est bonne, je n'avais pas encore répondu à votre question lorsque Dave nous a interrompus. Alors, le jeu n'est pas fini…

Carter plissa les yeux.

— Une question dont nous connaissons déjà la réponse !

Et comme elle semblait hésiter, il reprit la parole.

— Voyons, Eve, vous n'êtes pas du genre à mentir !

Elle fit signe que non.

— Alors, qu'attendez-vous pour reconnaître que j'ai gagné, et pour m'accorder ce baiser ? insista-t-il, les bras en appui sur le volant.

Elle parut très gênée.

— Il y a quand même ce chien. Oui, le chien de Simone ! Et ce caraco qu'elle a pris soin de vous faire admirer, tout à l'heure, dans la cabine d'essayage…

Carter éclata de rire.

— Ecoutez, je peux vous assurer que Simone et

moi sommes amis, sans plus. Et cela vaut mieux pour moi.

Eve réfléchit. Dans quel guêpier était-elle en train de se fourrer ? Elle regarda Carter, aima l'accroche-cœur qui barrait son front, apprécia ses épaules musclées qui menaçaient de faire craquer les coutures de sa chemise. Quel homme !

— Je veux bien payer mon dû, mais à condition que vous promettiez de garder vos mains tranquilles.

— Promis ! Et si cela peut vous rassurer, il doit y avoir une vieille paire de menottes dans la boîte à gants…

— Ça ne sera pas utile, répondit-elle d'une voix légèrement chevrotante.

— Comme vous voudrez.

Quand il se pencha sur elle, elle se demanda, avec un mouvement de recul, si elle n'était pas sur le point de commettre une grave erreur.

— Je ne vous toucherai pas, déclara Carter.

Eve se mordilla la lèvre. Après tout, il s'agissait d'un simple baiser… Gauchement, elle tendit ses lèvres à l'inspecteur.

Un simple baiser ? Quelle erreur… Si elle n'avait pas fermé les yeux, elle aurait juré que les lèvres de Carter étaient chauffées à blanc ! Elle eut l'impression que ses sens allaient s'embraser.

Tout en savourant ce premier baiser, elle épia le visage de Carter, à quelques millimètres du sien.

— Nous pourrions peut-être essayer avec la langue ? dit-elle en reprenant son souffle.

Carter revint à la charge, cette fois en mordillant les lèvres de la jeune femme. Quand leurs langues se caressèrent, Eve ne put retenir un soupir de volupté et Carter l'embrassa avec une intensité accrue. Leur osmose était telle qu'elle eut le sentiment d'être vampirisée, ce qui mit le comble à son excitation.

Décidément, Carter Moran était passé maître dans l'art du baiser extrême, car ce qu'elle venait d'expérimenter dépassait tout ce qu'elle avait connu jusqu'à présent !

Quand il s'écarta d'elle, il lui fallut se résigner à ouvrir les yeux.

— Ouf ! Quelle aventure… dit-elle en soupirant.

Carter semblait un peu hagard, comme si lui aussi revenait de très loin.

— Vous voulez dire que c'était renversant ! Et encore, je ne veux même pas imaginer ce que nous aurions éprouvé en ajoutant quelques caresses, déclara-t-il.

Eve s'ébroua.

— En tout cas, vous avez pu constater que je n'ai qu'une parole.

Carter coula un regard vers elle.

— Je n'en ai jamais douté. Et je suis sûr que jouer au strip-poker avec une femme telle que vous doit être une expérience fabuleuse…

Eve tirailla le devant de sa robe.

— Quelle chaleur ! La cabine de ce pick-up est-elle à ce point surchauffée ?

Carter enclencha la marche arrière.

— Mieux vaut que je vous raccompagne tout de suite chez vous, sinon je ne réponds plus de rien !

Pendant les quelques minutes que dura le trajet, tous deux gardèrent le silence. Eve sentit son corps reprendre une température normale. Elle jeta un regard sur le levier de vitesses qui émergeait du plancher de la camionnette, entre ses jambes nues et celles, nues également, de Carter. Que n'aurait-elle donné pour déboulonner ce stupide levier et se couler dans les bras de cet homme afin qu'il l'embrasse une fois de plus !

Allons ! Elle ne devait pas commencer à ruminer de telles idées !

Quand ils arrivèrent en vue de l'église méthodiste et bifurquèrent dans sa rue, elle aperçut l'éclat des gyrophares des véhicules de police et une foule agglutinée sur le trottoir, devant son magasin. Le système d'alarme s'était déclenché, comme en témoignait la sirène qui hululait dans la nuit. Elle ressentit une brusque angoisse.

— Attendez-moi là, ordonna Carter en se garant en double file non loin d'une voiture de police, puis en récupérant son téléphone mobile, sur la plage arrière du pick-up.

D'un geste rapide, il ouvrit la boîte à gants et y prit

un étui, dont elle ne devina pas le contenu. Puis il sortit du pick-up et se dirigea vers l'attroupement.

Pas question de rester seule ! Eve pesa de toutes ses forces contre sa portière et, quand cette dernière s'ouvrit enfin, faillit tomber sur la chaussée, au moment où une auto passait en trombe. Elle jura en silence. Non seulement la nuit était étouffante d'humidité, mais en plus cette petite ville si tranquille prenait des allures de métropole bourdonnante.

Elle joua des coudes pour fendre la foule compacte, bien décidée à retrouver Carter qu'elle apercevait un peu plus loin, et qui était en train d'écouter ce que lui disait un de ses collègues en uniforme.

En découvrant les éclats de verre de sa vitrine brisée qui jonchaient le trottoir, elle ne put s'empêcher de jurer de nouveau, seul antidote au sentiment d'angoisse qui lui nouait l'estomac.

Autour d'elle, les badauds spéculaient sur ce qui avait bien pu se produire, sans qu'elle comprenne vraiment leurs propos étouffés par le mugissement de la sirène d'alarme.

Tristement, elle contempla le verre brisé à ses pieds. Mais à quoi bon se ronger les sangs ? Un bon coup de balai éliminerait ces éclats de verre, et sa vitrine serait bientôt remplacée par une neuve… Et puis, personne n'avait été blessé, et c'était l'essentiel !

Pourtant, au fond d'elle-même, cet acte de vandalisme lui donnait le sentiment d'avoir été violée…

Elle sursauta en sentant une main se poser sur son épaule.

— Je croyais vous avoir demandé de m'attendre dans le pick-up, déclara Carter.

Surtout, ne pas lui montrer à quel point elle se sentait vulnérable !

— Et alors ? Vous pensez peut-être que je n'avais pas le droit de voir le spectacle, comme les autres badauds ?

Carter eut un geste apaisant.

— Mon collègue, le policier Henry Shannahan, a été prévenu par téléphone il y a quinze minutes à peine. Apparemment, personne n'a surpris les vandales en action.

Eve haussa les épaules.

— Je m'en serais doutée ! Dans cette ville, tout le monde enfile ses pantoufles passé 20 heures. La police est déjà entrée dans le magasin ?

— Non, car les portes sont verrouillées. Mais si j'en juge par ce qu'on aperçoit à travers la vitrine brisée, rien n'a été dérangé à l'intérieur.

— Eh bien, entrons ! répondit Eve.

Elle sursauta.

— Flûte ! Mes clés sont à l'intérieur de mon sac, dans votre pick-up.

Elle s'élançait déjà mais Carter la retint par le bras.

— J'y vais.

Il revint bientôt et lui tendit son sac.

— Henry et moi allons entrer en premier. On ne sait jamais : le vandale s'est peut-être réfugié dans votre appartement, à l'étage.

L'expression préoccupée de Carter lui donna à réfléchir et elle lui remit ses clés.

— Allez-y. La commande de l'alarme est sur le mur, près de la caisse.

Pendant que Carter et son collègue entraient dans le magasin, elle en profita pour récupérer ses lunettes au fond de son sac. La vitrine s'ornait, en son milieu, d'un immense trou étoilé. De longs éclats de verre étaient tombés sur le trottoir et à l'intérieur de la devanture, aux pieds du mannequin vêtu d'un bustier rouge, mais, une fois de plus, orphelin de sa culotte en dentelle.

Alors qu'elle s'attribuait un bon point pour ne pas avoir cédé à la panique, le hululement de l'alarme s'interrompit et le magasin s'illumina.

Henry, le collègue de Carter, s'approcha d'elle.

— Carter dit que vous pouvez entrer, à présent. Mais ne touchez à rien.

Et tandis que le policier dispersait la foule de badauds, Eve pénétra dans le magasin par la grande porte. Elle aperçut Carter près de la caisse enregistreuse, son téléphone mobile collé à l'oreille, et s'approcha de lui.

— Je viens d'avoir Bernard Polk, votre propriétaire, au téléphone, expliqua l'inspecteur. Vous aviez prononcé son nom, tout à l'heure, et je l'avais mémorisé…

Elle hocha la tête.

— Qu'a-t-il dit ?

— Il préviendra son assurance demain matin à la première heure.

— J'aurais pu m'en occuper, vous savez !

Carter vit qu'elle regardait avec insistance le tiroir-caisse.

— Il n'a pas été forcé, mais rien ne vous empêche de vérifier, dit-il.

— Je ne garde pas d'argent ici, la nuit, répondit-elle en passant une main dans ses cheveux encore humides de leur bain dans la piscine.

Carter approuva de la tête.

— La porte du fond et celle donnant sur l'escalier sont encore fermées à clé, ce qui laisse supposer que personne n'est entré ici. Par prudence, je ferai tout de même effectuer une recherche d'empreintes.

— Une de plus ?

— Oui, une de plus. Avez-vous regardé s'il vous manquait quelque chose ? Non ! Ne me dites pas qu'on vous a volé une autre de ces culottes en dentelle rouge…

— Si ! Nous en avions exposé une nouvelle en vitrine, après votre intervention de tout à l'heure, dit-elle en montrant la devanture. C'est la quatrième culotte de ce modèle qui disparaît.

Carter réfléchit.

— Je ferai effectuer une enquête de voisinage, et nous passerons les rues des alentours au peigne fin, à la recherche d'indices.

Eve se rembrunit.

— On croirait que la vitrine a été brisée avec une batte de base-ball, déclara-t-elle pensivement.

Elle ne put s'empêcher de penser à la vieille dame qui était venue lui faire la morale, quelque temps auparavant.

— Croyez-vous que celle…

— Oui, j'ai bien pensé moi aussi à cette drôle de citoyenne dont vous m'avez parlé, renchérit Carter. Ecoutez, gardez l'œil ouvert, au cas où vous la reverriez en ville. Et si vous l'identifiez, ne vous approchez pas d'elle mais téléphonez-moi immédiatement. O.K. ?

— O.K., répondit Eve en s'efforçant de sourire.

Carter la regarda attentivement.

— Je comprends que vous soyez bouleversée par ce qui vient de se produire, alors n'essayez pas à tout prix de jouer les intrépides.

Elle fit la moue.

— Merci de prendre soin de mes états d'âme.

— Ne le prenez pas comme ça !

— Bon, j'avoue que je suis un petit peu contrariée.

— Vous avez peur ? demanda Carter avec douceur.

— Non, bien sûr que non !

— C'est tout à fait normal d'avoir peur, insista-t-il.

Oui, elle avait peur ! Mais elle ne l'aurait admis pour rien au monde. Sa dernière vraie peur remontait à l'époque de ses vingt et un ans, quand on l'avait appelée au téléphone pour lui annoncer la mort de ses parents dans un accident d'auto. Elle était restée comme assommée, tandis que ses quatre jeunes frères la regardaient, l'air éperdu. A l'époque, elle aurait juré pouvoir compter sur le soutien des membres de sa famille. Elle se demandait déjà qui, de son oncle Frank ou de son cousin Phil, proposerait en premier de lui venir en aide !

Mais, si tous ses proches avaient assisté aux funérailles, tous s'étaient empressés de repartir, une fois la cérémonie terminée.

Après tout, n'était-elle pas adulte, majeure et vaccinée ? En outre, on lui avait expliqué que ses frères, respectivement âgés de dix-sept, quinze et quatorze ans, étaient assez grands pour faire face. Assez grands, ces gros bébés ? Eve en avait étouffé d'indignation.

Alors, bien sûr, elle avait su ce qui lui restait à faire : d'abord abandonner ses études, et puis renoncer à ses virées du vendredi soir dans les bars pour étudiants où se retrouvaient ses condisciples de l'université. Après être retournée vivre avec ses frères dans la maison de leurs parents, elle avait trouvé un travail de secrétaire dans une fabrique d'adhésifs, un boulot plus qu'ennuyeux qui, s'il lui assurait une couverture médicale, remboursait à peine les soins dentaires.

Grâce à des cours du soir, elle avait pu devenir comptable, ce qui lui avait permis de trouver un poste de secrétaire au siège social d'une grande chaîne de supermarchés. Cette fois, les soins dentaires étaient mieux remboursés, et en plus elle bénéficiait de quinze pour cent de réduction sur les vêtements.

Voilà comment, pendant neuf ans, elle avait nourri, habillé et élevé, parfois en devant élever la voix, ses quatre frères, veillant à ce qu'ils réussissent leurs études secondaires, puis qu'ils entrent à l'université.

Après le choc provoqué par la mort de ses parents, Eve s'était dit que plus rien ne pourrait lui faire peur. Et aujourd'hui, alors même que Carter lui expliquait qu'éprouver de la peur était parfaitement normal, elle refusait de céder à ce sentiment destructeur. Elle se sentait maîtresse de sa destinée et savait pertinemment que les preux chevaliers secourant les orphelines en détresse n'existaient que dans les contes de fées.

Elle regarda l'inspecteur.

— Ecoutez, ce n'est pas de la peur que j'éprouve, mais un vrai sentiment de ras-le-bol ! D'abord les vols, et puis maintenant ce capharnaüm. Comme si j'avais besoin d'être encore embêtée ! Le plus grave, c'est que je vais devoir réparer ma vitrine en attendant d'en avoir une neuve. Vous croyez que je peux, le cas échéant, tendre un drap par-dessus ?

— Ce ne sera pas nécessaire, répondit Carter, car j'ai demandé à quelqu'un de venir vous dépanner avec du matériel.

— Ne me dites pas que Polk consent à réparer cette vitrine tout de suite !

— Je ne me suis pas même donné la peine de le lui demander. Polk aime rendre service quand les caméras de télévision sont braquées sur lui, mais jamais dans l'intervalle. Non, un de mes amis va apporter des planches et des outils, pour rafistoler votre vitrine.

— Hum… Je vais finir par croire que vous êtes un véritable boy-scout ! Vous savez, je préfère m'occuper de moi toute seule.

— Je n'en doute pas. Mais ce soir, exceptionnellement, il me semble qu'un coup de pouce ne serait pas superflu.

Carter se dirigea vers l'entrée du magasin et Eve le suivit.

— C'est très gentil de votre part, dit-elle, mais…

Il s'arrêta si brusquement qu'elle se cogna contre son dos musclé. Elle serait tombée si Carter ne l'avait pas retenue par la taille. Il enlaça ses hanches pour l'aider à retrouver son équilibre. En sentant les mains de Carter sur son corps, Eve eut l'impression de recevoir une décharge électrique. Et les yeux de Carter avaient le même éclat que tout à l'heure, dans le pick-up, avant qu'il ne l'embrasse !

Comment pouvait-elle éprouver un tel désir pour cet homme, dans des circonstances aussi dramatiques ? Un désir qui surpassait en intensité tout ce qu'elle avait pu connaître…

Elle recula prudemment d'un pas.

— La prochaine fois que vous freinez, soyez gentil d'allumer vos feux arrière ! Autrement, vous allez finir par me donner des idées.

Carter n'esquissa pas le moindre mouvement de repli.

— Des idées très différentes de celles de tout à l'heure ?

— Je me demande si le moment est bien choisi pour un tour d'horizon de nos états d'âme respectifs, rétorqua-t-elle.

— Ce n'est pas à nos âmes que je pensais, Eve. Et vous avez très bien saisi l'allusion.

Elle suivit Carter dans la rue, au moment précis où un break BMW se garait le long du trottoir. Quand la portière du véhicule s'ouvrit, et que Carter s'avança vers le conducteur, Eve constata que l'ami appelé à la rescousse par l'inspecteur n'était autre que la blonde flamboyante qui avait acheté un caraco ultrasexy dans son magasin, quelques heures auparavant.

- 6 -

Carter eut beau protester, Eve l'assura qu'elle finirait la nuit chez elle, en toute sécurité. Après tout, ne s'était-elle pas établie à Grantham pour être autonome ?

Une fois seule dans son appartement, elle se réconforta avec des jus de fruits allongés de cognac et regarda, toute la nuit, une rétrospective de sketches comiques qui passaient à la télévision.

Le lendemain matin, c'est avec une belle migraine qu'elle descendit l'escalier conduisant au magasin. Derrière le comptoir, Mélodie marquait la cadence par des petits hochements de la tête en écoutant un air des Dixie Chicks que jouait le lecteur de CD.

— On dirait qu'il s'en est passé des choses dans ce magasin, après mon départ ! déclara Mélodie d'une voix flûtée, un gobelet de café à la main.

La gorge serrée, Eve jeta un regard sur la vitrine rafistolée avec des planches. Où diable avait-elle posé le tube d'aspirine ?

Elle se tourna vers Mélodie.

— Je pense qu'il est inutile de vous rappeler que…

— Je sais, Eve ! Il est interdit de toucher aux mannequins tant que l'enquête est en cours, compléta l'employée en rejetant la tête en arrière, ce qui eut pour effet d'imprimer un mouvement de balancier à sa queue-de-cheval. Au fait, reprit-elle, des policiers sont passés relever les empreintes. Ils m'ont dit qu'il y avait eu une tentative d'effraction hier soir.

Eve approuva d'un signe de tête tout en cherchant désespérément à localiser le tube d'aspirine. Enfin, elle l'aperçut sur l'étagère.

— Des policiers ? Est-ce qu'ils ont donné leurs noms, par hasard ? demanda-t-elle en s'acharnant, sans succès, à ouvrir le tube.

Mélodie prit un air rêveur.

— En tout cas, l'un était vraiment mignon et à peine plus âgé que moi…

— Henry, peut-être ?

— Tout juste ! Son nom fait vieux jeu, mais ses fesses sont rondes et musclées comme celles d'un champion de natation, si vous voyez ce que je veux dire.

— Pas vraiment, mais je vous fais entièrement confiance, répondit Eve en tapotant le bouchon du tube contre le bord du comptoir.

— D'ailleurs, l'autre policier avait des fesses encore plus sensationnelles. Mais je ne vous apprends rien, n'est-ce pas ?

— Comment ça ?

— Vous êtes forcément au courant, puisqu'il s'agit de l'inspecteur d'hier.

Après avoir fouillé dans un tiroir, Eve trouva enfin le marteau qu'elle cherchait.

— Carter ? Vous voulez dire : l'inspecteur Carter Moran ?

— En personne, répondit Mélodie. Il a demandé si vous alliez bien, mais je lui ai dit que vous n'étiez pas encore descendue.

Eve plissa les yeux.

— Sur quel ton a-t-il demandé de mes nouvelles ?

Mélodie réfléchit.

— Comme quelqu'un de sincèrement concerné. Oh, bien sûr, il avait les mains enfoncées dans les poches de son pantalon, et il regardait les pointes de ses chaussures, mais sa nonchalance ne m'a pas trompée une seule seconde !

— Je vois, répondit Eve d'un ton sceptique.

Mélodie lui lança un regard perçant.

— Vous me cachez quelque chose, Eve !

Cette dernière hésita, puis se décida enfin.

— Hier soir, quand j'ai découvert que la vitrine était brisée, eh bien, l'inspecteur Moran était avec moi.

— Il était *avec* vous ?

— Pas comme vous l'entendez. Nous nous sommes croisés chez Tonino's et il a proposé de me raccompagner, voilà tout !

Mélodie ouvrit de grands yeux.

— Il a *proposé* ?

Eve s'énerva.

— Carter m'a simplement raccompagnée jusqu'ici, hier soir.

Mélodie eut un sourire narquois.

— C'est drôle, mais je n'imagine pas l'inspecteur Moran faisant les choses simplement.

Exaspérée, Eve donna plusieurs coups de marteau sur le bouchon du tube d'aspirine, qui vola en éclats.

— Enfin, j'ai fini par y arriver ! dit-elle en récupérant l'un des comprimés, et en allant chercher un verre d'eau.

Mélodie avala une nouvelle gorgée de café.

— Quel mal vous vous êtes donné pour un simple petit comprimé d'aspirine… J'imagine que votre soirée d'hier, avec l'inspecteur Moran, a dû être agitée.

Eve lui adressa un regard furibond que n'aurait pas désavoué sa grand-mère sicilienne, celle qui avait le mauvais œil.

— A votre place, Mélodie, je mesurerais mes paroles. Au cas où vous l'ignoreriez, je sais me servir d'outils autrement plus dangereux que ce marteau !

Carter entra dans le bureau de Simone et lui tendit l'un des deux gobelets de café qu'il venait d'acheter. Elle accepta la boisson et le remercia d'un sourire.

— Je te croyais de repos, aujourd'hui, dit-elle en retirant le couvercle en plastique qui maintenait le café au chaud.

— Quelle bonne odeur ! déclara Ted en entrant d'un pas vif dans le bureau.

Carter remarqua que son ami avait ôté sa veste et glissé l'extrémité de sa cravate de soie entre deux boutons de sa chemise Oxford.

Simone lui tendit le deuxième gobelet.

— Voici pour toi, chéri. Et tu peux remercier Carter qui a pensé à te commander un cappuccino.

Ted prit le gobelet et s'assit à côté de Carter.

— J'ai toujours dit qu'avoir pour ami un ancien condisciple de l'université finirait par m'être utile, un jour ou l'autre.

Simone but une gorgée de café.

— Ne flatte pas trop l'ego de Carter, objecta-t-elle. D'autant que notre ami s'entête à ne pas répondre à ma question.

Ted souffla sur son cappuccino pour le faire refroidir.

— Quelle question ?

Carter s'assit et croisa les jambes.

— Simone s'étonne de ma présence ici, alors que je suis censé être de repos aujourd'hui.

— Pas seulement ! Comment se fait-il que tu portes un pantalon en flanelle et un blazer ?

Carter sourit.

— Depuis quand est-il interdit à un citoyen de s'habiller pour aller chez son avocat ?

Simone poussa un soupir exaspéré.

— Carter, si tu ne nous mets pas dans la confidence, je te jure que je t'obligerai à assister au dîner de bienfaisance de ce soir, où seront présents tous les notables de Grantham.

Carter roula des yeux apeurés.

— Pitié ! Eh bien, il se trouve que, ce matin, je suis passé au magasin d'Eve Cantoro, histoire de voir comment allaient les choses, là-bas.

Simone haussa les sourcils.

— Et allaient-elles bien, ces choses ?

— Nous avons pu relever les empreintes, mais je sais déjà qu'il ne faut pas en espérer grand-chose. Sinon, à part la vitrine brisée, l'intérieur du magasin est en ordre.

— Ce n'est pas la réponse que j'attendais, remarqua Simone en serrant son gobelet entre ses mains.

Carter frotta les bords de ses mocassins l'un contre l'autre.

— Eve n'était pas encore descendue au magasin. C'est son assistante qui m'a accueilli.

Ted hocha la tête.

— Pourquoi retourner dans ce magasin ? Hier soir, nous avons fait le maximum pour réparer les dégâts de la vitrine, n'est-ce pas ?

Simone lança un regard entendu à son mari.

— Voyons, Ted, ce n'est pas au magasin que Carter s'intéresse, mais à une certaine personne…

— Bien sûr, je suis bête…, s'exclama Ted.

Carter s'éclaircit la gorge.

— Je m'intéresse à Eve Cantoro dans le cadre de mon enquête.

Simone haussa les épaules.

— Admets que tu penses à elle !

— Pour les besoins de l'enquête, répondit Carter.

Simone écarta l'objection d'un geste de la main.

— Je n'en reviens pas ! Carter Moran pense enfin à une femme…

L'inspecteur se redressa sur sa chaise.

— Que veux-tu dire ? Bien sûr que je pense aux femmes !

— Vraiment ?

— Bon, si Eve Cantoro m'intéressait — et je ne dis pas qu'elle me laisse indifférent — ce serait en effet mon type de femme. Mais, pour le moment, il s'agit de mener l'enquête et rien d'autre.

— A ce propos, intervint Ted, quel est ton avis sur ces vols de lingerie ? Moi je dirais que ce sont des étudiants qui ont fait le coup, d'autant que la fin de l'année universitaire est proche.

L'université de Grantham mettait un point d'honneur à maintenir les traditions vivantes. Chaque année, outre la fameuse Parade, les anciens diplômés étaient conviés à une fête bien arrosée où ils faisaient la connaissance des nouveaux étudiants. Ces fêtes donnaient lieu à quelques débordements et canulars, mais l'objectif était d'inciter les anciens devenus riches à ouvrir leur carnet de chèques, pour le plus grand bénéfice de la trésorerie de l'université.

— C'est ce que le commissaire pense aussi, admit Carter en se frottant la mâchoire. Il est vrai que ces vols répétés de culottes font penser à un canular d'étudiants. Pourtant, quelque chose me gêne dans cette affaire…

Simone intervint.

— Sûrement pas ta rencontre avec Eve Cantoro !

Carter lui lança un regard torve.

— Simone, je croyais le sujet clos ?

— Bon, promis ! Je te laisse tranquille avec cette troublante Eve, à condition que tu nous honores de ta présence, ce soir, au dîner de bienfaisance. Tu n'ignores pas que nous voulons recueillir des fonds pour venir en aide aux femmes menacées par leurs conjoints ? Après tout, c'est toi qui as fondé cette association, et qui contribues si généreusement et anonymement à aider toutes celles qui en ont besoin, à Grantham.

Carter soupira.

— Si j'avais voulu faire les choses au grand jour, je n'aurais pas baptisé cette organisation « Fondation X ». Mais je reconnais que, sans votre aide, rien n'aurait été possible.

— Fondation X… On jurerait le titre d'un livre de Robert Ludlum, remarqua Simone. Et tu sais, Carter, je pense parfois que ton goût de l'anonymat a moins à voir avec ton humilité naturelle qu'avec tes tendances anti-sociales et ton obsession de la solitude.

— Je ne te paie pas pour que tu me psychanalyses,

mais pour que tu gères ma fondation au mieux, rétorqua Carter.

Pourtant, il y avait une parcelle de vérité dans ce que venait de dire Simone. En dépit de sa réussite professionnelle passée, Carter s'était toujours considéré comme un outsider. Et quand il avait fréquenté, un temps, le Country Club de Grantham, il s'était senti déplacé parmi tous ces riches en shorts anglais qui sirotaient des martinis en se tapant sur l'épaule.

— Pour en revenir au dîner de ce soir, je compte sur toi, insista Simone.

Carter fit la moue.

— Réfléchissez un peu. Si je viens, les gens vont additionner deux et deux et ils en déduiront que c'est moi, le mystérieux mécène de la Fondation X.

Simon hocha la tête.

— Les invités ne feront pas le rapprochement… surtout après avoir avalé quelques verres de ce vin blanc prévu au menu. Alors, permets-moi d'insister.

Carter soupira avant de se tourner vers Ted.

— Elle ne renonce donc jamais ?

— Plaider est sa seconde nature, déclara Ted avec une fierté certaine.

Simone roula des yeux furibonds.

— Même si tu veux préserver ton anonymat, Carter, il me semble que tu aurais intérêt à assister au dîner de ce soir. Tu feras la connaissance de Lynne Butterfield, celle qui dirige l'exécutif du Programme de Protection des Femmes. Lynne est une personne très dynamique.

— Je connais Lynne. Le groupe de volontaires dont elle s'occupe, au sein de l'association, travaille main dans la main avec la police. Et c'est vrai qu'elle est très bien.

Agée de trente-quatre ans et divorcée, Lynne appartenait à l'une de ces vieilles familles formant l'aristocratie de Grantham. Tout en elle était classique, depuis ses études jusqu'au fait qu'elle se soit donné la peine d'apprendre le fox-trot pour tenir son rang dans les bals donnés par la bourgeoisie locale.

Contrairement à la plupart des jeunes femmes fortunées de Grantham, Lynne travaillait et avait rendu publique sa condition de femme battue, au risque de choquer son entourage.

Carter savait qu'elle n'avait pas agi ainsi par goût du scandale, mais pour sensibiliser l'opinion sur le fait qu'une femme, quel que fût son milieu social, n'était jamais à l'abri de ce type de violences. Il respectait et estimait Lynne pour son courage.

Il repensa à Eve Cantoro. Au début, il s'était contenté de trouver cette jolie brune divertissante. Mais depuis leur baiser et cette étreinte torride, dans la cabine du pick-up, Eve l'obsédait à un point qu'il n'imaginait pas.

Simone posa les coudes sur son bureau.

— D'accord, tu connais Lynne. Mais est-ce qu'elle t'intéresse, en tant que femme ?

— Hum ? répondit Carter, plongé dans ses pensées.

Ted posa sa main sur le bras de sa femme.

— Ne complique pas tout, Simone. Je crois que Carter a plutôt en tête une jeune personne spécialiste en lingerie féminine.

— Mais il a dit qu'il s'intéressait à Eve Cantoro à cause de l'enquête en cours ! protesta Simone.

Ted sourit.

— Quand Carter nous a demandé d'apporter en pleine nuit, jusqu'au magasin de cette Eve Cantoro, des planches de contreplaqué, je crois que cela dépassait l'enquête en cours !

Malgré ses contorsions, Eve ne parvint pas à agrafer sa robe dans le dos, Elle se fit la réflexion qu'il était parfois bien utile de vivre avec quelqu'un d'autre. Pourtant, s'il lui arrivait de souffrir de sa solitude, elle était ravie d'être seule, de ne plus avoir à faire les courses, la cuisine et la lessive. Dire qu'à une époque, elle trébuchait sur les haltères des jumeaux, les chaussures de basket d'Arty, les ballons de Danny et tous ces sacs de sport qui traînaient dans les pièces de l'appartement.

Autre avantage de la solitude : elle n'avait plus à trembler en attendant le retour de ses frères, quand ces derniers partaient faire une virée en auto. Sans compter qu'elle regardait tout ce qui lui plaisait à la télévision sans avoir à rechercher pendant des heures la télécommande mystérieusement volatilisée. Enfin, elle n'avait plus à jouer les assistantes sociales en ce qui concernait les rapports sexuels non protégés.

Malgré ces excellentes raisons, Eve ne pouvait pas se passer de ses frères. D'ailleurs, Arty, l'aîné, devait lui rendre visite demain samedi, et elle se réjouissait déjà de le revoir.

Elle songea au dîner de bienfaisance auquel elle allait assister, dans une heure à peine. Elle avait tenu à y aller, estimant que la cause des femmes battues valait la peine de payer le ticket d'entrée cent dollars. Comme elle était nouvelle à Grantham et qu'elle ne connaissait encore personne, il avait d'abord été prévu que Mélodie l'accompagnerait. Et puis, en fin d'après-midi, son assistante avait lâchement déclaré forfait avant de se faufiler hors du magasin pour honorer un rendez-vous galant.

« Ne t'en fais pas, Eve, avait ajouté Mélodie, je serai là demain pour assister à la Parade de l'université, et j'apporterai des pliants ! »

Après avoir fait une nouvelle tentative pour agrafer sa robe, Eve y renonça et passa un châle bleu clair autour de ses épaules.

Trente minutes plus tard, elle découvrit le restaurant du Parc et des Arts, où avait lieu le dîner de bienfaisance. Edifié sur l'ancien champ de foire de Grantham, l'établissement était flanqué de jardins décorés de sculptures. Les autres invités l'accueillirent avec la courtoisie dont les gens très riches font souvent preuve. Elle découvrit bientôt que les sourires dont on la gratifiait compensaient l'absence de véritables sujets de conversation.

Tous les convives présents trouvèrent merveilleux qu'elle ait eu la bonne idée d'ouvrir boutique à Grantham. Tant de commerces avaient disparu, au fil des ans ! Eve se surprit à hocher machinalement la tête tandis que les uns et les autres énuméraient pour elle les noms des anciens commerces de la rue principale.

Le pire était que tous ceux qui lui parlaient avaient déjà fait un tour au bar du restaurant et semblaient guillerets, tandis qu'elle n'avait même pas été capable de se dénicher un verre de vin pour étancher sa soif ! Sans compter que, dans cette partie du restaurant, le manque de ventilation rendait l'atmosphère étouffante.

Alors qu'elle venait de retirer son châle pour bénéficier d'un peu de fraîcheur, un souffle chaud effleura son cou.

— Voulez-vous que je ferme le haut de votre robe ?

Cette voix ! Elle n'eut pas besoin de se retourner pour l'identifier. Elle compta jusqu'à trois, le temps pour elle de rassembler ses esprits, puis elle se retourna.

— Je préférerais que vous m'apportiez un verre de vin. Et un gentleman n'aurait pas prêté attention à ma robe.

— Vous vous trompez ! Un gentleman remarque toujours la tenue d'une jolie femme.

Carter vint tout contre elle et, d'un geste preste, agrafa sa robe.

— Vous paraissez surprise de me voir ? dit-il.

Il effleura des lèvres la nuque de la jeune femme et Eve ressentit une sensation merveilleuse, comme si des volutes de vapeur en provenance d'une source d'eau chaude enveloppaient brusquement son corps nu. Pourtant, loin de la relaxer, ce plaisir subtil titilla ses sens.

— Disons que je ne m'attendais pas à vous trouver ici !

Il lui adressa un grand sourire qui creusa ses fossettes.

— Et moi non plus ! Mais attendez, je vais aller vous chercher un verre de vin, dit-il en s'éloignant.

Elle éprouva un instant de panique et jeta des regards éperdus autour d'elle. Ouf ! Le vieil homme si courtois qui, peu avant, lui avait narré en long, en large et en travers, le séjour en Australie de son petit-fils, cadre supérieur pour la société Shell au pays des kangourous, avait mis le cap sur le buffet des hors-d'œuvre !

Carter revint, portant ave élégance un verre dans chaque main. Quelle classe ! Et son smoking ne gâchait rien.

— Vous vous êtes fait beau, Moran ! dit Eve en prenant le verre de vin qu'il lui offrait.

— Vous n'êtes pas mal non plus, Cantoro, répliqua Carter.

Après qu'ils eurent trinqué, Carter étudia de plus

près la longue robe noire que portait Eve, et qui lui descendait aux chevilles. Rien de très sexy, en apparence, excepté le fait que cette robe la moulait à la perfection, fesses comprises, et qu'un côté était fendu jusqu'à mi-cuisse.

— Aucune trace de sous-vêtement, approuva Carter.

Eve but une gorgée de vin et sourit.

— C'est ce qu'on ne voit pas qui importe ! dit-elle en se félicitant d'avoir opté pour un body sans coutures. Et maintenant, par quel hasard vous trouvez-vous ici, ce soir ?

— Mon petit doigt…

Eve fronça les sourcils et se souvint brusquement avoir posé près de la caisse enregistreuse la carte de visite que Carter lui avait remise, lors de leur première rencontre.

— Ne me dites pas que Mélodie vous a appelé !

— Si ! Elle m'a expliqué qu'un contretemps l'empêchait de vous accompagner à ce dîner, et qu'elle n'était pas tranquille de vous savoir seule, le soir, après ce qui s'était passé au magasin.

Eve toussota.

— Bien sûr, vous vous rendez compte que mon assistante nous a tendu un guet-apens ?

— Peut-être, mais dans ce cas, je ne m'en plaindrais pas.

— Et que va penser Simone ?

Carter soupira.

— Ne me dites pas que vous avez encore des doutes sur mes relations avec elle ! D'ailleurs, pourquoi ne pas le lui demander ? Elle est là, derrière vous.

Eve se retourna et aperçut Simone, superbe dans un ensemble pantalon noir et kimono, qui se dirigeait vers eux.

— Bonsoir, déclara l'avocate.

— Bonsoir, répondit Eve. Cela tombe bien, car je n'ai pas encore eu l'occasion de vous remercier pour la réparation de ma vitrine. Je suis sûre que clouer des planches en pleine nuit ne fait pas partie de votre priorité.

Simone eut un geste indulgent de la main.

— Oh, ce n'était rien du tout ! Et quelle joie pour moi de voir un vrai costaud au travail.

— Carter ?

— Oh, non ! Carter ne manque pas de punch, mais je veux parler de Ted, mon mari ! précisa Simone en pétrissant l'épaule du grand blond musclé qui venait de la rejoindre.

Eve observa qu'elle se serrait amoureusement contre lui.

— J'ai toujours su que j'avais eu raison de l'épouser, reprit Simone. Non pas qu'une battante dans mon genre ait besoin d'un homme fort, mais enfin, cela peut toujours s'avérer utile.

— Sur la route, quand je change un pneu, Simone est morte d'inquiétude pour moi, observa Ted avec modestie.

Il se tourna vers Carter.

— Tout va bien, voisin ?

Eve se demanda par quel miracle Carter, avec son salaire modeste, avait pu dénicher une maison dans le quartier huppé où vivaient Simone Fahrer et son mari.

Comme s'il lisait dans ses pensées, l'inspecteur intervint.

— J'habite au-dessus de leur garage.

Eve fut encore plus étonnée.

— Vous voulez dire que…

— Simone et Ted sont mes meilleurs amis, et je vis dans un appartement aménagé au-dessus du garage de leur propriété.

Ted tendit la main à Eve.

— Nous n'avons pas été présentés l'un à l'autre. Je suis Ted Daniger.

— Très heureuse de vous rencontrer. J'ai beaucoup entendu parler de vous et de votre famille.

La plupart des invités avec qui elle avait bavardé ce soir considéraient la famille Daniger comme étant la plus notoire et influente de Grantham depuis des générations.

— Cela ne nous empêche pas de revigorer le blason familial avec du sang neuf ! répondit Ted en souriant béatement à Simone.

Sans relever le propos, cette dernière se tourna vers Eve.

— Dites-moi, ma chère, est-ce vous qui avez demandé à Carter d'être votre chevalier servant, ce soir ?

— Oh, non ! Et j'ai été très surprise de le rencontrer ici. En fait, il s'agit d'une initiative de Mélodie Benjamin, mon assistante.

Simone médita ces propos puis se tourna vers Carter.

— Maintenant que je te tiens, je voudrais que tu ailles saluer Lynne Butterfield, la directrice du Programme de Protection des Femmes. D'ailleurs, elle vient vers nous !

Une femme vêtue d'une robe très classique mais pourvue d'un décolleté impressionnant s'approchait d'eux, et Eve vit qu'elle ne manquait pas d'échanger quelques mots avec les autres invités qui se trouvaient sur son chemin.

Simone fit les présentations.

— Lynne, voici Eve Cantoro. Elle est propriétaire de cette merveilleuse boutique de lingerie, en centre-ville.

Lynne sourit.

— Je meurs d'envie d'aller me promener entre vos rayons ! déclara-t-elle en jouant discrètement avec les perles du collier au charme suranné qu'elle portait, et que n'aurait pas renié une riche aïeule.

Simone désigna Carter d'un geste.

— Et il me semble bien, Lynne, que vous connaissez Carter Moran, de la police de Grantham.

— Bien sûr, répondit Lynne en adressant à l'inspecteur un sourire amical. Nous avons déjà travaillé ensemble dans le cadre de programmes spéciaux de soutien aux femmes victimes de sévices. J'apprécie d'avoir un allié au sein de la police.

— Carter est plus qu'un allié, croyez-moi, ajouta Simone avec un air entendu.

Au moment où Carter lançait un regard furibond à Simone, Ted se hâta d'intervenir.

— Vous avez accompli du très bon travail, Lynne, en faisant connaître au plus grand nombre les objectifs du Programme de Protection des Femmes.

Avec tout le doigté dont il savait faire preuve pour flatter l'amour-propre des autres, Ted Daniger poursuivit.

— Et d'ailleurs, nous nous demandions quelle serait votre future feuille de route.

Eve écoutait avec intérêt quand elle aperçut une silhouette familière, un peu plus loin.

— Carter ! dit-elle à voix basse, tout en décochant un coup de coude dans les côtes de l'inspecteur.

— Quoi ?

Elle l'entraîna un peu à l'écart des autres.

— Cette vieille dame, là-bas ! C'est elle qui est venue faire du scandale dans mon magasin.

Carter balaya les alentours du regard.

— Laquelle ?

Eve soupira.

— Mais celle qui a des cheveux gris-blanc coupés

à la Jeanne d'Arc, et qui porte un tailleur de soie noir et un collier de perles.

— Oh, non !

— Non quoi ? demanda Eve en contemplant avec stupeur un Carter bouche bée.

L'inspecteur secoua la tête.

— Si je ne m'abuse, cette femme n'est autre que la mère de Lynne Butterfield !

- 7 -

Tandis que Carter se dirigeait vers Bitzi Butterfield, Eve lui prit le bras et se serra contre lui.

— Est-ce prudent d'aborder cette digne vieille dame de but en blanc ?

— Pas si vous restez suspendue à mon bras en la lorgnant avec cet air terrorisé.

Eve se calma, sans toutefois relâcher la pression de ses doigts sur le bras de Carter.

— Je crois que vous avez raison.

— Dans ce cas, qu'attendez-vous pour libérer mon bras ?

En voyant une expression inquiète se peindre sur le visage d'Eve, il se hâta de sourire.

— J'aime vous sentir tout près de moi, mais face à une suspecte potentielle, mieux vaut ne pas dévoiler nos batteries trop vite.

Il accentua son sourire.

— Au fait, vous ai-je dit que vous étiez vraiment très mignonne, ce soir ?

— Mignonne ?

Ce n'était pas exactement le mot qu'une femme de trente ans avait envie d'entendre et, au chapitre des compliments, Eve aurait préféré « sexy » ou « belle à couper le souffle ». Mais, d'un autre côté…

— Qu'entendez-vous par « mignonne » ? insista-t-elle.

Carter sourit de plus belle.

— Etes-vous en mal de compliments ?

— Non, bien sûr que non ! Enfin, oui, un peu…

— Eve, mon cœur, ne vous faites aucun souci. Vous êtes très sexy. Affolante, même ! Alors, satisfaite à présent ?

— Oui, répondit-elle, un peu gênée.

Carter examina la forme de sa bouche, apprécia ses pommettes saillantes, son nez et ses yeux en amande.

— Vous avez le regard de Sophia Loren, et le teint de Betty Grable, dit-il enfin.

Et il ajouta, après réflexion :

— Je vous aurais bien vue à Hollywood.

— Dans un rôle de fille d'immigrés, alors ! répliqua-t-elle. Mon père était italien et ma mère anglaise.

Carter lui lança un regard brûlant.

— Dans ce cas, ils vous ont transmis ce que les femmes de ces deux pays ont de plus sexy.

Alors qu'ils se rapprochaient de l'endroit où se trouvait Bitzi Butterfield, cette dernière prit la pause pour un photographe. Puis elle se tourna vers un des invités, un homme aux cheveux gris et à la moustache à la Douglas Fairbanks, à qui elle adressa un baiser du bout des doigts. Quand l'homme en question se rapprocha de Bitzi, Eve le reconnut. Il s'agissait de son propriétaire, Bernard Polk, celui qui, d'après Carter, avait le don de toujours se trouver devant l'objectif des photographes quand il s'agissait de donner des fonds à des œuvres charitables, afin d'être cité dans le journal du lendemain.

Eve n'eut pas le temps d'approfondir la question, car Bitzi prenait congé de Polk pour aller saluer un invité nettement plus âgé, aux tempes grisonnantes.

Carter s'avança vers l'interlocuteur de la vieille dame.

— Monsieur Haversmith, quel plaisir de vous voir ! déclara-t-il en lui tendant la main. Je ne sais pas si vous avez déjà rencontré mon amie Eve Cantoro ?

Il fit un geste vers la jeune femme et ajouta :

— Eve, Lionel Haversmith.

— Mais oui, nous nous sommes vus tout à l'heure, répondit Haversmith. Et cette charmante personne a eu la gentillesse de m'écouter sans impatience. Justement, je disais à Bitzi combien cette jeune femme était sympathique. N'est-ce pas, Bitzi ?

Bitzi, la mère de Lynne Butterfield, jeta à Eve un regard indifférent qu'elle accompagna d'un reniflement dédaigneux.

Main tendue, Carter adressa un sourire ravageur à la vieille dame.

— Nous ne nous sommes pas encore rencontrés, je crois. Mon nom est Carter Moran.

Malgré l'épaisse couche de poudre de riz qui couvrait ses joues, Bitzi Butterfield devint écarlate et tendit à Carter une main osseuse dont l'annulaire s'ornait d'un énorme diamant.

— Bitzi Butterfield.

Haversmith prit la parole.

— Carter a la gentillesse d'entraîner bénévolement les juniors de l'équipe de basket-ball de Trenton. Et en plus il a été le condisciple de Ted Daniger, à l'université.

Bitzi manifesta un respect soudain.

— Vraiment ? Dans ce cas, monsieur Moran, j'ose croire que vous participerez à la Parade, demain ?

— De quoi s'agit-il ? demanda Eve.

Carter dissimula son agacement.

— La Parade, le défilé des anciens étudiants de l'université de Grantham, précisa-t-il.

Eve en eut le souffle coupé.

— J'ignorais que vous aviez fait vos études dans cette université.

Carter haussa les épaules.

— Nul n'est parfait !

— Vous auriez pu me le dire, quand même ! insista-t-elle.

Il se pencha à son oreille.

— Quand ? Pendant que je menais l'enquête dans votre magasin ?

— Non, mais devant une bière bien fraîche et une pizza croustillante ! répondit-elle à voix basse, très vexée d'être placée devant le fait accompli.

Carter se tourna vers Bitzi et Haversmith.

— Je ne pensais pas que le choix d'une université avait autant d'importance, dit-il d'un ton nonchalant.

Lionel Haversmith se tourna vers Bitzi.

— Cela classe un individu. Ne le croyez-vous pas, chère amie ?

Le visage de la vieille dame se durcit.

— Oui, et il est toujours utile de savoir à qui on a affaire, surtout de nos jours avec le laxisme qui règne dans nos petites villes.

Eve dressa l'oreille.

— De quel laxisme parlez-vous ?

Lionel Haversmith intervint.

— Au fait, Bitzi, vous l'ignorez sans doute, mais Eve Cantoro a ouvert un magasin en ville, dernièrement.

La vieille dame prit un air innocent.

— Vraiment ? Dans ce cas, je suis persuadée que vous comprenez ce que je veux dire.

— J'ai bien peur de ne pas saisir toute votre pensée, objecta Carter avec le ton onctueux d'un ancien diplômé de l'université de Grantham.

— Pas plus que moi, ajouta Eve, en dissimulant sa colère derrière un sourire de façade.

A l'évidence ravie d'être au centre de la conversation, Bitzi s'épanouit.

— Voyons ! Je veux parler de cet horrible magasin,

au centre de Grantham, qui expose dans sa vitrine, à la vue de tous, des dessous terriblement vulgaires et obscènes.

— Non ! s'exclama Lionel Haversmith d'un ton réjoui.

— Si ! Et vous ne pouvez pas imaginer combien cette... lingerie est malséante. Je ne sais pas ce qui m'a retenue d'entrer sur-le-champ dans ce magasin pour faire place nette ! martela Bitzi Butterfield.

— Au fait, intervint Lionel avec une fausse innocence, n'y a-t-il pas eu une affaire de vitrine brisée, récemment, en ville ?

Carter se raidit.

— Si, la nuit dernière.

Bitzi triompha.

— Cela n'a rien de surprenant ! Quand on expose des saletés en vitrine, il faut s'attendre à un retour de bâton.

Eve fronça les sourcils.

— Pardon, mais comment pouvez-vous savoir que la vitrine qui a été brisée est précisément celle de cette boutique de lingerie ? Carter ne l'a pas précisé...

Lionel Haversmith regarda Carter.

— C'est vrai que vous ne l'avez pas dit. Mais puisque vous êtes de la police, Bitzi a établi une relation de cause à effet.

La vieille dame parut se tasser légèrement.

— C'est vrai, j'ignorais qu'il pouvait s'agir de cette vitrine en particulier.

Eve lui lança un regard perçant.

— En tout cas, vous êtes tombée juste, car c'est bien la vitrine de mon magasin qui a été réduite en miettes, la nuit dernière.

Alors qu'ils venaient de prendre place à leur table, dans le restaurant, Carter se pencha à l'oreille d'Eve.

— Je parlerai à Bitzi une autre fois, en privé, dit-il.

Eve hocha la tête en signe d'assentiment. Par chance, à la table où ils étaient installés, deux places restaient libres de part et d'autre des leurs, et ils se trouvèrent ainsi isolés des cinq autres convives, des femmes octogénaires qui se connaissaient très bien et qui, après de brèves présentations, les ignorèrent pour se lancer dans une conversation à bâtons rompus sur les mérites du club de jardinage local.

Après avoir placé son châle sur le dossier de sa chaise, Eve examina le contenu du programme posé devant elle.

— Tiens, quelle est cette Fondation X qui va recevoir une récompense, ce soir ? En tout cas, je n'en ai jamais entendu parler.

Carter prit son temps pour déplier sa serviette.

— Oh, il s'agit d'une fondation locale, sans doute financée par un original fortuné.

— Ah, bon, répondit Eve, moyennement intéressée.

En lisant le programme de plus près, elle découvrit

que Simone était mandatée pour recevoir la récompense en lieu et place du mystérieux fondateur.

Tout en attendant impatiemment les hors-d'œuvre, Eve en profita pour jeter des regards alentour, et elle aperçut, quelques tables plus loin, Simone et Ted côte à côte. Simone les regardait en chuchotant à l'oreille de Ted. Eve ne put s'empêcher de se sentir gênée.

— Dites-moi, demanda-t-elle à Carter, est-ce que j'ai un bouton sur le nez ?

Carter se pencha pour un examen rapproché.

— Non, mais en revanche vous avez de très jolies lèvres, et je ne sais pas ce qui me retient de les embrasser !

Eve s'adossa à sa chaise et regarda Carter, les yeux mi-clos.

— Ne seriez-vous pas en train de flirter avec moi, Carter Moran ?

— Je flirte avec vous depuis tout à l'heure ! Et si vous ne vous en êtes pas aperçue, c'est que ma technique laisse à désirer.

Le serveur venu apporter les hors-d'œuvre les interrompit quelques instants.

— Dire que vous m'avez reproché, tout à l'heure, de me suspendre à votre bras ! Eh bien, vous changez vite d'avis !

— Et ce n'est qu'un début ! ironisa Carter.

D'un air pensif, Eve donna des petits coups de fourchette dans sa salade aux noix.

— Que diriez-vous si nous partions juste après

les cafés ? A moins que vous ne teniez à assister à la remise des récompenses ?

— Une cérémonie officielle est toujours trop longue à mon goût, répondit Carter en posant la main sur celle de la jeune femme. Nous pourrions filer tout de suite ?

Eve aurait pu trouver son offre déplacée, mais il l'avait formulée d'un ton si léger qu'elle se sentit envahie de frissons.

— Etes-vous toujours aussi direct avec les femmes ?

Carter réfléchit.

— Non, je serais même plutôt distant. Mais vous avez le don d'éveiller mes instincts de mâle !

Et il haussa ses sourcils avec exagération.

— Tentez-vous d'imiter ce cher Groucho Marx ? demanda Eve.

— Mon imitation laisserait-elle à désirer ?

Eve sourit en évoquant leur petit jeu, chez Tonino's, l'autre soir. Quel pitre que ce Carter, ou plutôt, quel homme merveilleux ! Direct, naturel, sincère en un mot, et c'était cette fraîcheur qui le rendait encore plus séduisant.

— Si nous partons plus tôt que prévu, il nous faudrait une excuse valable, dit-elle.

Carter prit la main de Eve dans la sienne. Après l'avoir posée tout contre ses cuisses, il lui fit sentir sa virilité.

— N'est-ce pas la meilleure des excuses pour partir ?

Eve rougit, d'autant que le serveur s'était approché pour débarrasser les assiettes. Elle attendit que son cerveau se remette à fonctionner, et que la flambée de passion qui s'était emparée d'elle se calme quelque peu.

— Soyez raisonnable ! dit-elle enfin.

— Je ne suis pas sûr de pouvoir l'être, répondit-il en pressant la main d'Eve un peu plus fort entre ses cuisses.

Incapable de parler, Eve avala sa salive tandis que Carter traçait, du bout de l'index, une ligne imaginaire sur sa paume.

— Est-ce toujours ainsi que vous menez vos enquêtes ? demanda-t-elle.

— Non. Et vous m'avez placé au cœur d'un dilemme moral et professionnel.

— Un conflit qu'il faudra résoudre ?

— Oui, répondit-il en regardant les lèvres pleines et sensuelles d'Eve. Mais cela peut attendre, ajouta-t-il en libérant la main de la jeune femme, non sans avoir posé un baiser léger sur ses doigts.

Eve crut qu'elle ne parviendrait pas à calmer les battements de son cœur. Puis elle vit Carter sortir un minuscule agenda électronique de la poche de son smoking, et en scruter l'écran d'un air soucieux.

— J'ai bien peur qu'il s'agisse d'une urgence !

dit-il suffisamment fort pour être entendu des autres convives.

Puis, penché à l'oreille d'Eve, il ajouta :

— Laissez-moi le temps de présenter mes excuses à nos voisines de table, et aussi de prendre congé de Ted et de Simone. Et puis nous nous éclipserons.

Pendant que Carter parlait aux Daniger, Eve remarqua que Simone fronçait les sourcils d'un air méfiant. Peu après, l'inspecteur revint et, d'une pression sur le dos de la jeune femme, il la guida vers la sortie du restaurant.

Bientôt, ils se retrouvèrent dehors, sous les étoiles.

— J'ai cru voir que votre amie n'était pas dupe, déclara Eve en savourant le contact de cette main d'homme sur ses reins.

— Cela vous ennuie ?

Mais elle était dans un tel état d'excitation que l'opinion de Simone lui était indifférente.

— Je m'en moque !

Elle se jeta dans les bras de Carter avec une telle force qu'ils faillirent basculer dans les buissons. Une fois qu'ils eurent repris leur équilibre, Eve étreignit fiévreusement l'inspecteur, labourant son dos de caresses et entortillant l'une de ses jambes autour de sa cuisse. Quelle bonne idée elle avait eu de choisir une robe fendue sur le côté !

Le visage enfoui au creux de son épaule, elle respira avec délices les effluves de son parfum poivré.

— Oui, je m'en moque ! répéta-t-elle d'une voix rauque.

Carter prit le visage d'Eve entre ses mains, et le scruta intensément. Sous la lumière des étoiles et de la lune, elle vit ses pupilles noires se dilater.

— Moi aussi, je m'en moque, renchérit-il avant d'écraser sa bouche contre la sienne.

Cette saveur ! Elle se laissa emporter par le désir et goûta avidement la bouche de Carter, qui lui rendit la pareille. Leurs langues se chevauchaient et s'emmêlaient dans un ballet magique. Carter explora longuement sa bouche, puis il embrassa et lécha la commissure de ses lèvres, provoquant une véritable onde de choc chez la jeune femme. Comment croire qu'un homme puisse embrasser une femme jusqu'à lui faire perdre le sens de la réalité ? En tout cas, un tel homme existait, et elle n'en revenait pas de son savoir-faire en matière de caresses.

Posant sa joue contre le torse de Carter, elle se laissa aller contre lui. Elle sentit qu'il plaçait une main sous ses fesses, et qu'il la plaquait tout contre lui.

Quel homme ! pensa-t-elle tandis qu'il la pressait contre son bas-ventre.

— Vous semblez très excité ! chuchota-t-elle à son oreille.

— Je *suis* très excité.

Elle sourit.

— On va chez vous ou chez moi ? demanda-t-elle, une note d'allégresse dans la voix.

Elle brûlait sans doute les étapes, mais tant pis !

— Allons chez vous, proposa Carter.

Elle ignorait encore dans quelle aventure elle se lançait, mais ce qui était sûr, c'était qu'elle voulait cet homme.

— Je ne vous promets rien, vous savez ! déclara-t-elle.

— Je ne réclame aucune promesse, répondit Carter.

Et il était sincère. Les promesses avaient le don de le terroriser, même si sa rencontre avec Eve réveillait en lui des sentiments qu'il croyait avoir oubliés.

Elle le regarda au fond des yeux.

— Nous ferons au mieux. D'accord ?

— O.K., déclara Carter d'un ton qu'il voulut désinvolte. Et, en cas de problème, nous pourrons toujours jouer aux cartes.

Qu'il était beau, pensa-t-elle. Et quelle jolie petite gueule de voyou ! Pour la première fois, elle remarqua le grain de beauté qui ornait la tempe de l'inspecteur, à la lisière de ses cheveux. Comme elle avait envie d'embrasser ce petit point sombre !

— Je suis sûre que vous serez très bon professeur ! répliqua-t-elle, le cœur battant.

- 8 -

Au volant de sa voiture, Eve s'efforça de ne pas perdre de vue le pick-up que Carter conduisait à vive allure sur la nationale. Pendant un moment, elle eut peur d'attraper une contravention pour excès de vitesse, puis elle se souvint, avec une moue amusée, que Carter faisait partie de la police de Grantham.

Une fois qu'ils furent garés devant son immeuble, Eve conduisit Carter devant la porte extérieure. Elle déverrouilla la serrure et Carter ouvrit le battant pour qu'elle puisse passer.

— Je vais allumer, dit-elle en franchissant le seuil. Mais l'interrupteur est à l'étage. Ici, l'ampoule est fixée au plafond et il faut tirer une chaînette.

— Laissez-moi faire, déclara Carter en levant le bras.

Leurs mains se frôlèrent et Eve ne put s'empêcher de sursauter.

— Oh, désolé ! déclara Carter en baissant le bras.

Jamais Eve ne s'était sentie aussi nerveuse. Elle tira trop fort sur la chaînette qui se cassa au moment précis où la porte extérieure, à rappel automatique, se refermait, les plongeant dans l'obscurité.

— Flûte ! dit-elle. Voudriez-vous aller ouvrir la porte d'entrée, le temps pour moi de grimper l'escalier et d'allumer là-haut ? Je serais navrée que vous fassiez une chute, par ma faute.

— Ne vous faites aucun souci pour moi, Eve ! J'ai une vue de lynx.

— Dans ce cas, montons tout de suite.

Elle agrippa la rampe et se mit à grimper l'escalier, consciente que Carter se trouvait dans son dos, à quelques centimètres à peine de ses fesses. Elle humait le parfum de son après-rasage et percevait sa chaleur. Elle écouta sa respiration régulière et sentit son souffle tiède sur sa nuque... Soudain, ses sandales à talons hauts la firent trébucher et elle aurait fait une belle chute si Carter ne l'avait pas retenue au vol, par la taille.

— Désolée ! Je ne dois pas y voir aussi bien que vous, balbutia-t-elle.

Tout en rétablissant son équilibre, elle se serra contre le torse musclé de Carter, dont elle entendait battre le cœur.

— Ça va aller ? demanda-t-il.

Ces mots la bercèrent comme une musique langoureuse. Sans attendre la réponse de la jeune femme, et sans relâcher son étreinte, Carter la rejoignit sur l'étroite marche où elle se tenait.

— Nous sommes serrés ! observa-t-elle tandis que

les cuisses musclées de Carter se pressaient contre les siennes.

Dans la pénombre, elle scruta son visage et sut que lui aussi la regardait intensément. Il lâcha sa taille, caressa son épaule et prit son menton entre le pouce et l'index.

— Eve ?

— Hum…

Le châle glissa de ses épaules et tomba sur les marches. Sans y prêter attention, Carter posa un baiser sur le front de la jeune femme, puis sur ses yeux et son nez, s'arrêtant juste à l'orée de sa bouche entrouverte.

Elle respira plus fort.

— Oui, oh oui !

Elle se hissa sur la pointe des pieds et pressa ses lèvres contre celles de Carter. Ils s'embrassèrent avec volupté. C'était doux et fort, chaud et sensuel. Leurs bouches se séparèrent un instant, pour de nouveau se joindre, se prendre, soudées l'une à l'autre par le feu du désir. Du bout de la langue, Carter titilla la lèvre inférieure d'Eve, jusqu'à ce que la jeune femme gémisse.

Elle se pressa contre lui.

— Carter…, dit-elle en haletant.

— Oui ?

— Encore ! déclara-t-elle avec fougue.

Les doigts enfouis dans ses cheveux, elle l'attira à elle, toujours plus près. La pochette dans laquelle elle rangeait son rouge à lèvres et quelques menus objets tomba sur les marches. Carter la ramassa et la glissa dans sa poche. Puis il revint à l'assaut, bien décidé à aller plus loin. Pendant de longues minutes, sans jamais être rassasiés l'un de l'autre, ils échangèrent de nouveaux baisers, pressant leurs lèvres et leurs langues l'une contre l'autre dans de savants échanges.

Eve caressa ce front large, intelligent, ce visage sensuel et viril, plongeant une fois de plus avec volupté ses doigts dans les cheveux drus de l'inspecteur. Quant à Carter, il agrippa le dos, les reins et les fesses d'Eve, arrondissant ses mains autour de ces deux globes charnus, puis attirant la jeune femme tout contre lui, afin qu'elle sente à quel point il était émoustillé.

Dans un nouvel élan de désir, Eve enroula sa jambe autour de la cuisse de Carter et se serra plus fort contre son bas-ventre. Un feulement lui échappa. Tremblante, elle vrilla sa langue au fond de la bouche de l'inspecteur et se livra à de nouvelles caresses, ponctuées par les gémissements de Carter.

Il la saisit à bras-le-corps, la souleva et l'emporta dans un tourbillon sensuel jusqu'en haut de l'escalier. Quand ils eurent atteint le palier, Carter se pencha et embrassa Eve encore et encore, avant de se détacher d'elle à regret.

— La clé ? chuchota-t-il, sans prendre la peine d'allumer.

— Dans ma pochette, dit-elle.

Il lui tendit le petit sac de cuir. Dans la pénombre, il entendit le bruit du fermoir, puis un silence.

— Carter..., commença-t-elle d'une voix hésitante.

— Pas de promesses, je sais !

Elle prit une profonde inspiration.

— Puisque nous sommes d'accord...

Elle introduisit la clé dans la serrure mais, avant qu'elle ait pu ouvrir, Carter saisit son menton entre le pouce et l'index, puis l'embrassa sur la bouche avec une douceur fervente, comme s'il voulait lui signifier quelque chose d'important.

Mais quoi ? Eve n'aurait su le dire. Elle acheva d'ouvrir la porte, jeta sa pochette sur le guéridon de l'entrée, et se pendit au cou de l'inspecteur. Au diable ses promesses d'éviter les complications sentimentales et de mettre l'accent sur sa réussite professionnelle ! N'était-elle pas femme avant tout, avec des envies à combler ? Plus tard, elle aurait bien le temps de faire le point.

Ils entrèrent, toujours enlacés, dans l'appartement, Eve arrachant déjà la veste que portait Carter. Et lui, de son côté, tirant vers le bas la fermeture de sa robe.

— Eve ? C'est toi ?

Eve sursauta en entendant cette belle voix grave. La lumière jaillit et un homme, assis sur le canapé, les regarda en frottant ses yeux bleus gonflés de sommeil. Plutôt beau garçon, l'homme avait des cheveux noirs mi-longs, un minuscule diamant à l'oreille. Il était habillé d'un jean et d'un T-shirt à la mode.

— Tu n'es pas seule, Eve ? déclara-t-il d'une voix râpeuse et sexy.

Après avoir jaugé cet étranger d'un regard dur, Carter se tourna lentement vers la jeune femme.

— Enfin, Eve ! Voulez-vous me dire ce que cet individu fait chez vous, surtout aussi tard ?

L'homme se leva en étouffant un bâillement.

— Qui êtes-vous, mon vieux ?

Carter dépassait son rival d'une bonne tête. Avec un sentiment de supériorité, il se campa, mains dans les poches, face à cet inconnu. Etait-il jaloux ? Non. Plutôt ulcéré de voir son charmant tête-à-tête avec Eve compromis. Et peiné d'avoir été mené en bateau. Mais il mentait… En fait, il était jaloux, un sentiment qu'il aurait juré ne plus pouvoir éprouver.

— Calme-toi, Arty, déclara Eve. Carter est de la police.

L'homme aux yeux bleus regarda Eve d'un air dur.

— Depuis quand des flics habillés comme des barmen viennent squatter chez toi ? Et en pleine nuit, qui plus est !

Eve soupira.

— Carter Moran, je vous présente mon frère Arturo Cantoro, instituteur dans une classe maternelle expérimentale. Et toi, Arty, apprends que Carter et moi venons d'assister à une soirée officielle, ce qui explique son smoking.

Carter sentit son niveau de testostérone baisser d'un degré.

— Vous vous occupez d'enfants en difficulté ?

— Arty enseigne dans une des meilleures écoles alternatives de New York.

Carter approuva d'un signe de tête.

— Dans ce cas, bravo. C'est à l'école qu'on apprend à vivre en société.

Après un silence, Arty éclata de rire.

— Dire que, pour un peu, j'allais devoir remonter mes manches et vous mettre K.O.

Carter haussa un sourcil.

— Je ne pense pas que vous soyez de taille.

Eve roula des yeux furibonds.

— Oh, assez ! Pourquoi des hommes majeurs et vaccinés éprouvent-ils le besoin de se comporter comme des roquets ?

Arty sourit.

— Carter a raison de dire que je ne fais pas le poids face à lui, admit-il d'un ton conciliant. Au fait, cela me rappelle que je n'ai pas encore mangé, et que je meurs de faim.

Carter étouffa un grondement de son estomac.

— Et nous, nous sommes partis avant d'avoir dîné.

Arty jeta un regard entendu à sa sœur.

— Eve est la championne des spaghettis à la bolognaise. Au fait, ajouta-t-il à l'adresse de Carter, puis-je vous offrir une bière ?

Mais, avant que l'inspecteur ait pu répondre, Eve alla chercher une bouteille, un tire-bouchon et trois verres.

— Carter va se faire un plaisir de déboucher ce vin rouge, déclara-t-elle.

Tandis qu'elle se dirigeait vers la cuisine, Carter suivit des yeux le balancement de ses hanches. Il vit qu'elle s'était débarrassée de ses sandales. Que n'aurait-il donné pour la rejoindre dans la cuisine, l'asseoir sur le comptoir et embrasser ses chevilles et ses pieds nus ! Et encore, il n'énumérait pas les autres endroits éminemment désirables de son corps aux rondeurs provocantes.

Pendant que la jeune femme s'affairait, Carter déposa sur une table de bois massif la bouteille et les verres. Puis il jeta un coup d'œil sur l'appartement où Eve vivait. L'endroit, qui comportait un salon salle à manger et une chambre, était confortable et accueillant. Il remarqua des photos de famille sur les étagères de la bibliothèque et trouva l'ambiance de cet appartement à la fois décontractée et classique, exactement à l'image de la personnalité de la jeune femme.

Tout en débouchant la bouteille, Carter se tourna vers Arty.

— Eve et vous semblez très proches, dit-il.

Mains dans les poches, ce dernier s'approcha nonchalamment de la table.

— Ça n'a rien d'étonnant, vu les circonstances.

Carter versa le vin.

— Quelles circonstances ? demanda-t-il en tendant un verre à Arty.

Ce dernier goûta le vin en faisant claquer sa langue. Puis, en trois enjambées, il alla s'installer dans le canapé tandis que Carter choisissait l'une des chaises.

Arty hocha la tête.

— Nos parents sont morts quand j'étais adolescent, et c'est Eve qui nous a élevés, mes trois frères cadets et moi-même. Vous l'ignoriez ?

Carter jeta un coup d'œil en direction de la cuisine, où Eve s'affairait.

— Eve m'a dit qu'elle avait quatre frères plus jeunes qu'elle, sans plus.

— Cela fait déjà un certain temps que nos parents sont morts. Eve avait vingt et un ans. Elle a arrêté ses études pour travailler et prendre soin de nous. Je ne l'ai jamais entendue se plaindre.

Arty fit une pause et son visage s'éclaira.

— Parfois, il lui arrivait de se mettre dans des colères noires !

Carter avala une gorgée de vin et sourit.

— Des colères qui, j'en suis sûr, n'étaient jamais justifiées…

Arty plissa les yeux.

— Personnellement, je n'ai jamais causé d'ennuis à Eve, mais Danny la faisait tourner en bourrique, sans compter les frasques des jumeaux. Quand elle était vraiment furieuse, elle allait s'enfermer dans sa chambre. Elle refusait de sortir et elle nous laissait nous morfondre. On était terrorisés à l'idée qu'elle pourrait nous abandonner.

— Je comprends, dit Carter.

Il se souvint que, étant enfant, lui aussi allait se réfugier dans sa chambre. Etendu sur le lit, il contemplait le plafond en rêvant d'être un jour l'homme le plus riche du monde afin de pouvoir acheter un château fort. Tel un preux chevalier, il s'imaginait venant au secours de sa mère, l'arrachant à son père et l'emportant sur son destrier jusqu'au château, où elle n'aurait plus à faire le ménage, des domestiques se chargeant de tout.

Quand un jour il avait enfin osé parler à sa mère, celle-ci avait souri d'un air las, en lui répondant qu'elle ne voulait pas quitter son mari. Puis elle avait continué de passer l'aspirateur comme si de rien n'était ! Cela avait rendu Carter furieux, d'autant que, plus tard, alors qu'il était devenu riche, elle avait persisté dans son refus d'être aidée par lui.

Son père était mort d'un cancer du poumon — trop de cigarettes — et sa mère, qui souffrait de la maladie d'Alzheimer, vivait aujourd'hui dans une maison de retraite. Carter se disait parfois que cela valait mieux pour elle, mais le plus souvent, il se sentait coupable de ne pas avoir su lui venir en aide.

Après avoir avalé une gorgée de vin qui lui piqua un peu la gorge, Carter se tourna vers Arty.

— Merci de me faire ces confidences sur Eve.

Arty leva son verre.

— Vous vous connaissez depuis longtemps, Eve et vous ?

Carter prit le temps de réfléchir.

— Il me semble que vous vous sentez très concerné par la vie de votre sœur. Est-ce que je me trompe ?

— Les policiers ne sont pas tous des petits saints…

— A qui le dites vous ! répliqua Carter en s'adossant plus confortablement.

L'image du baiser brûlant que Eve et lui avaient échangé, sur les marches de l'escalier, revint le hanter, ranimant son désir.

— J'ai rencontré votre sœur à la suite de vols commis dans son magasin, répondit-il.

Arty abandonna son attitude nonchalante.

— Des vols ? Mais c'est grave !

— Oh, rien d'important n'a disparu, et il s'agit sans doute de blagues de mauvais goût, précisa Carter, désireux de ne pas affoler Arty.

— Rien d'important ? Et la vitrine brisée, alors ? J'ai bien vu, tout à l'heure, qu'on avait colmaté la brèche avec du contreplaqué !

— Du vandalisme aveugle. Simple malchance, qui s'est ajoutée au fait qu'on a volé des articles dans le magasin de votre sœur.

Carter était loin d'en être convaincu, mais il voulait tranquilliser Arty.

Eve entra dans la salle à manger en portant fièrement le plat de spaghettis.

— Tout va bien, les garçons ? Arty, tu serais gentil d'aller prendre les assiettes et les couverts dans la cuisine.

Arty posa son verre de vin et se leva.

— Vous voudrez bien m'excuser, dit-il à Carter. A la maison, c'était toujours moi qui mettais la table.

Carter se leva à son tour.

— Permettez que je vous aide ! dit-il à Eve, en s'emparant d'autorité du plat de spaghettis à la bolognaise.

— Oh, merci ! répondit-elle.

Leurs doigts se frôlèrent.

— Il serait impoli, je pense, de demander à Arty d'aller faire un tour dehors ? chuchota Carter à l'oreille de la jeune femme.

Cette voix de velours lui arracha des frissons. Plongée dans sa rêverie, elle sursauta en voyant revenir Arty, les bras chargés d'assiettes et de couverts.

— Pourquoi ne pas m'avoir parlé de ces vols au magasin ? demanda Arty à sa sœur.

Cette dernière prit un air innocent.

— Que veux-tu dire ?

— Carter m'a expliqué que tu avais été victime de plusieurs vols, sans compter ta vitrine brisée.

— Ah, je vois, dit-elle en jetant un coup d'œil à l'inspecteur qui venait d'ôter sa veste.

Avec ses manches de chemise retroussées et sa cravate desserrée, Carter était vraiment séduisant !

Elle regarda Arty et décida de changer de sujet.

— Raconte-moi plutôt comment tu as fait pour venir si vite à Grantham ?

— J'ai appelé le magasin, cet après-midi. Mélodie ne te l'a pas dit ?

Eve se sentit brusquement mal à l'aise en entendant son frère appeler son assistante par son prénom. Se connaissaient-ils mieux qu'elle ne l'imaginait ?

— Mélodie ne m'a rien dit à ce sujet. Dis-moi, Arty, qui est-elle exactement pour toi ?

— Que vas-tu t'imaginer ? protesta Arty. J'étais encore dans mon école maternelle de New York lorsque j'ai appelé. Mélodie a décroché et nous avons bavardé gentiment. Quand je lui ai annoncé que je pensais venir te voir aujourd'hui au lieu de demain, Mélodie m'a expliqué que tu n'aurais pas le temps de venir me chercher à la gare, parce que tu serais occupée. Et elle s'est proposée de venir à ta place.

Eve fronça les sourcils.

— Continue.

— Eh bien, elle m'attendait sur le quai, quand le train de 19 heures est arrivé à Grantham. Et après, elle m'a conduit ici et je suis entré dans ton appartement grâce à la clé que tu m'avais confiée auparavant.

Eve plissa les yeux.

— Il n'y a donc rien entre Mélodie et toi ?

Arty se raidit.

— Pour qui me prends-tu ?

— Pour un beau garçon jeune et ardent, capable de séduire une jeune fille naïve du New Jersey.

Arty se mit à rire, puis il quêta une explication du côté de Carter, qui haussa les épaules en signe d'ignorance.

— Voudrais-tu m'expliquer ce que les filles du New Jersey ont de particulier ? demanda Arty à sa sœur.

— Elles sont à la fois traditionnelles et modernes. Adeptes des barbecues en famille, à la bonne franquette, et capables de repérer un sac Hermès à un kilomètre.

— Ouf ! Maintenant je sais pourquoi je suis venu m'installer ici, déclara Carter, pince-sans-rire.

Eve le fusilla du regard.

— Mélodie est le type même de la fille du New Jersey, et ce que je viens de dire n'a rien de drôle.

Elle se tourna vers Arty.

— Tu as beau être mon frère, je me méfie de ton comportement envers les femmes et, a fortiori, envers les jeunes femmes… Alors, n'oublie pas que Mélodie est encore une gamine.

Arty fit la grimace.

— Je sais que Mélodie est encore très jeune. Inutile de te faire des idées !

Carter intervint.

— Arty s'occupe d'enfants en difficulté dans une école maternelle de Manhattan. Et je peux vous garantir que si les mères de ce quartier de New York ont confiance en votre frère, vous pouvez et devez en faire autant.

Eve hocha la tête.

— Vous avez raison. Allez, on oublie tout ça ! Excusez-moi, je suis un peu stressée, ces derniers temps. Bon, je vais chercher la salade !

Elle fut heureuse de trouver refuge dans la cuisine. Pourquoi avait-elle le sentiment de perdre ses repères ? C'était pour elle un soulagement d'être enfin libérée de ses responsabilités familiales, mais d'un autre côté, elle retombait vite dans les vieilles habitudes et n'avait pu s'empêcher de se mêler de la vie de son frère, comme si elle devait encore le surveiller de près pour l'empêcher de faire des bêtises.

Et s'il n'y avait que cela ! Alors qu'elle espérait pouvoir enfin se consacrer un peu à elle, il avait fallu qu'elle tombe amoureuse d'un bel inspecteur aux yeux verts et au sourire charmeur. Un homme qui sortait de l'ordinaire, prenant la peine d'enseigner le basket-ball à des gosses de la ville et se dévouant à la cause des femmes battues.

Même si elle n'avait jamais vraiment aimé un homme, Eve était sûre de faire la différence entre l'amour physique et l'amour tout court. Et si elle admettait ne pas pouvoir aimer d'emblée le presque inconnu qu'était Carter, elle devait bien admettre qu'elle le désirait à la folie. Que cela lui plaise ou non, elle éprouvait pour lui plus de désir qu'elle n'en avait jamais éprouvé pour quiconque.

Pendant des années, par respect pour ses frères, elle avait fait une croix sur sa vie sentimentale. Aujourd'hui, elle voulait rattraper le temps perdu !

Brusquement soulagée d'avoir fait le point, elle servit les spaghettis à la ronde. Carter frémit devant cette silhouette parfaitement moulée dans une longue robe noire. Une fois de plus, il constata l'absence de marques de lingerie sous la robe que portait Eve. Se pouvait-il que… Emoustillé, il se demanda quel type de petite culotte avait les préférences de cette jolie brune.

Après avoir rempli les assiettes, Eve remua la salade. Une mèche de ses cheveux voltigea sur son front, et Arty lui adressa une moquerie affectueuse, à laquelle elle répondit sur le même ton.

Eve apparut à Carter comme étant le noyau du clan Cantoro, où elle tenait toujours son rôle de grande sœur affectueuse concernée par ses responsabilités familiales. Il se demanda s'il n'y avait pas incompatibilité entre cette grande sœur rassurante et la jolie brune qui hantait son imagination.

Soudain, elle lui adressa un sourire éblouissant.

— Que diriez-vous d'un peu de salade ?

Deux minuscules fossettes marquaient les coins de sa bouche. Carter aurait été heureux de pouvoir les effleurer du bout de sa langue. Fasciné, il sentit sa virilité se durcir.

— Alors, salade ou pas salade ? insista-t-elle.

Elle se pencha un peu plus, et Carter vit le haut de sa robe se tendre sous le poids de ses seins.

— Eh bien… Oui, avec plaisir !

Heureusement qu'elle ne pouvait pas se rendre compte à quel point elle embrasait ses sens ! Quand Eve fit quelques pas à droite pour servir Arty, Carter vit que les mains blanches et fines de la jeune femme tremblaient légèrement, et il se réjouit de constater qu'elle était aussi troublée que lui.

Pendant le dîner, Carter se demanda qui, de lui ou d'Eve, était le plus ému. Plus tard, tout en sirotant son expresso, il prit le temps d'observer le frère d'Eve qui, en dépit de sa nonchalance de citadin, couvait sa sœur d'un œil ombrageux. La perspective pour Carter de passer une nuit d'amour avec la jeune femme semblait bien compromise !

Après avoir bu la dernière goutte de son expresso, l'inspecteur se leva en souriant.

— Je crois que le moment est venu pour moi de prendre congé.

Arty hocha la tête.

— Heureux d'avoir fait votre connaissance, répondit-il sans lâcher sa sœur du coin de l'œil.

Cette dernière se leva.

— Je vous raccompagne jusqu'à la porte, dit-elle à Carter.

Elle le regarda enfiler sa veste et constata, une fois de plus, que le vêtement épousait à la perfection son torse et ses épaules musclées. Comment Carter, avec son maigre salaire d'inspecteur, pouvait-il se payer une veste coupée sur mesure ? Puis elle s'intéressa au pantalon qu'il portait, et ne put s'empêcher d'avoir des idées troubles.

— Je peux vous aider à débarrasser la table, si vous voulez ? proposa poliment Carter.

Eve émergea de ses pensées.

— Merci, mais Arty s'en chargera.

Ce petit trublion s'en tirait encore à bon compte, après s'être imposé chez elle sans prévenir !

Quand sa main effleura celle de Carter, sur le bouton de la porte d'entrée, l'inspecteur lui adressa un large sourire. Une fois qu'ils furent sur le palier, ils s'immobilisèrent face à face et Eve ne put s'empêcher de se mordiller les lèvres.

— Je vais attendre que vous soyez arrivé en bas pour éteindre la lumière, dit-elle.

Carter l'embrassa chastement sur la joue.

— Vous me devez une partie de cartes !

Elle le regarda au fond des yeux.

— Ce sera pour la prochaine fois. Et je mettrai les bouchées doubles.

Pour toute réponse, Carter se pencha et l'embrassa fougueusement sur la bouche. Quand il reprit son souffle, elle le regarda avec des yeux brillants.

— Hum… Cela devrait m'aider à m'endormir.

— Vous avez de la chance ! Moi, je ne vais pas fermer l'œil de la nuit.

Elle posa sa main sur son bras, puis elle respira son odeur d'homme, si troublante.

— Vous travaillez, demain ? demanda-t-elle.

— En principe, je suis occupé.

— Quel dommage !

— Nous pourrions peut-être nous voir dans la journée, dit-il en s'écartant très légèrement, pour masquer son trouble.

Mais, l'instant d'après, il se rapprocha et l'enlaça de toutes ses forces. Elle posa sa tête contre son torse qui irradiait une douce chaleur, et tous deux se regardèrent avec une expression de bonheur dans les yeux.

— A demain, ma belle ! Et attendez-vous à me voir surgir à l'improviste, dit Carter.

Il embrassa Eve sur le front, descendit trois marches, ramassa le châle qui était tombé tout à l'heure, et remonta le rendre à Eve.

Puis il dévala l'escalier sans se retourner.

- 9 -

La Parade des anciens étudiants de l'université de Grantham était partie comme prévu à 10 heures du centre-ville. Les participants devaient emprunter la rue principale et se diriger ensuite vers le campus de l'université pour la remise des diplômes et la suite des festivités.

Eve était aux premières loges pour assister au spectacle, puisque le défilé passait devant son magasin.

Confortablement installée sur une chaise pliante, elle dégustait un expresso que son frère Arty s'était donné la peine d'aller chercher pour elle à Bean World, le meilleur café de la ville. Finalement, un frère tel que lui pouvait être une bénédiction, même s'il bouleversait sa vie privée et sexuelle…

Dans la matinée, le vitrier était venu changer sa vitrine et Eve se réjouit d'avoir un souci de moins à se faire. Détendue, le visage baigné de soleil, elle regardait passer le défilé en écoutant les commentaires de Mélodie qui était assise à côté d'elle. Mélodie connaissait sur le bout des doigts toutes les coutumes locales.

— Comment se fait-il que vous en sachiez autant sur la Parade, alors que vous n'avez jamais été inscrite à l'université de Grantham ? demanda Eve.

— Il s'agit d'une des plus anciennes traditions de Grantham. Pour les gens d'ici, la Parade est l'équivalent des vitrines de Noël des grands magasins de New York !

Eve retint un soupir qui aurait trahi son ennui et se contenta de croiser les bras sur sa poitrine tout en jouant, du bout du pied, avec l'une de ses tongs décorées d'un camélia écarlate. Il lui vint à l'esprit qu'elle pourrait peindre les ongles de ses orteils dans des couleurs assorties. Au moins, même si elle n'était pas native de Grantham, avait-elle gardé le sens de l'humour !

Rassérénée, elle avala une nouvelle gorgée de café et reporta son attention sur le défilé des anciens étudiants de la prestigieuse université.

Arty se pencha à son oreille.

— C'est gentil de m'avoir invité.

— Je ne t'ai pas invité, rectifia Eve impulsivement.

Sans vouloir froisser son frère, elle devait bien reconnaître que sa présence avait compromis la soirée d'hier. Comment oublier l'allure sexy de Carter, sa démarche à la fois virile et élastique quand il descendait les escaliers ? Et ses cheveux cuivrés formant comme une frange sur le col de sa veste noire ! Avant de pousser la porte, il s'était retourné pour lui adresser un dernier regard. L'éclat de ses yeux verts, ses lèvres entrouvertes trahissaient le désir qu'il éprouvait pour elle.

Quand la porte s'était refermée, Eve en avait eu le cœur serré. Depuis, son cœur s'emballait quand elle pensait à Carter.

Elle but une nouvelle gorgée de café et regarda le juge Jorgensen défiler dans une voiture de golf électrique, en hommage à la promotion de 1931 dont il était le dernier représentant.

Les groupes de participants se succédèrent, chacun rendant hommage à une nouvelle année universitaire. Extravagants ou démodés, les costumes de chaque promotion illustraient un thème précis.

Arty ouvrit des yeux ronds.

— D'où sortent-ils ces accoutrements ? demanda-t-il à Mélodie.

Pour la promotion 1942, les participants s'étaient déguisés en garçons coiffeurs vocalistes — si populaires dans l'Amérique d'alors — et tous portaient la veste rouge et le pantalon blanc de rigueur.

Mélodie adressa un grand sourire à Arty.

— Oui, au début, cela surprend un peu ! En s'habillant tous avec le même costume, les membres d'une promotion montrent qu'ils acceptent de perpétuer les traditions.

Eve ne put se retenir d'intervenir.

— Quelles traditions ? Celles de l'argent ou celles du mauvais goût ?

Elle se tut en voyant défiler Lynne et Bitzi Butterfield

au sein de la promotion 1943. Lynne tenait son jeune fils par la main. L'enfant était vêtu d'un polo rouge auquel était attaché un ballon de la même couleur. Eve constata que Bitzi, vraiment très engagée, arborait un large bandeau rouge dans sa chevelure grise. Tout en avançant, la vieille dame parlait avec Lionel Haversmith. Ce dernier, reconnaissant Eve dans la foule des spectateurs, lui adressa un salut amical auquel elle répondit en brandissant sa tasse de café.

Lynne, qui avait surpris son geste, ne put s'empêcher de rire en lui adressant à son tour un signe de la main. Quant à Bitzi, elle se détourna avec dédain et s'empressa d'accaparer de nouveau l'attention de Lionel Haversmith.

Eve prit Mélodie à témoin.

— Je ne comprends pas. Autrefois, l'université de Grantham était réservée aux hommes ! Et pourtant, j'ai bien vu défiler Lynne et Bitzi ?

— La famille et les proches des anciens diplômés de Grantham ont le droit de défiler, expliqua doctement Mélodie.

Avec un hochement de tête, Eve en déduisit que le mari de Bitzi avait dû appartenir à la promotion 1943.

Arty se pencha vers Eve.

— Qui est cette jolie fille, celle qui tient un petit garçon par la main ? Elle est vraiment bien balancée…

— Elle s'appelle Lynne et s'occupe d'une association caritative, à Grantham.

Captivé, Arty chercha Lynne des yeux. Celle-ci, ses

cheveux voltigeant autour de son visage à cause du vent, se retourna brusquement et regarda à son tour vers Eve et son frère, avant de poursuivre sa marche.

— Mariée ? demanda Arty.

— Non, divorcée, répondit Eve en fronçant les sourcils. Pourquoi, elle t'intéresse ?

— En tout cas, elle est bien.

Il n'en dit pas plus, et Eve n'insista pas. Peut-être, après tout, finirait-elle par apprendre à se mêler de sa vie à elle, sans chercher à contrôler celles de ses frères ?

Un quart d'heure plus tard, Arty poussa une exclamation.

— Regardez ! On dirait bien que Carter défile à son tour !

Et il pointa son doigt en direction des participants de la promotion 1991, tous vêtus de kimonos rouges et blancs.

Eve scruta les visages des participants et repéra Simone et de Ted marchant en compagnie d'un Carter hilare. Ce dernier était secoué par un fou rire et sa tête oscillait de droite à gauche. Eve sentit son pouls s'accélérer. Comme elle était heureuse de le revoir. De revoir son… oui, son homme ! Cet homme qui — elle l'admettait enfin — avait le pouvoir de la faire fantasmer.

Les sens en émoi, elle se leva et lui adressa un salut.

Carter la vit et se tourna dans sa direction. Ses yeux

pétillaient de gaieté. Il dit quelques mots à Ted et à Simone, et ces derniers adressèrent à leur tour un grand salut à Eve. Simone agita son bras avec enthousiasme puis, après avoir échangé quelques paroles avec Carter, regarda Eve plus attentivement et hocha la tête d'un air entendu.

La mine réjouie, Carter quitta la Parade pour venir rejoindre Eve.

— Hum… J'adore vos tongs ! dit-il en regardant les pieds de la jeune femme.

Puis, relevant la tête, il ajouta :

— Et leur propriétaire n'est pas mal non plus…

Elle l'examina avec curiosité.

— Je ne me doutais pas que vous participeriez à la Parade.

Carter se tourna vers ceux qui défilaient et hocha la tête.

— Je ne m'en doutais pas non plus. Disons que je me suis laissé forcer la main.

— Simone ?

— Simone.

Ils se regardèrent longuement en souriant.

— Laissez-moi vous admirer ! dit Eve.

A regret, Carter pivota sur lui-même.

— Eh bien ? demanda-t-il, les bras écartés.

Retenue sommairement par une ceinture de coton, sa veste de coton rouge s'entrouvrit et elle eut le temps d'admirer son torse nu couvert d'une toison brune.

— C'est une nouvelle facette de vous que je découvre !

commenta-t-elle. Et si je n'ai jamais été fanatique des films de kung-fu, je crois que vous allez me donner le virus…

Carter vint plus près d'Eve et posa ses mains sur ses hanches. En sentant ses paumes chaudes effleurer le fin tissu de sa tunique, elle eut l'impression de recevoir une décharge électrique. Pour se donner une contenance, elle jeta un coup d'œil à Arty et à Mélodie qui les regardaient, assis sur leurs pliants respectifs.

— Hello ! dit Mélodie en adressant un salut de la main à Carter.

Elle avait peint ses ongles en rouge vif, et Eve en conclut que c'était pour faire honneur à la promotion 91 à laquelle appartenait Carter.

— Hello ! répondit Carter. Vous ne voyez pas d'inconvénient à ce que je vous tienne compagnie ?

— Pas du tout, répondit Arty en se levant pour lui offrir sa chaise.

Carter refusa d'un geste.

— Ne vous donnez pas tant de mal. Eve et moi, nous sommes du genre « une place pour deux ».

Il s'assit sur la chaise qu'occupait Eve précédemment et leva les yeux vers la jeune femme.

— A votre tour !

Quand elle fut installée sur ses genoux, Carter bougea un peu pour répartir leur poids sur les sangles de la chaise. Elle sentit la chaleur de son ventre contre ses reins et croisa les doigts avec nervosité.

— Vous savez ce que vont penser les autres de nous ? chuchota-t-elle à son oreille.

— Ils penseront que notre liaison est suffisamment sérieuse pour que vous ne soyez pas gênée de poser vos fesses sur mes genoux.

Rêvait-elle, ou bien Carter avait-il parlé d'une liaison ? Le cœur battant, elle chercha à s'asseoir plus confortablement, et c'est à ce moment qu'elle sentit à quel point la virilité de l'inspecteur s'était éveillée, ce qui flatta sa féminité.

— Vous êtes sûr que je ne vous écrase pas trop ? demanda-t-elle avec une feinte innocence.

Il se pencha à son oreille.

— Si vous ne cessez pas immédiatement vos contorsions, je risque une crise cardiaque.

Elle lécha sa lèvre d'un air gourmand.

— Au moins, je vous fais de l'effet !

Carter embrassa discrètement l'oreille de la jeune femme et glissa une main sous la tunique qu'elle portait. Il caressa son dos et le haut de ses fesses, là où le pantalon bâillait un peu, tout en surveillant Arty du coin de l'œil. De sa place, ce dernier ne pouvait pas voir ce qui se tramait, et c'était tant mieux ! Si Carter était téméraire, il savait aussi jusqu'où il pouvait aller.

De son côté, Eve pria pour que Mélodie ne les surprenne pas en flagrant délit de caresses. Elle avait toutes les raisons de se sentir embarrassée mais, à son étonnement, elle se sentit surtout émoustillée. Peut-être avait-elle un côté exhibitionniste ?

— Alors, cette Parade ne vous déçoit pas trop ? demanda Carter à Arty.

Le frère d'Eve réfléchit.

— C'est encore bien plus curieux que je ne l'imaginais ! Désormais, je regarderai d'un autre œil les traditions de ces grandes universités de Nouvelle-Angleterre. Moi qui croyais qu'il s'agissait d'un folklore désuet, je me rends compte que ce type d'éducation supérieure porte ses fruits.

Il pointa un doigt sur la tenue de Carter.

— Quelqu'un capable de défiler ainsi en public, sans être gêné, saura se tirer d'affaire n'importe où !

— Ce n'est pas faux, répondit Carter en riant.

Arty se leva et regarda en direction du campus de l'université de Grantham où des auvents et un grand buffet étaient dressés pour accueillir les participants.

— J'ai bien envie d'aller faire un tour là-bas, dit-il.

Eve était prête à parier que son frère irait traîner du côté de la promotion 1943. Tout à l'heure, ne lui avait-il pas posé des questions sur Lynne Butterfield ? Et Eve connaissait trop bien Arty pour se tromper.

Elle s'apprêtait à lui faire une remarque mais se retint à temps. Elle était heureuse qu'il fasse sa route tout seul. Et fière de ne plus se mêler de sa vie.

— A tout à l'heure, lui cria-t-elle, tandis qu'il s'éloignait en direction du campus et que le défilé se poursuivait dans la rue principale.

Carter passa un bras autour des épaules d'Eve et

posa sa main sur les siennes. Il effleura son poignet avec le pouce et, si Eve avait été un chat, elle se serait mise à ronronner sur-le-champ. En fait, elle était *déjà* en train de ronronner !

Soudain, Mélodie poussa une exclamation.

— Regardez ces étudiants, là-bas, en tête de cortège. Je suis sûre qu'ils portent nos culottes volées !

La voix stridente de Mélodie tira Eve de ses pensées. Elle regarda passer la promotion de l'année en cours avec, en tête, cinq étudiants hilares affublés de culottes de dentelle rouges. Les cinq garçons vêtus de bustiers rouges se pavanaient en tentant d'imiter des danseuses de french cancan.

Elle n'en revenait pas.

— Ils ont l'air si jeunes ! dit-elle à Carter.

Et elle ne put s'empêcher de penser à ses deux plus jeunes frères coutumiers de blagues stupides.

Carter prit un air pincé.

— L'âge n'est pas une excuse. Ces garçons sont responsables de leurs actes.

Eve se sentit mal à l'aise.

— Oui, bien sûr. S'il est démontré que ce sont bien eux qui ont volé ces culottes, ils devront faire amende honorable.

— Démontré ? répéta Carter en élevant la voix. Mais que vous faut-il de plus ? Ils sont pris la main dans le sac ! Et n'oubliez pas votre vitrine brisée.

Eve eut un geste d'apaisement.

— Mon assurance a accepté de rembourser les dégâts. Et le vitrier est passé réparer ce matin.

— Eve, s'énerva Carter, est-ce vous, oui ou non, qui avez appelé la police, l'autre jour, pour déclarer plusieurs vols commis dans votre magasin ?

Elle parut ennuyée.

— Oui, je sais ! Mais alors, je n'avais aucune idée de ce qui était en train de se passer.

Tout en regardant défiler le groupe d'étudiants turbulents, elle ne put s'empêcher de faire la grimace.

— Ecoutez, poursuivit-elle, si vous les arrêtez, ils risquent d'être privés de leur diplôme.

— Eh bien, ils auraient mieux fait d'y penser avant de dévaliser votre magasin, rétorqua Carter d'un ton sinistre.

— Allons, Carter ! Ces étudiants ne sont pas très futés, voilà tout.

— D'après vous, quand on n'est pas très futé, on peut faire n'importe quoi ?

— Si je ne m'abuse, rétorqua-t-elle en montrant du doigt la tenue que portait l'inspecteur, ces étudiants ne sont pas les seuls, aujourd'hui, à « faire n'importe quoi ».

— Vraiment ? répondit Carter d'un ton pincé.

— Voyons, il s'agit de quelques culottes de soie, alors ne soyez pas trop sévère, Carter ! Ces étudiants auront bien le temps de constater que la vie n'est pas une partie de plaisir. Ils méritent un sursis.

Elle posa sa main sur le torse de l'inspecteur.

— C'est moi qui vous demande d'être indulgent, reprit-elle en regardant Carter dans les yeux.

La bouche pincée, ce dernier détourna la tête et Eve comprit qu'il la désapprouvait complètement. Enfin, après de longues secondes, il daigna poser les yeux sur elle.

— Je crois que chacun est responsable et comptable de ses actes, martela-t-il.

— Vous ne croyez pas au pardon ? demanda-t-elle d'une voix douce.

— Je suis un inspecteur, Eve, pas un prêtre chargé de la rédemption des âmes.

Son ton sec la gêna profondément. Elle décelait dans sa réponse une dureté de cœur qu'elle ne soupçonnait pas chez lui. Désormais, elle ferait preuve de prudence dans ses sentiments à son égard. Sans compter qu'elle se demandait avec angoisse ce que Carter allait infliger comme châtiment aux boute-en-train qui avaient dérobé les culottes !

Dans le fond, savait-elle vraiment où elle s'aventurait, avec un homme tel que lui ?

— Personne ne vous demande de donner l'absolution à ces étudiants, déclara-t-elle fermement, mais écoutez au moins ce qu'ils auront à dire. Pour ma part, je ne veux pas porter plainte contre eux.

Carter prit une profonde inspiration.

— O.K., mais vous avez tort et je désapprouve votre attitude. Si vous refusez de porter plainte, je ne peux pas les traîner par la peau du dos au commissariat afin de les interroger comme ils le méritent. Mais ils ne perdent rien pour attendre, et je les entendrai quand même individuellement.

Et il se leva, en même temps qu'Eve.

Alors qu'il se dirigeait d'un pas rapide vers la tête du cortège, Carter ralentit soudain l'allure et se tourna vers la jeune femme.

— Ne croyez pas que je vous délaisse, Eve. D'ailleurs, je n'en ai pas pour longtemps et je serai bientôt de retour.

Elle hocha la tête, presque heureuse de bénéficier d'un répit. Cet homme lui avait montré une facette de sa personnalité qu'elle ne soupçonnait pas. Comment pouvait-on être aussi inflexible ? Avoir le cœur aussi dur ? Elle ne savait vraiment plus quoi penser de l'inspecteur Carter Moran.

— Je ne sais pas si c'est une bonne idée de mélanger travail et plaisir, dit-elle.

L'inspecteur parut déconcerté.

— Je ne mélange rien du tout. Le travail d'abord et le plaisir ensuite. Parole de Carter !

Et il lui adressa un grand sourire.

Comme elle aimait son sourire ! Rien que pour cela, Eve voulait qu'il revienne, et le plus vite possible.

— Dans ce cas, je vous prends au mot, répondit-elle.

*
* *

Quand Carter revint au magasin, peu après midi, Eve mettait de l'ordre dans les rayons avec l'aide de Mélodie. Depuis que l'inspecteur était parti, elle n'avait pu s'empêcher de compter les minutes. Elle était heureuse de le revoir et remarqua qu'il avait troqué sa veste rouge contre un T-shirt noir délavé.

Après lui avoir fait signe de la suivre au fond du magasin, là où ils pourraient parler en toute discrétion, elle s'arrêta devant une rangée de combinaisons accrochées à des cintres.

— Alors, demanda-t-elle en le regardant en face, avez-vous arrêté nos chenapans ?

L'inspecteur hocha la tête.

— Ça n'a pas été très difficile.

Elle croisa les bras sur sa poitrine.

— Ont-ils admis avoir volé ces culottes en dentelle ?

— Oui, même s'il m'a fallu les pousser un peu pour obtenir des aveux. Ils se sont décidés à reconnaître les faits en apprenant que vous ne porteriez pas plainte.

— Bon, au moins nous sommes fixés ! approuva Eve.

Carter eut l'air contrarié.

— Ces trublions voulaient se distinguer, le jour de la Parade, et ils ont eu l'idée de voler ces culottes extravagantes. Vraiment, quel comportement puéril pour des étudiants !

Eve soupira.

— Et ma vitrine ?

— L'un des étudiants a reconnu avoir dérobé l'une des culottes, le soir où votre vitrine a été brisée. Mais, d'après lui, la devanture était déjà en morceaux quand il a commis son vol.

Carter fouilla sa poche et en tira une liasse de billets.

— Tenez, c'est pour vous.

Eve regarda avec surprise les billets neufs de vingt dollars.

— Mais, en quel honneur ?

— J'ai traîné ces petits messieurs jusqu'au distributeur de billets le plus proche, et je les ai obligés à retirer de quoi payer les culottes qu'ils vous ont volées.

— Ce n'était pas nécessaire, protesta Eve. Voyons, Carter, et s'ils n'avaient pas eu les moyens de retirer cet argent ?

— Ils auraient mieux fait d'y réfléchir avant de voler !

De nouveau, ce ton sec, sans réplique.

— O.K., admit la jeune femme, mais vous auriez pu vous éviter tout ce mal, par exemple en leur demandant de rédiger un chèque.

— Et prendre le risque que leur compte ne soit pas approvisionné ?

Elle parut décontenancée.

— Vous avez vraiment une vision pessimiste de l'espèce humaine, Carter.

— Eve, je suis flic !

Ce ton, de nouveau.

Elle se mit en colère.

— Alors, parce que vous en avez tellement vu, vous ne faites plus confiance à personne ?

Comme il ne répondait pas, Eve prit la mesure de ce que signifiait son silence.

— Personne, vraiment ? insista-t-elle.

Carter fronça les sourcils.

— Eve, répondit-il sur un ton proche de l'exaspération.

Alors qu'elle aurait dû se sentir soulagée, elle fut déçue. Enfin ! Elle n'allait pas prendre le risque de voir leur conversation dégénérer, d'autant qu'elle avait terriblement envie de Carter Moran.

— Donc, nous sommes d'accord pour classer l'affaire ? insista-t-elle tout en vérifiant la disposition des cintres sur leur tringle.

Machinalement, elle rajusta les bretelles d'une combinaison noire en dentelle particulièrement suggestive.

Les yeux braqués sur la combinaison, Carter laissa vagabonder ses pensées avant de revenir à la réalité. Classer le dossier lui parut prématuré, d'autant qu'il restait à découvrir le nom du vandale qui avait brisé la devanture du magasin. Et Bitzi ? Quel rôle jouait-elle dans cette affaire ? Perfectionniste, Carter aurait souhaité trouver les réponses à ces questions, mais si Eve n'avait pas l'intention de porter plainte, pourquoi, après tout, s'entêterait-il ? Et puis, s'il renonçait à poursuivre ces jeunes, il pourrait avoir une liaison avec

Eve sans se sentir coupable de mélanger sa fonction de policier et sa vie privée.

— Eh bien ? demanda-t-elle.

— Si vous voulez qu'on en reste là, en ce qui concerne les culottes volées, c'est entendu, répondit-il.

Il lui adressa un regard où brillait du désir, mais Eve ne put s'empêcher d'hésiter car quelque chose la retenait d'aller plus loin avec l'inspecteur. Et puis, une petite voix intérieure lui souffla que, si elle attendait un signe du ciel pour se décider à agir, elle risquait d'avoir des cheveux blancs avant d'avoir la réponse.

Elle admit une fois pour toutes que Carter lui plaisait, et qu'elle le voulait tout à elle, et tout de suite.

— Accordez-moi quelques minutes, le temps de ranger ces combinaisons, dit-elle en se baissant pour ramasser celle qui venait de glisser de son cintre.

— Et si vous remettiez le rangement à plus tard ? suggéra Carter.

Elle sentit son cœur battre plus vite.

— Vous croyez ?

— Oui, je crois…

Abandonnant la combinaison sur la moquette, elle se redressa, la gorge serrée.

— Je demande à Mélodie de s'occuper du magasin ?

— Excellente idée !

Eve alla jusqu'au comptoir et prit les clés de son appartement dans le tiroir. Puis elle se tourna vers

Mélodie et lui tendit la liasse de billets que Carter lui avait remis.

— Mettez ça dans la caisse. C'est l'argent des culottes de dentelle, expliqua-t-elle à son assistante.

Après un bref moment de surprise, Mélodie jeta un coup d'œil à Carter qui attendait, un peu plus loin, puis elle hocha la tête. Eve faillit ajouter quelque chose, mais préféra aller rejoindre Carter.

— Après vous, déclara ce dernier d'un ton galant.

Eve ouvrit la marche en faisant tinter les clés qu'elle tenait à la main. Une fois arrivée au fond du magasin, alors qu'elle déverrouillait la porte donnant sur l'escalier conduisant à son appartement, elle fronça les sourcils.

— J'avais complètement oublié Arty !

— Je l'ai vu tout à l'heure, près des tentes dressées sur le campus. Et il m'a chargé de vous dire qu'il serait occupé tout l'après-midi, et peut-être même ce soir.

Après avoir approuvé d'un hochement de tête, Eve s'engagea dans l'escalier.

— Quand vous l'avez vu, il se trouvait en compagnie de Lynne Butterfield ?

— Non, il jouait avec son fils de huit ans. Et d'après ce que j'ai pu surprendre de leur conversation, ils parlaient d'agents secrets et semblaient sur la même longueur d'onde.

Eve sourit. Arty s'entendait à merveille avec les enfants. Et aussi, parfois, avec les mères célibataires…

Peu après, elle ouvrit sa porte et fit entrer Carter chez elle.

— Si vous n'avez rien mangé à midi, vous devez mourir de faim. Mais j'ai sûrement des pâtes dans mes placards ! Mon côté italien…

Pour une fois, elle aurait volontiers troqué ses réserves de nourriture pour un peu d'assurance, tant ses nerfs prenaient le dessus. Ses nerfs et ses sens.

Elle erra dans la cuisine, laissant tomber ses clés sur le comptoir, ouvrant et fermant des portes de placard.

— Ecoutez, si vous avez un peu de beurre de cacahouète, cela m'irait très bien, déclara Carter.

— Bien sûr !

Elle prit un pot sur l'une des étagères et, soudain, elle sentit la présence de Carter, dans son dos.

— Etes-vous autant affamée que je le suis ? chuchota-t-il à son oreille.

De saisissement, elle faillit laisser tomber le pot de beurre de cacahouète. Carter n'avait plus sa voix de policier sèche et métallique, mais un ton caressant qui l'émut.

Elle se retourna et fut face à lui, ses cuisses frottant celles de l'inspecteur, ses seins se pressant contre son torse au point qu'elle les sentit durcir.

— Etes-vous affamée comme je le suis ? insista Carter en se pressant contre elle, son ventre épousant les oscillations des hanches de la jeune femme.

Elle sentit sa virilité enfler contre son ventre.

Constatant que Eve ne lui répondait pas, Carter entreprit d'ouvrir le pot de beurre de cacahouète. Il en mit un peu sur le bout de son doigt et, sans cesser de regarder la jeune femme au fond des yeux, il approcha son doigt de sa bouche.

— Fais-moi plaisir, goûte ! déclara Carter d'une voix douce, en tutoyant la jeune femme pour la première fois.

Elle ouvrit la bouche et accueillit l'offrande de ce doigt enduit d'une crème épaisse. Comme c'était bon et voluptueux à lécher ! Quand Carter retira lentement son doigt, elle ressentit une violente frustration et darda sa langue pour recueillir encore un peu de cette crème onctueuse sur l'index de l'inspecteur.

— Hum… Délicieux ! dit-elle.

— Regarde, il en reste encore un peu, déclara Carter en agitant son index. En veux-tu ?

Elle fit signe que oui et il approcha le doigt de ses lèvres. Dardant sa langue hors de sa bouche, elle lécha toute la longueur du doigt, puis elle enroula sa langue depuis la base jusqu'à l'extrémité de ce doigt. En soupirant, Carter se pressa plus fort contre elle.

— Je n'en peux plus ! dit-il.

Il embrassa Eve de toutes ses forces, goûtant avec délice la chaleur de sa bouche. Soudain, il eut un geste maladroit et le bocal de beurre de cacahouète tomba sur le linoléum, mais il ne s'en soucia pas.

Haletant, il serra le visage d'Eve entre ses mains, huma son parfum, son odeur, son haleine, tout ce qui faisait qu'elle était unique à ses yeux. Il la voulait à lui, tout entière, il voulait s'approprier chaque fibre de cette femme, chaque molécule de son être. Sachant qu'il ne pourrait jamais être rassasié, il se rattrapa en pétrissant avec fièvre ses hanches généreuses, ses seins, son ventre et ses fesses.

Eve gémit et se serra plus fort contre Carter. Elle secouait la tête d'un côté et de l'autre, pour mieux l'embrasser, pour découvrir de nouvelles façons d'unir leurs lèvres et leurs langues. Elle aussi languissait de découvrir toutes les facettes de cet homme. Elle canalisa son énergie en une nouvelle série de baisers sur sa mâchoire carrée, son menton, son cou, sans parvenir à combler cette envie qu'elle avait de lui.

Sous son pantalon, Carter sentit pulser sa virilité. Enserrant Eve toujours plus, il vit ses yeux briller de désir, et il aima sa bouche qui n'avait jamais été aussi pulpeuse. Glissant ses mains sous la tunique qu'elle portait, il referma les doigts sur ses hanches et sa taille.

En sentant ces mains d'homme sur sa peau nue, Eve, le souffle court, se mit à haleter. N'avait-elle pas attendu ce moment avec impatience ? Elle ferma les yeux quand les mains de Carter frôlèrent ses seins et elle pria pour qu'il ait la bonne idée de la caresser toujours plus haut.

Comme s'il lisait dans ses pensées, Carter effleura du bout des doigts l'extrémité de ses seins.

— Lève les bras, demanda-t-il soudain, d'une voix sensuelle qui fit frémir Eve.

Elle obéit avec un déhanchement lascif. Alors, après s'être saisi des bords de la tunique qu'elle portait, il tira vers le haut et déshabilla lentement la jeune femme.

- 10 -

Après avoir débarrassé Eve de sa tunique, Carter put admirer dans toute leur splendeur ses seins magnifiques qui emplissaient un soutien-gorge transparent. Les pointes roses des bourgeons s'imprimaient en relief dans ce tissu étiré par la pression des deux globes laiteux.

— Tu es si belle ! dit-il avec sincérité.

Il arrondit les doigts autour de chacun des seins et, à travers le tulle, il effleura les mamelons en partant de la périphérie et en allant vers le centre. Le contact du tissu sur ses doigts rendait la caresse encore plus sensuelle.

— Tu aimes ce que je fais ? demanda-t-il en souriant.

Eve gémit tandis que ses bourgeons roses durcissaient un peu plus. Elle retint son souffle quand Carter titilla des pouces ses pointes ultrasensibles, d'avant en arrière et d'arrière en avant, en un va-et-vient lascif. Puis l'inspecteur pinça les extrémités charnues des seins entre le pouce et l'index, et Eve laissa échapper une nouvelle plainte.

— Inutile que je te pose la question, reprit Carter en pressant les seins entre ses doigts afin de les faire saillir un peu plus.

Il examina le soutien-gorge.

— Comme c'est pratique ! L'agrafe est devant.

— Hum… Je suis du genre efficace, répondit-elle en sentant le désir l'envahir.

Et si elle se mettait à perdre complètement la tête ? Ce serait une catastrophe, bien sûr, et pourtant, de sa vie entière, jamais elle n'avait ressenti un tel bonheur.

— Tu es bien plus qu'une femme efficace…, rétorqua Carter en dégrafant le soutien-gorge.

Deux magnifiques globes d'albâtre jaillirent hors des bonnets et il resta bouche bée.

D'un mouvement d'épaule, Eve se débarrassa du soutien-gorge. Avait-elle tort d'aller si loin, si vite ? Elle décida que ses scrupules étaient sans objet. Seule comptait cette délicieuse sensation que lui procuraient le contact des mains de Carter sur sa peau nue et cette façon sensuelle qu'il avait de soupeser et de caresser ses seins. Quand il embrassa sa poitrine, alors elle oublia le reste.

— Toi aussi, tu es efficace, quand il s'agit de caresses ! dit-elle, un peu haletante.

Carter posa sa langue sur le pourtour d'un des mamelons, et entreprit de le lécher en mouvements circulaires, puis il happa l'extrémité du sein entre ses lèvres et le suça doucement avant de déposer un baiser sur la pointe durcie.

— Efficace et persévérant, déclara-t-il d'une voix rauque.

Sans attendre sa réponse, il infligea à l'autre mamelon la même délicieuse torture.

— Je dirais que tu bats tous les records ! déclara Eve en s'efforçant de maîtriser les battements de son cœur.

Et elle ajouta :

— A mon avis, tu as dû souvent t'entraîner…

Carter embrassa son épaule et l'arrière de son oreille, là où la peau était tiède et tendre. Puis il posa sa bouche tout près de celle de la jeune femme.

— Disons que tu m'inspires ! répondit-il avec sincérité.

Il prit ses lèvres dans un long, très long et très intense baiser. C'était à se demander comment ses sens avaient pu patienter jusqu'à aujourd'hui. En tout cas, il avait le sentiment que tout s'accélérait à la vitesse de l'éclair, et que ce qu'il éprouvait en ce moment précis il ne l'avait jamais ressenti auparavant. En fait, il avait l'impression d'accéder à une dimension où l'amour se déclinait à la puissance dix. Ebloui, Carter découvrit l'ivresse des senteurs et des parfums de cette femme, l'émotion que les sonorités de la voix d'Eve faisaient naître en lui et, bien sûr, toute sa beauté et son charme de brune qui lui faisaient penser à un tableau fauviste.

Sans chercher à analyser par le menu ce qu'il vivait,

Carter sut qu'il était en train d'absorber en lui la prodigieuse sensualité que dégageait Eve. Et, tout en se livrant à Carter, la jeune femme eut l'impression que son corps subissait une étrange alchimie : ses bras et ses jambes tremblaient, son regard se voilait, ses sens étaient comme dévorés par des flammes ardentes. Mais cette souffrance restait euphorisante car elle était contrebalancée par un sentiment croissant de volupté.

Cette force qui la submergeait était tellement violente que ses mâchoires l'élancèrent. Elle eut l'impression de manquer d'air et ouvrit la bouche pour inspirer avant de comprendre que si elle était en manque, c'était de Carter et de ses baisers, et non d'oxygène.

Après avoir retiré d'un geste vif le T-shirt qu'il portait, elle admira son torse musclé couvert d'une toison brune qui disparaissait sous la ceinture du pantalon. Elle aima ses épaules larges et robustes, ses biceps saillants et ses abdominaux en plaquette de chocolat.

— Est-ce que je te plairais, par hasard ? interrogea Carter.

Elle le dévora du regard.

— On peut dire que tu ne manques pas de confiance en toi, mon bel athlète !

Du bout de l'index, Carter effleura l'épaule de la jeune femme. Comme elle avait une peau douce ! Après avoir humé cette chair laiteuse, il déposa un baiser à la base de son cou, près de la clavicule, dans cette zone si sensible aux caresses.

— Que veux-tu, un policier doit être au mieux de sa forme pour poursuivre les voyous.

Tandis que Carter emprisonnait sa taille entre ses mains, elle ferma les yeux et sourit aux anges. Son sourire s'accentua quand l'inspecteur déboutonna le pantalon qu'elle portait encore, et le fit glisser adroitement sur ses cuisses.

D'une talonnade, elle se débarrassa du pantalon et, en même temps, de ses sandales. Elle était nue, mis à part un minuscule slip couleur crème cintrant ses hanches.

— Dans ce cas, je remercie les voyous ! murmura-t-elle en roulant des yeux pleins de désir.

Soudain, elle ressentit une étrange sensation entre ses cuisses. Et, quand elle baissa les yeux, elle vit Carter à genoux, en train d'embrasser sa toison à travers le fin tissu du slip. En temps ordinaire, elle aurait été embarrassée d'être ainsi livrée à un inconnu. Mais, précisément, l'instant qu'elle vivait n'avait rien d'ordinaire et lui donnait envie de faire des folies.

— Carter… Carter ! dit-elle en posant ses mains sur les épaules de l'inspecteur, et en s'écroulant avec lui sur le parquet, leurs jambes enlacées.

Sans plus résister à la tentation, elle tira sur le cordon qui fermait le pantalon de kung-fu de l'inspecteur. Peu après, Carter se débarrassait de son caleçon et du reste de son habillement, tandis que son sexe congestionné se dressait à la verticale. Il glissa ses doigts sous l'élastique du slip que portait encore Eve, et l'arracha d'un coup sec. Puis il lui écarta les jambes en exerçant, des deux mains, une pression sur chacun de ses genoux.

Penché en avant, il embrassa intensément le creux de ses cuisses et, du bout de la langue, caressa son intimité en même temps qu'il buvait sa liqueur.

Eve se contracta violemment et poussa un cri.

Carter voulait se donner le temps de savourer ce corps de rêve, de goûter chaque centimètre carré de cette peau appétissante jusqu'à ce qu'il connaisse par cœur les zones érogènes de la jeune femme. Mais ce cri que venait de pousser Eve enflamma ses sens et lui fit perdre la tête. Avec frénésie, il ramassa son pantalon jeté en boule sur le parquet.

— Que fais-tu ! protesta Eve.

Carter prit son portefeuille dans l'une des poches de son pantalon et en sortit trois préservatifs dans leur étui.

— Je veux nous protéger.

Voyant que Carter avait sorti non pas un, mais *trois* préservatifs, elle ne put s'empêcher de sursauter tandis que son degré d'excitation sexuelle montait d'un cran.

Carter se plaça à califourchon au-dessus d'elle et s'acharna sur un coin de l'étui. Enfin ! Il parvint à le déchirer quand Eve, les yeux brillants, s'empara d'autorité du préservatif.

— Il faut le doigté d'une femme ! décréta-t-elle.

De la main gauche, elle caressa le sexe tiède et satiné de Carter et, de la main droite, elle en coiffa le sommet avec le préservatif, qu'elle déroula sur toute sa longueur. Puis elle inspecta son œuvre et, à sa satisfaction, elle vit frétiller la virilité de Carter.

— Veux-tu me laisser faire ? murmura-t-elle.

— Hum… Je suis impatient de découvrir la suite ! répondit Carter, toujours à califourchon sur elle.

Eve l'empoigna par ses hanches minces puis, avec de légères ondulations de son bassin, elle fit en sorte que leurs corps soient parfaitement en phase. A ce moment, elle lui fit signe de descendre sur elle, de façon à ce que l'extrémité de son sexe gainé de latex vienne effleurer sa toison, au creux de ses cuisses, là où sa chair était chaude et humide.

Carter poussa une plainte. Sans plus attendre, Eve prit son membre viril dans sa main droite et, le dos arqué et les hanches tendues en avant, elle le fit glisser en elle. Comme ce sexe était dur et puissant… Comme il pénétrait bien entre ses cuisses, au plus profond de son intimité !

Ils restèrent immobiles pendant quelques secondes, et puis Carter se retira un petit peu, pour de nouveau entrer en elle, mais plus profondément. Il répéta l'opération lentement, avec assurance, et puis en donnant des coups de reins plus puissants, et en accélérant la cadence.

Eve s'était raidie. Soudain, sa tête dodelina en arrière

et heurta légèrement le parquet. Tant pis ! Les yeux clos, elle savoura cette fusion inoubliable de leurs deux corps. En elle brûlait le désir d'aller plus loin, toujours plus loin. Vite, il lui fallait faire quelque chose, agir, car sinon c'était tout son être qui prendrait feu !

Attentive aux moindres réactions de son corps, elle laissa libre cours à ses émotions et répondit aux caresses de Carter par d'autres caresses. Avec beaucoup de naturel, Carter écarta le sexe moite de la jeune femme, chercha et trouva la délicate petite crête de chair, qu'il entreprit de masser avec amour. Tout en offrant cette caresse à Eve, il ne cessait pas pour autant d'aller et venir en elle avec fougue.

De son côté, Eve empoigna les fesses musclées de Carter et ne lâcha plus prise, pour tenter de contrôler ce plaisir qu'elle sentait monter en elle. Mais très vite, elle comprit que contrôler les choses était le cadet de ses soucis ! Alors, ses ongles s'enfoncèrent dans la chair des fesses de Carter qui, d'une dernière poussée de reins, s'enfonça si loin en elle qu'elle eut l'impression d'être anéantie par ce sexe puissant qui pulsait au cœur de son intimité, et dont le contact ardent la faisait à présent tout à la fois sangloter et jouir alors qu'elle se donnait entièrement à cet homme.

Tandis qu'une longue pulsation de plaisir traversait le corps frissonnant d'Eve, Carter s'enfonça une dernière fois en elle, puis, le corps tendu à l'extrême, il se libéra enfin de la tension accumulée tandis qu'une plainte rauque jaillissait de sa bouche.

Eve resta longtemps immobile, heureuse de sentir Carter peser sur elle de tout le poids de son corps musclé qu'elle trouvait si rassurant. Elle se détendit enfin et, les bras posés de part et d'autre, sur le plancher, elle ferma les yeux et épia la respiration de l'inspecteur ainsi que les battements de son cœur qui se faisaient de plus en plus réguliers.

Quand sa propre respiration redevint normale, elle se décida enfin à ouvrir les yeux et jeta un regard alentour. Leurs vêtements gisaient en désordre sur le parquet. Le bocal de beurre de cacahouète avait roulé au pied du réfrigérateur. Eve posa alors sa joue contre celle de Carter et huma l'odeur de shampoing qui flottait dans ses épais cheveux courts.

— Tu sais, dit-elle soudain, jamais plus je ne pourrai considérer le beurre de cacahouète comme un aliment ordinaire…

Carter se mit à rire.

— J'espère bien que non !

Il posa sa main sur la hanche ronde de la jeune femme, puis caressa longuement son flanc nu.

— Je dois t'avouer quelque chose, dit-il soudain.

Eve sentit la panique l'envahir. Allait-il lui annoncer qu'il était marié et père de deux enfants de moins de cinq ans ?

— Parle ! répondit-elle, la gorge serrée.

— Crois-moi si tu veux, mais je suis tellement épuisé que je ne me sens pas capable de faire le plus petit mouvement.

Elle poussa un soupir de soulagement.

— Quel bonheur !

Carter se rembrunit.

— Comment ça, « Quel bonheur » ? Je me sens presque infirme et c'est tout l'effet que ça te fait ?

— Mais non, tu te trompes sur mes intentions, répondit-elle en tapotant machinalement les reins de Carter.

Hum... elle adorait la façon dont les fesses musclées de l'inspecteur se creusaient de deux fossettes, sur le côté. Du bout des doigts, elle effleura les contours de ces cavités douces.

— Pendant un moment, j'ai bien cru que tu allais m'avouer être marié ou avoir déjà une relation avec une autre femme, ou quelque chose de ce genre.

— Je te déçois ?

— Tu ne me décevras jamais.

Il aima ce cri du cœur.

— Eh bien, je suis libre comme l'air et je n'ai pas de fil à la patte, dit-il en piquant un baiser sur son front. Excepté mon obligation de rembourser, chaque mois, les échéances contractées pour l'achat à crédit de mon pick-up adoré.

Elle sursauta.

— Tu ne vas pas prétendre devoir encore de l'argent pour ce tas de ferraille !

— Figure-toi que ce pick-up est non seulement ma fierté, mais aussi ma joie de vivre !

Et c'était vrai. Après avoir conduit des berlines

luxueuses et même une Porsche, symbole suprême de la réussite dans la sphère financière, il ne jurait plus que par son Toyota rouillé.

Il regarda attentivement Eve, aima ses cheveux ébouriffés, son visage encore empourpré par ce qu'ils venaient de vivre, et dont il repassait les séquences en boucle dans sa mémoire. Mais Eve était aussi bien autre chose pour lui : il revit son expression sombre et déterminée, le soir où ils avaient découvert sa vitrine brisée. Il se souvint des remontrances qu'elle avait adressées, avec les meilleures intentions du monde, à Arty. Et aux confidences que ce dernier lui avait faites sur le dévouement d'Eve envers ses quatre frères.

Quand il additionnait ces informations, Carter en venait à se demander s'il n'était pas temps pour lui d'ouvrir son cœur à quelqu'un, plutôt que de bichonner avec affection son pick-up.

Doucement, il lissa du doigt, sur le front d'Eve, une de ses boucles brunes, et puis il lui sourit.

— Cela me revient : je n'ai plus *aucune* mensualité à rembourser pour mon pick-up. Alors, si cela te tente, eh bien, je suis *vraiment* libre comme l'air.

Tandis qu'Eve massait doucement ses fesses, il se mit à réfléchir. Oui, peut-être y avait-il quelque part, pour eux, une espérance de bonheur…

— Bon, et maintenant, je crois qu'il est temps que je te fasse de nouveau crier de plaisir ! décréta-t-il.

Eve ne put s'empêcher de glousser.

— Quelle modestie ! Ainsi, ce serait grâce à toi que…

— Oh, pas entièrement ! Mais j'ai eu ma part.

Elle se mit à rire.

— Enfin modeste !

— Puisque tu le dis, répondit Carter en pressant son sexe contre le ventre d'Eve, et en caressant ses seins.

— Sérieusement, Carter : nous deux, c'était aussi bon que ça ? demanda-t-elle.

Il la regarda d'un air entendu.

— Aussi bon que ça !

Elle parut satisfaite.

— Dans ce cas, j'ai envie qu'on célèbre cet événement et…

Avant qu'elle ait pu compléter sa phrase, Carter la souleva dans ses bras et l'emporta vers le canapé du salon.

— Tes désirs sont des ordres, ma chérie !

Qu'elle le veuille ou non, Eve dut admettre que Carter avait bouleversé bien des choses dans son existence. Maintenant, quand elle rentrerait chez elle et qu'elle regarderait le pouf sur lequel Carter et elle avaient en partie fait l'amour, dans cette position invraisemblable qui rappelait celle du lotus, elle n'oserait plus y poser ses pieds !

Et ce n'était pas fini ! Tout en jetant un regard

reconnaissant à Carter allongé près d'elle, Eve repensa à la façon dont ils avaient mis son futon à rude épreuve. Lors de son arrivée à Grantham, elle s'était ruinée pour acheter ce matelas japonais rempli de fibres de maïs garanties sans additifs chimiques, et elle avait poussé la bonne conscience jusqu'à acheter des draps en coton non traité et accompagnés d'un certificat attestant qu'ils n'avaient pas été tissés par des enfants du tiers-monde. Mais après ce que Carter et elle avaient osé faire sur ce matelas, sa bonne conscience ne pesait plus très lourd !

Tout en savourant son bien-être, elle s'étonna d'avoir pu tenir les positions acrobatiques que Carter lui avait imposées, dans le feu de l'action. Il lui avait même demandé, alors qu'elle était toute nue, de garder ses tongs aux pieds ! Apparemment, l'inspecteur avait des goûts bizarres, mais elle ne s'en plaignait pas. Elle éleva sa jambe nue et examina la fameuse tong dont les lanières s'ornaient d'une fleur aux pétales roses. Oui, avec un peu d'imagination, et un certain état d'esprit, ces pétales entrouverts rappelaient l'image d'un sexe féminin…

Carter se redressa et embrassa son genou.

— Rappelle-moi de regarder passer la Parade avec toi, l'année prochaine et les autres années.

Eve sentit son cœur faire un bond quand elle comprit ce qu'impliquaient les paroles de l'inspecteur. Elle n'eut pas le temps de répondre, car, après avoir jeté un coup d'œil au réveil, Carter l'embrassa sur la bouche et se leva.

— Je ne veux pas gâcher un aussi merveilleux moment, mais il serait plus que temps de se préparer, dit-il en se dirigeant vers la salle de bains.

La hâte de Carter la cueillit à froid. Brusquement pudique malgré tout ce qu'ils avaient osé faire ensemble, elle se drapa dans le drap et le suivit en prenant garde de ne pas trébucher.

Ils se retrouvèrent à l'étroit dans la petite salle de bains fonctionnelle carrelée de noir. En temps ordinaire, Eve se sentait à son aise dans ce lieu meublé d'un lavabo à colonne, d'une toilette, d'une baignoire à l'ancienne et d'une panière à linge sale. Mais, avec sa carrure athlétique, Carter prenait de la place.

Ce dernier jeta un regard amusé au rideau de douche orné de petits canards jaunes dont les yeux remuaient au moindre mouvement.

— Hum, j'adore ! dit-il.

Eve rougit.

— Le jour où j'ai eu besoin d'un nouveau rideau, ce modèle était en solde.

Elle ne mentait pas, omettant pourtant d'ajouter qu'un autre modèle gris à rayures strictes était également soldé, ce jour-là.

Carter fit bouger le rideau juste pour le plaisir de voir les yeux des canards rouler dans leurs orbites en plastique.

Il la regarda d'un air amusé.

— Je crois plutôt que ce rideau te plaisait, et que c'est pour ça que tu l'as acheté. Mais c'est très bien ainsi, s'empressa-t-il d'ajouter.

Après s'être emparé d'une grande serviette de bain, il désigna la baignoire d'un signe du menton.

— Je te laisse te doucher en premier, mais fais vite.

Elle resserra le drap sur sa poitrine.

— Pourquoi es-tu si pressé ?

— *Nous* sommes pressés, mon ange. Tout à l'heure, avant de te rejoindre au magasin, je suis passé voir Ted et Simone, sur le campus. Ils nous ont invités ce soir chez eux, pour un barbecue.

Voyant qu'Eve hésitait à prendre sa douche, Carter ouvrit le rideau et enjamba le rebord de la baignoire. Après avoir réfléchi, Eve laissa tomber son drap et alla rejoindre l'inspecteur. Ce dernier régla la température du jet, enlaça la jeune femme d'un bras et, de sa main libre, dirigea le jet de la douchette sur son sein droit, puis sur son sein gauche, jusqu'à ce qu'elle pousse un gémissement de plaisir.

Bien entendu, ils arrivèrent en retard, et même très en retard, chez Ted et Simone.

Eve fut heureuse de pouvoir s'asseoir et de reprendre son souffle. Confortablement installée sur une chaise en toile, elle savoura sa bière en regardant Ted et Carter disposer les hamburgers et les saucisses sur le grill du barbecue. Buster, le labrador des Daniger, vint la saluer et renifler ses sandales.

— Buster, va plutôt voir ton maître près du barbecue ! ordonna Simone en posant une salade de pommes de terre sur la table.

Tandis que le chien allait rejoindre les deux hommes, Eve se leva.

— Que puis-je faire pour aider ? demanda-t-elle.

— Rien ! J'ai acheté des plats tout préparés. Un sacrilège, surtout quand on les sert dans un service en porcelaine accompagné des couverts en argent portant le monogramme de la famille de mon mari.

Eve but une nouvelle gorgée de bière.

— Il m'arrive aussi d'acheter des plats prêts à consommer, mais, moi, je les sers dans des assiettes en carton, dit-elle, pince-sans-rire.

En souriant, Simone prit une bière fraîche dans la glacière et s'assit près d'Eve.

— Les problèmes sont-ils réglés, au magasin ? demanda-t-elle en lui tendant un bol de bretzels.

Eve prit quelques amuse-gueules.

— J'ai bon espoir que tout rentre bientôt dans l'ordre.

Simone s'absorba dans la contemplation d'un bretzel.

— Vous vous en tirez plutôt bien. On voit que vous avez étudié le marché local avant d'ouvrir ce genre de commerce.

— Bien sûr qu'il faut faire une étude de marché,

et ne pas la faire aurait été stupide ! répliqua Eve. Ensuite, il se trouve que j'ai toujours privilégié le dialogue avec mes banquiers et ma clientèle. Je crois que les gens aiment savoir que vous vous donnez du mal pour réussir quelque chose, et que vous n'êtes pas simplement là pour leur prendre leur argent vite fait, bien fait.

— Si je comprends bien, vous êtes le genre de personne à jouer cartes sur table ? remarqua Simone.

— Que ce soit dans les affaires ou dans la vie privée, pour moi, il est essentiel d'avoir des relations de confiance avec ceux qu'on rencontre, répondit Eve.

Après avoir jeté un regard pensif à Ted et à Carter, Simone soupira.

— Je suis tout à fait de votre avis…

Eve décida d'aller plus au fond des choses.

— Si je comprends bien, vous connaissez Ted depuis longtemps ? Ici, à Grantham, on dirait que tout le monde se connaît de longue date. Les gens semblent unis par des traditions et forment une grande famille.

— C'est vrai. Mais en ce qui nous concerne, Ted et moi, si nous nous connaissons depuis longtemps, nous avons d'abord été en concurrence, répondit Simone d'un ton taquin.

Intriguée, Eve haussa les sourcils.

— Il faut que vous sachiez, poursuivit Simone, que j'ai d'abord été joueuse de tennis professionnelle. J'ai même participé aux championnats de Nouvelle-Angleterre. Et puis, j'ai dû mettre un bémol à mes ambitions sportives, les résultats étant loin d'être glorieux.

Eve eut la certitude que Simone se sous-évaluait — une joueuse admise à participer aux championnats de Nouvelle-Angleterre étant forcément de très bon niveau. Puis elle remarqua une longue cicatrice sur le genou de l'épouse de Ted, et elle se demanda si cette blessure n'était pas à l'origine de l'abandon de sa carrière sportive.

Après avoir poussé un soupir, Simone poursuivit.

— Enfin ! Tout ça pour vous dire que j'ai décidé de reprendre mes études. J'ai obtenu ma licence de droit et une place de conseillère dans une entreprise de Grantham. Le hasard faisant bien les choses, nous nous sommes trouvés en concurrence, Ted et moi, dans la perspective d'un futur partenariat avec l'entreprise.

— Et que s'est-il passé ? demanda Eve avec curiosité.

Simone fit la moue.

— Eh bien, disons que nous avons tous les deux gagné, autant sur le plan professionnel que personnel. Vous savez, c'est en découvrant que Ted était fier de perdre contre moi, au tennis, que j'ai eu envie de l'épouser. Ted est vraiment un homme adorable…

Simone s'éclaircit la gorge et regarda Eve avec attention.

— Mais dites-moi, vous et Carter, vous semblez bien vous entendre, non ?

Eve n'était pas tombée de la dernière pluie, et elle

aurait peut-être dû se montrer réservée. Mais n'avait-elle pas mis en avant, dans la conversation, son besoin de sincérité et de relations confiantes avec autrui ?

— Oui, je le trouve formidable.

Un euphémisme ! Pour elle, Carter était cent fois mieux que George Clooney. Et en plus, il aimait les chiens, ce qui expliquait pourquoi il avait fait empaqueter les restes de la pizza, l'autre soir, au restaurant. Et il aimait aider les gens. Sans oublier qu'il était entraîneur bénévole de basket-ball et consacrait une partie de son temps libre à des gamins des quartiers défavorisés. Ah ! Il conduisait aussi un drôle de pick-up tout rouillé qui menaçait de tomber en pièces détachées. Et puis, il faisait si bien l'amour qu'elle sacrifierait sans regret ses bons vieux films en noir et blanc, et son goût effréné pour les barres chocolatées, rien que pour avoir le privilège d'être cinq minutes dans ses bras !

— Oui, Carter est vraiment bien, insista-t-elle, émue. Et le plus étrange, c'est que je ne m'attendais pas du tout à rencontrer ce type d'homme à Grantham ni à vouloir une relation suivie avec quiconque. Vous savez, Simone, je suis fille d'ouvrier et j'ai grandi dans un faubourg populaire. Et vous voyez, alors qu'il y a tant de professeurs et de banquiers à Grantham, il a fallu que je m'entiche d'un policier !

Eve jeta un regard furtif à Simone.

— Attention, je n'ai rien contre les universités de

la Nouvelle-Angleterre ou contre ceux qui en sont issus ! précisa-t-elle.

— Ne vous faites pas de souci à ce sujet, répondit Simone. Vous savez, je ne suis pas née avec une cuillère en argent dans la bouche ! Mon père était boucher à Grantham et, quand j'étais plus jeune, j'avais le sentiment que les Daniger étaient d'une classe sociale bien supérieure à la mienne...

Simone s'interrompit, le temps de jeter un regard plein d'amour à Ted, toujours occupé à retourner avec maestria les hamburgers sur le grill.

— Vous savez, Eve, reprit Simone, je pense beaucoup de bien de vous, et j'estime que Carter a eu beaucoup de chance de vous rencontrer.

Eve apprécia ce compliment joliment tourné, surtout en sachant qu'il émanait d'une rivale potentielle.

— Merci. Et le plus drôle, c'est que Carter et moi, nous nous sommes rencontrés grâce à des petites culottes, dit-elle en pensant à celles qu'on lui avait volées.

Simone prit un air extatique.

— Ah, cette lingerie... Vous savez, Eve, que je dois aussi vous remercier pour cela ?

Pendant quelques instants, Simone se perdit dans ses pensées avant de reprendre la parole.

— J'espère que vous n'allez pas croire que je veux me mêler de votre vie privée, mais je voudrais vous donner mon opinion sur Carter.

Eve approuva d'un signe de tête.

— Bien sûr ! Vous le connaissez bien et votre avis ne peut que m'intéresser.

Simone fronça les sourcils.

— C'est étrange que vous me disiez ça, car effectivement, je connais Carter depuis longtemps. Ted et lui partageaient la même chambre d'étudiant, à l'université de Grantham.

Simone fit une pause.

— En fait, je connaissais Carter bien avant qu'il ne quitte New York pour venir s'installer à Grantham.

Eve sursauta. Ainsi, Carter avait vécu à New York, lui qui semblait si bien intégré dans cette petite ville prospère du New Jersey ?

— Et pourtant, continua Simone, même si cela fait des années qu'il habite l'appartement que vous voyez là-bas, au-dessus du garage, je ne sais presque rien de sa vie. Carter est la discrétion faite homme…

Eve sourit.

— Connaissez-vous beaucoup d'hommes qui aiment se confier ?

Elle repensa à ses quatre frères, muets comme des carpes sur les questions sentimentales et affectives, et bavards comme des pies quand ils réclamaient à dîner, ou quand ils déploraient un faux pli à leur pantalon.

Simone haussa les épaules.

— Vous avez sans doute raison. Et pourtant, même s'il existe un lien entre la difficulté à exprimer ses sentiments et l'appartenance à un sexe en particulier, le mutisme de Carter est plus prononcé que celui des autres hommes.

Simone s'interrompit, le temps de poser un pied sur le rebord de la chaise, et de masser son genou cicatrisé.

— Eh oui ! reprit-elle, depuis que je connais Carter, il a toujours été ainsi. Jamais un mot sur son enfance ou sur sa famille.

— Une chose que je sais, c'est qu'il est originaire de Dayton, déclara Eve.

Simone haussa les sourcils.

— Tiens ! Notre ami Carter serait-il en train de sortir de sa réserve ?

Elles furent interrompues par Ted.

— Mesdames, le dîner est servi !

Peu après, ce dernier apportait fièrement à table un plateau de hamburgers et de saucisses, suivi par un Buster qui frétillait de la queue.

Une heure plus tard, il ne restait plus grand-chose dans les assiettes. Après s'être levée, Simone noua un tablier autour de sa taille et chercha Carter des yeux.

— Pourquoi ne mettrais-tu pas les assiettes en carton et les déchets dans un grand sac poubelle ? déclara-t-elle d'un air malicieux.

Carter esquissa un salut militaire, puis il se tourna vers Ted qui s'était proposé pour promener le chien, et qu'Eve avait décidé d'accompagner.

— Pensez à moi pendant que j'accomplis ma corvée ! déclara l'inspecteur d'un ton plaintif.

Puis il commença à jeter les assiettes en carton dans un sac poubelle tandis que Ted et Eve s'éloignaient en emmenant Buster.

Simone s'approcha de l'inspecteur.

— Carter, je crois vraiment qu'il faut que tu lui parles.

Ce dernier fronça les sourcils tout en cherchant à extraire un fond de moutarde d'un flacon en plastique, afin d'en garnir le hot dog restant.

— Lui parler ? Pour lui dire quoi ?

— Elle doit savoir, à propos de l'argent et de la fondation. Et puis, il faudrait aussi que tu la mettes au courant, en ce qui concerne ton ex-épouse.

Carter agita violemment le flacon de moutarde.

— Simone, nous venons juste de nous rencontrer, Eve et moi.

Elle lui adressa un regard cinglant.

— Eve est une femme franche et droite. Elle estime que les rapports entre les gens doivent être directs et sincères. Je ne crois pas qu'elle appréciera le fait que tu lui caches ce genre de détails.

Il haussa les épaules.

— Tu le dis toi-même, il s'agit de détails… Et puis, en dépit des apparences, ce qu'il y a entre Eve et moi n'est pas aussi sérieux que ça, répondit-il d'un ton qui manquait de conviction.

— Je n'en suis pas si sûre, rétorqua Simone.

Carter soupira.

— Ecoute, jusqu'à présent, je peux t'assurer qu'Eve n'a pas parlé de sentiments.

Simone le regarda bien en face.

— Eve est bien trop discrète pour faire de grandes déclarations d'amour. Mais tu peux être certain qu'elle ne confondrait pas une attirance passagère avec des sentiments sincères et véritables.

Carter le savait bien, et c'était d'ailleurs ce qui rendait sa position inconfortable. Mais que penserait Eve s'il lui parlait de sa vie passée, de son argent, de son ras-le-bol et de son désir de mener une existence ordinaire, en se fondant dans l'anonymat ? Le regarderait-elle avec les mêmes yeux, lui parlerait-elle avec la même franchise gouailleuse, si elle apprenait que ses revenus étaient cent fois supérieurs à ceux d'un inspecteur de sa catégorie ?

Et s'il lui proposait d'emménager avec lui, accepterait-elle de mener une vie simple ? N'aurait-elle pas tendance à vouloir lui faire dépenser son argent en babioles de luxe, alors qu'il désirait consacrer sa fortune à des œuvres charitables ?

En vérité, Carter avait une peur bleue de se sentir trahi et rejeté par les femmes. Il n'oubliait pas que sa mère lui avait ri au nez quand, enfant, il lui avait promis une existence dorée dans un château de rêve. Et, au moment de son divorce, Carter avait laissé à son ex-épouse un manoir digne du château de son enfance ainsi qu'une petite fortune, sans recevoir le moindre remerciement en retour. Deux femmes différentes, deux attitudes opposées, mais dans les deux cas, la même sensation d'être rejeté…

Et c'était pourquoi, aujourd'hui, il avait tant de mal à imaginer Eve l'acceptant tel qu'il était, pour ce qu'il était, surtout sans promesse d'un château à la clé !

Après avoir réfléchi, Simone reprit la parole.

— Ce que vous vivez tous les deux est important, dit-elle. Eve est bien plus qu'une fille avec qui on couche un soir, comme ça, en passant.

— Evidemment que je le sais ! répliqua Carter en pressant le flacon de moutarde de toutes ses forces.

— Tiens ! Que sais-tu donc ? demanda Eve qui venait de rentrer de promenade.

Après une nouvelle tentative, Carter renonça à extraire la moindre goutte de moutarde du flacon.

— Je disais à Simone que tu étais un sacré beau parti.

Eve s'empara sans commentaire du flacon récalcitrant, l'ouvrit et, avec la pointe d'un couteau, parvint à extraire assez de moutarde pour en tartiner le hot dog de Carter. Ce dernier le mangea avec satisfaction pendant qu'elle allait aider Simone dans la cuisine.

Quand la jeune femme revint, Carter distribuait la dernière bouchée de hot dog à Buster. Eve s'approcha de l'inspecteur et passa un bras autour de ses épaules. Ils restèrent blottis l'un contre l'autre pendant quelques secondes.

— Fatiguée ? demanda Carter.

— Plutôt, répondit-elle, la joue un peu rouge d'avoir frotté contre l'épaule de l'inspecteur.

Carter posa un baiser sur ses lèvres.

— Hum… Tu sens l'anis !

— Quand nous étions dans la cuisine, Simone a insisté pour que je goûte une liqueur italienne parfumée aux plantes de montagne.

— Je l'aurais parié ! répondit Carter.

Il regarda Eve plus attentivement.

— Veux-tu que nous prenions congé de Ted et de Simone ?

— Oui, mais il faudra qu'on me raccompagne chez moi, puisque nous sommes venus dans ton pick-up.

— Passe la nuit ici, proposa Carter en montrant de la main son appartement, au-dessus du garage.

Jamais il n'avait demandé à une femme de venir chez lui, encore moins d'y passer la nuit !

— Et Arty ?

— Préviens-le en l'appelant sur son téléphone mobile.

— Tu crois ?

— Bien sûr ! Et s'il ne répond pas, tu lui laisseras un message.

— Mais que va-t-il penser ?

Carter embrassa Eve sur la joue.

— Que sa grande sœur prend du bon temps bien mérité !

Eve eut envie d'accepter, tout en sachant très bien que, demain dimanche, elle devrait travailler au magasin, les festivités qui clôturaient l'année universitaire lui valant un surcroît de clientes.

— Ne le prends pas mal, mais je suis vraiment fatiguée et, si j'accepte, ce sera uniquement pour dormir.

Carter caressa sa main.

— Si tu es fatiguée, c'est un peu à cause de moi ! Alors, c'est entendu, nous dormirons comme des bébés.

Sans laisser à Eve le temps d'objecter, Carter salua Ted et Simone, puis guida la jeune femme vers son appartement. Elle lui prit la main tandis qu'ils gravissaient l'escalier extérieur conduisant à un appartement en terrasse construit dans le style de l'avant-guerre.

Eve écarquilla les yeux en découvrant le parquet ciré, le tapis tressé et, dans le fond de la pièce, une cheminée en brique. Ce décor évoquait pour elle gin-fizz et baisemain, comme dans ces films hollywoodiens en noir et blanc.

— J'ai l'impression de jouer dans une scène où les invités en smokings sablent le champagne ! Je ne sais pas si tu as vu ce film de Billy Wilder, *Sabrina* ?

Carter fronça les sourcils.

— Bien sûr ! Tu me vois dans le rôle tenu par Audrey Hepburn ?

Eve le regarda d'un œil critique.

— Je ne sais pas si ton charme viril s'accommoderait d'une robe de bal signée par un grand couturier parisien !

Carter enlaça Eve puis la souleva dans ses bras.

— Hum… Je suis assez pervers pour tenter l'aventure.

Elle laissa fuser un rire léger, aussi cristallin que deux coupes de champagne qui tintent l'une contre l'autre.

Après avoir laissé un message à Arty — qui n'avait pas décroché, ce qui évitait les explications —, elle rejoignit Carter dans la chambre à coucher. Tous deux se déshabillèrent sans mot dire, comme s'ils partageaient le même lit depuis des lustres. Etendus nus sur le couvre-lit, rafraîchis par les pales du grand ventilateur de plafond, ils se souhaitèrent une bonne nuit et s'embrassèrent.

Carter posa son bras sur le ventre de la jeune femme. Blottie contre lui, Eve écouta sa respiration paisible et ferma les yeux.

La vie à deux avait aussi ses bons côtés !

- 11 -

Le lendemain matin, Carter reconduisit Eve chez elle. Après s'être garé derrière le magasin, il coupa le contact et s'empressa d'aller ouvrir la portière côté passager.

— Si tu veux bien te donner la peine, dit-il à Eve.

— Tu vas finir par dérouler le tapis rouge ! observa-t-elle avec humour.

Il l'accompagna jusqu'à la porte extérieure, attendit qu'elle la déverrouille et la suivit dans l'escalier conduisant à son appartement.

Tandis qu'ils gravissaient les marches, Eve se réjouit d'avoir encore la compagnie de Carter.

— Est-ce que Bernard Polk va se décider un jour à réparer l'interrupteur, en bas de l'escalier ? demanda l'inspecteur.

Eve parvint au palier, où elle put enfin allumer la lumière, ce qui lui permit d'y voir clair pour retrouver ses clés au fond de son sac.

— Je l'ai appelé, mais Polk est le genre de propriétaire qui se décide à agir tous les trente-six du mois. A sa décharge, je dois dire que des ouvriers sont venus réparer le store d'une de mes fenêtres, vendredi dernier. Alors, je n'ai pas à me plaindre.

— Bien sûr que si ! s'exclama Carter.

Quand Eve ouvrit sa porte, elle n'en crut pas ses yeux.

— Quel désastre ! s'écria-t-elle.

D'un mouvement rapide, Carter bouscula Eve et entra le premier dans l'appartement.

— Qu'est-ce que Arty a bien pu faire ici, la nuit dernière ? interrogea-t-il à haute voix.

Il jeta un regard circulaire sur le champ de bataille qu'était devenu l'appartement de la jeune femme. Les chaises de la salle à manger étaient renversées. Les coussins du canapé et ceux des fauteuils, lacérés. Les livres de la bibliothèque gisaient sur le parquet où, la veille, ils avaient si bien fait l'amour.

Carter empêcha Eve d'entrer dans l'appartement.

— Reste ici, ordonna-t-il avec sa grosse voix de policier.

Il se rendit dans la cuisine, vit les placards ouverts, les pâtes et les céréales répandues en vrac sur le sol. Peu après, tandis qu'il se dirigeait vers la salle de bains, il sentit une présence dans son dos.

— Je t'ai dit d'attendre à la porte ! lança-t-il en se retournant vers Eve.

La jeune femme haussa les épaules.

— Le mal est déjà fait.

Mais ce n'était pas ce désordre qui préoccupait l'inspecteur.

— Retourne là-bas, dans le salon, dit-il d'un ton sans réplique.

A pas de loup, il alla s'assurer que la salle de bains était vide, puis il jeta un coup d'œil à la chambre à coucher. Les vêtements d'Eve étaient répandus par terre, et les tiroirs de sa commode vidés.

La mine sombre, Carter revint dans le salon.

— Il n'y a personne, mais tout est sens dessus dessous.

Eve poussa un long soupir, et Carter reprit la parole.

— Une fois que mes hommes auront examiné les lieux pour trouver des indices, il faudra que tu regardes ce qui te manque, expliqua-t-il en posant la main sur l'épaule de la jeune femme.

Sa voix s'était adoucie mais il restait sur le qui-vive.

Soudain, ils entendirent quelqu'un monter les marches de l'escalier extérieur. Carter poussa Eve contre le mur et se plaça devant elle, pour la protéger. Quand la porte s'ouvrit, il bondit sur l'intrus et lui fit une clé à la gorge.

— Arrêtez ! cria Arty en se débattant.

L'inspecteur relâcha son étreinte et Arty se rendit compte du désordre des lieux.

— Mais que s'est-il passé ici ?

— C'est à vous de nous l'expliquer ! rétorqua Carter.

Tout en se massant le cou, Arty entra dans l'appartement vandalisé.

— Je n'étais pas ici, la nuit dernière. Je rentre à l'instant, expliqua-t-il.

Puis, se tournant vers Eve, il ajouta :

— Tu n'as pas trouvé mon message, sur ton répondeur ?

Eve fit signe que non. En temps normal, elle aurait assailli son frère de questions pour savoir où et avec qui il se trouvait, la nuit dernière, mais l'époque où elle se sentait responsable de ses frères était en passe d'être révolue.

Spontanément, Arty fournit des explications.

— J'étais chez Lynne Butterfield, déclara-t-il.

— Et… son fils se trouvait là, lui aussi ? s'étonna Eve.

— Le petit a passé la nuit chez Bitzi, la mère de Lynne, répondit Arty.

Soudain, il alla vers sa sœur et lui ouvrit les bras.

— Oh, Eve, si tu savais comme je suis désolé !

Touchée, elle se blottit contre lui.

Carter, à la fois gêné et un peu jaloux de cette complicité affectueuse qui unissait Eve et Arty, détourna la tête. Puis, sortant son téléphone mobile de sa poche, il alla se poster près de fenêtre et appela son supérieur hiérarchique pour lui rendre compte de la situation. Et c'est seulement après avoir coupé la communication qu'il revint vers Eve et son frère.

— Une patrouille sera sur place dans quelques minutes, dit-il.

Eve approuva d'un signe de tête puis, d'un regard

morne, elle contempla le désordre qui l'entourait et se dirigea vers la bibliothèque pour remettre d'aplomb une photo de ses parents.

— Ne touche à rien ! déclara Carter en rangeant son téléphone mobile dans sa poche.

Eve sursauta.

— Excuse-moi, j'avais presque oublié.

Arty fronça les sourcils.

— Tiens ? Vous vous tutoyez, tous les deux ?

Sans répondre, Eve montra le désordre qui régnait dans l'appartement.

— Tout ça n'a pas beaucoup d'importance, mais je tiens à mes photos de famille, dit-elle d'une voix qui chevrotait un peu.

Carter sentit qu'elle était en état de choc.

— Il serait prudent pour toi de t'installer ailleurs, pendant quelque temps. Mais je n'espère pas te convaincre, n'est-ce pas ?

Elle le regarda comme s'il était devenu subitement fou.

— Pourquoi ailleurs ? Ici, je suis chez moi.

— Alors, que dirais-tu si Arty te tenait compagnie pendant quelques jours ?

Elle parut se détendre, mais son visage reprit vite une expression préoccupée.

— Ridicule ! Arty a sa vie à New York, et puis je me tirerai bien d'affaire toute seule, une fois que tes collègues auront passé les lieux au peigne fin.

Elle fit une pause.

— Il y aurait cependant une chose qui m'arrangerait…

— Quoi donc ? s'empressa Carter.

Elle soupira, sachant qu'elle ne pouvait pas lui demander de la prendre dans ses bras et de remonter le temps. Comme la soirée d'hier avait été belle, paisible, pleine de bonheur !

— Si tu es d'accord, répondit-elle, j'aimerais prendre une douche et me changer avant d'aller au magasin.

Carter soupira. Il n'aurait pas su dire quelle réponse il espérait, mais sûrement pas celle-là.

— Très bien. Mais ensuite, pendant que nous passerons ton appartement au crible, Arty restera avec toi, au magasin.

Eve voulut protester, mais Arty l'interrompit.

— Carter a raison, déclara-t-il d'un ton ferme. Et puis, cela me donnera l'occasion de feuilleter tes catalogues de lingerie fine !

Eve eut un sourire forcé.

— Tiens ! J'aurais parié que tu préférerais m'aider à inventorier un arrivage récent de peignoirs suédois supersexy !

— Hum… Je devrais pouvoir me laisser convaincre, rétorqua Arty.

Il se tourna vers Carter.

— Vous voyez, si Eve commence à me taquiner, c'est qu'elle va déjà mieux !

C'était sans doute vrai, mais Carter ne put s'empêcher de se ronger les sangs. Passant deux ou trois fois sa main dans ses cheveux, il refusa d'admettre qu'il avait très peur pour Eve.

— Mettez-moi quelques-uns de ces peignoirs de côté, dit-il sur le ton de la plaisanterie.

Et il se tourna vers la fenêtre pour qu'Eve et son frère ne s'aperçoivent pas à quel point ses mains tremblaient.

A la fin de la journée, Carter et Eve se retrouvèrent sur le banc adossé à la bibliothèque universitaire, face au magasin de la jeune femme. Déballant deux sandwichs au provolone achetés dans un snack voisin, ainsi que deux bouteilles de thé glacé, ils se restaurèrent.

— Si je continue à engloutir les calories, déclara Eve en avalant la dernière bouchée de son sandwich, je vais devoir me mettre au régime !

Elle repensa à l'appartement vandalisé et à l'arrivée de l'équipe de policiers chargée de relever d'éventuelles empreintes.

Repue, elle se mit debout, bientôt imitée par Carter.

— Je te trouve aussi svelte que lors de notre première rencontre, répondit l'inspecteur en examinant la silhouette de la jeune femme.

— Tu ne vois pas tout ! dit Eve en pointant un doigt accusateur sur son ventre.

Carter feignit de soulever le T-shirt qu'elle portait et récolta une tape sur la main.

— Pas ici, voyons !

— Alors, nous ferions mieux d'aller chez toi tout de suite, proposa-t-il d'un air mi-figue, mi-raisin.

Eve fit la moue.

— Pourquoi faut-il toujours que tu prennes l'initiative des plaisanteries, et que je sois ton faire-valoir ?

— Mais, parce que tu es parfaite dans ce rôle, répondit-il en lui adressant un clin d'œil.

Elle soupira. Il y avait quelques jours encore, elle ne connaissait pas Carter et, aujourd'hui, ce dernier jouait en virtuose sur ses cordes sensibles, pour l'aider à se sentir mieux. Quel changement avec son existence d'avant, quand c'était elle qui faisait rire ses frères pour les dérider !

Pourtant, en dépit de sa nature indépendante, elle ne trouvait pas cette emprise désagréable.

Carter passa un bras autour de sa taille et ils traversèrent la rue en silence. Tout en introduisant la clé dans la serrure, Eve appréhenda de retrouver son appartement. Tout à l'heure, avant qu'Arty ne retourne à New York, elle avait demandé à son frère de surveiller le magasin, et elle était venue inspecter les lieux. Apparemment, rien ne manquait : elle ne gardait pas d'argent chez elle, et ses bijoux — un collier de perles et un camée hérité de sa grand-mère —, se trouvaient toujours dans le tiroir du haut de sa commode. Son lecteur de CD était trop ancien pour avoir une quelconque valeur, et son vieux téléviseur dont l'image s'estompait en cours d'émission n'avait pas paru intéresser quiconque.

Elle ne put retenir une exclamation de surprise.

— Tout a été rangé !

Qui donc s'était donné la peine de faire le ménage ? Les livres avaient retrouvé leur place sur les rayonnages de la bibliothèque. Sur le canapé et les fauteuils, des draps cachaient les déchirures des coussins. Le sol avait été balayé et les portes de placards fermées.

Du coin de l'œil, Eve s'assura que toutes les photographies de ses parents avaient repris leur place. Elle s'empara de celle que le vandale avait renversée et la regarda avec émotion. Voir ces photos saccagées aurait été l'équivalent d'un second deuil…

— Nous avons mis un peu d'ordre et épousseté dans les coins, expliqua Carter.

Sa façon de parler lui arracha un sourire.

— Reste à évaluer les dégâts, poursuivit Carter, et pour ça il faudra attendre le passage de l'expert en assurances. En tout cas, j'ai déjà appelé ton propriétaire.

— Merci, répondit-elle avec sincérité.

Bien plus que l'intrusion d'un inconnu dans son appartement, c'était la prévenance dont Carter faisait preuve à son égard qui la bouleversait. La gorge serrée, elle s'efforça de retenir ses larmes, puis elle reposa la photographie sur l'étagère en caressant avec douceur l'un des coins du cadre.

— Tes collègues ont-ils trouvé un indice, ici ? demanda-t-elle.

— Trop tôt pour le dire, car il faut d'abord trier et analyser les empreintes recueillies, répondit-il.

Il refusait de l'inquiéter en lui annonçant qu'aucune

trace d'effraction n'avait été constatée. Apparemment, un inconnu, ayant libre accès à l'appartement d'Eve était entré ici pour tout mettre à sac, et Carter en tremblait rétrospectivement. Il se promit de faire une enquête sur tous ceux qui détenaient un double des clés de la jeune femme.

— Et Bitzi Butterfield ? Tu as l'intention de l'interroger ? demanda Eve.

— J'y ai pensé, bien sûr, mais elle a un alibi pour la nuit dernière.

Voyant Eve se rembrunir, Carter sourit.

— Mais si, voyons ! Arty nous a expliqué que Bitzi prenait soin du fils de Lynne, expliqua-t-il.

— Oh, c'est vrai ! admit Eve en traversant le salon pour jeter un coup d'œil par la fenêtre.

Sur les trottoirs, les gens marchaient d'un pas pressé, sans doute impatients de rentrer chez eux. Et les automobiles roulaient à petite vitesse avant de s'arrêter au feu rouge. Tout semblait tellement normal ! Eve eut la sensation que, si elle se retournait, son appartement aurait repris l'aspect qu'il avait avant la visite du vandale. Mais, après avoir jeté un regard par-dessus son épaule, elle dut admettre que le miracle n'avait pas eu lieu.

— Eve, je préférerais de beaucoup que tu passes la nuit chez moi, insista Carter.

Bras croisés sur la poitrine, elle le défia du regard.

— Impossible ! Même si je n'aime pas plus que toi l'idée que quelqu'un de mal intentionné se soit introduit ici.

Après avoir réfléchi, elle reprit la parole.

— Bien sûr que j'ai peur ! Mais ce n'est pas une raison pour que je décampe. Et puis, cet inconnu n'en avait pas après moi, mais après mes affaires.

Carter n'en était pas si sûr.

— Je pense que ce n'est pas une très bonne idée pour toi de rester ici.

Elle releva la tête.

— Peut-être, mais je ne changerai pas d'avis.

— Dans ce cas, je te tiendrai compagnie.

Elle décroisa les bras.

— Que diront tes supérieurs ? Après tout, tu es chargé de l'enquête et il y a la procédure, la déontologie, le devoir de réserve…

— Eve, je me moque de la déontologie et, que cela te plaise ou non, je ne te lâcherai pas d'une semelle.

Et tant pis si le commissaire en attrapait une crise cardiaque ! Lui non plus ne se serait pas soucié de procédure, si sa famille avait été menacée.

Eve ne souleva plus d'objections, pas même quand Carter fit remarquer que la journée avait été longue, et qu'ils seraient mieux au lit. Elle ne protesta pas quand il la prit par le bras pour la conduire dans la chambre à coucher d'où les traces de vandalisme avaient disparu. Les draps du lit étaient neufs, et elle remarqua que les coussins et le traversin étaient disposés avec soin. Carter qui savait si bien « mettre un peu d'ordre » et « épousseter dans les coins » était passé par là, et elle éprouva un sentiment de profond bien-être.

— J'ai refait le lit avec mes propres draps. J'espère que tu ne m'en veux pas, dit-il.

Il retira son blazer et le suspendit au bouton de porte.

— Pourquoi devrais-je t'en vouloir ?

Sans répondre, il s'approcha d'Eve et tirailla les bords du sweater qu'elle portait.

— J'en ai envie depuis tout à l'heure, quand nous étions assis sur le banc.

Après lui avoir fait lever les bras, il lui ôta le sweater et embrassa doucement son front, ses sourcils, ses joues. Quand il approcha sa bouche de la sienne, Eve sentit sur ses lèvres le souffle tiède de Carter.

— Viens au lit avec moi, Eve, dit-il enfin.

Une fois qu'ils furent couchés, Carter l'enlaça puis l'embrassa avec délicatesse. Et puis il posa sa bouche au creux de ses cuisses, inventant de nouvelles variantes amoureuses qui repoussaient les limites de l'érotisme.

Quand ils s'unirent, Eve découvrit que la tension suscitée par les récents événements s'était changée en un ouragan sensuel qui faisait crier son corps et son sexe. Ils prirent leur plaisir en même temps, convulsivement, Carter la remplissant de joie et de bonheur tandis qu'elle oubliait ses préoccupations.

Quelques jours plus tard, alors qu'elle se trouvait dans son magasin, le téléphone sonna et Eve décrocha.

Carter !

Elle ne put s'empêcher de sourire.

— Voyons, il est inutile que tu m'appelles dix fois par jour. Sois rassuré, le serrurier est bien venu poser de nouveaux verrous. Non, il n'a pas oublié les chaînes de sécurité. Oui, la serrure de la porte donnant sur l'extérieur, au rez-de-chaussée, a été changée.

Tout en parlant à Carter, Eve prit le temps de rajuster une mèche de cheveux, puis elle plaqua la paume de sa main sur le combiné.

— Je suis à vous dans un instant, dit-elle au client qui regardait les peignoirs suédois.

Elle replaça le combiné contre son oreille. A l'autre bout de la ligne, elle entendait les flonflons de l'orchestre qui jouait sur le campus universitaire.

— Comment se déroule la cérémonie de remise des diplômes ? Quand je pense qu'il est question qu'on t'attribue une distinction honorifique ! Cela n'a pas empêché tes supérieurs de te charger du service d'ordre. Au fait, portes-tu ton costume de kung-fu ?

— Eve ! répliqua sèchement Carter.

— Tu es sans doute le seul membre de la police locale à savoir chanter par cœur trois couplets de l'hymne universitaire, insista-t-elle.

Elle entendit un grognement à l'autre bout de la ligne.

— Il n'y a pas trois couplets, mais quatre, et tu devrais savoir que je préférerais mille fois être avec toi plutôt que de me trouver ici.

— Je le prends pour un compliment et j'espère que tu obtiendras quand même cette récompense.

— Hum… Si jamais je l'obtenais, me laisserais-tu te caresser comme la nuit dernière ?

— Oui, à condition que tu portes, pour me faire plaisir, ta toque noire de diplômé, répliqua-t-elle.

Le soir même, quand Carter rentra, elle espérait de tout cœur le voir coiffé de la fameuse toque universitaire. Mais il était nu-tête.

— Désolé ! Les professeurs avaient le choix entre moi et le champion de base-ball Robin Wainwright. Et c'est à Robin qu'ils ont attribué cette distinction honorifique.

Eve le serra entre ses bras.

— Je suis de tout cœur avec toi.

— Tant mieux ! Mais au cas où tu m'aurais battu froid, j'ai quand même rapporté ça.

Et il lui montra la toque qu'il tenait cachée dans son dos.

Ce soir-là, Eve eut tout le temps d'apprécier la façon dont le pompon de la toque chatouillait son intimité. Plus tard, alors qu'elle était repue d'amour, Carter se leva pour aller prendre un papier plié dans la poche de son blazer, puis il revint se glisser dans le lit, contre le corps nu d'Eve.

— Regarde !

Elle déplia le papier.

— Un autographe de Robin Wainwright, expliqua Carter.

Eve serra le précieux document contre sa poitrine.

Robin Wainwright ! Un joueur de légende qui n'avait jamais froid aux yeux. Un dieu vivant.

— Mon héros…, murmura-t-elle.

Elle laissa choir le papier sur la moquette et sourit à Carter.

— Je parlais de toi, bien sûr !

Et c'était vrai. Carter était quelqu'un d'exceptionnel et, tout comme Wainwright, il n'avait jamais froid aux yeux.

Après avoir écarté le drap pour admirer le torse musclé de l'inspecteur, elle se pencha et lécha les pointes rugueuses de ses pectoraux qui durcirent sous sa langue.

Quand elle l'embrassa plus bas, sur le ventre, Carter ne put s'empêcher de soupirer.

— Je me demande bien ce que tu me ferais si je t'avais rapporté une casquette autographiée de Robin Wainwright !

Levant la tête, elle eut un sourire rusé.

— Rien de plus doux que ça…

Elle se pencha et vrilla sa langue au fond de son nombril, puis elle embrassa sa toison pubienne encore odorante de leur étreinte récente.

« Rien de plus doux que ça… », pensa-t-elle, rêveusement.

Dire qu'elle s'était fait la promesse de gérer son magasin et de réussir commercialement. Et aussi de s'occuper de sa petite personne. Du vent ! Elle était amoureuse, un point c'était tout. Oh, bien sûr, elle pouvait toujours dire que le fait d'être nouvelle à Grantham et d'avoir eu sa vitrine saccagée et son appartement vandalisé avait contribué à la rendre vulnérable, une proie facile pour un séducteur averti.

Pourtant, même victime des circonstances, elle ne pouvait pas prétendre qu'on lui avait dicté ses sentiments. Certes, Carter Moran n'était pas du type communicatif, elle était la première à l'admettre. Mais, dans les domaines qu'elle estimait important — l'attention, la bravoure, la générosité —, il jouait cartes sur table. Alors, qu'elle ignorât tout de sa vie, de son passé, n'avait somme toute pas autant d'importance qu'elle le pensait. Elle n'était pas amoureuse d'une notice biographique, mais d'un homme complexe dont elle découvrait peu à peu la sensibilité, tout en appréciant par ailleurs son côté extraverti et sexy.

Et elle voulait le lui montrer sans attendre !

Après avoir courbé l'échine, elle engloutit le sexe de Carter dans sa bouche. Lui offrir cette caresse l'excitait sexuellement beaucoup, et lui faisait aussi prendre conscience de la force de sa féminité, autant que de son besoin de générosité.

Mais ce bonheur durerait-il longtemps ?

Rien n'était moins sûr !

- 12 -

Trois jours plus tard, Eve proposa à Carter de l'accompagner chez l'un de ses fournisseurs de lingerie, à New York, et l'inspecteur accepta.

Sol Greenberg les accueillit dans ses bureaux situés au septième étage d'un immeuble vieillot de la West 35e Rue, dont le seul atout était un magnifique ascenseur des années 1930 aux cuivres étincelants.

Après avoir donné l'accolade à Eve, Sol examina Carter d'un œil méfiant et se décida enfin à lui serrer la main. Puis il conduisit ses visiteurs dans une pièce brillamment éclairée, meublée d'une table de conférence et de chaises.

— Notre nouvelle ligne de sous-vêtements devrait faire un malheur, expliqua le grossiste, surtout auprès de la clientèle d'aujourd'hui, beaucoup moins collet monté que celle d'hier.

Peu après, deux ravissants et sveltes mannequins juchés sur des talons aiguilles firent une entrée nonchalante, leurs corps de rêve à peine voilés par des dessous minuscules.

Eve coula un regard en direction de Carter qui, stoïque, s'efforçait de garder la tête froide.

— Elles sont élégantes, tu ne trouves pas ? murmura-t-elle à son oreille.

— C'est exactement ce que j'allais dire ! répondit-il d'une voix rauque.

Elle devait vraiment être amoureuse de lui pour accepter un mensonge aussi maladroit de sa part, alors qu'il était confronté à ces deux beautés sexy portant caracos diaphanes et strings transparents ! Mais non, elle *aimait* Carter, et le moment était peut-être venu de le lui dire.

Elle jeta un coup d'œil à Sol et aux deux déesses dont les fesses fermes et musclées étaient dépourvues de la moindre trace de cellulite. Oserait-elle ouvrir les vannes de son cœur, avouer à Carter qu'elle ressentait pour lui bien plus que du désir, qu'elle recherchait avec lui bien plus que l'agrément ou que le confort d'une épaule solide sur laquelle reposer sa tête ? Cette rencontre était la bonne, elle en était sûre ! Et Carter, l'homme qu'elle attendait depuis si longtemps, le seul, l'unique. Et tant pis si le moment était mal choisi pour une déclaration.

— Carter…, commença-t-elle en lui prenant la main.

Sol s'interposa.

— Regardez, Eve, comme cette petite merveille en simple coton est douce. On dirait de la soie !

A regret, Eve reporta son attention sur le string que

lui montrait le grossiste, d'un modèle identique à celui que portaient les deux mannequins, et qui ressemblait à un élastique étiré sur leurs hanches.

Elle lâcha la main de Carter. Sa grande déclaration devrait attendre un peu.

— Regardez cette coupe sexy, et la magie de ce tissu qui moule la chair... Je vous l'affirme, Eve, ce modèle est la perfection faite string ! conclut Sol avec lyrisme.

Eve palpa le tissu entre ses doigts.

— Ce string est tout ce que vous dites, Sol, admit-elle en souriant.

Elle pensa à Carter. Il lui tardait tant de pouvoir enfin lui parler.

Quand ils rentrèrent en fin d'après-midi à Grantham, l'inspecteur alla prendre son service au commissariat, et Eve, qui se sentait fatiguée, confia le magasin à Mélodie. Elle en profiterait pour faire ses comptes et réfléchir à de nouveaux tissus pour le canapé et les fauteuils.

Pourquoi n'irait-elle pas chiner dans les boutiques d'antiquaires et de brocanteurs de Lambertville, près de la rivière Delaware ? Elle y dénicherait peut-être la table à café de ses rêves, celle qu'elle possédait n'étant qu'un modèle bon marché et sans intérêt.

Elle eut envie d'une tasse de thé et mit la bouilloire en route. Tout en déposant un sachet de thé au fond d'une tasse, elle se demanda si Carter aimerait venir chiner avec elle. Ce serait bien la première fois qu'elle proposerait à un homme de l'accompagner dans un magasin de meubles, sans craindre de sa part une réaction narquoise ou consternée. Pourtant, avec lui, elle se sentait l'audace d'essayer. Eh oui, elle en était là !

Surtout, ne plus attendre pour lui avouer ses sentiments ! Malheureusement, Carter rentrerait sûrement tard, ce soir. Elle sourit en se remémorant les recommandations de prudence de l'inspecteur, quand ils s'étaient quittés, tout à l'heure, devant le magasin : Carter avait insisté pour qu'elle ferme ses verrous, pour qu'elle vérifie ses fenêtres et mette la chaîne de sûreté à la porte.

Sans oser l'embrasser, elle avait approuvé d'un signe de tête, sachant très bien qu'ils ne pouvaient pas se livrer à des effusions en pleine rue.

Et puis Carter avait salué son collègue Henry, garé en faction devant le magasin d'Eve, avant de disparaître d'un pas pressé.

Posant sa tasse de thé fumante sur la table, Eve avança une chaise et se plongea dans ses comptes. Elle venait de vérifier une addition quand son téléphone portable sonna.

— Salut, Eve, je voulais juste te faire un petit coucou.

— Danny !

En clair, Dante Cantoro, un autre de ses frères. Danny

était enquêteur pour le compte de la Commission de Sécurité des Echanges Financiers, sorte de police des boursicoteurs et autres financiers. Dante n'était pas marié, n'avait pas de petite amie, et ne vivait que pour son travail.

— Comment vas-tu ? poursuivit Danny.

— Bien. C'est Arty qui t'a dit de m'appeler ?

— Il m'a mis au courant de ta situation. Il se fait du souci, tu sais, et c'est bien légitime.

— Tranquillise-toi, la police a identifié ceux qui volaient dans mon magasin. Une blague d'étudiants.

— Et pour ta vitrine ?

— Oh, le coupable sera sûrement bientôt arrêté, dit-elle d'un ton manquant de conviction.

— J'aimerais en être certain !

— Je te dis que tout va bien. Un inspecteur de la police locale, Carter Moran, a pris personnellement l'affaire en main, insista Eve.

Il y eut un silence.

— En fait, c'est à son sujet que j'appelais, déclara Danny.

— Je t'en prie ! gémit Eve. Crois-moi, je suis de taille à m'occuper de ma vie. Et j'ai tout de même déjà eu l'occasion de sortir avec un garçon ! Enfin, de temps en temps…

— Oui, mais jamais avec un des meilleurs conseillers en placements boursiers de New York, un as de la finance qui disparaît du jour au lendemain, sans plus donner signe de vie. Quand Arty m'a parlé d'un certain

Carter Moran, j'ai mené mon enquête et il s'agit bien du même homme.

Eve était abasourdie.

— Mais Carter est inspecteur !

— Aujourd'hui, peut-être bien. Mais hier, c'était le plus brillant investisseur de Wall Street, en ce qui concerne les fonds de pension.

— Carter ? Mais enfin, de quoi parles-tu ? Des amis à lui l'hébergent au-dessus de leur garage, dans leur propriété. Et puis il conduit un vieux pick-up rouillé…

— Ecoute, je ne sais pas quel est son style de vie actuel, mais Carter Moran est suffisamment riche pour pouvoir se permettre de rembourser la dette extérieure d'un pays du tiers-monde.

Eve repoussa sa chaise et, le combiné à l'oreille, fit quelques pas jusqu'à la cuisine, passant un coup d'éponge sur l'évier, essuyant le robinet chromé. Par la fenêtre, elle jeta un coup d'œil à la voiture de patrouille dans laquelle Henry était en faction.

— Pourquoi Carter s'amuserait-il à jouer les flics ? demanda-t-elle enfin.

— Bonne question, mais je n'ai pas la réponse. Mais vois-tu, il y a quelque chose, chez ces flambeurs de Wall Street, qui me rend nerveux. Non pas que Carter Moran ait quoi que ce soit à se reprocher, car sa réputation est sans tache. Mais enfin, tu me connais…

Elle soupira.

— Je sais que tu ne ferais pas confiance à ta grand-mère qui, en plus, est morte avant ta naissance !

Elle eut la vision fugace de Nonna, sa mamie qui sentait bon la pâte d'amande, et qui portait en permanence des tenues toutes noires. La seule chose qu'elle aurait pu lui reprocher, à la rigueur, aurait été sa manie d'amidonner les vêtements de ses petits-enfants.

Eve entendit un brouhaha, à l'autre bout de la ligne.

— Ecoute, déclara Danny, on m'appelle et je dois te laisser à présent. Je voulais juste m'assurer que tout allait bien.

Il fit une pause.

— Tu sais, Eve, je t'aime de tout mon cœur.

Elle ne put empêcher ses lèvres de trembler un peu.

— Moi aussi, Danny, je t'aime de tout mon cœur… Bon, je te laisse travailler.

Elle raccrocha et regarda machinalement devant elle. Ses yeux se posèrent sur l'invitation au dîner de bienfaisance donné en l'honneur du Programme de Protection des Femmes, qu'elle avait apposée en souvenir, à l'aide de petits aimants, sur la porte du réfrigérateur. D'un geste, elle arracha l'invitation de son support et la parcourut fébrilement avant de décrocher son téléphone et de composer le numéro des renseignements.

— Le cabinet Fahrer et Daniger, s'il vous plaît, demanda-t-elle en contenant mal son impatience.

Quand elle eut le numéro désiré, elle appela le cabinet des avocats.

— Je voudrais parler à Simone Fahrer, de la part d'Eve Cantoro, pour une affaire urgente, dit-elle à la secrétaire.

Simone prit la ligne.

— Eve ?

— Bonjour. Pourriez-vous m'accorder une minute ?

— Une minute mais pas plus. Je dois me rendre à une conférence chez le gouverneur de l'Etat, et je suis déjà en retard.

— Je ne serai pas longue. Saviez-vous que Carter travaillait dans la finance, avant de s'installer à Grantham ? Et qu'on le considérait comme l'un des meilleurs conseillers en placements de la bourse new-yorkaise ?

Il y eut un silence et Eve serra le combiné plus fort entre ses doigts.

— Vous le saviez, n'est-ce pas ? insista-t-elle.

— Oui, répondit Simone, mais ne vous faites pas des idées fausses sur Carter.

Des idées fausses ? Eve ne put s'empêcher de penser que Carter se méfiait d'elle, et qu'il lui avait menti sur sa fortune parce qu'il la croyait assez cupide pour vouloir mettre la main dessus ! Elle avait beau réfléchir, elle ne trouvait pas d'autre explication à sa défiance. Dire qu'elle avait imaginé qu'il n'aimait pas parler de son passé par pudeur ! Quelle blague… Il avait tout simplement tenu Eve à distance parce qu'il n'avait pas confiance en elle. Elle eut l'impression d'avoir reçu une gifle, car le comportement de Carter allait à l'encontre de son besoin de sincérité. Pour elle, ce manquement était tout simplement intolérable, malgré ce qu'elle ressentait pour l'inspecteur.

L'aimait-elle encore, d'ailleurs ? La question n'était plus à l'ordre du jour.

— Eve, je vous en prie, ne soyez pas chagrinée par tout ça, déclara Simone. Oh, bien sûr, vous pouvez l'être et ce serait tout à fait légitime. D'ailleurs, j'ai plusieurs fois mis Carter en garde, en lui expliquant qu'il devait vous parler. Vous n'êtes pour rien dans sa manie du secret. Depuis que je le connais, il s'est toujours montré discret.

En quelques mots, Simone retraça pour Eve la vie de Carter : ses succès de conseiller financier à New York, son mariage, son divorce, et sa décision de tout quitter pour recommencer à zéro.

— Et vous savez, reprit Simone, Carter ne profite même pas de sa fortune qu'il distribue anonymement, par le biais de sa fondation, à des œuvres charitables.

Eve soupira.

— Cette mystérieuse Fondation X ? J'aurais dû m'en douter… Et, bien sûr, c'est vous qui êtes chargée de l'administrer.

Eve repensa à ce dîner, à ces invités huppés, à la récompense que Simone avait accepté de recevoir en l'absence du mystérieux mécène.

— Oui, confirma Simone, c'est moi qui me charge

de gérer les fonds. Ecoutez, je suis désolée, mais il faut absolument que je vous quitte. Si vous voulez, nous prendrons le temps de parler de tout ça la prochaine fois ?

— Merci pour votre aide, Simone, mais c'était à Carter de me parler, pas à vous. Je crois qu'il est trop tard, à présent.

Après avoir pris congé de Simone, Eve composa le numéro du commissariat de Grantham.

— Bonjour, ici Eve Cantoro. Pourriez-vous demander au commissaire Phillips de retirer à l'inspecteur Moran l'enquête concernant le bris de ma vitrine et le saccage de mon appartement ? Oui, c'est ce que je viens de dire. L'officier de police Henry Shannahan, qui est de faction devant mon magasin, me semble parfaitement qualifié pour prendre la relève.

Ce soir-là, Eve se passa de dîner. Et, avant d'aller se coucher, elle but trois gin tonic. Elle se réveilla barbouillée vers 1 heure du matin et éprouva le besoin d'aller dans la salle de bains. Jamais plus elle ne boirait l'estomac vide, elle en faisait le serment !

De retour au lit, alors qu'elle se blottissait sous l'édredon, elle entendit un bruit assourdi provenant de l'étage inférieur. Qui était-ce ? Henry ? A cause de l'abus de gin et du manque de sommeil, elle avait plutôt les idées confuses.

A moitié endormie, elle alla entrouvrir la porte de son appartement.

— Henry ? appela-t-elle.

Au bas de l'escalier, la porte extérieure entrebâillée laissait filtrer un rai de lumière insuffisant pour permettre de voir le hall d'entrée. Et, bien sûr, elle avait oublié ses lunettes ! En plissant les yeux, elle regarda en direction de la porte d'entrée et crut apercevoir une vague silhouette.

— Henry ! répéta-t-elle.

L'ombre entrevue s'immobilisa, et le silence se fit. Alors, sans plus attendre, Eve claqua la porte et ferma au verrou. Puis elle composa le 911, le numéro d'urgence de la police.

Quelques minutes plus tard, Henry et un de ses collègues frappèrent à sa porte. Ils inspectèrent le hall d'entrée, au rez-de-chaussée, le parking privatif, la rue, sans rien découvrir d'anormal. Après avoir posé de nombreuses questions à Eve, et noté ses réponses, les deux policiers repartirent.

Eve dormait comme un loir quand le bourdonnement de l'Interphone la tira de son sommeil. 6 heures du matin ! Quelqu'un cognait du poing contre la porte d'entrée, au rez-de-chaussée.

— Oui ? dit-elle, ensommeillée, dans l'Interphone.

— Eve, laisse-moi entrer, il faut que je te parle ! rugit Carter.

Elle poussa le bouton déclenchant l'ouverture automatique de la porte du bas. Le temps qu'elle déverrouille sa porte, Carter arrivait déjà, tout essoufflé, sur son palier.

Il la repoussa et entra en coup de vent. Elle vit qu'il avait une barbe naissante et une expression farouche au fond des yeux. Avec sa haute taille, sa carrure et cette fabuleuse énergie qu'il dégageait, elle eut l'impression que l'inspecteur remplissait tout l'espace.

— Que se passe-t-il, nom d'un chien ! D'abord, on m'apprend au commissariat que tu exiges qu'on me retire l'affaire ? Et puis on m'annonce qu'un individu suspect se serait introduit en douce dans ton immeuble, en dépit de la surveillance de mon collègue Henry ?

Il s'interrompit, presque aphone d'avoir tant crié.

— Bonjour, Carter, déclara doucement Eve en fermant la porte de son appartement, puis en lui faisant face, bras croisés.

Carter s'épongea le front.

— Excuse-moi si je me suis un peu énervé.

Il fit un pas vers Eve, puis il recula.

— Eve, que se passe-t-il ?

Il baissa la voix.

— Je… Je me sens un peu perdu, tu sais !

— Moi aussi, je me sens perdue, répondit Eve.

Il se rembrunit. Sans savoir de quoi il retournait exactement, il était assez intelligent pour percevoir la tension entre Eve et lui, et que rien n'était plus comme avant.

— Eve, je t'en supplie, parle-moi ! Tu sais que tu comptes pour moi, que je tiens à toi…

— Vraiment ? Et comment serais-je supposée savoir ce que tu penses, et ne penses pas, alors que tu ne dis jamais la moindre petite chose te concernant ? Par exemple, tu aurais pu me parler de tes succès dans la finance, de ta fortune qui fait de toi quelqu'un de mille fois plus riche que je ne le serai jamais. Et puis, tu aurais quand même pu me parler de ton mariage !

Elle ponctua sa tirade d'un geste tranchant.

Carter lui lança un regard noir.

— L'argent, encore l'argent ! Et je parie que tu as appris tout ça grâce à Simone ? Ou par quelqu'un d'autre, peut-être ? demanda-t-il avec amertume.

— L'argent ? C'est donc la seule chose à laquelle tu penses ? Simone n'y est pour rien ! Elle s'est contentée de confirmer ce que mon frère m'a dit.

Carter fourragea dans sa chevelure.

— Arty ?

— Non, pas Arty. Danny, mon deuxième frère, celui qui vit à Washington D.C. Mais qu'importe ! J'aurais bien fini par avoir des doutes et par découvrir la vérité. Un inspecteur qui achète des costumes sur mesure et qui porte le smoking avec tant d'élégance, ce n'est pas si courant !

Elle sentit monter la colère.

— Tu as pris le risque de sortir avec moi alors qu'un policier ne doit pas avoir de liens privés avec la victime d'un délit sur lequel il enquête. Et puis, je t'ai plu, puisque tu as eu envie de partager mon lit. Enfin, tu m'as jugée digne d'être présentée à tes meilleurs amis. Ne crois-tu pas que je méritais, aussi, d'être présentée au principal intéressé ?

Il ouvrit de grand yeux.

— De qui parles-tu ?

— Mais de toi, voyons ! De Carter Moran ! Cela ne t'est donc pas venu à l'esprit de m'en dire un peu plus sur toi et sur ton passé ?

Elle guetta une réponse qui ne vint pas.

— Si je compte pour toi, continua-t-elle, pourquoi ne m'avoir jamais parlé de ta vie à New York, de ta décision de tout quitter pour consacrer ta fortune à des bonnes causes ? Et ton mariage ? Tu ne crois pas que j'aurais eu le droit d'avoir quelques explications à ce sujet, quand nous nous sommes rencontrés ? Mais non ! Il faut t'arracher le moindre détail te concernant. Cela frise la paranoïa ! Comme ce jour où j'ai découvert que tu étais un ancien étudiant de l'université de Grantham — une vérité que tu ne pouvais pas cacher, à cause de la Parade. Ah, j'oubliais ! Un jour, tu m'as tout de même confié être né à Dayton… Mais ai-je appris quelque chose sur ta famille ? Non ! Même Simone, que tu connais de longue date, et qui est l'épouse de ton meilleur ami, n'en sait guère plus que moi à ton sujet.

Eve s'interrompit quelques instants.

— Enfin, Carter, ne vois-tu pas qu'il s'agit d'autre chose que d'argent ! Autre chose, même, que de ton intimité ! Il s'agit de confiance. Tu ne fais confiance à personne, pas même à moi. Et ne me dis pas que tu agis ainsi par déformation professionnelle, depuis que tu travailles dans la police !

Elle eut un geste véhément vers lui.

— En distribuant ton argent ou en te portant volontaire comme entraîneur de basket-ball, tu passes pour un bon Samaritain, mais, dans le fond, tu te contentes de jouer un rôle. Tu refuses de laisser quiconque entrer dans ta vie, alors que, moi, je voudrais tant que tu entres dans la mienne ! Eh oui, Carter, c'est ça, l'amour ! Et il faut que tu saches que je t'aime !

Décidément, elle avait le chic pour choisir le moment…

Carter parut ému et embarrassé.

— Est-ce qu'on ne pourrait pas continuer de se voir comme avant ?

Il marqua une pause.

— S'il te plaît, Eve… Tu sais que je ne veux pas te perdre ? dit-il d'une voix où pointait du désespoir. Je crois que je suis en train de tomber amoureux de toi, conclut-il.

Eve laissa échapper un rire sinistre.

— Tu penses que tu es en train de tomber amoureux de moi, mais c'est faux ! Tu es séduit par notre relation informelle, par le côté sexuel de notre rencontre, par le fait que nous nous retrouvons rarement en tête à tête. Quand on aime vraiment, Carter, on accepte de montrer ses faiblesses. Mais tu es trop méfiant pour t'y risquer. Tu as tellement peur de tomber sur une personne qui te fera du mal…

Elle soupira avant de reprendre.

— Aie le courage de regarder les choses en face !

Les gens commettent parfois des erreurs regrettables et, quand cela se produit, il n'y a aucune honte à leur pardonner — y compris quand il s'agit d'une bande de joyeux étudiants un peu farceurs qui s'amusent à voler des culottes de dentelle.

Elle ferma les yeux et reprit son souffle. Au moins était-elle sûre d'une chose : elle ne pleurerait pas comme une madeleine devant Carter Moran. Pour autant qu'elle parvienne à le mettre dehors sans tarder, ses yeux commençant déjà se mouiller !

— Ecoute, je suis à bout, conclut-elle d'une voix fatiguée et résignée. Je n'ai pas beaucoup dormi, la nuit dernière, et aujourd'hui je dois aller travailler. Je pense qu'il est inutile de poursuivre cette conversation.

Carter tressaillit.

— Eve !

Elle ne répondit pas.

Il n'avait rien d'autre à lui proposer, et c'était bien là tout le problème !

Résignée, elle le poussa vers le vestibule.

— Tu connais le chemin, et puis tu as la clé pour fermer derrière toi.

Sans se retourner, elle gagna sa chambre à coucher et en claqua la porte. Exactement comme autrefois, quand ses frères la faisaient enrager.

Dans ces moments-là, elle avait pour habitude de rester allongée en contemplant le plafond. Elle ruminait ses griefs, s'apitoyait sur sa personne, puis imaginait sa revanche. Par exemple des vacances impromptues sous les tropiques, elle allongée sur un transat en train de siroter un cocktail coloré, avec des fleurs géantes piquées dans ses cheveux. Et on verrait ce qu'on verrait ! Ses frères se rendraient compte à quel point elle était indispensable, et ils feraient le serment de ne plus jamais se comporter comme des écervelés. Peut-être alors envisagerait-elle de rentrer à la maison !

Aujourd'hui, dans sa chambre à coucher de Grantham, elle s'apitoyait de la même façon sur elle-même. Mais cette fois, elle n'eut pas envie de filer sous les tropiques. Et elle se mit tout simplement à pleurer.

- 13 -

Après avoir quitté Eve, Carter était rentré chez lui en se demandant si le mieux ne serait pas de boire pour oublier. Il avait pesé le pour et le contre en regardant la bouteille de bourbon posée sur la table de son salon.

Un message de Simone l'attendait sur son répondeur. Elle le suppliait de rappeler dès que possible. Il ne le fit pas. Et puis, deux heures plus tard, Ted avait appelé, mais Carter ne s'était pas donné la peine de décrocher. Qu'aurait-il dit à son ami ? Qu'Eve ne voulait plus de lui parce qu'il était incapable de s'ouvrir aux autres ?

Eve avait raison de penser qu'il ne faisait confiance à personne, et cela n'avait rien à voir avec l'argent. Pour Carter, se dévoiler, c'était prendre le risque de devenir vulnérable et, donc, d'être rejeté. Il connaissait la chanson. Il savait combien cela faisait mal. Mais ce qu'il éprouvait en ce moment précis dépassait en souffrance tout ce qu'il avait pu imaginer !

Une fois de plus, Carter regarda avec envie la

bouteille d'alcool mais refusa de céder à la tentation. Pour se nettoyer l'esprit, il était même allé courir quelques kilomètres dans la forêt voisine, avec comme résultat une bonne suée qui n'avait pas éliminé ses soucis. Et puis il avait entendu le gravier de l'allée crisser sous les pneus de l'auto de Simone et Ted rentrant du travail. Il avait écouté Buster aboyer pour leur souhaiter la bienvenue, et prêté l'oreille au ballet des écureuils qui sautillaient sur le toit en ardoise de son appartement.

Il avait regardé le soleil se coucher, et le ciel s'étoiler.

Et maintenant il était à la même place que tout à l'heure, immobile, le regard vrillé sur la bouteille de Jim Beam.

Un vrai idiot ! Mais que pouvait-il faire d'autre ? Il se sentait blessé au plus profond de lui et il souffrait. Il était furieux contre Eve plus qu'il ne l'avait jamais été contre personne d'autre. Bon, elle avait le droit de l'éconduire, mais pourquoi avoir exigé qu'on lui retire l'enquête ? N'était-il pas le mieux informé pour agir efficacement ? Dans cette affaire, il n'avait jamais ménagé sa peine !

Il secoua la tête avec hargne. Que voulait-elle ? Que cherchait donc Eve ? Des ennuis plus graves, alors que le vandale qui avait brisé sa vitrine et mis son appartement à sac était en liberté ? Carter eut l'intuition que quelque chose de grave allait se produire, et que Eve serait la première visée. Le pire, c'était qu'il ne pouvait rien faire.

Si, tout de même… Il se leva brusquement et alla prendre deux tournevis et une paire de pinces coupantes dans l'un des tiroirs de la cuisine. Puis il entra en coup de vent dans sa chambre à coucher, enfila un sweater sur le T-shirt qu'il portait déjà, et se rua dans l'escalier extérieur, jusqu'au garage où était rangée la BMW de Ted. Il démonta la chaînette qui pendait au-dessus de l'établi, et qui permettrait d'allumer et d'éteindre une ampoule de plafond. C'était le même système que dans le hall d'entrée de l'immeuble d'Eve.

L'autre jour, chez elle, il avait remarqué que la chaînette était toujours cassée, et que l'escalier menant à son appartement restait plongé dans l'obscurité. Et le propriétaire d'Eve n'avait pas encore pris la peine de faire réparer !

Ce n'était pas parce que Eve s'était arrangée pour qu'on lui retire l'enquête qu'il devait lui laisser courir des risques supplémentaires ! Et puis, au moins, en arrangeant cet éclairage, il aurait le sentiment d'être utile !

Un quart d'heure plus tard, Carter se garait sur le parking privé de l'immeuble d'Eve. Après avoir pris une lampe torche dans la boîte à gants et rassemblé ses outils, il se dirigea vers l'immeuble, adressant au passage un salut à Henry qui était de faction, dans la voiture de patrouille.

— Je vais réparer la lumière de l'entrée, dit l'inspecteur sans attendre de réponse.

La porte extérieure était fermée comme elle devait l'être. Au moins, de ce côté, tout allait bien ! Grâce à la clé que Eve lui avait remise lors du changement de serrures, Carter put entrer et la porte se referma automatiquement dans son dos.

L'entrée était plongée dans l'obscurité. Carter alluma sa lampe torche et éclaira le plafond, cherchant l'ampoule et la chaînette défectueuse. Brusquement, il s'immobilisa.

Un homme cagoulé se tenait au milieu des marches de l'escalier, un bidon d'essence dans la main gauche, et un trousseau de clés dans la droite. Balançant le bras d'arrière en avant, l'homme envoya le bidon, de toutes ses forces, contre Carter qui fut touché à l'épaule et qui, de douleur, lâcha sa lampe torche.

L'homme dévala les marches et bouscula Carter pour tenter d'atteindre la porte. L'inspecteur se jeta en avant, ceintura l'homme et le frappa au plexus solaire. Quand l'homme s'effondra par terre, Carter estima que ce dernier n'avait que ce qu'il méritait. Il lui enfonça un genou dans le dos et ramena ses deux bras en arrière. Même s'il n'avait pas ses menottes, au moins était-il sûr, ainsi, d'immobiliser l'intrus.

— Henry, appelle des renforts ! cria de toutes ses forces Carter à l'intention de l'officier de police en faction à l'extérieur.

Alors qu'il reprenait son souffle, il entendit la porte de l'appartement du haut s'ouvrir.

— Rentre à l'intérieur, Eve. Ferme à clé et appelle police secours, ordonna-t-il.

Il y eut un bruit de pas précipités, à l'extérieur de l'immeuble, et Carter devina qu'il s'agissait de Henry.

— Je suis O.K., cria-t-il à l'adresse de son collègue. Et je tiens un intrus.

Peu après, Henry braquait sa lampe torche sur Carter et son prisonnier. Pendant que l'inspecteur, ébloui, clignait des yeux, Henry passa les menottes à l'intrus et lui retira sa cagoule.

— Polk ! s'écria Carter avec dégoût. Bernard Polk…

Le propriétaire d'Eve, ce pilier de respectabilité, se tassa un peu plus. Il ne portait pas son costume élégant ni sa cravate, mais un survêtement débraillé.

— Comment avez-vous fait pour entrer ici sans être repéré par l'officier de police en faction ? interrogea Carter.

— Je suis passé par le magasin, répondit Polk.

— C'est vrai que vous aviez les clés du magasin et que vous connaissiez le code du signal d'alarme, raisonna Carter à haute voix.

Bernard Polk approuva de la tête.

— Je voulais simplement venir réparer la tirette de l'interrupteur !

D'un signe du menton, Carter désigna le bidon d'essence.

— A d'autres, Polk ! Vous ne me ferez pas croire qu'on a besoin de dix litres d'essence pour réparer un interrupteur ! Que mijotiez-vous vraiment ? Vous vouliez mettre le feu à l'immeuble ?

Polk baissa les yeux. Une mèche de ses cheveux gris barra son visage d'ordinaire si distingué. Aujourd'hui, même sa petite moustache paraissait négligée.

Henry regarda Carter, puis reporta son attention sur Polk.

— Tout ce que vous dites pourra être retenu contre vous devant un tribunal, Polk.

Ce dernier approuva d'un signe de tête, au moment où Carter reprenait la parole.

— Il vous fallait à tout prix vous renflouer à la suite de mauvais placements financiers. Alors, vous avez eu l'idée d'incendier votre propre immeuble, afin de toucher la prime d'assurance !

Polk eut l'air surpris et Carter secoua la tête avec dégoût.

— Ça va, pas la peine de jouer les innocents ! reprit l'inspecteur. Il m'a suffi de quelques coups de téléphone pour apprendre que vos amis banquiers étaient prêts à saisir vos biens immobiliers si vous ne remboursiez pas vos emprunts !

— Comment ça ? déclara Polk d'une voix altérée.

Carter lui répéta tout ce qu'il avait appris, et Polk

pâlit en écoutant ce que ses prétendus amis golfeurs pensaient vraiment de lui.

— Comment aurais-je pu prévoir que les valeurs technologiques s'effondreraient en bourse, dit-il d'une voix plaintive. Enfin, vous imaginez le scandale, si on avait saisi mon immeuble ? De quoi aurais-je eu l'air ?

Carter explosa.

— Parce que, ce qui compte, c'est votre rang social et non le fait d'avoir pris le risque de faire flamber Eve Cantoro, espèce de salaud ?

Incapable de se retenir, Carter frappa Polk d'un coup de poing dans la mâchoire.

— Moran ! cria Henry.

— Carter ! cria Eve, depuis le haut des marches.

Carter leva les yeux.

— Il me semblait t'avoir dit de t'enfermer à double tour et d'appeler police secours ?

— C'est déjà fait, précisa Eve en allumant la lumière, au moment où des sirènes de police mugissaient au-dehors.

Polk la regarda.

— Je suis désolé, mademoiselle Cantoro. J'ai tout tenté pour vous faire peur et vous inciter à partir d'ici. Quand vous m'avez téléphoné, ce matin, j'ai cru comprendre que vous vouliez déménager aujourd'hui même. Croyez-moi, je n'avais aucunement l'intention de vous faire du mal. Rien de personnel.

Eve ramena les pans de son peignoir sur sa poitrine.

— J'ai dit que j'envisageais de déménager, Polk, et non que j'allais déménager dans l'heure !

Il était de notoriété publique que Polk, privé de son appareil auditif, comprenait tout de travers.

Les traits tirés et l'air hébété, Eve regarda l'inspecteur.

— Carter, si tu veux flanquer un autre coup de poing à ce type, tu as ma bénédiction, dit-elle avant de rentrer chez elle et de claquer la porte.

Cette fois, elle était vraiment seule !

Combien de temps resta-t-elle ainsi, le nez collé au carreau de la fenêtre donnant sur la rue principale ? Elle n'aurait pas su le dire. Assez longtemps, en tout cas, pour voir le soleil pointer à l'horizon.

Dehors, seules de rares voitures et la camionnette du livreur de journaux troublaient le silence. D'un air absent, elle regarda passer un jogger matinal.

Tout à l'heure, elle avait entendu un brouhaha en bas, dans l'entrée, quand les policiers étaient venus prendre livraison de Polk afin de l'emmener au commissariat. Et puis le silence s'était progressivement installé.

Elle tentait de faire le point quand, soudain, on frappa à sa porte.

— Eve ! Eve ! C'est moi, Carter. Ouvre !

A contrecœur, elle fit jouer la clé dans la serrure, tira le verrou, retira la chaîne de sûreté, et ouvrit le battant en grand, sans toutefois inviter Carter à entrer.

— Tout est terminé ? demanda-t-elle.

Carter passa la main dans ses cheveux ébouriffés.

— Oui, c'est fini. Depuis le saccage de ton appartement, nous soupçonnions Polk d'être le coupable. C'était une des rares personnes à posséder un double de tes clés.

Elle scruta ce visage aux traits durs, ce visage de policier. Cette manie du secret qu'avait Carter !

— Pourquoi ne pas m'avoir mise au courant de tes soupçons ? interrogea-t-elle, sourcils froncés.

Pendant une fraction de seconde, Carter baissa les yeux avant de fixer de nouveau la jeune femme.

— Je ne voulais pas t'inquiéter.

Rien dans son ton n'indiquait qu'il cherchait des excuses.

Elle aurait pu réagir, lui adresser des reproches, mais elle ne le fit pas. Dire que, sans son intervention, elle aurait pu brûler vive !

— Tu es blessé ? demanda-t-elle en regardant les jointures écorchées de sa main droite.

— Oh, ce n'est rien.

Elle fit un geste vers la cuisine.

— Viens ! Je vais mettre un peu de glace sur ta main.

— Non, ça va. Vraiment !

Eve passa la langue sur ses lèvres trop sèches. Carter ne lui facilitait pas les choses, mais elle ne céderait pas.

— Je te remercie sincèrement pour tout ce que tu as fait, déclara-t-elle enfin.

Il se rembrunit et la fixa droit dans les yeux.

— Je ne suis pas venu te voir pour récolter des remerciements.

Elle soupira. Leur tête-à-tête s'annonçait encore plus difficile que prévu !

— C'est tout ce que j'ai à t'offrir, Carter. Je suis vraiment désolée.

Elle entendit des pas dans l'escalier et haussa le cou pour tenter d'apercevoir, par-dessus l'épaule de Carter, le nouveau venu.

— Tout va bien, mademoiselle Cantoro ? demanda Henry.

Eve eut un sourire crispé.

— Aussi bien que possible. Et si vous n'avez plus besoin de moi, je vais aller me reposer.

Carter sortit de l'appartement et Eve ferma la porte. Cette fois, une page de sa vie venait bel et bien de se tourner.

- 14 -

Une bonne tasse de café pouvait sans doute guérir bien des maux, mais pas ceux dont Eve souffrait…

Une semaine après la tentative d'incendie volontaire de Polk, elle se sentait toujours aussi déprimée. Non pas qu'elle aimât se morfondre, loin de là ! D'ailleurs, n'avait-elle pas, en apparence, adopté une attitude positive ? Ne prenait-elle pas des décisions, comme avant ? Elle avait même commandé de nouvelles housses pour les coussins du salon, et entrepris la tournée des brocanteurs de Lambertville en compagnie de Mélodie, qui n'avait pas sa pareille pour marchander.

Et puis, pour la première fois de sa vie, et probablement aussi la dernière, Eve était allée chez la pédicure. En voyant ces petites boules de coton coincées entre ses orteils, elle s'était sentie ridicule.

Malgré ces distractions, elle avait mal au plus profond d'elle-même depuis qu'elle était sans nouvelles de Carter. Tout ce qu'elle savait, grâce à Henry qui était venu la voir pour la tenir au courant des suites données à la tentative d'incendie de Polk, c'était que l'inspecteur était toujours dessaisi du dossier.

Tout en avalant une nouvelle gorgée de café, Eve reporta son attention sur Arty et Lynne, assis en face d'elle à cette table d'un snack-bar de Grantham. Elle savait bien qu'ils l'avaient invitée pour lui remonter le moral, mais elle n'allait pas mieux pour autant. Au moins, à voir la façon dont ils se tenaient la main en échangeant des sourires complices et en picorant le même gâteau, elle en déduisit que tout allait pour le mieux entre eux, ce qui lui mit du baume au cœur.

Elle adorait son frère, et le moins qu'elle pût faire était de souhaiter son bonheur. Tout en demandant à Lynne des nouvelles de son fils, elle s'efforça d'afficher un sourire de circonstance et s'étonna de voir Arty sucrer un peu trop abondamment son café.

— Eve, Lynne et moi, nous voudrions te parler de quelque chose, déclara son frère avec un certain embarras.

Eve jugea que Arty et Lynne allaient un peu vite en besogne. Mais, après tout, n'était-elle pas tombée amoureuse de Carter à la vitesse de l'éclair ?

— Je vous écoute.

— Bitzi, ma mère que vous avez déjà rencontrée, m'a appelée la nuit dernière, expliqua Lynne.

— Elle sait que Lynne et moi sortons ensemble, et elle n'a pas voulu se taire plus longtemps, compléta Arty.

Eve fronça les sourcils.

— De quoi s'agit-il ? Peur d'une mésalliance avec l'un de ces Cantoro pas assez dégourdis pour utiliser des rince-doigts, à table ?

— Il s'agit de votre vitrine, Eve, déclara Lynne.

Elle se crispa. S'ils comptaient se marier, ce n'était pas encore aujourd'hui qu'ils le lui annonceraient !

Arty posa sa main sur celle de sa sœur.

— Bitzi a avoué que c'était elle qui avait brisé ta vitrine, l'autre nuit. Avec la batte de base-ball de son petit-fils.

Eve en eut la bouche sèche. Elle avait envisagé cette possibilité, mais entendre Arty lui annoncer la nouvelle la mettait en état de choc.

— Elle sait qu'elle a fait quelque chose de terrible, et elle se sent vraiment mal, déclara Lynne d'une traite. Je ne lui cherche pas des excuses, poursuivit-elle, mais, d'une certaine façon, elle a tenté de me protéger. Je ne sais pas si vous êtes au courant, mais mon ex-mari me faisait subir des mauvais traitements.

Eve hocha la tête.

— Je l'ai entendu dire. Et j'imagine que cela a été terrible pour vous…

— C'est passé.

Lynne échangea un regard entendu avec Arty, puis reporta son attention sur Eve.

— Parmi toutes ses manies peu recommandables, mon ex-mari avait une passion pour la pornographie, les stripteaseuses, les prostituées, bref tout ce qui lui donnait un pouvoir sexuel sur les femmes.

— Un personnage guère reluisant, commenta Eve.

— Un salaud. Alors — et ce n'est pas une excuse, bien sûr —, mais ma mère a paniqué en voyant ces dessous sexy dans votre vitrine. Pour elle, lingerie sexy voulait dire mari violent, et ça lui a remis en mémoire tous les épisodes calamiteux de ma vie conjugale. Vous comprenez, Eve, d'une certaine façon, ma mère se sent responsable et coupable de ce qui m'est arrivé. Et pour cause, c'est elle qui a favorisé mon mariage, tout simplement parce que son futur gendre venait d'une bonne famille !

— Mais c'est ridicule ! Bitzi n'a rien à voir avec la perversité de votre ex-mari. Et s'il faut blâmer quelqu'un, c'est lui.

— Je le sais. Et ma mère le sait aussi. Sauf que, cette fameuse nuit, elle a perdu les pédales. Et, aujourd'hui, elle comprend qu'elle a commis quelque chose d'odieux en s'attaquant à votre magasin, et indirectement à vous.

Eve soupira.

— Pauvre Bitzi. Tout ça a dû la remuer, mais il ne faut pas qu'elle se tracasse. L'assurance couvrira les dégâts. Et dites-lui bien que je n'ai pas l'intention de porter plainte.

Lynne regarda Arty et lui tendit sa main qu'il serra avec force. Puis elle se tourna vers Eve.

— Le seul problème, c'est qu'au moment où je vous parle, Bitzi doit être en train de tout raconter à Carter.

Elle lui a expliqué au téléphone qu'elle voulait lui parler seule à seul, et qu'elle ne pouvait plus garder la vérité pour elle. Comme Carter n'est pas en service, aujourd'hui, il lui a dit de passer le voir chez lui.

— Quoi ? s'écria Eve. Mais s'il y a une personne au monde à qui votre mère ne doit pas parler de tout ça, c'est bien lui !

Eve courut jusqu'à sa voiture, fit une marche arrière trop hâtive, emboutit légèrement la benne à ordures, jura et accéléra. Une fois dans la rue principale, elle traversa la ville à toute allure, sans se soucier de la limitation de vitesse. Quelques minutes plus tard, elle fit crisser ses freins dans l'allée des Daniger. Au moment où elle posait un pied sur le gravier, elle vit s'éloigner une Mercedes d'un modèle ancien aux chromes étincelants.

Bitzi !

Après avoir jeté ses clés au fond de son sac, Eve se mit à courir, dépassa la maison des Daniger et arriva en vue du garage. Elle agrippa la rampe de l'escalier extérieur et grimpa les marches deux par deux, jusqu'au palier qui donnait sur l'appartement de Carter. Qu'allait-il se passer ? Peut-être, après tout, que Carter attendrait un peu avant d'inculper Bitzi ? Hors d'haleine, elle tambourina contre la porte.

Carter ouvrit. Il portait un jean et un polo. Il était pieds nus et ne semblait pas à ce point empressé de se rendre au commissariat.

— J'ai vu Bitzi partir dans sa Mercedes, déclara Eve hors d'haleine.

Carter hocha la tête, une main appuyée contre le chambranle, et l'autre glissée dans la poche de son jean.

— Elle t'a parlé de la vitrine ? demanda Eve d'une voix haletante.

Hochant la tête, Carter recula d'un pas.

— Donne-toi la peine d'entrer, dit-il.

Eve le bouscula un peu au passage. Elle respirait toujours bruyamment et se mit à tourner en rond dans le salon.

— Carter, tu ne peux pas arrêter cette pauvre vieille ! Bitzi a simplement essayé de protéger sa fille, d'une façon répréhensible, certes, mais…

— Eve, j'ai dit à Bitzi que si elle voulait vraiment aider les victimes de violences conjugales, alors elle pouvait venir me donner un coup de main avec le Programme de Protection des Femmes. Porter plainte contre elle n'arrangera rien. Mais la confronter à des femmes qui ont besoin d'aide pourrait l'aider à y voir clair. En tout cas, j'ai eu l'impression de l'avoir convaincue, et elle a promis de donner suite à ma proposition.

Eve resta sans voix pendant que Carter la regardait avec une attention accrue.

— Tu sais, j'avais l'intention de te mettre au courant, dit-il.

Alors qu'elle restait muette, il passa sa main dans ses cheveux courts, ce qu'Eve avait fini par décrypter comme étant sa façon à lui de réagir, quand il doutait ou quand il hésitait.

— Et puis, pour tout dire, j'avais aussi l'intention de te parler d'autre chose, ajouta-t-il.

Elle lui jeta un regard appuyé. En fait, elle se sentait comme assommée par tout ce qu'elle venait d'apprendre.

— Je ne savais pas comment te dire tout ça, alors j'ai préféré l'écrire, reprit Carter.

Il se dirigea vers la table sur laquelle étaient posés un bloc de papier grand format et un stylo rose portant le nom et le numéro de téléphone du magasin d'Eve. Puis il revint vers elle avec le bloc.

— J'ai essayé d'écrire ma vie. Pas les détails, mais l'essentiel : ma famille, le fait que j'ai eu honte de mon père, comment je me sentais coupable et en colère parce que ma mère n'avait jamais voulu le quitter, comment j'ai travaillé d'arrache-pied pour lui prouver que je pouvais réussir mieux que mon père ne l'avait jamais fait. Que je pouvais faire du fric et épouser une femme capable de briller dans les cocktails mondains. Comment, plus tard, j'ai compris que ma nouvelle vie n'avait aucune valeur, et que je me servais de ma réussite et de mon mariage pour avoir une bonne opinion de moi. Jusqu'au jour où j'ai enfin compris que ma femme et mes patrons me manipulaient.

Carter fit une pause avant de poursuivre.

— J'ai pris conscience alors que je me détestais d'être devenu cet homme riche et creux. Je me suis mis à haïr tous ceux qui m'entouraient, et qui croyaient que le bonheur, c'était de dépenser toujours plus de fric. J'ai décidé que je ne pouvais pas continuer sur cette lancée, et je suis venu ici, à Grantham, pour repartir de zéro comme simple inspecteur. Je voulais vivre plus sereinement, mais ce n'est pas pour autant que je me suis ouvert aux autres, ou que j'ai appris à leur faire confiance. J'ai alors choisi de donner anonymement une partie de mon argent à des associations, mais je n'avais toujours pas envie de me lier avec quelqu'un.

Il s'interrompit, son visage exprimant la souffrance.

— Et puis, reprit-il en esquissant un sourire, je t'ai rencontrée.

Il tendit le bloc à Eve. Cette dernière, bouche bée, ne fit pas un geste pour le prendre et Carter le plaça d'autorité dans sa main.

— Eh bien ? demanda-t-il. T'en ai-je dit assez pour que tu sois convaincue que, cette fois, je veux vraiment partager avec toi ? Partager n'est pas ce que je sais faire de mieux, mais enfin…

Quand elle s'avança vers lui, Carter sourit plus franchement.

— Quoi qu'il en soit, Eve, j'ai confiance en toi. Vraiment confiance.

Il fit mine de caresser le visage de la jeune femme.

— J'ai confiance en toi parce que je sais que tu en es digne. C'est toi que j'attendais, Eve. Tu es généreuse, et tu sais pardonner. Tu es drôle et compétente. C'est toi que j'aime.

Il glissa ses mains dans ses poches.

— Peut-être que, quand tu auras lu ce que j'ai écrit, tu voudras me pardonner et, à ce moment, peut-être que nous pourrons recommencer, toi et moi ?

Eve serra la main de Carter dans la sienne.

— Je n'ai pas besoin de lire tes notes, dit-elle en laissant choir le bloc.

— Tu n'as pas besoin de les lire ? répéta-t-il en la regardant en face.

Elle vit passer un sentiment d'espoir et d'amour dans ses beaux yeux verts.

— Tu t'es racheté en pardonnant à Bitzi. Désormais, je t'appartiens, Carter, corps et âme.

Portant la main de l'inspecteur à ses lèvres, elle y déposa un baiser.

— Pendant longtemps, commença-t-elle, j'avais juré de ne pas m'engager dans une relation sentimentale avec un homme. Je voulais arriver par moi-même, réussir grâce à mon magasin. Et puis, je t'ai rencontré et ma façon de voir les choses a changé. J'ai compris que je pouvais réussir avec toi. Jusqu'au jour où tu m'as profondément blessée.

Carter hocha la tête avec compréhension.

— Je sais, dit-il doucement.

Eve fronça les sourcils.

— Tu comprends, je n'étais pas sûre de pouvoir te pardonner. Ou plutôt, de me pardonner. La question n'était pas que toi, tu n'aies pas confiance en moi, mais que je me mette à douter de mes pensées, de mon jugement.

— Et maintenant ? demanda Carter.

Elle contempla le bloc étalé sur le parquet et lui adressa un sourire radieux.

— J'ai bien l'intention de continuer à mener ma barque, mais en prenant le temps de vivre. Et de laisser vivre !

Carter regarda Eve comme il ne l'avait jamais regardée auparavant, et, de son côté, elle ne le quittait pas des yeux.

Enfin, les barrières tombaient !

— Eve, je t'ai déjà perdue une fois parce que j'étais trop stupide pour comprendre à quel point j'avais de la chance de t'avoir. Je ne peux plus te perdre une seconde fois. Je t'aime, plus que tu ne pourras jamais l'imaginer.

— Je sais, répondit-elle en posant un nouveau baiser sur la main de l'inspecteur.

— Je te promets d'essayer de m'ouvrir davantage aux autres. Je sais que je peux te faire entièrement confiance, mais je ne te garantis pas d'être un homme parfait.

Il l'enlaça et l'embrassa avec une telle urgence, une telle intensité, qu'elle se sentit happée dans un tourbillon de joie pure. Relâchant son étreinte, Carter releva la tête et afficha un large sourire, ses yeux brillants posés sur le visage de la jeune femme.

— Quand je t'ai rencontrée, j'ai su que c'était toi, dit-il.

Malgré son émotion, elle parvint à sourire.

— Moi non plus, je ne suis pas parfaite. Mais je saurai t'initier à la magie des dessous sexy jusqu'à la fin de tes jours !

Il plissa les yeux.

— Tiens, cela me fait penser que j'ai ici un ravissant combiné-culotte de soie qui devrait être à ta taille. Un modèle sobre, mais je crois que tu l'apprécieras.

Eve se souvint alors que, au tout début de leur rencontre, quand Carter était venu au magasin, il avait en effet acheté ce modèle de teddy. Déjà, elle savait qu'elle adorerait porter ce dessous. Et plus que tout au monde, elle savait qu'elle adorait Carter !

— Je meurs d'envie de l'essayer ! répondit-elle, les yeux brillants.

Épilogue

Une note stridente s'échappa de l'Interphone installé près de la porte d'entrée, dans l'appartement d'Eve Cantoro. Dans le lit de la chambre à coucher, Carter se réveilla, un bras enroulé autour des hanches de la jeune femme. Ouvrant un œil, il tenta de distinguer les chiffres sur le cadran du réveil posé sur la commode.

— Qui pourrait bien venir sonner chez toi à 8 h 30 du matin, et en plus un samedi ? demanda-t-il d'une voix pâteuse.

Eve se mit sur le dos et frotta ses paupières encore lourdes de sommeil.

— Le pâtissier du coin qui aurait eu la bonne idée de venir livrer des croissants chauds, peut-être ?

— Cela m'étonnerait ! répondit Carter en repoussant à contrecœur les couvertures.

Eve l'observa tandis qu'il s'habillait à la hâte. Nu, elle le trouvait encore plus beau.

Carter alla à l'Interphone.

— Qui est là ? demanda-t-il.

— Nick, répondit une voix grave.

— Et Guy, ajouta une autre voix tout aussi grave.

Eve jaillit hors du lit, enfila son peignoir à la vitesse de l'éclair et courut jusqu'à l'Interphone.

— Pas possible ! C'est bien vous, Nick et Guy ! cria-t-elle en poussant le bouton qui ouvrait la porte du bas, et en déverrouillant celle du haut.

Avant que Carter ait compris ce qui arrivait, deux gaillards bronzés, qui se ressemblaient comme deux gouttes d'eau, entrèrent en trombe dans l'appartement et soulevèrent littéralement Eve dans leurs bras musclés.

— Allons, les jumeaux, reposez-moi vite ! implora Eve en riant, tandis qu'ils la faisaient virevolter à travers la pièce.

Ils la déposèrent enfin sur ses pieds.

— Petite cachottière, montre-le-nous ! demandèrent-ils en même temps.

Eve tendit sa main.

— Il est magnifique, non ?

C'était grâce à Abe, le grossiste en diamants recommandé par Sol, que Carter avait pu acheter ce magnifique solitaire monté sur platine. Au début, Eve avait dit haut et fort qu'elle n'était pas du genre à porter des bijoux, mais Carter avait su lui démontrer le contraire.

— Pas la bague ! protestèrent les deux hommes. C'est ton fiancé que nous voulons voir.

Eve se mit à rire et fit un geste en direction de Carter,

à moitié caché par le battant de la porte. Ce dernier, qui se remettait à peine de sa surprise, regarda les jumeaux d'un œil critique.

— Ils sont plus grands que tes autres frères, commenta-t-il à l'attention d'Eve, qui éclata de rire.

— Peut-être, et pourtant, ils ont à peine vingt-trois ans. Nicky, Guy, je vous présente Carter Moran. Carter, voici les deux jumeaux de la famille Cantoro : Niccoló Machiavelli et Guy Fawkes.

Carter fronça les sourcils.

— Machiavel, comme l'homme d'Etat italien emprisonné au XIVᵉ siècle ? Et il me semble bien que Fawkes a fini sur l'échafaud, au XVᵉ siècle, en Angleterre, non ?

— Oui, notre mère avait pronostiqué qu'ils seraient eux aussi du genre bagarreur, répondit Eve, pince-sans-rire.

Avec un sens tout neuf de la camaraderie, Carter donna l'accolade à ses futurs beaux-frères.

— Je suis sûr que nous aurons de nombreuses occasions de parler, mais, aujourd'hui, j'ai mieux à vous proposer ! dit-il en les entraînant dans l'escalier.

Tandis que Carter descendait les marches en bavardant avec les jumeaux, Eve perçut des bribes de leur conversation et se rua à leur suite.

— Attendez un peu ! De quoi parliez-vous, à l'instant ?

Carter lui sourit ingénument.

— De qui, tu veux dire ? Mais de Mélodie, bien sûr !

C'est toi qui m'as expliqué qu'elle venait travailler plus tôt, aujourd'hui, pour faire l'inventaire du magasin.

Eve fronça les sourcils.

— Hum... Et tu la crois capable de s'entendre avec les jumeaux ? Il est vrai qu'ils sont du même âge, et que Mélodie est une fille du New Jersey...

Sans plus protester, elle regarda Carter et les jumeaux dévaler les dernières marches et s'engouffrer dans le magasin.

Moins d'une minute plus tard, Carter revint en courant.

— La fille du New Jersey que je préfère, c'est toi ! dit-il, un peu essoufflé.

Serrant Eve entre ses bras, il ferma la porte d'un coup de talon. Et, avant même d'avoir atteint le lit, ils arrachèrent fiévreusement leurs vêtements et s'étreignirent.

Passions

— Le 1er août —

Passions n°36

Le souvenir d'une nuit - Linda Conrad

Partie à la recherche de l'homme qui a mis son cœur à feu et à sang avant de disparaître sans un mot, Carley finit par retrouver Witt dans un ranch à la frontière mexicaine. Soulagée et troublée à la fois, elle espère qu'elle va pouvoir enfin lui dire qu'elle a eu un enfant de lui, mais elle découvre qu'il a perdu la mémoire...

Désir trompeur - Julie Cohen

Alors que Marianne croyait vivre le grand frisson auprès d'un *bad boy*, elle apprend, stupéfaite, que le rebelle si sexy dont les caresses la transportent à chaque fois au paradis, lui a menti, et qu'il vient exactement du même milieu qu'elle. Dès lors, comment pourrait-elle croire aux mots d'amour d'un homme qui vient de lui jouer la comédie ?

Passions n°37

Sur la route de Wolf River - Barbara McCauley

Kiera sait bien qu'elle plaît à Sam Prescott, son futur patron, qui ne cesse de la couvrir de regards brûlants. Pourtant, même si cet homme séduisant est loin de la laisser indifférente, elle doit se tenir loin de lui, afin de ne pas risquer qu'il perce à jour les vraies raisons qui l'ont conduite à Wolf River...

Brûlante proposition - Kristi Gold

Depuis qu'elle a demandé à Whit d'être le père de son enfant, Mallory sent bien qu'il est troublé à l'idée de faire l'amour avec elle. Pourtant, tente-t-elle de se convaincre, Whit n'éprouve rien pour elle, pas plus qu'elle ne ressent quoi que ce soit pour lui. Si elle s'offre à lui, c'est uniquement dans l'espoir de tomber enceinte...

La saga des Elliott **Passions n°38**

Sur le point de désigner son successeur, le magnat de la presse Patrick Elliott lance un défi à ses héritiers. Entre amour et ambition, chacun d'eux va devoir faire un choix...

Au cœur du désir - Kara Lennox

De tous les Elliott, Bryan est le seul à avoir refusé de travailler pour le groupe familial. Indépendant, il ne doit qu'à lui-même le succès du restaurant qu'il a ouvert, et place sa liberté par-dessus tout. Jusqu'à ce qu'il rencontre Lucy Miller, qui lui donne envie de tout sacrifier pour elle...

L'épouse insoumise - Barbara Dunlop

Excédée, Amanda voudrait faire comprendre à son ex-mari que le fait d'être un Elliott ne lui donne aucun droit sur elle : son arrogance lui rappelle trop les raisons pour lesquelles elle l'a quitté, malgré l'amour qu'elle lui portait. Et malgré l'attirance insensée qu'elle éprouve toujours pour lui...

Passions n°39

Un si troublant mensonge - Victoria Pade

Lorsqu'on lui demande d'escorter, le temps d'un week-end, Joshua Cantrell, frère d'une de ses étudiantes, Cassie décide de garder ses distances vis-à-vis du richissime homme d'affaires. Mais dès leur première rencontre, elle comprend qu'il va faire des ravages dans son cœur...

Les amants de Magnolia Falls - Teresa Hill

Secrètement amoureuse du fiancé de sa sœur, Kathie, dans un moment d'égarement, l'a embrassé publiquement. Avant de quitter Magnolia Falls, honteuse et désespérée... Aujourd'hui, six mois plus tard, Joe revient la chercher. Il a rompu ses fiançailles ; elle doit rentrer chez elle. Mais il se comporte avec elle de façon glaciale...

Passions n°40

Un secret pour deux - Karen Rose Smith

Alertée en pleine nuit par des pleurs, Gwen Langworthy découvre un bébé sur sa véranda. Persuadée qu'elle n'a pas été choisie au hasard pour recueillir ce nouveau-né, Gwen prend une décision : elle va retrouver elle-même sa mère...

Sur les ailes de la passion - Judy Duarte

Jamais Bo Conway n'avait osé poser les yeux sur la richissime Carly Banning. Mais en apprenant qu'elle venait de divorcer, il avait senti un espoir fou l'envahir : le moment était-il venu pour lui d'avouer son amour à Carly ? Carly dont le regard, depuis quelque temps, brillait étrangement lorsqu'elle rencontrait Bo...

HARLEQUIN

Le 1er juillet

La nuit du cauchemar - Gayle Wilson • N°292

Depuis qu'elle a emménagé dans la petite ville de Crenshaw, Blythe vit dans l'angoisse : Maddie, sa fille, est en proie à de violents cauchemars et se réveille terrifiée. La nuit, des coups sont frappés à la vitre, que rien ne peut expliquer... Et lorsque Maddie croit voir Sarah, une petite fille sauvagement tuée il y a vint-cinq ans, et qu'elle se met à lui parler, Blythe doit tout faire pour comprendre quelle menace rôde autour de son enfant.

Mortel Eden - Heather Graham • N°293

Lorsque Beth découvre un crâne humain sur l'île paradisiaque de Calliope Key, elle comprend immédiatement qu'elle est en danger. Car deux plaisanciers ont déjà disparus, alors qu'ils naviguaient dans les eaux calmes de l'île... Et Keith, un séduisant plongeur, semble très intéressé par sa macabre découverte. Mais peut-elle faire lui confiance et se laisser entraîner dans une aventure à haut risque ?

Visions mortelles - Metsy Hingle • N°294

Lorsque Kelly Santos, grâce à ses dons de médium, a soudain eu la vision d'un meurtre, elle n'a pas hésité à prévenir la police. Personne ne l'a crue... jusqu'à ce que l'on découvre le cadavre, exactement comme elle l'avait prédit. Et qu'un cheveu blond retrouvé sur les lieux du crime, porteur du même ADN que celui de Kelly, ne fasse d'elle le suspect n°1 aux yeux de la police...

Dans les pas du tueur - Sharon Sala • N°295

Cat Dupree n'a jamais oublié le meurtre de son père, égorgé lorsqu'elle était enfant par un homme au visage tatoué. Depuis, elle a reconstruit sa vie – mais tout s'écroule quand Marsha, sa meilleure amie, disparaît sans laisser de trace. Seul indice : un message téléphonique, qui ne laisse entendre que le bruit d'un hélicoptère... Un appel au secours ? Cette fois-ci, Cat ne laissera pas le mal détruire la vie de celle qu'elle aime comme une sœur.

Le sang du silence - Christiane Heggan • N°296

13 juin 1986. New Hope, Pennsylvanie. Deux hommes violent, tuent puis enterrent une jeune fille du nom de Felicia. La police incarcère un simple d'esprit. Les rumeurs prennent fin dans la petite ville.
9 octobre 2006. Grace McKenzie, conservateur de musée à Washington, apprend que son ancien petit ami, Steven, vient d'être assassiné à New Hope, où il tenait une galerie d'art. Elle va découvrir, avec l'aide de Matt, un agent du FBI originaire de la petite ville, qu'un silence suspect recouvre les deux crimes... et qu'un terrible lien les unit, enfoui dans le passé de New Hope.

Le donjon des aigles - Margaret Moore • N°297

La petite Constance de Marmont a tout juste cinq ans lorsque, devenue orpheline, elle est fiancée par son oncle au jeune Merrick, fils d'un puissant seigneur des environs. La fillette est aussitôt emmenée chez ce dernier, au château de Tregellas, où sa vie prend figure de cauchemar. Maltraitée par son hôte, William le Mauvais, Constance l'est également par Merrick, qui fait d'elle son souffre-douleur jusqu'à ce que, à l'adolescence, il quitte le château pour commencer son apprentissage de chevalier.
Des années plus tard, Merrick, devenu le nouveau maître de Tregellas, revient prendre possession de son fief — et de sa promise...

Passions et Trahisons - Debbie Macomber • N°150 *(réédition)*

Venue au mariage de sa meilleure amie Lindsay à Buffalo Valley, Maddy Washburn décide, comme cette dernière, de s'installer dans la petite ville. Une fois de plus, les habitants voient avec surprise une jeune femme ravissante et dynamique rejoindre leur paisible communauté. Ils ignorent que Maddy est à bout de forces, le cœur déchiré par ses expériences du passé... Seul Jeb McKenna, un homme farouche qui vit replié sur ses terres, peut la pousser à se battre et à croire à nouveau en l'existence.

Titres non disponibles au Québec.

Composé et édité par les
éditions Harlequin
Achevé d'imprimer en juin 2007

par

LIBERDÚPLEX

Dépôt légal : juillet 2007
N° d'éditeur : 12867

Imprimé en Espagne